INCARCERON

印卡塞隆

CATHERINE FISHER

凱瑟琳・費雪———著　林冠儀———譯

媒體名人盛讚

讓人毛骨悚然……這是長久以來，最好的奇幻小說之一。

——《倫敦時報》

令人回味、黑暗又恐怖的故事。

——《獨立報》

可謂精心傑作……喜歡蒸汽龐克與奇幻史詩的讀者會迫不及待地翻閱本書，而且期待續集。

——《校園圖書館期刊》星號書評

一部空前成功之作……複雜而創新，帶著許多蘊含意義的謎團。這個故事絕對令人滿意。

——《出版人周刊》星號書評

費許反烏托邦式的未來……巧妙地實現了；這座擁有自我意識的監獄引人入勝，並為敘事結構增添了機械／蒸汽龐克的元素。讀者將全程專注在這本優美、寫實又時常出人意表的小說上。

——《號角書》星號書評

這本有趣又富有未來色彩的奇幻小說，節奏緊湊得令人屏息，故事情節精妙絕倫，細節安排一流……監獄印卡塞隆擁有自己的動機和欲望，本身就是個迷人的角色。切合時宜的驚人轉折與精采結局，讓本書成為必讀之作。

——《書單月刊》星號書評

有生命的監獄

「老師，妳跟印卡塞隆說過話嗎？在夜深人靜的時候？向它低語、禱告？求它結束空無的夢魘？獄生者會這麼做，因為世界上沒有其他人了。『這』就是全世界。」

芬恩咬著嘴唇，撥開眼前的頭髮；他知道自己雙眼泛淚，但他不甚在意。「除了監獄印卡塞隆，我沒有家人，而它鐵石心腸。但我漸漸開始意識到它很龐大，而我生活其中；我只是個被它吞噬了、既渺小又迷惘的生物。我是它的孩子，它是我的父親……它浩瀚得令人無法參透。但正當我深信如此，十分確信我已對寂靜感到麻木之時，門開了……」

獻給傑出的詩人與睿智的版主
席娜．皮伍
水晶老鷹，墨黑天鵝

水晶老鷹，墨黑天鵝

1

孰能繪出印卡塞隆的浩瀚？
勾摹其廳堂、高橋與稜縫？
唯有明瞭自由之人，
方能定義自身牢籠。

——《薩伏科之歌》

芬恩撲跌在地，接著被拴在運輸道的石板上。

他的雙臂攤張，鍊子沉重得令他幾乎無法將手腕抬離地面。他的腳踝旁是一堆金屬鍊條，末端則螺拴於人行道上的扣環裡。他無法擴張胸膛吸取足夠的空氣，只能筋疲力竭地趴在地上，臉頰貼抵著冰冷的石面。

但「公民」錫維崔終於出現。

芬恩先感覺到他們的靠近，才聽見他們的聲音；地面原先些微的震動越發明顯，最後震得他渾身發顫。黑暗中的嘈雜，臺車移動時的轟隆，輪輞緩慢而空洞的噹啷。芬恩費力地撇過頭，甩開刺著眼睛的汙穢頭髮，然後看見地上一雙平行車軌筆直地自身下貫穿——他橫臥地被拴在車道中央。

芬恩的額頭汗水涔涔。他用戴了手套的那隻手抓住結霜的鍊條，撐起胸膛，並且倒抽一口氣。空氣刺鼻且帶著油味。

然而這時候叫喊是沒有用的。他們的距離還太遠；直至完全進入寬闊的大廳前，他們不可能在車輪噪音間聽見他的聲音。芬恩必須拿捏好時機。若是太遲，他將無法擋下一輛輛的臺車，而他也會因此粉身碎骨。芬恩拚命避免去思考另一種可能——他們看見、聽聞他，卻一點也不在意。

這時，他看見燈光。

手持的光源微小且上下晃動著。芬恩集中精神數算：九、十一、十二。然後為了確定數量，他又數了一次；這麼做能抑制緊鎖喉頭的噁心感。

他略感寬慰地將臉靠在敞袖上，並且想起了凱羅——他齜牙咧嘴的笑容，以及他檢查完鎖具、退回黑暗時所做的嘲諷。芬恩喃喃低咒他的名字：「凱羅。」

廣闊的廳堂和隱形坑道吞噬了這個憤恨的低語。帶有金屬腥味的空氣中飄著霧，斗車發出噹啷嘎吱的聲響。

現在他可以看見人們步履艱難地走著。他們自黑暗中現身，為禦寒而緊緊裹著衣物，令人難以分辨他們是小孩或佝僂的老婦。也許是小孩吧；如果他們留下任何老人，應該會和貨物一同送上斗車。為首領路的臺車上掛有一面破爛的黑白旗子；他可以看見其上圖案是隻嘴裡叼著銀栓的紋章鳥。

「停車！」芬恩大喊，「這裡！我在這裡！」

嘎嘎刺耳的機器聲震動地面，鑽進芬恩的骨頭裡。沉甸甸的重量與臺車的動力即將落在身上，讓他不禁握緊雙拳。他彷彿可以聞到推車的浩大隊伍中男人們的汗臭，聽見堆積如山的貨物搖晃滑動的聲響。時間一秒秒考驗著他面對死亡的勇氣。他屏息以待，壓抑內心的恐懼，不讓自己崩潰；因為他是「觀星者」芬恩，他可以挺得過。直到一股令人冷汗涔涔的莫名惶恐猛然迸發，他撐起身體高喊道：「你們聽得到嗎？停車！停車啊！」

然而，他們持續行進。

車行聲令人難耐。此刻，芬恩嚎叫著踢腳掙扎，因為負重的斗車帶著可怕的動能無情地向前滑行，朝他逼近；它們將籠罩他，緩慢地輾碎他的骨頭與身軀，並且必然造成巨大的痛楚。

這時他想到手電筒。

手電筒雖小，但芬恩仍帶著它……凱羅確認過這點。他拖著沉重的鐵鍊，翻身扭動著將手伸進外套，手腕肌肉不免感到一陣痙攣抽痛。他的手指觸碰到冰冷、細長的管狀物。地面顫震著芬恩的身體。他猛然抽出手電筒，東西卻掉落、滾至伸手不及之處。他低咒著蠕動身子，然後用下巴壓住手電筒。

光線射了出去。

他大大鬆了口氣，但臺車依舊繼續前進。錫維崔想當然看得見他。他們一定得看得到他！手電筒的燈光在大廳隆隆作響的無盡黑暗中只如星點。就在那一刻，芬恩意識到，印卡塞隆透過所有的階梯、坑道與數以千計迷宮似的房間察覺到他的危險處境；他也曉得，任他遭斗車撞擊是它最殘酷的娛樂。他知道這座監獄正冷眼旁觀，無意介入。

「我知道你看得到我！」芬恩大喊。

車輪有一個人高，與軌道摩擦發出尖銳聲響，火花噴濺路面。一個孩子高聲呼叫，芬恩呻吟著緊緊蜷縮身體；他知道已無計可施，一切即將結束。這時，尖銳的煞車聲傳來，刺進他的骨頭和手指。

車輪壓至眼前，高高在上地籠罩著他。

然而它們停止不動。

芬恩無法動彈，全身因恐懼而癱軟無力地像條破布。手電筒僅能照亮油膩輪緣上一顆拳頭大小的鉚釘。

接著，一個聲音從旁詢問道：「『囚徒』普里森諾，你叫什麼名字？」

黑暗中，他們聚攏過來。他勉強抬起頭，看見戴著兜帽的人影。

「芬恩，我叫芬恩。」他的聲音細小如針；他得嚥一嚥口水，「我以為你們不會停車了……」

有人嘟噥了些話。另一人說：「我覺得他是『敗類』史坎姆。」

「不，拜託！求求你讓我起來。」他們沉默不語，無人動作。芬恩只好深吸一口氣，緊張地說：「史坎姆突擊我們居住的側翼。他們殺了我父親，把我丟在這兒任人輾過。」他的手指緊扣著生鏽的鐵鍊，試著平息心中的傷痛，「拜託，求求你！」

有人走上前，靴子的鞋尖停在芬恩的眼睛旁。他看見髒汙的鞋頭上有塊補丁。

「哪一支史坎姆幹的？」

「康彌塔特斯民兵團。他們的首領自稱『側翼之主傑爾曼瑞克』。」

男人啐了一聲，湊近芬恩的耳際說：「那傢伙啊，是個瘋狂的暴徒！」

為什麼還沒有人採取行動？芬恩迫切地扭動身軀。「拜託放了我！他們可能會回來。」

「我說就輾過去吧。幹嘛插手管這件事？」

「因為我們是『公民』錫維崔，不是『敗類』史坎姆。」出乎芬恩意料之外，發言的是名女子。他聽見對方的絲緞衣裳在粗糙的旅行斗篷下窸窣作響。她蹲下身，芬恩看見她用戴著手套的手拉扯鍊條。他的手腕破皮流血，骯髒的皮膚上留有一圈圈鐵鏽。

男人不安地說：「聽著，老師……」

「席姆，拿鉗子過來。現在就去。」

她貼近芬恩的臉龐。「別擔心，芬恩。我不會丟下你的。」

他忍著疼痛抬起頭，看到一位年約二十歲、眼眸深邃的紅髮女子。頃刻間，他自對方身上嗅到一絲肥皂與柔軟羊毛的氣味。這令人心痛的香氣闖入他的記憶，直搗內心深鎖的黑盒子──一個房間，燒著蘋果木柴的房間，瓷盤上盛著蛋糕。

他訝異的神情一定表露無遺，因為女子從兜帽的影子下若有所思地望著他。

「跟我們在一起很安全。」

芬恩回望著她，無法呼吸。

育嬰室、石牆、華麗的紅色壁掛。

男人匆忙回歸，將鉗口夾住鐵鍊。「小心你的眼睛！」男人低聲粗吼道。芬恩低頭靠著袖子，感覺人群圍上前來。一時間，他以為自己所害怕的痙攣將頓時發作；他閉上眼，感覺熟悉的暈眩席捲全身。芬恩與其奮鬥；厚重的鉗子剪開鍊條時，他嚥下口水，緊抓住鎖鍊。房間和爐火、鑲金瓷盤上的蛋糕與小銀球……回憶逐漸消逝；即便他試圖留住這些印象，一切仍消失殆盡。取而代之的是印卡塞隆冰冷的黑暗與油膩車輪散發的金屬酸臭味。

鐵鍊喀啦喀啦地滑落。芬恩如釋重負地挺起身子，大口大口地深呼吸。女子執起、翻過他的手腕。「你需要包紮才行。」

他愣在原處，無法動彈。女子以冰冷而乾淨的手指觸碰了他殘破衣袖與手套間的肌膚，並且看著其上的小刺青——帶著王冠的鳥。

她皺起眉頭。「這不是錫維崔的記號。看起來像……」

「什麼？」芬恩立即提起戒心，「看起來像什麼？」

自幾英里遠的大廳深處傳來轟隆聲。芬恩腳邊的鍊條開始滑動，而在一旁那名拿著鉗子的男人彎下腰，遲疑地說：「奇怪了。這螺栓，是鬆的……」

被人稱為老師的女子凝視著鳥圖。「像那個水晶。」

有人自他們身後大喊一聲。

「什麼水晶？」芬恩問。

「一個奇怪的東西。我們發現的。」

「而鳥的圖案是一樣的？妳確定？」

「是的。」她心不在焉的轉頭看著螺栓，「你並不是真的——」

芬恩必須知道更多相關的事。他必須保全女子的性命。他一把捉住對方，將她拉倒在地。

「趴下。」他低語道，接著憤怒地說：「妳還不懂嗎？這是個陷阱。」

他們四目相視了一會兒；芬恩看見對方眼中的詫異變為驚恐。老師掙脫他的箝制，轉身爬起，高喊道：「快跑！大家快跑！」但地上的鐵柵已轟然打開；一隻隻手臂從底下伸出，一個個人體撐爬而起，一件件武器啪地置放於石面。

芬恩開始移動。他撲倒拿著鉗子的男人，踢去假螺栓，並且晃了晃身體擺脫鍊子。凱羅朝他大喊。一把短彎刀自他頭上飛過，芬恩趕緊趴下，然後轉身抬頭一看。

濃煙讓大廳暗了下來。錫維崔們尖叫著衝向巨大柱子尋求掩蔽。但史坎姆已登上臺車，隨意開槍掃射。笨重的燧發槍擊發時閃爍紅色火光，令廳堂瀰漫刺鼻的氣味。

芬恩找不到老師。或許她已經死了，也可能逃跑了。有人推了他一把，並將武器塞在他手中。他認為那是莉絲，但史坎姆全都戴著黑色頭盔，所以他無從分辨。

然後，他終於看見那名女子；她正將孩子們推進第一臺斗車下方。她抓住一名啜泣的男孩，一把將他抱在胸前。但瓦斯已從抛落在地後會像雞蛋般破裂的小球體中嘶嘶洩出，刺得芬恩的眼睛流下淚來。他抽出頭盔戴上；口鼻部位濕潤的襯墊讓他的呼吸聲變得十分清楚。隔著頭盔的護目罩，他看見大廳呈現一片紅色，人影也明晰可辨。

女子手持武器，正開槍反擊。

「芬恩！」

是凱羅。但芬恩對他的叫喚不予理會。他跑向首輛斗車，低頭鑽進車底並抓住老師的手臂。

當她轉過身時，他打落對方手中的武器；她憤怒地尖叫著，用戴了手套的手指攻擊芬恩的臉，扒抓著他的頭盔。當他要將女子拖出來時，孩子們對他又踢又扯；在他們四周，糧食像瀑布般被拋下、接住、裝載，然後有效率地從滑道送至鐵柵下方。

這時警鈴大作。

印卡塞隆甦醒了。

牆上平滑的嵌板滑開，明亮的聚光燈啪嗒一聲從隱形屋頂上直射而下，在遠處的地面來回移動，一個個探照出如鳥獸散的史坎姆；他們的影子清晰而巨大。

「撤退！」凱羅喊道。

芬恩推促女人移動。他們身旁一個逃竄的人影在慌亂中被光束照穿，並且無聲地消失無蹤。孩子們嚇得嚎啕大哭。

女人轉過身，回頭看著剩下的族人，驚恐得喘不過氣來。接著，芬恩將她拉至滑道旁。

透過面具，芬恩對上她的目光。

「下去。」他抽著氣，「否則妳會沒命。」

有那麼一時半刻，他幾乎以為女子不會照做。

但老師朝他啐了一口唾沫後，掙脫他的手，跳下滑道。

一陣白色火焰燒焦了石板路面。芬恩立刻跟著她跳了進去。

滑道是白絲做的，十分強韌。他氣喘吁吁地滑落，最後四腳朝天地摔在一堆偷來的皮毛和會碰傷人的金屬零件上。

老師已被人拽至一旁，並用槍抵著頭；她的目光裡滿是輕蔑。

芬恩痛苦地爬起來。史坎姆們從四周滑入隧道，卻被掠奪來的贓物拖累而摔傷；有人步履蹣跚，有人則被砸得幾乎沒了意識。最後，凱羅俐落地落在他面前。

鐵柵砰地一聲關起。

滑道飄落。

模糊的人影喘氣、咳嗽著摘下面具。

凱羅緩緩取下頭盔，露出塗著汙泥的俊臉。芬恩搖搖晃晃來到他面前，憤怒地問：「你搞什麼？我在那裡快嚇死了！你怎麼拖這麼久？」

凱羅微微一笑。「冷靜點，阿克羅沒辦法讓瓦斯正常運作。再說，你讓他們一直講話，成功拖延了時間。」然後他看了看女子，「幹嘛大費周章抓她？」

仍然火冒三丈的芬恩聳聳肩。「她是人質。」

凱羅挑了挑眉。「太麻煩了。」接著朝持有武器的男人撇頭示意；男人扣下扳機，老師臉色慘白。

「所以我冒了生命危險，卻連一點額外獎賞也沒有。」芬恩的語氣平穩。他站在原地不動，但凱羅轉頭看著他；兩人互相端望良久。最後他的拜把兄弟冷冷地說：「如果你想要她的話。」

「我是想要她。」

凱羅再看了女子一眼，聳聳肩。「人各有所好。」他點點頭，隨之放下武器。然後他拍了拍芬恩的肩，自對方的衣服上揚起一陣灰塵。「幹得好，兄弟！」他說。

2

我們將選擇一個逝去的紀元，將其改寫。
我們將創造一個不因改變而憂慮的世界！
那會是天堂！

——恩鐸王律法

這棵橡樹看起來老得很逼真，但它其實是經過基因設定而成的。樹枝粗大得易於攀爬；她提起裙子，爬往更高處，過程中折斷了嫩枝，綠色地衣弄髒了她的雙手。

「克勞蒂亞！四點鐘了！」

艾莉絲從玫瑰花園的某處高聲呼喊。不予理會的克勞蒂亞撥開樹葉，探了出去。

她可以從這個高度看見整片莊園——菜圃、溫室、橙園、果園裡多節瘤的蘋果樹，和冬季舉辦舞會的穀倉。她可以看見綠油油的草地向下綿延到湖畔，西瑟克羅斯巷隱沒在山毛櫸樹林中。更往西邊，亞特蘭農場炊煙裊裊；坐落在哈默丘丘頂的老教堂，尖塔上的風標在陽光下閃閃發光。幾千哩外的遠處，典獄長的鄉村腹地「華登里」在她眼前開展，像塊藍綠交錯的拼布；草原、村落與巷道，河上水氣迷濛。

她嘆了口氣，向後靠在樹幹上。

眼前風景看起來如此寧靜。這是個如此完美的假象。她真捨不得離開這裡。

「克勞蒂亞，快一點！」

呼喚聲微弱了些。她的奶媽一定是朝房子的方向跑回去了，因為幾隻鴿子振翅飛散，彷彿有人爬上鴿棚的樓梯，驚擾到了牠們。正當克勞蒂亞聽著，馬廄裡的時鐘整點報時，鐘聲緩緩迴盪在炎熱的午後。

鄉村在炙陽下閃爍微光。

然後，她看見馬車出現在公路的遠處。

她緊抿雙唇。他早到了。

那是輛黑色四輪馬車；即使從等遠處，她依然可以清楚看見車輪自地面揚起的塵土。四匹黑馬拉著馬車，兩側跟有騎乘侍從——她算算共有八人，並且在心中輕蔑地冷笑一聲。印卡塞隆監獄典獄長出門的排場可真大。馬車車門與隨風飄揚的三角旗上繪有他的職位徽章。身著黑、金兩色制服的馬夫坐在車廂外奮力操控韁繩；她自微風中聽見清晰的揮鞭聲。

她的頭上有隻鳥兒啁啾著飛舞在枝頭間。她一動也不動，讓小鳥棲停在垂於臉旁的樹葉上。然後，牠短暫地唱出悅耳的囀鳴……或許是某種雀鳥吧。

馬車已抵達村裡。她看見鐵匠來到門前，孩子們也從穀倉裡跑了出來。當一行人馬轟隆而過時，狗兒們狂吠。最後馬匹聚集在兩棟凸出且狹長的房子間。

克勞蒂亞伸手從口袋取出一副眼罩式望遠鏡。這副望遠鏡已經過時而且是違禁品，但她不甚在意。她戴上望遠鏡，馬上因鏡頭隨視神經調整焦距而感到一陣暈眩；接著眼前的景物被放大，而她可以清楚地看見那些男人臉上的五官——父親的私人管家賈斯坐在花毛馬身上，髮色與膚色較深的秘書盧卡斯．梅德利科，以及穿著雜色大衣的士兵們。

望遠鏡的效果極佳，克勞蒂亞幾乎可以讀出馬夫咒罵時的唇語；接著，橋上桿柱的影像從她眼前閃過，她才意識到他們已經抵達河邊的住處。手裡還抓著抹布的女主人希蜜跑出來開門，母雞在她前方逃竄。

克勞蒂亞蹙起眉頭。她取下望遠鏡，但鳥兒受到驚動而飛離；恢復原有的視界後，馬車也變小了。艾莉絲高喚：「克勞蒂亞！他們到了！妳回來換衣服，行嗎？」

有那麼一刻，她真不想離去。她甚至起了個想法：乾脆讓馬車轆轆靠近，然後她爬下樹，信步來到車旁，打開車門，站在父親面前——頂著一頭蓬髮，身穿褶邊遭勾破的綠色舊洋裝。父親將不悅地板起臉，但不會說什麼。就算她赤身露體，他可能依舊不言不語，只會說：「克勞蒂亞，親愛的孩子。」然後在她的耳際印上冷冷一吻。

她從樹枝翻身往下爬，猜想父親是否為她帶了什麼禮物；答案通常是肯定的，而且宮裡婢女所挑選的禮品總是昂貴而美麗。縱使整座莊園滿是鳥兒——大部分貨真價實，會飛翔、吱喳拌嘴並在門式窗外啁啾——上次她竟收到一隻關在金籠裡、會發出刺耳啼囀的水晶鳥。

克勞蒂亞跳下樹，穿過草坪，朝寬敞的石階跑去。她一步步奔下斜坡時，莊園主屋逐漸矗立眼前。溫暖的石頭建材在豔陽下光輝奪目，紫藤花自塔樓與建築內彎處垂落，三隻天鵝優雅地在又黑又深的護城河上划水。屋頂上，幾隻鴿子咕咕著昂首闊步，有些則飛到塔樓轉角，將自己塞進孔洞和箭孔，或是窩在經過數個世代的擋銜才堆砌起來的草堆裡——至少你以為是如此。

一扇窗扉喀噠一聲開啟。艾莉絲漲紅著臉，上氣不接下氣地說：「妳跑哪兒去了？難道妳沒聽見他們回來的聲音嗎？」

「我聽到了。不要這麼慌張啦。」

在克勞蒂亞快步爬上階梯的同時，馬車轟隆地行駛過木造橋面。她來到飄著迷迭香和薰衣草芬芳的房子前，建築物冷峻的陰影包圍了她，而她瞥見馬車的黑影從石雕欄杆間一閃而過。一名侍女從廚房裡跑出來，匆匆行了屈膝禮便消失人影。克勞蒂亞衝上樓。

艾莉絲正在她房裡從衣箱裡抽出衣物。套進絲質襯裙，罩上藍、金雙色的禮服，迅速繫好束胸……克勞蒂亞站在原地讓艾莉絲將她綁束在衣裳裡；她厭惡這身囚禁自己的行頭。她的視線越過奶媽的肩頭，看見小監獄裡喙子大張的水晶鳥，不禁皺起眉頭。

「不要亂動。」

「我沒有亂動！」

「我想妳剛剛應該是和傑瑞德在一起。」

克勞蒂亞聳了聳肩。她已被沮喪的情緒籠罩，沒有心情對此多加解釋。

束胸緊巴巴的，但她早已習慣了。艾莉絲粗魯地梳理她的頭髮，別上鑲有珍珠的髮網；頭髮與肩上的天鵝絨布料摩擦而劈啪地產生靜電。氣喘吁吁的老婦人退開身。「如果妳不要一副愁眉苦臉的樣子，看起來會更美。」

「我愛愁眉苦臉就愁眉苦臉。」克勞蒂亞轉身面向門，感覺整件洋裝隨之擺動。「總有一天，我會當著他的面大吼大叫。」

「我可不這麼認為。」艾莉絲將綠色舊洋裝塞回大箱子後看了鏡子一眼。她將灰髮塞回頭巾裡，然後取出一支除皺雷射筆；她轉開筆蓋，熟練地消除眼下的一條細紋。

「如果我是未來的王后，誰又能拿我怎樣？」

「妳父親可以。」她們穿過房門時，奶媽自她身後反駁道，「而妳跟其他人一樣害怕他。」

此話不假。克勞蒂亞鎮定地走下樓，心中知道事實一直是如此。她的生活一分為二——父親在家的時候，與他不在這裡的時候。她過著兩種生活，僕人們也是，整棟房子、整片莊園，全世界都是。

上氣不接下氣且汗流浹背的園丁、牛奶場女工、僕人和持炬者們左右各排成兩排。她穿過這些人，踏著木質地板走向在鵝卵石庭院喀啦停駐的馬車，並且納悶父親是否知道這情況？有可能；畢竟大小事鮮少逃過他的眼。

克勞蒂亞在石階上等候。馬兒噴著鼻息，踢蹄聲在封閉空間裡顯得十分響亮。這時有人高呼一聲，雷夫急忙迎向前；兩名穿著制服、撲了粉的男子從車廂後方一躍而下，打開車門並且啪地放下馬車的小梯子。

有那麼一刻，車門後一片黑暗。

接著，他的手抓住車體，深色帽子探了出來，然後肩膀、靴子和黑色及膝馬褲逐一顯露。

印卡塞隆典獄長約翰．阿爾雷克斯站得直挺，輕輕拍除手套上的灰塵。

他高大挺拔，鬍子經過精心修剃，身上的長禮服與西裝背心都是用上好的錦緞縫製而成。克勞蒂亞上次見到他已是半年前的事，但他看起來絲毫沒變。雖然像他這等身分地位的人無須以歲月痕跡博得他人尊敬，但他似乎連除皺筆都沒用。他看著她，面帶慈祥的微笑，用黑絲帶綁在腦後的深色頭髮閃爍著優雅的銀色光芒。

「克勞蒂亞，親愛的，妳看起來氣色不錯！」

她走上前行了個屈膝禮，然後他執起女兒的手，印下一記冰冷的吻。他的手指總是濕黏冰冷，觸碰起來不太舒服；他彷彿自知這點，所以即使在溫暖的天氣裡也總是戴著手套。克勞蒂亞納悶他是否認為她已改變。她低語回道：「父親，您也是。」

他定睛在克勞蒂亞身上一會兒；冷靜的灰色目光一如往常地無情而清明。然後，他轉過身去。

「讓我來介紹我們的客人。皇后的大臣，艾維昂大人。」

馬車一陣搖晃後，一名極為肥胖的男子現身；他身上的氣味強烈得似乎能傳至階梯上方。克勞蒂亞可以感覺到身後僕人們的集體好奇。但她只覺不安。

大臣身穿藍色絲質西裝，頸部精美的褶襉縫得老高，令人懷疑他怎麼呼吸？他確實滿臉通紅，但自信滿滿地向她鞠躬致意，並且謹慎地露出可掬的笑容。「克勞蒂亞小姐，上次見面，妳還只是個襁褓中的嬰兒呢！真高興能再次見到妳。」

她沒料到會有訪客。縫製一半的婚紗還堆在主客房尚未鋪整的床上，她必須採取拖延戰術。

「您的造訪是我們的榮幸。」她說，「請到客廳坐坐吧。我們準備了蘋果酒和剛出爐的蛋糕，為您接風洗塵。」嗯，她希望僕從真的準備了這些東西。她轉身看見三名僕人已離開，隊伍則迅速調整間隙。父親冷峻地看了她一眼，然後走上階梯，對著一張張垂眼屈膝的面孔優雅地點點頭。

克勞蒂亞臉上掛著僵硬的笑容，腦袋飛快地轉著。艾維昂是皇后的人；肯定是那個巫婆派他來察看新娘。嗯，她無所謂。父親以此為目標培養她已多年。

父親在門口停下腳步。「怎麼不見傑瑞德？」父親輕輕地說，「希望他一切都好。」

「我想他正在處理非常精細的步驟，所以或許沒注意您已經到了。」這是真的，但聽起來卻像是藉口。對父親冷漠笑容感到惱火的克勞蒂亞領著他們來到客廳；她的裙襬掃過光禿無飾的地板。牆面鑲木的幽暗客廳裡設有巨大的桃花心木餐具櫃、雕花椅與一張擱板桌。她看見數罐蘋果酒以及廚師的蜂蜜蛋糕盛在撒了薰衣草與迷迭香的大淺盤中，不禁鬆了口氣。

艾維昂大人聞了聞香甜的氣味。「棒透了！」他說：「這種逼真度連宮廷也無法匹敵啊！」

或許是因為宮裡的背景多數是由電腦合成的吧，她嫻熟地想，然後說：「閣下，我們非常自豪華登里的一切都真實存在於紀元中。這棟房子確實歷史悠久；在憤怒年代後，徹底整修過。」

她的父親沉默不語。他坐在桌子一頭的花雕椅上，神情嚴肅地看著雷夫將蘋果酒倒入高腳銀杯，然後以顫抖的雙手端起托盤。

「歡迎歸來，先生。」

「很高興見到你，雷夫。我覺得你的眉毛應該再灰一點，假髮再豐厚些，多上點粉。」

雷夫打了躬。「我馬上照辦，典獄長。」

典獄長的雙眼掃視房間。克勞蒂亞知道他絕不會忽略窗戶角落那塊壓克力，或灰泥天花板上逐漸成形的蜘蛛網。於是她趕緊說：「女王陛下好嗎，大人？」

「女王的健康狀況非常好。」艾維昂咂著滿口蛋糕的嘴說，「她正忙著籌備妳的婚禮。屆時，場面一定會相當盛大！」

克勞蒂亞微微皺眉，「但我想……」

艾維昂揮著肥胖的手。「當然，妳的父親可能忙得沒時間告訴妳計畫改變了。」

她的心一沉。「計畫改變了？」

「不是什麼可怕的事，孩子，妳不需要太過擔心。只是日期改變而已。因為伯爵從學院回來了。」

她屏氣斂容，試著不讓焦慮顯露於外。但她必定緊抿了嘴唇或是指節發白，因為父親優雅地站起身說：「雷夫，帶大人回房間歇息。」

老僕欠了個身，走到門口，喀啦一聲打開門扉。艾維昂費勁地站起身，大量的糕餅屑從衣服掉落。碎屑觸及地面時，隨即在微小的閃光中消失。

克勞蒂亞在心底默默咒罵。又多了件要處理的事。

他們聽著沉重的腳步聲登上嘎吱作響的樓梯、雷夫恭敬而模糊的說話聲，以及肥胖男子對樓梯、畫作、中國古甕與錦緞壁掛的誠心讚賞。當他的聲音終於消逝在陽光遙照的房子裡，克勞蒂亞凝視著父親，然後說：「您將婚禮提前了。」

他挑起單邊眉毛。「明年、今年，有什麼差別？妳知道這天遲早會來的。」

「我還沒準備──」

「妳早就準備好了。」

他走近一步，懷錶鍊上的銀色方塊在光線照射下閃閃發光。克勞蒂亞不禁向後退。父親若突然停止這種紀元式的正式、拘謹，一切將會令人難以承受；他可能顯露真正的性格，令她脊背發涼。「妳聽我解釋。上個月薩彼恩堤學院捎來信息，說他們已經受夠了妳的未婚夫。所以，他們……要求他離開學校。」

「為什麼？」克勞蒂亞皺眉。

「老樣子，行為不檢。酗酒、嗑藥、暴力行為、讓女僕懷孕……千百年來年輕男人會犯的愚蠢錯誤。他對學習毫無興趣。不過又何必呢？他是史堤恩伯爵；當他十八歲的時候就將會成為國王。」

他走到鑲板牆前，抬頭看著其上的肖像。一個長著雀斑、神情調皮的七歲男孩往下看著他們；他身穿有褶飾邊的棕色絲質西裝，倚靠在樹上。

「凱斯柏，史堤恩伯爵，皇太子……多棒的頭銜啊。他的臉一點也沒變，對吧？現在的他，不上進又殘暴，而且自認無人能管。」他看著女兒，「面對妳未來的丈夫是個挑戰。」

她聳聳肩，衣服因此發出沙沙的摩擦聲。「我處理得來。」

「妳當然可以。我已經確保妳有這能力。」他來到她面前，並用灰色的眼珠估量著她。克勞蒂亞直直地回看著對方。

「我為了這場婚禮創造了妳，克勞蒂亞；我教會妳品味、才智和無情。妳所受的教育比王國裡任何一個人都來得嚴格。語言、音樂、劍術、馬術……所有即使妳可能略有天分的事，我都加以培養。金錢對於印卡塞隆的典獄長來說根本不算什麼。妳是偉大統治階級的後代。我像培育皇后一樣培育妳，讓妳擁有皇后該有的能力。在每段婚姻關係中，一方主導，另一方順從。雖然這只是王朝的安排，但這點不會改變。」

克勞蒂亞抬頭看了看那幅肖像。「我應付得了凱斯柏，但是他的母親……」

「女王那邊就交給我。我們之間已有默契。」他拾起她的手，輕撫她的無名指。她繃緊全身，一動也不動。

「這會是件簡單的事。」他低聲說。

溫暖的房間安靜無聲，斑尾鴿則在門式窗外咕咕叫著。

她小心翼翼地從父親手中抽回自己的手，並且站起身：「那麼，提前到什麼時候？」

「下個星期。」

「下個星期！」克勞蒂亞驚呼。

「女王已經在籌備婚禮。兩天後我們將動身前往宮廷，妳務必要準備好。」

克勞蒂亞不發一語，呆若木雞，內心感到一陣空虛。

約翰．阿爾雷克斯轉身面對著房門。「妳把這裡照料得很好。『紀元』重現得無懈可擊，除了那扇窗戶……把它換掉！」

她依舊站在原處，只是靜靜地開口。「您在宮廷的生活如何？」

「令人疲倦。」

「工作順利嗎？印卡塞隆呢？」

他頓了頓。她的心跳如擊鼓。然後他轉過身，以冰冷又狐疑的語氣問：「監獄運作一切正常。為什麼這麼問？」

「沒什麼，問問而已。」克勞蒂亞試著露出笑容，內心則想知道父親究竟如何監控監獄以及監獄的所在地，因為所有的眼線都告訴她，典獄長不曾離開宮廷。然而現在印卡塞隆之謎是她最不需擔憂的事了。

「啊，對了，我差點忘了。」約翰·阿爾雷克斯俯身拉開一只放在桌上的皮袋。「我從妳未來的婆婆那兒帶了份禮。」他取出禮物擱在桌上。

兩人一同端詳著。

那是一個綁著緞帶的檀香木盒。

克勞蒂亞不情願地伸手準備解開蝴蝶結，但他說：「等等。」接著他取出掃描棒，在盒子上揮了揮；筆桿閃過一些畫面。「無害。」然後他將掃描棒折起收好。「打開吧。」

她打開蓋子，盒裡是個飾有珍珠的黃金畫框；其上的琺瑯小畫像繪的是隻湖中的黑天鵝——她的家族徽章。她微笑著拿起畫作，湛藍的湖水與鳥兒修長優雅的頸子讓她不由自主地感到欣喜。

「真漂亮！」

「是啊，但妳再看看！」

天鵝開始移動。起先牠看起來像平靜地划著水；接著，牠拍打著巨大的翅膀一躍而起。然後她看見一支箭自樹林緩緩飛出，刺進了天鵝的胸口。牠張開金色的鳥喙唱出令人毛骨悚然的恐怖曲調。最後牠沉進水裡，消失不見。

她父親露出刻薄的笑容。「多麼迷人啊！」他說。

3

這將是個大膽的實驗，而且可能存在著我們未能預料的風險。但印卡塞隆將會是個極其複雜又極富智力的系統。被收容者可不再受教仁慈或具同情心之人所看管。

——計畫報告，大學者馬托爾撰

回到豎井的路途相當遙遠，而且隧道空間低矮。老師彎腰低著頭行走，不發一語並以雙臂環抱自己。凱羅派大阿爾可盯著她，芬恩則走在隊伍後頭、傷兵的後方。

印卡塞隆此處的側翼既黑暗又少有人居。在這裡，監獄甚至顯少費勁有所動作，只是偶爾打亮燈，派出幾隻金屬甲蟲。與上層的石砌運輸道不同，這裡的地面由金屬網搭成，因此有些不利行走。行進途中，芬恩看見躲藏下方的人造鼠眼睛發出微光，灰塵掉落在牠的金屬甲鱗上。

他全身僵硬痠痛，而且內心在每次突襲行動結束後總感憤怒。對其他人而言，先前壓抑住的緊張情緒已潰決，即便傷者也一邊步履蹣跚，一邊喋喋不休地交談；他們藉由大聲談笑釋放精力。他轉頭看看後方。身後的隧道颳著風，聲音迴盪。印卡塞隆可能正聆聽著。

芬恩無力說話，也不想笑。冷峻的眼神讓幾個開玩笑的人碰了一鼻子灰。他看見莉絲用手肘輕輕推了一下阿摩斯，並且揚起雙眉。芬恩不在乎。他對剛剛自身所經歷的事覺得憤怒，但當中又摻雜著恐懼以及如火炬般炙熱的驕傲，因為沒人有勇氣像他那樣被鎖在路中央，躺在一片寂靜之中等待被死亡輾過。

在腦海中，他再次感覺到巨輪逼至眼前，聳立在頭旁邊。

他也對老師感到惱火。

康彌塔特斯民兵團不留俘虜，這是規定之一。說服凱羅是一回事，但回到巢窟後，他必須向傑爾曼瑞克解釋這個女人的存在。一想到這點，芬恩便心寒膽戰。但這個女人知道些關於他手腕上刺青的事，而他必須探究清楚。機不可失，時不再來。

芬恩邊走邊思忖方才眼前閃過的畫面。影像的浮現一如往常地刺痛著他，彷彿記憶——假如那真是記憶的話——迸著火花，從深藏的傷心處或失落的過往深淵奮力爬出。而他難以讓影像更加清晰；他甚至早已忘卻大部分的細節，只記得盤子上用銀球裝飾的蛋糕。這絲毫無助於他釐清自己是誰，又從何而來。

豎井邊有道通至下方的梯子。偵察員先蜂擁而下，接著是普里森諾和戰士團，然後他們放下貨物和傷者。芬恩最後才爬下豎井，並且發現平滑的壁面因竄出的蕨類而四處出現裂縫。枯乾變黑的植物應該清理乾淨，否則監獄可能有所察覺，並封鎖輸送管，重新吸收整條隧道。就像去年，他們從一次襲擊行動歸來後，發現舊穴不復存在，變成一條寬敞且飾有金色與紅色抽象圖案的白色走廊。

「印卡塞隆剛剛聳了聳肩膀。」吉爾達斯嚴肅地說。

這是他第一次聽到監獄的笑聲。

他打了個顫，想起走廊曾迴盪著一道被逗樂而又冰冷的暗笑聲。它讓盛怒中的傑爾曼瑞克頓時沉默，他自己也驚恐得背脊發涼、寒毛直豎。這座監獄是活的；它殘酷無情，而他身處其中。

芬恩從最後幾階梯子一躍跳進巢窟。這個巨大的房間依然吵鬧、凌亂；篝火熊熊燃燒，熱度令人難以招架。人們急切地圍向劫掠物，打開糧袋，拉出食物，他則推開人群，逕自走向他和凱羅共用的小囚房。沒有人阻止他。

進房後，他閂起粗製濫造的門，坐在床上。寒冷的房間飄著髒衣服的氣味，但安安靜靜的。然後他緩緩躺下身子。

他深吸一口氣，然而恐懼仍像驚濤駭浪般席捲而來。他知道怦怦然的心跳會害他喪命，而他感覺到背部與上唇冷汗直冒。他一直試圖防止這種情況發生，但現在顫抖的心跳變成巨輪運行時的震動；當他用手掌緊覆閉起的雙眼，他依然看見金屬輪輞在一片火花與刺耳聲響中逼近眼前。

他可能會送命，或者更糟糕的是被壓成殘廢。為什麼他要自願去做這件事呢？為什麼他總是得從事一些符合他們愚蠢又魯莽聲譽的事呢？

「芬恩？」

他張開眼睛。

過了一會兒，他才翻過身。

凱羅倚著門站在房內。

「你在那兒多久了？」芬恩的聲音微微顫抖，而他趕緊清了清喉嚨。

「夠久了。」他的拜把兄弟走過來，坐到另外一張床上，「很累嗎？」

「你要這樣說也行。」

凱羅點點頭。然後他說：「天下沒有白吃的午餐。所有『囚徒』普里森諾都知道這點。」凱羅轉頭望著門，「這裡沒人能做到你所做的事。」

「我不是普里森諾。」

「你現在是了。」

芬恩坐起身子，抓抓一頭髒髮。「你也做得到啊。」

「嗯，是啊，我也行。」凱羅微笑著，「但話說回來，芬恩，我是獨特非凡的竊盜藝術家。我風流倜儻、冷酷無情、大而無畏。」他把頭歪向一邊，好似等著聽到嘲弄的輕哼；當對方的回應不如預期，他笑著脫下深色外套與無袖短上衣。凱羅打開大箱子的鎖，把劍與明火槍丟入箱內，然後從衣服堆裡翻找出一件鑲有黑色飾帶的豔麗紅襯衫。

芬恩說：「那下次換你。」

「你何時聽過我沒輪班上陣了，兄弟。我們必須將自己的名聲再三灌輸在康彌塔特斯民兵團的大腦袋裡。凱羅和芬恩，無所畏懼，所向無敵！」他從壺裡取了點水梳洗。芬恩疲憊地在一旁看著。凱羅的皮膚光滑，肌肉柔軟。在這滿是畸形兒、飢餓者、半械人與麻臉叫化子的地獄裡，他的拜把兄弟堪稱完美。而他也精心保持如此。此刻，穿上紅襯衫的凱羅將偷來的廉價飾品插入濃密的長髮中，並且仔細端詳殘鏡中的倒影。他沒轉過身子，單單說道：「傑爾曼瑞克要見你。」

芬恩早已料到，不過即便如此，他仍然感到緊張。「現在嗎？」

「就是現在。你最好打理一下。」

他不想費事；然而過了一會兒，他倒出乾淨的水，搓洗手臂上的油汙。

凱羅說：「關於那女人的事，我會挺你。但有一個條件。」

芬恩頓了頓。「什麼條件？」

「你得告訴我你這麼做究竟是為了什麼。」

「沒為什麼……」

凱羅朝他丟了塊破抹布。「『觀星者』芬恩不會販賣女人或小孩。阿摩斯或其他積習難改的人會做這種事。但你絕對不會。」

芬恩抬起眼；凱羅一雙藍眼直直地回望著他。

「說不定我開始變得跟你們其他人一樣了。」他用粗糙的破布擦乾臉，連衣服都沒換，就朝門的方向走去。半途中，凱羅的聲音讓他停下腳步。

「你認為她知道一些關於你的事情。」

芬恩懊悔地轉過身。「有時候，我真希望當初我選了一個較不敏銳的人當搭檔。好啦，沒錯，她說了一些話……所以我可能……我可能得問她一些事。我需要留她活口。」

凱羅從他身旁經過，走到門前。「好吧，別表現得太急切，否則他會當著你的面殺了她。讓我負責開口講話吧。」他察看門外以防隔牆有耳，然後轉過頭。「兄弟，皺起眉頭，保持沉默。這一向是你最擅長的。」

傑爾曼瑞克牢房的門口站著平時的那兩名保鏢，但凱羅的咧嘴而笑讓靠近他們的那位保鏢咕噥著退開。芬恩跟著拜把兄弟走進房間，毒品K特熟悉的甜膩惡臭味立刻嗆得他幾乎無法呼吸。

空氣中瀰漫著K特醉人的煙霧，他嚥了嚥卡在喉頭的氣味，並且試著避免大口呼吸。

凱羅擠開一對對拜把兄弟，一路往前走；芬恩跟著他那俗豔的紅色大衣，穿過衣著顏色單調的人群。

他們多數是半械人；有些人的手換成了金屬爪，或由塑膠組織修補缺毀的皮膚。有個甚至裝了一隻即為逼真但沒有視力的義眼，而眼珠部分是顆藍寶石。監獄「修理」過的人是最低等階級中的下等人，為全真人所奴役與鄙視；他們遭受殘忍的對待，或他人一時興起的欺凌。一名駝背、頭髮如鋼絲的侏儒男人讓路速度不夠快，被凱羅一拳打倒在地。

凱羅特別憎惡半械人。他從來不跟他們交談，也幾乎無視他們的存在，好像他們只是侵擾巢窟的野狗一般。芬恩覺得，凱羅彷彿認為這些人的存在侮辱了他的完美。

人群退開，他們則來到戰士團中。傑爾曼瑞克的康彌塔特斯民兵團是一支鬆散頹靡的軍隊，卻自以為膽大無懼。成員包括：大阿爾可、小阿爾可、阿摩斯與孿生手足祖瑪、在戰鬥中變得狂怒激動的弱女子莉絲，和她那不曾開口說話的結拜姊妹瑞米爾；一群入監多年的罪犯、自以為是又八卦的男孩、狡猾的殺手與數名善於用毒的女子。當然還有，那名被肌肉發達的保鏢們圍繞的男人。

傑爾曼瑞克一如往昔地正嚼著K特；他寥寥可數的牙齒本能似地動著，鮮紅色的甜美汁液不僅染紅了他的唇齒，也沾染在鬍鬚上。而他身後的保鏢也一同嚼著。

他必定對毒品K特已經全然免疫了，芬恩心想，雖然他又不能沒有這東西。

「凱羅！」側翼之主慢聲慢氣地說，「還有『觀星者』芬恩。」

後面這句話帶著重重的諷刺味。芬恩蹙起眉頭，擠過阿摩斯，與拜把兄弟肩並肩站在一起。

傑爾曼瑞克慵懶地癱坐在椅子上。他是個高大的男人，寶座是為他量身雕刻而成的；沾有K特汁漬的座椅扶手上刻記著突襲的次數。椅子旁拴著人稱「狗奴」的奴隸；傑爾曼瑞克用狗奴來試吃食物是否含毒，而牠們沒一個活得長久。這應該是隻新的狗奴，從上次突襲中抓來的；牠像團破布般蜷縮著，毛髮糾結。側翼之主穿著金屬戰衣，油膩的長髮編成辮子並綁有小飾物。他粗壯的手指上擠著七只笨重的骷髏戒指。

他半張著眼，以威嚇的眼神看著康彌塔特斯民兵團。

「這是場成功的襲擊，兄弟們！食物和金屬原料……分給每個人，綽綽有餘。」房間一陣嘁嘁喳喳。但他所說的「每個人」，指的是康彌塔特斯民兵團；攀附之人只能撿拾殘羹廢料。

「然而收穫沒有預期中的來得好。幾個笨蛋驚動了監獄。」他吐出K特，然後從手肘邊的象牙盒裡取出新的一塊，小心翼翼地塞入口中。「兩個人陣亡，」他緩緩咀嚼著，並且定睛在芬恩身上，「而且俘虜了一名人質。」

芬恩開口準備說話，但凱羅狠狠地踩了他一腳。打斷傑爾曼瑞克說話絕不是明智之舉。他帶著惱人的停頓，繼續緩慢地說話，不過他的愚蠢只是個虛假的表象。

傑爾曼瑞克的鬍鬚上流下一道細細的紅色唾液。他說：「解釋一下，芬恩。」

芬恩嚥了嚥口水，但凱羅作出回應，而他的聲音沉著。「側翼之主，我的兄弟冒了很大的危險；錫維崔很可能不停車或甚至放慢速度。這次我們能獲得足夠的糧食，全靠了他。捉走這女人只是一時興起，算是給他的一點犒賞。不過當然康彌塔特斯民兵團是你的，決定權在於你。不管如何，她真的沒什麼。」

「當然」這兩個字帶有圓滑的譏諷。傑爾曼瑞克沒有停下咀嚼的動作，因此芬恩不確定他是否注意到這如針刺般微小的隱含恫嚇。

然後，他看見了老師。她站在一旁，有人看守著，雙手綁著鎖鍊。她的臉上沾有塵土，頭髮披散。她一定嚇壞了，但仍然站得筆挺；她看了看凱羅，接著眼神冰冷地望向芬恩。芬恩垂下眼，不過凱羅推了推他，讓他趕緊迫使自己昂起頭，睥睨所有人。在這裡，表現得怯懦或遲疑就死定了。除了凱羅，他無法相信任何人，但這也僅因為他們立過誓言。

芬恩傲慢地站著，並且直視傑爾曼瑞克。

「你跟我們在一起多久了？」側翼之主問道。

「三年了。」

「那麼你已經不再天真了。你的眼神不再空洞，不再嚇得又叫又跳；當光線暗去後，你也不再低泣。」

康彌塔特斯民兵團在一旁竊笑。有人說：「他還沒殺過任何人。」

「也該是時候了。」阿摩斯咕噥著。

傑爾曼瑞克點點頭；頭髮中的金屬飾品碰撞出叮噹聲。「說的也是。」他看著芬恩，後者也與他四目相接，因為這是側翼之主讓人無法看清他的伎倆；他以龐大而緩慢的偽裝掩飾了自身剽悍殘暴的性格。芬恩知道接下來會發生什麼事，所以當傑爾曼瑞克帶著睡意說：「你可以對那個女人下手」的時候，他連眼睛都沒眨一下。

「我是可以啊，主人，但我寧可藉此多得些好處。我聽見他們叫她『老師』。」

傑爾曼瑞克挑起如K特汁液搬嫣紅的眉毛。「你想要求贖金？」

「我相信他們會付的。那些卡車上滿是沉甸甸的貨物。」言至此，他停頓下來，無須凱羅提醒他別透露太多。有那麼一刻，他幾乎因再次浮現的恐懼而顫抖，但他極力壓抑了這種感覺。要求贖金意味著傑爾曼瑞克也能分杯羹。這自然可以說動他。他的貪婪是眾所皆知的事。

晦暗的牢房裡，燭光搖曳。傑爾曼瑞克倒了杯酒，然後灑下一點給狗奴。他看著牠舔食，並且等到奴隸無恙地退開，他才開始啜飲。接著他舉起手，翻轉手背展示出七只戒子。「小子，你看到了嗎？這些戒指蘊含了生命，我偷來的命。他們每一個都曾是我的敵人；我慢慢地殺害他們，讓他們受到痛苦的折磨。他們全都被困在我指頭上的戒環裡。他們的呼吸、能量、力量全被抽走，儲存在戒指裡，直到我需要的那天。一個人可以有九條命，芬恩；一命用完換一命，避開死亡。我父親做得到，我也能。不過至今，我只有七條命。」

民兵們看了看彼此。後方的婦女們交頭接耳；有的人引頸瞠目，想越過人群看看戒指。銀色的骷髏在毒煙瀰漫的空氣中閃閃發光，其中一顆狡黠地朝芬恩眨著眼。芬恩咬了咬乾裂的嘴唇，嚐到了K特的味道——鹹如血液，並且令他的眼角視線一片模糊。汗水濡濕了他的背。房間炙熱難耐；椽木上的老鼠向下探看，一隻蝙蝠飛了出來，瞬間又遁入黑暗。在他沒有注意到的角落，三名孩童正在掏挖著穀堆。

傑爾曼瑞克站起身來；他是個身形高大的男人，比其他人都高出一個頭。他低頭看著芬恩說：「一個忠誠的男人會把這個女人的生命獻給他的領導人。」

現場一片靜默。

沒有別的辦法了；芬恩知道自己必須遵照他意。他看了老師一眼，而面容慘白憔悴的後者也回望著他。

但凱羅冷靜的聲音打破了緊張的氣氛。「大人，您要一條女人命？一種愚蠢又情緒化的生物，這種脆弱而無助的東西？」

她看起來一點也不脆弱無助，反而相當憤怒；芬恩不禁為此暗自咒罵她。為什麼她就不能哭著求饒呢？不過她彷彿感應到了他的心思，因此垂下了頭。但她全身仍因強大的自尊僵硬。

凱羅優雅地揮了揮手。「女人沒什麼力量讓男人垂涎的。不過如果你有興趣的話，請便。」說這種話實在太危險了，芬恩感到極為震驚。沒人敢嘲弄傑爾曼瑞克，沒人敢讓他出糗。他應該還沒嗑藥嗑得無法察覺話中之刺。如果你有興趣的話，如果你那麼渴望的話……一些戰士團成員聽懂言下之意。祖瑪和阿摩斯暗暗交換了個微笑。

傑爾曼瑞克瞠目凝視女子，女子也回瞪著他。然後他吐出紅色的葉渣，伸手取劍。

「我可不像美男子那麼挑剔。」他咆哮道。

芬恩上前一步。有那麼一刻，他只想把女子拖走，但凱羅緊緊地抓住他的手臂。傑爾曼瑞克已經轉身面對老師，將劍架在她的脖子上；她仰直頸子，銳利的劍鋒照亮了她細緻的下巴。完了，芬恩失望地想著，他將永遠無從得知她所知道的任何事情了。

此時，後方傳來重重的關門聲。

一個尖刻的聲音說：「老兄，她的命毫無價值。把她交給那個男孩吧。敢躺在死神面前的人，如果不是笨蛋，就是有遠見卓識。不論如何，他值得獎勵。」

群眾趕緊讓開一條路。一名矮小的男子邁步走來，身上穿著薩彼恩堤學院的深綠色制服。他雖年紀老邁，但腰桿挺得筆直，而且連康彌塔特斯民兵團也為他讓路。老人走近並站在芬恩旁邊；傑爾曼瑞克心情沉悶地低頭看著他。

「吉爾達斯，這件事跟你有什麼關係？」

「照我所說的去做。」老人的語氣嚴厲，彷若對孩童說話般，「你很快就可以得到你想要的最後兩條命。但是她——」他用拇指比了比，「不會是其中之一！」

若換作他人，絕對死定了；若換作他人，將會被拖出去倒掛在豎井裡，任老鼠啃食內臟。然而不一會兒，傑爾曼瑞克放下劍，「你答應我？」

「我答應你。」

「智者一諾千金，不可違信。」

老人說：「絕不會的。」

傑爾曼瑞克看著他，然後收劍入鞘。「把她帶走吧！」

女子倒抽一口氣。

吉爾達斯急躁地看著老師。但見她絲毫未動，老人一把拉過她的手臂。「帶她離開這裡！」他嘀咕道。

芬恩遲疑了一下，但凱羅立刻做出反應，匆忙推著老師穿過人群。

就在此時，吉爾達斯迅速緊捉住芬恩的手臂。「你看到畫面了嗎？」

「沒什麼重要的。」

「重不重要我說了算！」吉爾達斯看了一眼已離去的凱羅，然後轉回視線。他的眼神充滿警覺，一雙慧黠的黑色小眼睛動來動去。「小子，我要知道所有細節！」他低頭瞥了一眼芬恩手腕上的鳥形圖案，然後鬆開手。

芬恩即刻推開人群，走出牢房。

女子在巢窟別處等待，並且對凱羅不予理睬。她轉身，生氣地大步走在芬恩前方，回到他們位在轉角的小牢房。凱羅撇頭示意警衛離開。

老師轉身，低聲怒吼：「這是哪們子的賊窩啊？」

「聽著，妳還活著……」

「這可不是拜你所賜。」她站起身；她比芬恩來得高，並且面露惡毒的怒意，「不論你想從我身上得到什麼，門兒都沒有。你們這些殺人兇手，下十八層地獄去吧。」

在他身後，凱羅倚靠著門框，咧嘴而笑。「有些人就是不知感激啊。」他說。

4

最後當一切就緒，「見證人」馬爾托召開薩彼恩提理事會，徵求志願者。這些人必須做好與父母、朋友永別的心理準備。他們將再也看不見綠草、樹木與陽光。再也看不見星辰。

「我們是智者。」他說，「我們肩負成功的職責。我們得派出最優秀的成員，帶領被收容者。」

到了指定的時間，當他走近闔閣之廂，據說他喃喃唸著他擔憂一切將成枉然。

他打開門。七十名男女正等著他。在盛大的儀式中，他們進入了監獄。

世人再也沒有見過他們。

——《鋼狼的故事》

那個晚上，典獄長以晚宴款待尊貴的客人。

長桌上擺放著精美的銀器餐具，高腳杯和碟盤上刻著雙頸交纏的天鵝。身穿紅色絲質洋裝與蕾絲束胸的克勞蒂亞坐在艾維昂勛爵對面；她父親則坐在主位，少量進食並且輕聲說話，以沉著的眼神來回看著緊張的賓客們。

全體鄰居與佃戶遵從召喚出席了晚宴。而事情就是如此，克勞蒂亞嚴肅地想著，因為印卡塞隆典獄長的邀請是不容拒絕的，即便是年歲近乎兩百的席薇亞夫人；她詞不達意地和坐在身旁、感到無趣的年輕貴族交談賣俏。

克勞蒂亞看見年輕的大人謹慎地忍住呵欠。他吸引了她的注意。她朝對方溫柔地一笑，然後眨了眨眼睛。年輕人目不轉睛地看著她。克勞蒂亞知道自己不該戲弄他；他是父親的隨侍之一，高攀不上典獄長的女兒。儘管如此，她也只是覺得無聊而已。

魚、孔雀、烤野豬、甜食……彷彿無止境的菜餚結束後，接著是舞會；煙霏霧集的大廳上方，樂師們在燭光照亮的走廊裡彈奏著。克勞蒂亞從一長排舞者舉起的手臂下方鑽過時，突然納悶他們所使用的樂器是否正確——中提琴該不會是之後的年代才發明的吧？這是依據雷夫所提供栩栩如生的細節而做的安排。這名老僕役十分優秀，可是他的研究有時因匆忙而不夠精確。父親不在家的時候，她不會在意這些。但典獄長極度講求細節的精準度。

直到午夜後，她終於目送最後一批賓客走向馬車，然後獨自站在主宅第的臺階上。她身後的兩名年輕持炬者睡眼惺忪地等著，他們手上的火炬在微風中忽明忽暗。

「去歇息吧。」她背對著他們吩咐道。

閃爍的火光與劈啪的燃燒聲消逝，夜晚回歸平靜。

他們離去後，克勞蒂亞跑下階梯，穿過門房的牌樓，來到護城河上的橋樑，呼吸寂靜深夜的溫暖空氣。蝙蝠在天空中飛來飛去。她一邊看著，一邊扯下硬挺的襞襟與項鍊，然後脫下洋裝底下僵硬的襯裙。她鬆了口氣地將衣物丟在河岸廢棄的廁所裡。

這樣舒服多了！這些東西就留在這兒到明天吧。

她的父親稍早已離席，帶著艾維昂大人到樓上的圖書室；也許他們還在那裡談論著金錢、協議和她的未來。然後，在客人離去，整棟屋子恢復沉寂後，父親將拉開走廊盡頭的黑色天鵝絨布幔，用不為人知的密碼打開書房的門；她試圖解鎖數個月，但都未果。父親會消失在房內數個鐘頭，有時甚至幾天。據她所知，沒有他人踏入過那房間，無論是僕人、技師，甚或秘書梅德利科特。她自己也沒有進去過。

嗯，至少到目前還沒。

克勞蒂亞抬頭望著北方的塔樓，一如所料地看見塔頂的房間窗戶亮起微弱的光。她趕緊走向城牆上的門，打開並摸黑爬上樓梯。

他視她為工具。她只是他所創造——套用他的詞彙——「繁殖」的東西。她抿著唇，手指在冰冷而油膩的牆上摸索。很久以前她便知道他徹頭徹尾地冷酷無情，而她若想存活，必須與他匹敵才行。

父親愛她嗎？克勞蒂亞坐在石砌樓梯平臺上喘氣休息時，在心中自嘲地笑了出來。她不知道。那麼她愛他嗎？她無疑畏懼他。小的時候，他對她微笑，有時則會抱起她，在一些大場合中牽著她的手，稱讚她的洋裝。父親從來沒有否定過她什麼，不曾打擊她；甚至當她發脾氣而扯斷他送的珍珠項鍊，或騎馬待在山裡數天，他也從未生氣。然而據她記憶所及，他那雙沉著而冰冷的灰色眼睛嚇壞了她，而害怕引他不悅的恐懼籠罩著她。

第三段樓梯平臺另一端的階梯上滿是鳥糞——那些絕對是貨真價實的排泄物，而非虛擬投影。克勞蒂亞東躲西閃地在走廊上摸索著抵達轉彎處，再登上三層階梯，來到設有鐵柵的門前。她抓住並輕輕轉動門環，並且探頭。「傑瑞德？是我。」

房間十分昏暗。唯一的蠟燭在窗臺上燃燒，冷風將燭火吹得搖曳不定。塔樓四周的窗扉全都拉起；這種無視紀元規定的舉動會令雷夫心慌意亂。

自鋼樑上伸出屋頂的瞭望臺窄小得彷彿飄浮在空中。一只巨大的望遠鏡已面向南方；其上裝著輔助望遠鏡、紅外線讀寫器和畫面閃爍的小螢幕。克勞蒂亞搖搖頭。「瞧瞧這個！如果皇后的眼線看見這些，罰款可會把我們壓垮了。」

「他不會知道的，尤其在今晚他喝了那些蘋果酒之後。」

起初，她甚至找不到傑瑞德。接著窗戶前的一個影子開始移動，黑暗退去，一道纖瘦的身影自取景器後方逐漸浮現。「來看看這個，克勞蒂亞。」

在凌亂的桌子、星盤與諸多懸掛的星球模型間，她摸索著走上前。小狐狸受到驚嚇後，飛奔到窗臺上。

傑瑞德抓住她的手臂，引導她來到望遠鏡前。「星雲F345。人們稱為『玫瑰星雲』。」

當她從鏡子中望去，明白了這名稱的由來。數千光年之外，星星爆炸後如奶油般稠密的星塵在鏡頭下的一圈灰暗天空中，如巨型花朵的花瓣般綻放。一朵由星星、類星體、天體和黑洞組成的花，熔化的中心隨著氣態雲跳動。

「它距離有多遠？」她低聲問道。

「一千光年。」

「所以我現在看的是一千光年以前的影像？」

「也許更久。」

感到暈眩的克勞蒂亞自望遠鏡挪開眼睛。當她轉身面向傑瑞德，搖曳的燭光模糊了她的視線，微微照出他糾結的黑髮、狹長的臉龐、纖瘦的身形，和袍子底下鬆解的長束衣。

「他把婚禮提前了。」她說。

她的老師皺起眉頭。「是啊。想當然了。」

「你早就知道了？」

「我知道伯爵被學院開除。」他走進燭光中，而她看見對方的碧眼閃閃發光。「今天早上他們傳了訊息給我。我想結果就是這樣。」

她心煩意亂地將沙發上的紙堆掃到地板上，無精打采地坐下，並且晃動雙腿。「嗯，你猜對了。我們只剩下兩天。時間根本不夠，對吧？」

他走上前，坐在她對面。「不夠完成儀器的最後測試。」

「你看起來很累，大學者傑瑞德。」她說。

「妳也是，克勞蒂亞．阿爾雷克莎。」

他的雙眼下方出現黑眼圈，臉色蒼白。她溫柔地說：「你應該多睡一點。」

他搖搖頭。「當整個宇宙在我頭上運轉的時候嗎？不可能，小姐。」

克勞蒂亞知道他是因為痛楚而無法成眠。此時，傑瑞德喚來小狐狸；牠走過來，跳上主人的大腿，抵蹭他的胸膛與臉龐。他心不在焉地撫摸牠黃褐色的背部。

「克勞蒂亞，我一直在思索妳的推論。我需要妳告訴我，妳的婚約是怎麼安排的。」

「當時你也在場，不是嗎？」

他露出溫柔的笑容。「妳也許認為我一輩子都待在這裡，但我其實是妳過完五歲生日後才來的。典獄長要學院派出最優秀的成員。他女兒家教老師的人選可不能隨便。」

她想起父親的話，忍不住皺了皺眉。傑瑞德微微轉頭看著她。「我說錯了什麼嗎？」

「不是因為你。」克勞蒂亞伸手想摸小狐狸，但是牠轉身躲開，緊緊地躲進傑瑞德的臂彎。所以她語帶諷刺地說：「好吧。這要看你指的是哪一個婚約了。我訂過兩次婚。」

「第一個。」

「那我沒什麼能告訴你的。我當時才五歲，什麼都不記得。」

「但他們將妳許配給國王的兒子吉爾斯。」

「就像你所說的，典獄長女兒的夫婿只能是最好的。」她一躍起身，在瞭望臺上面徘徊，不安地收拾紙張。

傑瑞德綠色的眼睛盯著她。「我記得他是個英俊的小男孩。」

克勞蒂亞背對著他說：「是啊。訂婚之後，每年宮廷畫家都會寄一張他的小畫像給我。我把照片全收在小盒子裡，總共十張。他有一頭深棕色的頭髮，與和善而堅毅的臉。他會是個不錯的男人。」她轉過身，「我只見過他一次。我們到宮廷參加他七歲生日宴會的那天。我記得一個小男孩坐在一張對他而言實在過大的寶座上。他們甚至得在他腳下墊個箱子。他有雙棕色的大眼睛。他們允許他親吻我的臉頰，而他尷尬得不得了。」她微笑著回憶道，「你知道男生臉紅起來是什麼樣子。嗯，他的臉變得緋紅，只能含糊地說出：『妳好，克勞蒂亞．阿爾雷克莎。我是吉爾斯。』他送給我一束玫瑰花；我一直留著，直到花都凋謝了。」

她走到望遠鏡邊，將裙子撩過膝蓋，跨坐在板凳上。

學者撫摸著小狐狸，看著克勞蒂亞調整接目鏡，然後透過儀器向外探看。「妳喜歡他。」

她聳聳肩。「你絕對不會想到他是王位繼承人。他跟一般男生沒什麼兩樣。沒錯，我喜歡他；我們應該會相處得很好。」

「但跟他弟弟——伯爵——就不是這麼回事？當時也是嗎？」

她的手指轉動精密的刻度盤。「噢，他啊！那個調皮的咧嘴笑容？不，我立刻就知道他是什麼樣的人。他下棋時會作弊，輸棋就掀了棋盤。他對僕人大吼大叫，還有女孩們告訴我一些事。當我的……當典獄長回家，告訴我吉爾斯突然死了……以及所有計畫都得改變，我火冒三丈。」克勞蒂亞挺直身子，並且倏地轉過頭，「我先前跟你發過的誓依然不會變。老師，我不能嫁給凱斯柏，我不會嫁給他。我厭惡他。」

「克勞蒂亞，冷靜一點！」

「我怎麼能冷靜？」她站了起來，開始踱步。「我感覺像天塌下來了一樣！我以為我們還有時間，結果只剩兩天！傑瑞德，我們必須設法進入書房，即使機器還沒有經過測試。」

傑瑞德點點頭。然後他抱起小狐狸丟在地上，無視於牠不滿的嗥叫。「過來看看這個。」

望遠鏡旁邊的螢幕閃爍著。他觸碰控制儀，螢幕上出現一行行薩彼恩堤語言——儘管她苦苦央求，他也都不曾教授她隻字片語。當他捲動螢幕畫面，一隻蝙蝠穿過窗戶大開的房間，消失在黑夜裡。克勞蒂亞看了看四周。「我們應該小心一點。」

「我待會就把窗戶關上。」心不在焉的傑瑞德停下文件的捲動。「這裡，」他纖細的手指按了個按鍵，翻譯文字隨即出現。「妳看。這是皇后的信件草稿。三年前，宮裡的學院間諜取得焚毀的信件殘骸，並且留下副本。妳請我找出任何能支持妳那荒謬推論的東西——」

「這一點也不荒謬。」

「好吧，妳那不太可能的推論。妳認為吉爾斯的死——」

「是謀殺。」

「突然得令人懷疑……不論如何，我發現了這個。」

克勞蒂亞差點急切地將他推到一旁。「你怎麼拿到的？」

他挑起眉毛。「這是智者的祕密，克勞蒂亞。就說是我學院裡的一個朋友在檔案室裡找到的吧！」

當他走到窗戶旁邊時，她迫切地讀起文件。

……關於我們先前提及的安排，雖屬不幸，但重大的改變總需要一些重大的犧牲。G自父親死後，一直疏遠周遭的人。民眾將真誠地感到悲傷，但為時短暫，而我們可以加以遏制。無須我多言，你所扮演的角色重要性不容忽視。當我兒登基為王，我保證一切……

她惱怒地嘶聲說道：「就這樣？」

「皇后一向十分謹慎。我們在宮裡至少有十七人，可是能證實任何事的證據卻很少。」傑瑞德拉下最後一扇窗，隔絕了星空。「需要很多搜索工作。」

「但是這再清楚不過了！」她急切地將信件重讀了一遍，「我的意思是……『民眾將真誠地感到悲傷……當我兒登基為王……』」

當傑瑞德走近並點亮油燈，克勞蒂亞抬頭看著他，眼裡滿是興奮之情。「老師，這證明她殺了他。她謀害了國王的繼承人，哈瓦阿爾納王朝最後的成員，好讓他同父異母的弟弟——也就是她的兒子——能坐上王位。」

傑瑞德靜默了一會兒。燈火穩穩燃燒後，他才抬起頭看著她；她的心一沉。「你不這麼認為。」

「我以為我不是這樣教妳的，克勞蒂亞。論點要嚴謹。這些只能證明她有意讓她的兒子成為國王，而不能證明她做了什麼。」

「但是文中的『G[1]』——」

「任何名字以G開頭的人都有可能。」他態度堅定地看著對方，讓她垂下了眼。

「你不這麼認為！你不能……」

「我怎麼想一點也不重要，克勞蒂亞。如果妳想做出這樣的指控，妳必須提出不容質疑的鐵證。」傑瑞德緩緩地在椅子上坐下，皺眉蹙額。「王子因墜馬而死，醫生證實了死因。他們舉行了隆重的公祭，將他的遺體放置在國政大廳裡三天，而數千名民眾排隊上前瞻仰遺容。妳父親……」

「一定是她謀害吉爾斯的，因為她嫉妒他。」

「她從沒表現出來。而且遺體已經火化，我們也無從查出她如何下手的。」他嘆了一口氣，

「難道妳不懂這一切在他人眼中會是怎麼一回事嗎，克勞蒂亞？他們會認為妳只是個被寵壞的小女孩，討厭這樁被安排好的婚姻，所以不惜用扒出任何醜聞來擺脫它。」

克勞蒂亞怒沖沖地反駁。「我不在乎！什麼——」

但傑瑞德坐起身子。「安靜！」

她不禁一愣。小狐狸站了起來，豎起耳朵。門下方咻地吹進一陣風。

兩人即刻做出反應。克勞蒂亞馬上來到窗邊，調暗玻璃顏色，然後轉身看見傑瑞德點選控制儀，察看安裝在樓梯上的感應器與警報器的狀態——紅燈閃動。

「怎麼了？」她小聲地問，「發生什麼事？」

他沒答腔。過了一會，他低聲說：「外頭有東西，很小，可能是竊聽器。」

她的心跳怦怦然。「是我父親？」

「誰知道？也許是艾維昂勳爵，也許是梅德利科特。」

他們在昏暗中站了許久，側耳傾聽。夜闌人靜。遠處有狗兒吠叫；他們可以聽見綿羊模糊的叫聲自護城河外的草地上傳來，還有一隻正在狩獵的貓頭鷹。過了一會兒，房裡出現沙沙聲響；小狐狸回到椅子上，蜷縮著睡著了。燭火一陣搖曳，隨後熄滅。在一片寂靜中，克勞蒂亞說：「明天我要進入書房。即使找不出關於跟吉爾斯有關的東西，至少能對印卡塞隆有些了解。」

「他還在這屋子裡……」

❶吉爾斯一名原文為Giles。

「這是我最後的機會了。」

傑瑞德用修長的手指撥了撥凌亂的頭髮。「克勞蒂亞，妳得離開了。我們明天再談。」才說完，他的臉頓時變得慘白。他用雙手撐著桌子，身子前倚，重重地呼吸。

她默默來到望遠鏡旁邊。「老師？」

「請幫我拿我的藥。」

她一把抓住蠟燭搖了搖，讓燭火重新燃起，一邊咒罵著。

「在哪裡……我找不到……」

「藍色的盒子。在觀象儀旁邊。」

她東摸西找。筆、紙、書籍……盒子；裡面裝了注射器和注射液瓶。克勞蒂亞小心翼翼地將瓶子裝進注射器，然後來到他身旁。「需要我幫忙嗎……？」

他溫柔地笑了笑。「不了，我自己可以處理。」

她將檯燈拿近些；傑瑞德捲起袖子，她看見他血管周遭有數不清的疤痕。他謹小慎微地替自己打針，微量注射器幾乎沒有觸碰到皮膚。當他將器具放回盒子裡時，聲音已經沉穩平靜。「謝謝妳，克勞蒂亞。別這麼一臉害怕。這個病症已經折騰我十年，不會突然壞到哪裡去。我想，它大概還要再十年才會讓我解脫吧。」

克勞蒂亞笑不出來。這種時刻讓她感到害怕。她說：「我是不是應該派個人……？」

「不，不。我待會就上床休息。」他將蠟燭遞給她，「下樓梯的時候，小心一些。」

克勞蒂亞心不甘情不願地點點頭，舉步離去。她在門口停下腳步，然後轉過身。傑瑞德正關起盒子；他彷彿料到對方動作般站在原處，學者的高領深綠色外袍閃爍出詭譎的燦爛光輝。

「老師，那封信。你知道是寫給誰的嗎？」

他痛苦地抬起頭。「我知道。而這讓潛入書房的事變得更加緊急。」

她沮喪地嘆了口氣，燭光隨之搖晃。「你的意思是……」

「恐怕如此，克勞蒂亞。皇后的信是寫給妳父親的。」

5

從前，有個名叫薩伏科的男人。他來自何方是個謎。有人說，他乃監獄所生，以其存納的零件所養育。有人說，他來自「外界」，因他隻身一人返歸。有人說，他根本不是人類，只是個從狂人在夢境中所見並命名為星辰的閃耀星火中所生的生物。有人說，他是騙子，也是愚人。

——《薩伏科傳奇》

「妳必須吃點東西。」芬恩對女子皺了皺眉頭。她堅決地撇開頭坐著，帽兜遮住了臉龐。她不發一語。

他丟掉盤子，坐在她身邊的木凳，用掌心揉揉疲倦的雙眼。四周都是康彌塔特斯民兵團進早餐時的杯盤聲。燈亮已過一個小時；他花上好多年才適應燈亮時未被毀損的牢門喀啦開啟所發出的巨大聲響。他抬頭看見椽木上一隻監獄之眼好奇地看著他們；微小而不閃爍的紅色燈光朝下探看。

芬恩皺了眉頭。沒有人注意過監獄之眼，但他對其深惡痛絕。他站起來，背對它們。「跟我來。」他厲聲說，「到安靜一點的地方。」

他快步走著，一路上沒有回頭察看她是否跟上。他不想再等去分贓的凱羅；他一向負責處理這種事。芬恩很久以前就知道，他的拜把兄弟肯定在暗中欺騙自己，但是他不能太過放在心上。

此刻，他彎腰穿過拱道，來到寬敞樓梯的最上層；樓梯雅致地向下蜿蜒進入黑暗。

在這裡，噪音被隔絕，而詭譎地迴盪在這洞穴般的空間裡。兩名骨瘦如柴的年輕女奴快步經過；她們一臉驚恐，一如當康彌塔特斯民兵團的成員瞥見她們時那般。巨大的鎖鍊在隱形屋頂上一圈圈垂掛，猶如碩大的橋樑，每個鍊圈都比人還粗。蜘蛛在一些鎖鍊上築巢，用具黏性的網子纏繞金屬；半隻狗的乾屍倒掛在蜘蛛巢繭中。

他轉過身，看見老師。

他上前一步，用低沉的聲音說：「聽著，我必須把妳帶走。我不想傷害妳，但是先前在運輸道的時候，妳說了一些話。妳說妳認得這個圖。」

他拉起袖子，朝她伸出手腕。

她輕蔑地瞥了一眼。「我當時太愚蠢，才會對你感到同情。」

他怒火中燒，但竭力克制怒氣。「我必須知道。我不曉得自己是誰，還有這個記號代表什麼意義。我什麼都記不得。」

現在老師終於正眼看著他。「你是獄生者？」

這個名稱讓他不悅。「他們是這麼說的。」

她說：「我聽過獄生者，但從沒親眼見過。」

芬恩看向遠方。談論關於自己的事讓他心煩意亂。但他察覺到老師已經產生興趣；這也許是他唯一的機會了。他坐在樓階頂端，感覺手底下的冰涼碎石。他望著眼前黑暗。「我一覺醒來，就是這樣。整個世界一片黑暗、沉寂，我的腦袋則一片空白，而我不知道我是誰，也不知道自己置身何處。」

他無法告訴對方自己內心的驚恐；瞬間湧現的恐懼讓他尖叫著捶打狹小、窒悶的牢房壁面，並使自己了受傷。

他也無法告訴她，他不斷哭泣到嘔吐；他顫抖著蜷縮在角落數日——因為心靈的角落和監獄的角落都空蕩虛無。

也許她猜想到了；她走過來坐在他身邊，裙子沙沙作響。

「你今年幾歲？」

芬恩聳聳肩，「我怎麼知道？已經三年了。」

「那麼大概是十五歲。還算年輕。我聽說有些人天生就瘋了，而且年邁。你很幸運。」

她的臉上滿是同情；儘管聲音很冷漠，但芬恩注意到了，並且想起她在伏擊之前表現出的關懷。她是個有同理心的女人。這是她的弱點，而他必須善加利用，一如凱羅所教過他的那樣。

「老師，當時我是瘋了。有的時候，我依然如此。沒有過去，不知道自己的名字，不曉得自己從何而來、身在何處、是什麼……妳絕對無法想像那種感覺。我發現自己穿著灰色連身衣，上面印著名字和號碼。名字是芬恩，號碼是0087/2314。我不斷唸著這個號碼，熟記它們，用鋒利的碎片寫在石頭上，甚至在手臂上刻下血字。我像隻骯髒的動物一樣在地板上爬行，頭髮日漸長長；燈光的明滅代表了日夜；托盤盛著食物從牆後送進來，排泄物也以同樣的方式被送出去。我努力嘗試過一兩次，企圖從開孔爬出去，但是開孔迅速地關閉。多數時間，我不省人事地躺著。而當我睡著時，則會作惡夢。」

老師看著他。芬恩能察覺她正在思索對方所說的話有幾分真實。她的雙手強壯且能事；芬恩看得出來她經常操勞雙手，但她也搽上紅色指甲油。他靜靜地說：「我還不知道妳的名字。」

「我的名字並不重要。」她沒有移開視線，「我聽過那些牢房，薩彼恩堤學院稱之為『印卡塞隆的子宮』。監獄在那裡創造新的人；他們以嬰兒或者成人的模樣出現……是完整的人類，不像半械人。但是只有年輕人存活；他們是印卡塞隆之子。」

「某種東西存活，但我不確定那是不是我。」他想要告訴她破碎畫面的事；即便至今，有時他仍會從惡夢中驚醒，陷入忘卻的惶恐，摸索著自己的姓名和來處，直到聽見凱羅寧靜的呼吸聲，他才感到放心。但是他沒有道出這些，只是說：「總是有一隻監獄之眼。剛開始我不知道那是什麼，只有在晚上才會注意到一顆極小的紅色光點在靠近天花板之處閃亮。我漸漸意識到它無時無刻都存在，開始想像它正監視著我，而我無法逃離。我開始認為在那背後存在著一個好奇又殘酷的智慧體。我討厭它，所以蜷縮身體，面對潮濕的石牆，不去看它。但是過了一會兒，我卻無法抑止自己轉身確認它是否還在的欲望。它變成某種能提供我安慰的東西；我害怕它會離開，而且不敢想像它可能離我而去。在那同時，我開始談論它。」

他甚至不曾告訴凱羅這些事。她的沉默、她的親近感、她身上怡人的肥皂香味……他一定曾有過類似的經驗，因為這些事物讓他開口道出難以明述、自己也不願談論的事。

「老師，妳跟印卡塞隆說過話嗎？在夜深人靜的時候？向它低語、禱告？求它結束空無的夢魘？獄生者會這麼做，因為世界上沒有其他人了。『這』就是全世界。」

芬恩的聲音哽咽。老師小心翼翼地不與他對上眼。「我不曾這麼孤獨過。我有丈夫、孩子。」

芬恩吞了吞口水，感覺她的憤怒刺穿了他的自憐。也許她也正在試探他。芬恩咬著嘴唇，撥開眼前的頭髮；他知道自己雙眼泛淚，但他不甚在意。「那妳很幸運，老師，因為除了監獄印卡塞隆，我沒有家人，而它鐵石心腸。但我漸漸開始意識到它很龐大，而我生活其中；我只是個被它吞噬了的、既渺小又迷惘的生物。我是它的孩子，它是我的父親……它浩瀚得令人無法參透。但正當我深信如此，十分確信我已對寂靜感到麻木之時，門開了……」

「所以那裡是有道門！」她的語氣充滿尖刻的諷刺。

「是的，那裡始終有一扇門。很小，而且隱藏在灰色的牆上。我盯著黑暗的長方形看了很久——也許有好幾個小時吧——害怕有東西可能會從那兒進來；而遠處傳來了微弱聲響和氣味。最後，我鼓起勇氣爬到門口，向外探索。」他曉得女子現在正凝視著他。他雙手緊握，不疾不徐地繼續道：「門外唯一的東西是一條由上方光線照亮的白色走廊。它朝兩頭延伸，中間沒有任何其他通道，也沒有盡頭；走廊逐漸窄小而模糊。我撐起身體——」

「你能走路？」

「幾乎沒辦法。我沒有什麼力氣。」

老師嚴肅地笑了笑。他趕緊接著說：「我跌跌撞撞地走，直到雙腳再也使不上力；但是走廊看起來跟之前一樣筆直且普通。燈暗了，只剩監獄之眼監看著我。每當我感覺監獄之眼在身後，就會在前方發現另一盞；這使我不再惶恐，因為我愚蠢地認為印卡塞隆監獄看顧著我，引領我走向平安。那天晚上，我倒地就睡。燈亮後，頭旁邊出現滿滿一盤白色的食物。我吃飽後繼續向前走。我沿著走廊走了兩天，我逐漸相信自己一直在原地踏步，哪兒也去不了，而長廊會移動，自我腳下流過；我認為自己像踩著某種恐怖的跑步機，會永不停歇地走下去。接著，我撞上一道石牆，我絕望地拍打它。石牆開啟，我跌了出去，掉進黑暗。」

芬恩陷入長長的沉默，老師只好開口問：「然後你發現自己在這裡？」

她不由自主地聽得入迷。芬恩聳聳肩。「當我猛然醒來，發現自己躺在載著古物的馬車裡；車上還有許多老鼠。康彌塔特斯民兵團在巡邏中發現我。他們原本大可逼我成為他們的奴隸，或是劃開我的喉嚨。說服他們不要這麼做的是學者老人。不過凱羅搶了功勞。」

她厲聲大笑。「我相信他會這麼做。而你曾試圖再次找尋這個通道嗎？」

「我試過了，但沒有成功。」

「所以你就和這些……禽獸們一起待在這裡？」

「我沒有別人了啊。而且凱羅需要一個拜把兄弟；如果沒有的話，很難在這兒生存下去。他覺得我所……看到的影像……可能有用，也或許他認為我對他來說夠不要命吧。我們劃開手，混合彼此的血液，然後爬過一道鎖鍊拱門。這裡的人們都是這麼做的，這是個神聖的誓約。我們守護彼此；如果當中一人死了，另一人會為他報仇。誰都不能打破誓約。」

她看了四周一眼。「我不會選像他那種人結拜。那名學者呢？」

芬恩聳聳肩。「他相信我的腦中閃過的記憶是薩伏科傳送的，為了幫助我們找到出路。」她沉默不語。他靜靜地繼續說：「現在妳知道我的故事了。告訴我關於我手上刺青的事吧。妳曾經提到水晶……」

「我對你釋出善意，」她雙唇緊抿，「得到的回報卻是被綁架，還差點被一個自以為能把他人生命存在銀戒指裡的惡棍給殺害。」

「別拿這個開玩笑，」芬恩不安地說，「這很危險的。」

「你相信這種事？」她聽起來相當詫異。

「這是真的。他的父親活了兩百多歲……」

「胡說八道！」她的輕蔑不容置疑，「他的父親也許十分長壽，但可能是因為他一直吃得好、穿得好，然後所有危險的事都留給愚蠢的子民去做。就像你。」她轉身瞪視著他，「你利用我的同情心。到現在你還是這麼做。」

「我沒有。我冒著生命危險救妳，妳也看到了。」

老師搖搖頭。然後突然抓住他的手臂，在對方能抽回手前，拉起他破爛的袖子。

芬恩髒汙的皮膚上滿是瘀傷，但沒有傷痕。

「你先前刻的字怎麼不見了？」

「癒合了。」他靜靜地說。

她嫌惡地鬆開他的袖子，轉過身去。「我會怎麼樣？」

「傑爾曼瑞克會捎訊息給妳的人；贖金是與妳等重的寶物。」

「假如他們不肯付贖金呢？」

「他們會的。」

「如果他們不付呢？」她轉過身，「那會怎麼樣？」

芬恩遺憾地聳聳肩。「妳將成為這裡的奴隸。處理礦石，製作武器。工作危險，食物稀少。

傑爾曼瑞克會把奴隸操勞到死。」

老師點點頭，望向黑暗空虛的樓梯，然後深呼吸一口氣。芬恩看見她的呼氣在冰冷空氣中形成薄霧。接著她說：「那麼，我們來打個商量。我叫他們今晚把水晶帶過來，然後你們放了我。」

芬恩的心臟狂跳。但是他說：「事情沒那麼簡單……」

「就是這麼簡單。否則我什麼也不會給你們，獄生者芬恩。什麼都沒有！永遠！」

老師轉身以深色眼眸堅決地看著他。「我是我族的老師。我絕對不會向史坎姆低頭。」

她很勇敢，他想著，但她什麼都不懂。要不了一個小時，傑爾曼瑞克就可以讓她尖叫著答應給他所有他所想要的東西。但是芬恩見過太多這種景象，而那讓他作嘔。

「他們必須帶著贖金一起來。」

「我不希望他們得這麼做。我要你今天就帶我回到你發現我的地方，在門禁以前。只要我們到了那裡——」

「我辦不到！」芬恩猛地站了起來。他們身後，一大群棲息在巢窟裡的黑鴿子因噹啷的信號鐘聲所驚擾，而振翅飛進黑暗中。「他們會剝了我的皮，要了我的命！」

「那是你的問題。」她尖酸地笑著，「我相信你可以編造許多故事。你可是這方面的專家。」

「我所告訴妳的一切都是事實。」芬恩突然感覺自己需要她的信任。

她將臉湊近他，眼神銳利。「就像突擊時，你講的那個不幸的故事？」

芬恩回瞪著她，最後垂下目光。「我不能就這樣放妳走。但是我答應妳，假如妳給我那顆水晶，妳一定可以安然無恙地返家。」

他們沉默了好一會兒，氣氛凝重得像結了冰。老師背對著他，用雙手環抱自己。芬恩知道她即將道出原委，而她的語氣十分嚴肅。

「好吧。不久前，我的子民們闖進一座廢棄的大廳。大廳從裡面用磚塊封死，大概有好幾個世紀了。空氣相當汙濁。我們爬進去之後，發現一些化為塵土的衣物、珠寶和一具男子骨骸。」

「然後呢？」他熱切地等待著。

她斜眼看著他。「男子手裡拿了一個水晶或厚玻璃製的圓柱形物品。裡面是老鷹展翅的立體投影。牠的一隻爪子握著一顆球體，頸子上戴了皇冠，跟你手上的圖一樣。」

芬恩無法言語了好一會兒。在他能開口前，她說：「你必須保證我的安全。」

芬恩想現在就抓著她一起逃走，逃回豎井，重新爬上路面。但是他卻說：「他們必須支付贖金。我現在無法做任何事。如果我企圖行動，我們兩人都會被殺。凱羅也是。」

老師困乏地點點頭。「我們得拿出所有的一切才能湊得與我等重的財寶。」

他嚥了嚥口水。「那麼，我向妳承諾——以我和凱羅的性命做擔保——如果他們付出贖金，妳不會受到任何傷害。我會確保交易如實進行。這是我目前唯一能做的。」

老師挺起胸膛。「即使你曾是獄生者，」她低聲說，「你很快會變成『敗類』史坎姆。而在這裡，你和我一樣都是受困之人。」

她沒有等待對方的回應，逕自轉身，衣裙搖曳地走回巢窟。芬恩慢慢用手搓揉脖子後方，發現背部汗水涔涔。他這才意識到身體多麼的緊繃，因此長長地呼了一口氣。然後，他詫異地呆愣住。

下方十層階梯之處，一個黑色的身影倚靠著欄杆，坐在黑暗中。

芬恩皺起眉頭。「你不信任我嗎？」

「你只是個孩子，芬恩。一個天真的孩子。」凱羅若有所思地在指間把玩著一枚硬幣。然後他說：「不准再用我的性命來做擔保。」

「我不是那個意思……」

「不是嗎？」他的拜把兄弟猛地站了起來，大步登上階梯，來到他面前。「芬恩，記住，你和我立下誓約。假如傑爾曼瑞克發現你出賣了他，最後我們都會變成他最後兩只漂亮的小戒子。但我還不想死，芬恩。這是你欠我的。在你腦袋空空、既愚蠢又充滿恐懼的時候，我帶你進入這個戰團。」凱羅聳聳肩，「有的時候，我真想不通自己為什麼當時要費事這麼做。」

芬恩嚥了嚥口水。「你這麼做，因為沒有人能夠忍受你的傲慢、無禮，和你偷竊的作風。你費事這麼做，因為你認為我會變得和你一樣不要命。而當你要與傑爾曼瑞克較量時，你需要我支持你。」

凱羅譏諷地揚起眉毛。「你怎麼會認為——」

「總有一天你會的。也許就快了。所以，幫幫我吧，兄弟，而我也會幫你的。」芬恩皺皺眉頭，「拜託你，這對我來說很重要。」

「你被這些愚蠢的想法給迷住了，認為自己真的是從『外界』來的。」

「這一點也不愚蠢，至少對我而言。」

「你和學者老人真是一對傻子。」芬恩沒有答腔，凱羅厲聲笑道：「你出生在印卡塞隆，芬恩，接受事實吧。沒有人是從『外界』來的。也沒有人能逃出去！印卡塞隆是密閉的。我們都在這裡出生，也都會死在這裡。你的母親遺棄了你，而你記不得她的模樣。這個鳥形圖案只不過是部落印記罷了。算了吧！」

芬恩不願放棄，也無法放棄。他固執地說：「我不是在這裡出生的。我不記得小時候的事情，但我經歷過童年。我不記得我如何來到這裡，但我不是從電線和化學物品所造的人造子宮裡被培育出來的。而這個——」他揚了揚手腕，「將會證明這一切。」

凱羅聳聳肩，「有的時候，我真的覺得你依然是個瘋子。」

芬恩沉下臉來，闊步爬上樓梯，往回走。在樓梯頂端，他踩到某個蜷伏在黑暗中的物體。看起來像是傑爾曼瑞克的狗奴；牠拖緊鎖鍊，試圖搆著被人故意放在牠無法觸及之處的一碗水。芬恩將碗踢近了些，然後繼續大步離開。

狗奴身上的鎖鍊叮噹作響。

在糾結的皮毛中，一雙小小的眼睛看著他離去。

6

唯有典獄長知道印卡塞隆的所在地，這是一開始便已決定的事。所有罪犯、不良分子、政治極端分子、墮落者和精神病患都將被送到那裡。閘閣將被封死，開始進行實驗。讓印卡塞隆不受干擾地編製出微妙的平衡是極為重要的事。這將提供塑造一個天堂所需的一切——教育、均衡的飲食、運動、精神福祉和有意義的工作。

一百五十年過去了。典獄長回報說，一切進展得非常好。

——宮廷檔案室，4302/6

「這真是美味極了！」艾維昂勛爵用白色餐巾擦了擦肥厚的嘴唇，「親愛的，妳真的得給我這個食譜。」

克勞蒂亞停下以指甲輕敲餐巾的動作，露出爽朗的微笑。「閣下，我會吩咐他們給您一份副本。」

她的父親坐在桌子的另一頭看著。他的早餐——兩條乾澀的麵包捲——簡單得如苦行僧般，而麵包屑整齊地堆放在盤子邊緣。和她一樣，他早在一個半小時前就吃完了早餐，但他以鐵血般的自制力掩飾了自己的不耐煩……假如他真的感到不耐煩的話。她甚至不確定這點。

此刻，他說：「大人和我今天早上會一起騎馬出去，克勞蒂亞，下午一點整的時候將進個短暫的午餐。之後，我們將繼續商討事情。」

商討關於我們的未來，克勞蒂亞心想。但她只是點點頭，並且注意到肥碩的大人面露沮喪。他不可能像外表看來的那樣愚笨，否則皇后不會派他出馬，而且即使他極力試圖隱藏，他仍不經意說溜出一些精明的評論。不過幾乎可以肯定的是，他不是一個很會騎馬的人。

典獄長深知這一點。她父親頗具恐怖的幽默感。

當克勞蒂亞站起身，他出於一絲不苟的禮儀也跟著起立，並從口袋取出小金錶；金錶閃爍著光芒。這支錶漂亮且準確，而且完全不是紀元下的物品。手錶、錶鍊與其上掛著的銀質小方塊……這些是他的古怪收藏品的一部分。

他說：「克勞蒂亞，或許妳該拉鈴了。我想我們已經耽誤妳太多的讀書時間。」

克勞蒂亞趕忙走向壁爐，準備拉動一旁的綠色流蘇。典獄長頭也不抬地補上一句：「稍早我在花園和傑瑞德說過話。他看起來臉色很蒼白，這些日子以來，他的健康狀況還好嗎？」

她握著流蘇的手頓了頓，然後毫不遲疑地拉動鈴鐺。「他很好，父親大人，非常好。」

他收起金錶。「我一直在思考，妳結婚以後就不再需要家庭教師了；再者，宮廷裡還有許多學者。也許我們應該讓傑瑞德回學院去。」

克勞蒂亞想透過昏暗的鏡子盯著他，但這麼做正是他所預料的。於是，她和顏悅色、歡快地轉過身。「悉聽尊便。當然，我會想念他的。我們正在研究哈瓦阿爾納的歷代國王；十分引人入勝。他對每個國王的歷史瞭若指掌。」

他用一雙灰眼仔細地審視她。

假如她再多說一個字，便會顯露她的沮喪之情，而那會促使他做下決定。屋外一隻鴿子正在瓦片上啪啪振翅。

艾維昂勛爵站起身，椅子嘎吱作響。「嗯，典獄長，如果你這麼做，我向你保證一定會有其他家族搶著要他。大學者傑瑞德在王國內享譽盛名，可以自己開酬勞價碼。他是個詩人、哲學家、發明家和天才，你應該留住他。」

克勞蒂亞露出贊同的笑容，但內心卻相當驚訝。彷彿這個身穿藍色絲綢西裝的肥胖男子看出她無法說出自己內心的想法。他報以微笑，小小的眼睛閃耀著光芒。

典獄長緊抿雙唇。「我想你說得對。我們離開吧，閣下？」

克勞蒂亞行了屈膝禮。典獄長跟著艾維昂走出房間，轉身闔起雙扇門時與她四目相接。然後門扉喀地關上。

她鬆了一口氣。父親剛剛的眼神就像貓盯著老鼠看似的。但她只是說：「進來吧，謝謝。」

鑲板立刻滑開；女僕和男役們迅速進入房內收拾杯盤、燭臺、餐桌中央的擺設、玻璃杯、餐巾、鮮魚派剩菜和水果盤。他們啪地打開窗戶，重新點燃燒盡的蠟燭；滿是柴木而熊熊燃燒的爐火熄滅，焦炭完全清除。灰塵蒸發，窗簾換上其他顏色。空氣中飄著乾燥花的香甜氣味。

克勞蒂亞將善後事宜留給僕人，快速離去。她端莊地提起裙襬穿過大廳，然後跑上彎曲的橡木樓梯，低頭穿過平臺上的暗門；矯揉造作的奢華空間頓時變成僕役住所既寒冷又灰暗的走廊。光禿禿的牆壁上裝設了電線、電纜、電源插座、小型錄影機螢幕和聲波掃描儀。

後梯是用石頭砌成的。她啪嗒啪嗒地登上樓梯，打開加有軟墊的門，進入完全符合紀元風格的長廊。

克勞蒂亞三步併兩步地到達自己的房間。

女僕早已將房間清理乾淨。她鎖起兩道門鎖，扣上所有的保全栓，然後穿越房間，來到窗戶旁。

綠油油的平坦草地在夏日陽光下看來十分美麗。園丁的兒子約伯正拿著麻袋和一根長叉四處遊走，抄起地上的落葉。她無法看清楚他耳中的音樂植入器，但他忽動忽停的動作和突然趾高氣揚的步態令她咧嘴而笑。不過如果典獄長看到他這樣，他可能會因此被解雇。

克勞蒂亞轉身拉開梳妝臺的抽屜，取出一臺小型影像通訊器。通訊器啟動後閃爍了一下，弧形玻璃螢幕顯示出自身扭曲的投影，看來十分詭異。她嚇了一跳。「老師？」

先是一道陰影，接著兩根巨大的手指及大拇指從畫面上方伸下，拿開蒸餾器。最後傑瑞德在隱藏的接收器前面坐了下來。

「我在這裡，克勞蒂亞。」

「一切都安置妥當了嗎？再幾分鐘他們就會出去騎馬了。」

傑瑞德瘦削的臉黯淡了下來。「我正在思考這個問題。這片磁片似乎不管用，我們需要測試……」

「已經沒有時間了！我今天就要進去。馬上。」

他嘆了一口氣。克勞蒂亞知道傑瑞德想跟她爭辯，但儘管他們已做了防護，依然可能隔牆有耳；說太多是危險的。所以他只是低聲道：「請小心一點。」

「就像你曾經教過我的一樣，老師。」這時她突然想起典獄長威脅將他辭退，但現在不是想這件事的時候。「現在就開始吧。」說完，她中斷通訊。

克勞蒂亞臥房內的擺設多為暗色桃花心木所製成；高貴的四邊床柱上掛著紅色天鵝絨布幔，並飾有歌唱的黑天鵝。床柱後方的牆壁上看似內嵌了一只小衣櫃，但當她穿過眼前的錯覺，空間變成了成套的華麗浴室——儘管典獄長嚴格規定所有事物必須存在於紀元空間中，但仍有例外。克勞蒂亞站在馬桶座上，從細窄的窗戶向外探，陽光照出的灰塵微粒在她四周飄繞。

她可以看見庭園。三匹馬已裝好馬鞍；她的父親站在其中一匹馬旁邊，戴著手套的雙手搭在韁繩上。然後她看見父親那皮膚黝黑且戒心重的秘書梅德利科特爬上灰色的母馬，心裡暗暗鬆了一口氣。在他們身後，汗流浹背的僕人用雙手穩穩地將艾維昂勳爵抬上馬鞍。克勞蒂亞不禁感到疑惑，他那令人發笑的笨拙舉止中有多少部分只是在演戲，以及他是否真的準備好駕馭真正的馬匹，而非虛擬駿馬呢？透過禮貌和羞辱、激怒和禮節，艾維昂和她父親正在玩一場致命遊戲。對此她感到很無趣，但在宮廷裡就是這樣。

想起自己將在宮裡度過下半輩子，讓她感到心寒。

為了掩飾自身的沮喪，她跳下馬桶，扯去身上華麗的衣裳。在洋裝底下，她穿了一件深色連身衣褲。她看著鏡中的自己一會兒。佛要金裝，人要衣裝。從前的恩多爾王早已深知這點。這就是為什麼他凍結時間，將人們監禁在緊身短上衣和連衫裙中，以順從與拘謹使他們喘不過氣來。

現在，克勞蒂亞感覺輕盈而自由。甚至帶著危險感。她再次站高，看見他們正騎馬經過警衛室。她父親停了下來，朝傑瑞德的塔樓望了望。她偷偷地笑了笑。她知道他會看見什麼。

父親會看見「她」。

傑瑞德經過數日不眠不休，讓這幅立體投影更趨完美。之前他將展示給克勞蒂亞看。看見自己坐著、談話、大笑、在陽光普照的塔樓窗臺邊閱讀，讓她大感震撼而且為之著迷。

「這不是我！」

他笑著說：「沒有人喜歡從旁觀看自己。」

克勞蒂亞看見一個沾沾自喜又驕蠻的生物，臉上戴著沉著的面具，每個動作都深思熟慮，每句話都像是經過了排練。一副自命清高且目空一切的樣子。

「我看起來真的是這樣嗎？」

傑瑞德聳聳肩。「這只是個影像罷了，克勞蒂亞。這樣說吧，它是妳可能表現出來的樣子。」

此刻，已跳下馬桶並跑回臥房的克勞蒂亞看著馬匹優雅地在修整過的草坪上踏步，艾維昂說著話，父親則一語不發。約伯已經不見身影，而雲朵高掛在蔚藍的天空上。

他們離開已經至少一個鐘頭了。

她從口袋中取出一張小磁片，拋接把玩後又收回口袋裡。隨後，她打開臥室的門，探出頭去。

長廊從房子的一頭延伸到另一頭。走廊上，飾有橡木鑲板的牆壁上掛著整排的肖像畫，櫃子裡放著書，臺座上放置著藍色花瓶。每扇門上都有座羅馬皇帝的半身像，神情嚴肅地從托架上朝下凝視。在長廊遠方的盡頭，陽光斜斜地照射在牆上，形成一道道耀眼的菱形光影；一副盔甲矗立在樓梯頂端，猶如僵硬的鬼魂。

她向前踏了一步，地板嘎吱作響。她皺了皺眉頭，因為她無法讓年代久遠的木板不發出聲響。她也對那些半身像無計可施，不過當她每經過一幅畫，她便觸碰畫框上的控制鍵並將其調暗——畢竟幾乎可以肯定的是，部分畫作上裝有攝影機。她輕輕握住磁片。磁碟只發出一次謹慎的嗶嗶聲，警告她書房門外有偵測器設出的十字形細光；這是她早已知道的東西，並且輕易地解除了偵測。

克勞蒂亞回身望了一眼長廊。房內遠處，一扇門砰地關上，僕人高呼。走廊的這一端，舊時風格的奢華令人窒息，空氣裡飄著杜松、迷迭香和洗衣間櫥櫃內乾燥薰衣草花芳香劑所散發出來的香味。

書房的門隱沒在陰影中。黑色的門扉看起來像塊黑檀木；木門上除了天鵝紋飾外，沒有任何裝飾。巨大的鳥兒輕蔑地伸長脖子，羽翼開張，並且以不懷好意的眼神俯視著她。它小小的眼睛如鑽石或深色蛋白石般閃耀。

但是更像個監視孔，她心想。

克勞蒂亞緊張地舉起傑瑞德的磁片，小心翼翼地湊到門邊；門發出輕輕的金屬喀嚓聲後自動拴起。

裝置嗡嗡作響，發出微弱的嘎嘎聲，並且不停改變音調和音頻，彷彿正嘗試以音階高低找出難解的密碼。傑瑞德曾耐心地解釋其中的原理，但她沒有認真在聽。

克勞蒂亞不耐煩地動來動去，然後頓時愣住。

她聽見啪嗒啪嗒的腳步聲。也許是某個女僕不管紀元規定而輕盈地跑上樓梯。克勞蒂亞屏息著將整個身子緊貼壁龕，並且在心中暗罵。

這時磁片自後方輕輕傳來令人滿意的啪的一聲。

她立刻轉身開門進到房內，幾秒鐘之後，又伸出一隻手臂匆匆取下磁片。

當女僕帶著一堆亞麻布匆匆忙忙地經過，書房漆黑的門恢復平時嚴密的上鎖狀態。

克勞蒂亞緩緩從監視孔收回視線，大大地呼了一口氣。然後，她身體僵直，肩膀因惶恐而緊繃。她突然古怪地確信身後的房間並非空無一人；她感覺父親就站在後方伸手可及之處，冷酷地笑著，而她方才所見騎馬離去的人只是父親的立體投影。一如往常，他早已猜透了她的想法。

她勉強轉過身。

房間裡確實空空如也。但卻非她想像中的樣子。

首先，這裡的空間實在是太大了。

而且完全不是紀元風格。

再者，它是傾斜的。

至少她一開始以為如此，因為她踏進房間的第一步詭異地不穩當，好像地板有斜度，或是光禿的灰色牆面以奇怪的透視角度聳立著。有東西變得模糊並且發出喀嚓一聲，然後房間似乎慢慢變得水平而正常，只留下溫暖、甜美的香氣以及她不太能辨別出的嗡嗡聲。

拱形天花板很高。時髦的銀色裝置沿著牆面架設，並且閃耀著微小的紅燈。細窄的照明光條只照亮正下方的區域——唯一一張桌子，以及整齊擺好的金屬椅子。

房間其餘的空間全然空蕩。這片完美的地板唯一美中不足的地方是一顆黑色的小點。她彎下腰仔細檢視。那是一小片金屬，可能是從某種裝置上掉下來的。

瞠目結舌的克勞蒂亞仍不確定自己是否是獨自一人，於是她環顧四周。窗戶在哪裡？應該有兩扇凸出壁外的門式窗；你可從屋外看見那兩扇窗，而且透過窗子可以看見白色的石膏天花板和一些書架。她經常想攀上常春藤，爬進房內。從屋外看來這個房間很正常，而非眼前這個響著嗡嗡聲、傾斜且過大的空間。

她向前踏了幾步，手中緊緊握住傑瑞德的磁片，但機器沒有顯示任何警訊。克勞蒂亞來到桌子旁，觸摸了一下光滑而平凡的桌面，然後一個看起來沒有控制鍵的螢幕無聲地升起。她尋找了一番，但沒找到任何開關，所以她猜想應該是聲控。她靜靜地說：「開啟！」

什麼事也沒有發生。

「運作。開始。發軔。啟動。」

螢幕仍然一片黑暗，只有房間迴盪著嗡響聲。

一定是需要輸入密碼。克勞蒂亞俯身，雙手撐在桌子上。她只能想到一個詞，所以將它說了出來。

「印卡塞隆。」

依然沒有畫面。但在她左手手指下方，一只抽屜流暢地滑出。

鋪有黑色天鵝絨的抽屜裡放著一把鑰匙，一把花紋如蜘蛛網般複雜的水晶鑰匙。鑰匙中央鑲著一隻戴著皇冠的老鷹——哈瓦阿爾納王朝的皇室徽章。她彎下身仔細檢視徽章上閃閃動人的俐落刻面。那是鑽石嗎？還是玻璃？她深深被華美的鑰匙所吸引，於是彎腰靠得更近；她的呼吸在冰冷的表面結成了霧氣，她的身子則遮住了頭頂上投下的光線，七彩的光芒也隨之消失。這是打開通往印卡塞隆之門的鑰匙嗎？她想將其拾起。但她先謹慎地用磁片掃描過。

沒有警訊。

克勞蒂亞再度張望了四周。一切都靜悄悄的。

於是她拿起了鑰匙。

房間發出轟然巨響。警鈴大作，雷射光束從地板射出，讓她頓時被紅光包圍。門上豎起金屬柵欄，隱藏的燈光乍亮，而她驚恐地站在一片騷亂中，心臟怦然猛跳。這時磁片像針刺一般螫痛她的拇指。

克勞蒂亞低頭一看，只見傑瑞德上氣不接下氣，慌張地說：「他回來了！快離開，克勞蒂亞！趕快離開！」

7

從前，薩伏科來到隧道末端，俯瞰寬廣的大廳。地面是個盛滿毒液的池子，冒著腐蝕性的蒸氣。一條拉緊的電線在黑暗延伸。在遙遠的另一端，依稀可見一道門，門後透著光。

居住在側翼的人試圖勸阻他。「很多人摔了下來。」他們說，「他們的骨骸在黑湖中腐朽。你又怎麼會有所不同呢？」

他回答：「因為我作了夢，而在那些夢裡，我看見星星。」於是，薩伏科翻身攀上電纜，開始橫渡。

有許多次，他停下來歇息或帶著疼痛懸掛其上。有許多次，他們企圖呼喚他回頭。數個鐘頭後，他終於抵達另一端；他們看著他步伐踉蹌地消失在門後。

薩伏科，他皮膚黝黑，身材纖瘦。他的頭髮又直又長。他的真實名字無人知曉，唯有臆測。

——《薩伏科漫遊》

吉爾達斯氣急敗壞地說：「我已經告訴你多少次了？『外界』是存在的。薩伏科找到了通往那裡的路；但是沒有人從另一邊進來過。所以你也不是從那兒來的。」

「你無從得知。」

老人大笑出聲，讓地板也為之震動。金屬牢籠高高地懸掛在房間上方，大小僅勉強擠進他們兩人。籠子上掛著上了鎖鍊的書籍，還有手術儀器以及一串左右晃動、塞滿潰爛標本的錫盒。籠子鋪有舊床墊；一縷縷稻草如惱人的雪花般落在下方遠處的炊火與燉鍋上。一名婦人抬頭怒吼，但當她看見芬恩後，隨即噤了聲。

「我知道，笨男孩，因為薩彼恩堤學院早就記錄下來了。」吉爾達斯穿上一隻靴子。「這座監獄是用來監禁人類中的敗類，隔離他們，將他們從地球上放逐。早在好幾個世紀以前，在見證人的時代，當時監獄會跟人們說話的時候，有七十位學者自願進入監獄，照料居住其中的人。他們進去以後，入口永遠被封死了。他們將自身的智慧傳給後繼者。即使是小孩都知道這件事。」

芬恩摸著刀柄。他感到疲憊、憤恨。

「從此之後，沒有人進去過。我們也知道關於『子宮』的事，雖然我們並不知道它確切的地點。印卡塞隆很有效率；它的設計本是如此。它不會浪費任何死掉的物質，而是回收所有東西。它在那些牢房裡孕育新的居住者，或許還有動物。」

「但我記得一些事情……一些片段。」芬恩緊緊抓住籠子的柵欄，好像能藉此抓住所堅信的事情，並且看著凱羅自下方穿過遠方大廳，左擁右抱兩個咯咯笑的女孩。

吉爾達斯循他的目光看過去。「不，你不記得。你只是夢到印卡塞隆之謎。你所看見的畫面將會告訴我們如何逃離這裡。」

「不，我真的記得。」

老男人看起來相當惱怒。「你記得什麼？」

芬恩突然感覺自己很愚蠢。「嗯……我記得蛋糕，上面有許多小銀球和七支蠟燭。還有許多人，以及音樂……演奏不停的音樂。」直至此刻，他才開始意會過來。他感到異常地開心，但老人的目光澆熄了他熱切的心情。

「蛋糕，我想這應該是個象徵吧。數字七也是一個相當重要的訊息。薩彼恩堤學院將它視為薩伏科的符印，因為那是他看見變節甲蟲之時。」

「我真的看到那些東西！」

「每個人都有記憶，芬恩。你的預言才是重要的。你腦中浮現的景象是最棒的禮物，也是觀星者的奇特之處。它們是獨一無二的。人們曉得這點……奴隸們和戰隊，甚至是傑爾曼瑞克。從他們看你的眼神就可以知道，有的時候他們甚至很怕你。」

芬恩沉默不語。他痛恨痙攣的感覺；毫無預警的發作，令人暈眩的噁心感和眼前發黑，令他驚恐。而每次發作後，吉爾達斯無情的質問讓他顫抖、不適。

「總有一天，這會要了我的命。」芬恩靜靜地說。

「很少獄生者能夠活到年老，這是事實。」吉爾達斯的語氣嚴酷，但他卻看向別處。他一邊扣起綠色長袍上裝飾華麗的領子，一邊喃喃地說：「過去的事已經過去了；不論如何，都已經不重要了。別再想了，否則這些念頭會讓你發瘋的。」

「你認識幾個獄生者？」芬恩問道。

「三個。」吉爾達斯暴躁地拉鬆糾結的鬍子尾端，然後頓了頓。「你是獨特之人。我窮盡一生終於找到了你。有個謠傳是獄生者的男子以前常在擴儐之廳外乞討，但是當我哄誘他開口說話後，卻發現他早已瘋了；他口齒不清地講著一顆會說話的蛋，以及一隻消失蹤影而只留下一抹笑容的貓。幾年之後，在聽過許許多多傳聞後，我又找到了另一個人；一名在冰翼為錫維崔工作的工人。她看起來還算正常；我試著說服她告訴我關於她的夢境，但她一直不願意說。直到有一天，我聽說她上吊自殺了。」

芬恩噍了噍口水。「為什麼？」

「他們告訴我，她逐漸開始相信有個孩子跟在身後；那個肉眼看不見的孩子會在夜晚緊緊抓住她的裙子呼喚她，把她叫醒。它的聲音折磨著她，而她無法擺脫。」

芬恩渾身打顫。他知道吉爾達斯正看著他。

老學者粗暴地說：「在這裡找到你可以說是百萬分之一的機會，芬恩。只有你能帶領我的『大逃亡』。」

「我做不到……」

「你可以的。你是我的先知，芬恩。你是我與印卡塞隆的中繼。很快的，你將告訴我我等了一輩子的預視；那將象徵我的時代已經來臨，而我必須跟隨薩伏科，追尋外界。每個學院成員都踏上這趟旅行；到目前為止，沒有人成功，因為他們沒有像你一樣的獄生者來領導他們。」

芬恩搖搖頭。這些話他已經聽了許多年，但直到現在仍會讓他感到心驚膽跳。這個老人想逃亡想瘋了，但芬恩又該如何幫助他呢？這些記憶的片段以及肌膚刺痛並且無法呼吸地喪失意識，又能幫得了誰呢？

吉爾達斯擠過芬恩，抓住金屬梯子。「別跟任何人談這件事，甚至是凱羅。」

他爬下梯子，來到直視芬恩腳部的高度時，芬恩低聲說：「傑爾曼瑞克不會輕易放你走的。」

吉爾達斯抬起頭，透過梯子的橫檔看著他。「我想去哪就去哪。」

「他需要你。他為了你領導側翼。光靠他自己——」

「他會想出辦法的。他善於恐嚇和暴力。」

吉爾達斯又爬下一層階梯，然後突然拉高身子，他瘦小而乾癟的臉頓時因喜悅而容光煥發。「你能想像那副光景嗎，芬恩？有一天，我們可以破繭而出，離開黑暗，離開印卡塞隆？看見星星，看見太陽？」

芬恩沉默了好一會兒，然後翻身從繩子攀下超越學者。「我看過了。」

吉爾達斯狠狠地笑著說：「你只是在夢裡看到過，傻孩子，只是在夢裡……」

他以驚人的靈活度左右左右地爬下梯子。芬恩略微緩慢地跟在後方，繩子摩擦的熱度穿過手套，傳至掌心。

逃亡。

這個字眼就像黃蜂般螫痛了芬恩，深深刺入腦中；這個嚮往承諾了一切，但也毫無意義。學院告訴人們薩伏科找到出路，並且成功逃離。芬恩不確定自己是否相信這件事。薩伏科的故事穿鑿附會，詩人和江湖說書者各自有新的說法。倘若真有人經歷過這所有的冒險、騙過所有側翼之主、完成走遍印卡塞隆數以千計側翼的史詩旅程，那麼這個人肯定活了好幾個世代。再者，據說監獄非常巨大而且神祕不可知，是個擁有數不清廳堂、樓梯、房間和高塔的迷宮——至少薩彼恩堤學院是這麼說的。

芬恩抵達地面。他瞥見吉爾達斯快步走出巢窟時蛇綠色長袍發出的燦爛光輝，然後跑步跟上，同時確認自己的輕劍妥當地收在劍鞘裡，並且兩把匕首都繫在腰間。

老師的水晶是他此刻唯一關心的事。

而若想取得它，並非件易事。

距離贖典之峽只有三個大廳遠。芬恩迅速穿過幽黑而空蕩的空間，並且留意著蜘蛛或在椽樑間飛撲的夜梟。其他人似乎已經抵達。在穿過最後一道拱門之前，他便聽見康彌塔特斯民兵團的聲音；他們朝深淵高呼與嚎叫羞辱的話語，他們的奚落迴盪在難以攀爬的光滑石板間。

在遙遠的另一端，一列「公民」錫維崔們的陰影等候著。

贖典之峽是橫跨地板的鋸齒狀裂縫，峽面是陡峭的黑曜岩。淵谷深得即便一顆石子掉落，也不會傳出任何落地聲。康彌塔特斯民兵團認為這是一個無底洞；甚至有人說，假如掉進深淵便會穿越印卡塞隆，直達熔化的地心。無庸置疑的是，一股熱氣由中間竄起，沼氣讓空氣散發微光。監獄地震形成的裂谷深淵中央矗立著一塊細針般的石頭，人稱「釘岩」；上面的平臺早已破損。峽谷兩端各有一座硫化金屬搭製的橋連接至釘岩；沾有豬油的橋樑已生鏽、發黑。那裡是中立地，不屬於任何人，也是個讓側翼敵對部落們休兵、談判與交換人質的地方。

峽谷邊緣沒有柵欄，而傑爾曼瑞克經常將那些麻煩的奴隸自那兒丟下，並且聽著他們的尖叫聲。此刻，他端坐在寶座上，康彌塔特斯民兵團圍繞在他的身邊，小狗奴蹲踞在鎖鍊末端。

「看看他，」凱羅在芬恩耳畔低聲說，「大老粗一個。」

「就跟你一樣愛慕虛榮。」

他的拜把兄弟嗤之以鼻。「哼，至少我還有值得炫耀的事。」

不過芬恩的眼神卻看著老師。當他們帶著她出線的時候，她匆匆朝群眾和搖晃的鐵橋看了一眼；她的族人站在閃爍空氣的另一端等待著。這時一名男子大聲呼喊，她的臉上頓時失去了原有的沉著。她掙脫守衛，尖聲叫著：「席姆！」

芬恩猜想那是否是她的丈夫。「來吧。」他對凱羅說，並且加緊腳步走向前。

群眾看見他們兩人便紛紛讓路。他們就是這樣看著你的，芬恩不快地想著。意識到吉爾達斯所說的話是對的令他感到氣憤。他來到老師身後，抓住她的手臂，「記得我說的話，妳不會受到任何傷害。但妳確定他們會把東西帶來嗎？」

老師怒視著他。「他們不會藏私。這世界還是有人懂得愛的。」

這樣的嘲弄刺痛了芬恩。「或許我也曾經了解過。」

傑爾曼瑞克正注視著他們。他呆滯的目光鮮少對焦。他伸出戴著戒指的手指著橋，大吼：「把她帶出來！」

凱羅將女子的雙手拉至背後，並用鐵鍊拴住。芬恩看著並低聲說：「聽著，我很抱歉。」

老師與他四目相接。「我對你的抱歉程度在你之上。」

凱羅露出調皮的笑容，然後他看向傑爾曼瑞克。

側翼之主站起身，大步走到峽谷邊，遙望著錫維崔。當他將粗壯的手臂交叉在胸前，油膩的鎖子甲喀啦作響。「那邊的人聽著！」他吼道，「你們若想贖回她，就拿出與她體重相當的財寶來。不多也不少。意思就是，不准摻雜其他金屬和垃圾廢物。」

他的話語迴盪在熱騰騰的蒸氣中。

「首先，你得保證不會使詐。」對岸傳來冰冷而憤怒的回答。

傑爾曼瑞克露齒而笑，K特的汁液在他的齒間閃爍。「你希望得到我的保證！打從我十歲那年殺了我的親兄弟之後，我就不曾遵守承諾了。所以信不信，隨你便。」

康彌塔特斯民兵團紛紛竊笑。在他們身後隱約有個身影；芬恩看見面色凝重的吉爾達斯。

現場陷入一陣沉默。

接著在閃爍的熱氣中，傳來噹啷與重擊聲。錫維崔正將寶藏搬運過釘岩。芬恩納悶他們以什麼作為贖金——看來無疑是礦石。但傑爾曼瑞克期望的應該是黃金、白金和更珍貴的微電路。畢竟，錫維崔是側翼中最富有的族群之一。這也是他們遭伏擊的原因。

鐵橋左右搖晃，老師得抓住欄杆以穩住自己。

芬恩悄聲說道：「來吧。」他看了看身後。凱羅已經抽出了劍。

「我在這裡，兄弟。」

「在拿到最後一盎斯的寶物前，別放走這婊子。」傑爾曼瑞克厲聲說道。

芬恩皺起眉頭，然後他推了推前方的老師，開始過橋。

用鍊條細工編織而成的橋，每踩一步便隨即搖晃。芬恩失足滑倒了兩次，其中一次嚴重得令整座橋瘋狂搖擺，他們三人差點摔落深谷。凱羅一路罵著髒話，老師則緊捉著金屬環，指節發白。

芬恩不敢往下望。他知道下方是什麼——什麼也沒有的無盡黑暗；而竄出的熱氣會燙傷人臉，並且吸進令人昏昏欲睡的奇怪煙霧則不是明智之舉。

老師亦步亦趨地走著。身後的芬恩聽見她冷酷地說：「假如他們並沒有將……水晶帶來？會怎麼樣？」

「什麼水晶？」凱羅狡猾地問。

芬恩說：「閉嘴。」在前方的一片昏暗中，他隱約看見錫維崔的身影——依約前來的三名男子在秤重平臺邊等待著。他徐徐挨近老師身邊：「別想逃跑，傑爾曼瑞克會下令用二十支武器對著妳。」

「我不是笨蛋。」她氣急敗壞地說。接著，她踏上釘岩。

芬恩跟在後方，並且如釋重負地深呼吸一口氣——這麼做是個錯誤。熱霧的濃煙嗆著了他的喉嚨，讓他咳嗽起來。

凱羅擠過他，抽出劍，抓住女子的手臂。「站到這上面。」

他將她推上秤重平臺。那是個巨大的鋁合金結構物；為了像今天這樣的時刻，人們將零件一個個拖至這裡，然後花費很大一番力氣組裝。雖然芬恩參與民兵團至今，不曾見過傑爾曼瑞克使用這臺機器，因為他通常懶得做贖金交易。

「仔細看著磅秤指標，我的朋友。」凱羅動作流暢地轉頭看著錫維崔的領導者，「她可沒這麼輕盈，不是嗎？」然後他咧嘴而笑，「也許你應該讓她進行嚴格的減肥計畫。」

男子的身材健壯結實，裹著條紋大衣，而大衣裡藏有許多武器。對於凱羅的譏笑他未加理會，逕自走上前看了一眼生鏽刻度盤上的指針，並且與老師匆匆交換了個眼色。芬恩在突擊行動中看過他，那就是女子呼喚為「席姆」的男人。

男子睥睨地瞥了芬恩一眼。凱羅一點也不想冒險，所以立刻將老師拉了回來，並且將匕首架在她的脖子上。「好啦，開始把東西堆上來。別想耍花招。」

錫維崔開始倒出財寶的那一刻，芬恩拭去眼睛周圍的汗水。他再次吞嚥口水，試著淺淺地呼吸，並且迫切地希望有東西能摀住口鼻。他感覺到暈眩與熟悉的恐懼感，眼前開始浮現紅色的斑點。不要現在，他狂亂地想著，拜託。

不要是現在。

金子喀啦喀啦滾落。戒指、杯子、盤子和精緻的燭臺。一個袋子被豎了起來，掉出一堆銀幣，也許是用跟商人購買的走私礦石所鑄造的；接著傾洩而出的是從黑暗且人煙罕至的側翼地帶竊得的精緻零件——破碎的機械甲蟲、鏡片，和一具雷達嚴重損傷的清掃器。

指針開始移動。錫維崔一邊看著，一邊丟下一袋K特和兩小塊珍貴的黑檀木；這些木頭生長在即使是吉爾達斯也只聽說過的貧瘠森林。

凱羅朝著芬恩咧嘴一笑。

隨著紅色指針緩緩地移動，他們接著倒入一堆銅線和玻璃、塑料、一把水晶細絲、一頂修補過的頭盔和三把一下就會折斷的生鏽輕劍。

那些男子加快動作，但很明顯地，他們已經快要沒有貨物。老師緊抿嘴唇看著，凱羅的刀照白了她的耳下。

芬恩呼吸急促，眼睛後方像被針扎般陣陣刺痛。他嚥了嚥口水，試著對凱羅耳語，但他喘不過氣，而拜把兄弟正緊緊盯著最後一袋物品——無用的錫製品——放置在貨品堆上。

指針晃過刻度盤，但隨即停了下來。

「還要再多。」凱羅靜靜地說。

「我們已經沒有東西了。」

凱羅大笑：「你愛你身上的那件外套勝過她嗎？」

席姆脫下外套，丟至秤上，並且在看了老師一眼後，拋出佩劍和火槍。另外兩名男子也照做。他們空手站在一邊看著指針擺動。

秤針依然尚未觸及該有的刻度。

「再多。」凱羅說。

「看在上帝的份上！」席姆厲聲說，「你們就放她走吧！」

凱羅看了芬恩一眼。「水晶呢？在裡面嗎？」

席姆眼前發昏，搖了搖頭。

凱羅朝三名男子露出了冰冷的笑容，然後壓了壓刀子；刀緣滲出一道閃著光的深紅色血液。

她極為鎮定。「他們想要那個水晶，席姆，你在失落大廳找到的那個東西。」

「開口求吧，女士。」

「老師……」

「把東西給他們。」

席姆遲疑一下；雖然只有短暫片刻，但芬恩看出這讓老師頗受打擊。接著，男子將手伸進衣服裡，拿出一樣微微發光的物品，而他的手指間也映照出虹彩。「我們發現一些東西，」他說，「一些確實……」

她用眼神制止了他。他慢慢地將水晶丟上那堆物品。

指針終於碰觸到了該有的重量。

凱羅立刻推開女子。席姆一把抓住她的手臂，將她拉上第二座橋。「快跑！」他大吼。

芬恩蹲在磅秤旁。當他拾起這水晶時，喉間已經漲滿了唾液。水晶裡是隻展翅的老鷹，和他手腕上的記號一模一樣。

「芬恩。」

他抬起頭。

老師停下腳步，轉過身來；她的臉色慘白。「我希望它會毀了你。」

「老師！」席姆抓住她的手臂，但被她掙脫開來。她緊緊抓住第二座橋的鍊子，轉身面向芬恩，咒罵他。

「我詛咒這個水晶，也詛咒你。」

「沒時間了，」席姆聲音嘶啞，「走吧。」

「你毀了我對你的信任，和我的同情心！我以為我能明辨真實與謊言。從今以後，我再也不敢對陌生人施展憐憫心。對此，我這輩子都不會原諒你！」

她的憎恨刺痛了他。然後，當她轉身離去時，鐵橋開始傾斜。

他們腳下的深淵瘋狂晃動。在令人錯愕的驚恐瞬間，老師發出尖叫。芬恩倒抽一口氣。「不！」並且搖搖晃晃地朝她踏近一步。接著凱羅大吼著抓住了他，同時有東西爆裂出聲。然後，彷彿腦中的疼痛放慢了眼前的景象，他看見鎖鍊和固定橋樑的鉚釘應聲斷裂而彈出，同時聽見傑爾曼瑞克的豪笑聲；這時他終於明瞭，這是場騙局。

老師一定也意識到了。她站得筆直。

她直視著芬恩的雙眼，然後消失了。她、席姆和所有的人都消失了，墜落深淵。斷橋瘋狂地砰然拍擊在懸崖壁上，在嘩啦嘩啦的巨響中灑落金屬殘骸。

迴盪的驚叫聲逐漸消失。

芬恩跪了下來，瞠目結舌。一陣噁心感席捲全身。他緊抓著水晶，並且在耳邊的轟鳴中聽見凱羅鎮定的聲音。「我早該猜到那個老渾蛋會這麼做。而這塊玻璃看起來根本不值得你如此大費周章。不是嗎？」

然後在片刻痛苦的清明後，芬恩知道自己是對的——他必定是生於外界。他知道，因為他手中正握著印卡塞隆世世代代的人都不曾見過，更無法猜想其用途的東西。然而這個東西令他感到異常地熟悉；他可以用一個字眼來形容它，而他知道這是什麼。

這是一把鑰匙。

黑暗和疼痛席捲而來，將他吞噬。

他跌入凱羅結實的臂彎中。

地底世界裡，繁星即為傳說。

8

憤怒的年代已經結束，一切已然不同。戰爭掏空了明月，靜止了潮汐。我們必須找尋較簡單的生活方式。我們必須回到過去，讓眾生與萬物都適得其所、井然有序。為了生存，犧牲自由僅是渺小的代價。

——《恩多爾王法令》

芬恩感覺自己自深淵墜落了數千哩。他上氣不接下氣地抬起頭來。四周一片黑暗，而在他身旁，有個人倚靠岩石坐著。

芬恩立即說：「那把鑰匙……」

「在你身邊。」

他在石礫間摸索著，觸摸到光滑而沉重的物體。然後他轉過身。

一名陌生人坐在那兒。他很年輕，留著一頭黑色長髮。他穿著像薩彼恩堤制服的高領外套，但那件外套破破爛爛，還有許多補丁。他指著岩石的表面說：「芬恩，你看。」

岩石中有個鑰匙孔透著光線。芬恩看出那塊岩石是道門；石門又小又黑，而透明得可以看見門後的星星和銀河。

「這是時間之門。你必須開啟它。」薩伏科說。

芬恩試著舉起鑰匙，但鑰匙沉重得令他必須用雙手才能拿起，而且他的手微微發抖著。「幫幫我。」他喘著氣。

但鎖孔迅速地縮小。等到他終於拿穩手中的鑰匙時，孔洞已消失，只留下針孔般的光點。

「許多人都嘗試過。」薩伏科在他的耳際輕聲說，「而且在嘗試過程中死亡。」

克勞蒂亞充滿絕望地站在原地一動也不動。

片刻後她才回過神來。她將水晶鑰匙塞入口袋，並用傑瑞德的磁片製作出鑰匙安放在黑色絨布上的完美立體投影，然後甩上抽屜。她的手指發燙而滿是汗水。她取出為這種緊急狀況所準備的盒子，翻倒裡面的瓢蟲；瓢蟲飛了出來，落在控制儀和地板上。接著，她將磁片上的藍色開關撥成紅色，然後對準門口。

儀器射出三道雷射光。她從雷射光造成的間隙鑽過去，不免為想像中武器造成的閃光而縮了縮脖子。鐵柵是個夢魘；磁片喀嗒作響，她不禁著急地嚎叫。就在她確信磁片將故障或者電力用盡之時，隨著原子重新排列，金屬上慢慢熔出一個白色、炙熱的孔洞。

不稍幾秒鐘的時間，她穿過鐵柵，打開門，來到長廊上。

四處無聲。

她訝異地聽著。當身後的門喀地關起時，警報聲也瞬間被隔離，彷彿鈴聲在另一個世界作響著。

屋子裡一切祥和，鴿子咕咕啼叫。然後，她聽見下方傳來人聲。

她拔腿奔跑。跑上樓梯，直接衝向閣樓，穿過僕役宿舍的通道，來到末端狹小的儲藏室；儲藏室裡散發艾草和丁香的臭味。她低頭鑽入深處，趕緊摸索打開古老藏身處的裝置。她的指甲刮過塵垢和蜘蛛網，然後找到了！彈簧鎖只有一個拇指大。

她按下彈簧鎖，鑲板發出刺耳聲響。她使盡力氣抵撞與推抬，一邊咒罵著。然後鑲板顫動著開啟，而她掉了下去。

她關閉暗門，背倚著它，然後鬆了一口氣。

通往傑瑞德高塔的隧道在她眼前延伸進黑暗。

芬恩曲著身子躺在床上。

他已經躺了很久，漸漸地聽到房外巢窟的嘈雜聲——有人在奔跑，碗盤相互撞擊。最後，他伸出手四處摸索，發現有人細心地替他蓋上毯子。他的肩膀和脖子發疼，冷汗令他感到一陣寒意。

他翻過身，抬頭看看髒汙的天花板。長長的尖叫聲迴盪在他耳裡，警戒和恐慌帶來刺痛感，還有閃爍的光線。在一陣不適之中，他發現他看見一道向前綿延開展的黑暗隧道，而他能踏行其中，摸索迎向光亮的路徑。

此時，凱羅說：「也該是時候了。」

在暈頭轉向中，他看見拜把兄弟模糊的身影走了過來，並且坐在床上。他皺起臉。「你看起來很糟。」凱羅說。

芬恩試圖開口說話，但聲音沙啞：「你看起來倒還不賴。」

他的眼睛漸漸聚焦。凱羅束起一頭金髮，穿著席姆的條紋外套；外套上的羽飾比先前更加誇張華麗。他的臂部繫了一條釘飾寬腰帶，上頭掛了一把鑲有寶石的匕首。他展開雙臂說：「很適合我，你不覺得嗎？」

芬恩悶不答腔。他心中升起一股莫名的怒火與羞愧，讓他的心思惴惴不安。他用低沉沙啞的聲音說：「我昏睡有多久了？情況有多糟？」

「兩個小時。你又錯過分贓了。」

芬恩小心地坐起來。剛才的發作讓他暈眩而口渴。

凱羅說：「這次比平常更嚴重，出現抽搐的情況。但是我壓住你，吉爾達斯則確認你沒傷到自己。其他人沒怎麼注意到；他們都一心盯著財寶。是我們帶你回來的。」

芬恩絕望地面紅耳赤。他無法預料昏厥何時會發作，而吉爾達斯也找不到解藥……至少他是這麼說的。芬恩不知道在炙熱的黑暗吞噬了他之後究竟發生了什麼事，而且他也不想知道。這是他的弱點，他深深為此而感到羞愧，雖然康彌塔特斯民兵團因此對他敬畏三分。現在，他感覺自己彷彿靈魂出竅了一般，回魂後只發現一切既痛苦又空虛。「我在外界的時候沒有這個症狀。我非常肯定。」

凱羅聳聳肩說：「吉爾達斯很急著想知道你作的夢。」

芬恩直直地看著地上。「他可以等。」接著是一陣尷尬的沉默。接著他說：「傑爾曼瑞克下令殺了她？」

「不然還有誰？他喜歡做這種事。但那對我們來說是種警告。」

芬恩苦笑地點點頭。他挪動雙腳，從床上坐起身，並且盯著他破舊的靴子。「我會為了這件事殺了他。」

凱羅揚起完美的眉毛。「兄弟，幹嘛呢？你已經得到你想要的了。」

「我答應過她。我跟她說她會沒事。」

凱羅注視了他一會兒，然後說：「芬恩，我們是史坎姆。我們說過的話毫無誠信。她知道這一點。她只是個人質；今天要是換作你被他們俘虜，他們大概也會這麼做。所以別再想這件事了。我之前就告訴過你，你擔憂太多事情了。這會讓你變得軟弱。在印卡塞隆是不容許弱者存在的，對致命的缺失也毫不留情。在這裡，只有殺人，或是被殺。」他的眼睛直直地望著前方，語氣中帶著芬恩未曾聽過的尖刻。但是當他轉過身來，凱羅臉上卻帶著精明的微笑。「那麼，鑰匙是什麼東西？」

芬恩的心狂跳。「鑰匙！在哪裡？」

凱羅戲弄地搖搖頭。「少了我，你該怎麼辦啊？」他抬起手，芬恩看見水晶掛在他彎起的手指上。

芬恩伸手想一把搶過，但凱羅抽手。「我問你，什麼是鑰匙？」

芬恩舔了舔像紙一般乾裂的嘴唇。「鑰匙是某種能打開東西的裝置。」

「打開？」

「解鎖。」

凱羅機警地想到。「是指側翼之鎖？還是任何門？」

「我不知道！我只是……認得它罷了。」他迅速伸手抓住水晶，而這次凱羅勉為其難地鬆開了手。這個工藝品頗為沉重，用奇怪的玻璃纖維編織而成，中央的立體老鷹投影莊嚴地望著芬恩。他看到它的脖子上圍著一個形狀像皇冠的精緻領子。他捲起袖子，與皮膚上逐漸褪去的青色印記做比較。

凱羅越過他的肩膀說：「看起來一模一樣。」

「的確是完全相同。」

「但這並不代表什麼。事實上，假如有任何意義的話，這只代表了你是出生在監獄裡的。」

「這東西並不是來自於監獄裡。」芬恩用雙手謹慎地捧著，「你看看。我們有這種材質嗎？還有這手工……」

「可能是監獄做的。」

芬恩不發一語。

但就在這一刻，所有的燈光都熄滅，彷彿監獄聽到了這一切。

當典獄長輕輕地打開瞭望臺的門，看見螢幕牆上正播著哈爾瓦納第十八王朝的歷代國王像；那些無能世代中的社會政策是造成憤怒的年代的主因。傑瑞德正坐在書桌上，一隻腳搭在克勞蒂亞的椅子後方，手裡抱著小狐狸。克勞蒂亞則正低頭讀誦手中的電子板。

「『……亞歷山大六世，收復王國，頒布二元契約。關閉所有的戲院，禁止所有大眾娛樂……』」他為什麼要這麼做？

「因為恐懼。」傑瑞德冷冷地說，「當時任何集會都被視為是治安威脅。」

克勞蒂亞笑了笑，感覺喉嚨乾渴。她父親一定也這麼認為——他的女兒和她最鍾愛的家庭教師是會破壞規矩的集會。當然他也十分清楚，他們知道他在那裡觀看。

「嗯哼。」典獄長清清喉嚨。

克勞蒂亞跳了起來，傑瑞德則回過頭。他們的驚訝之情十分逼真。

典獄長露出冷冷的微笑，看起來對這一切相當滿意。

「父親大人？」克勞蒂亞站起身，絲綢的衣裳滑順而沒有皺褶。「您已經回來了？我記得您說一點鐘。」

「我的確是這麼說的。我可以進來嗎，老師？」

傑瑞德說：「當然。」小狐狸倏地從他的手中掙脫，跳上書架，「這是我們的榮幸，典獄長。」

典獄長走到滿是儀器設備的桌子旁，碰了碰一只蒸餾器。「你的世代歷史細節有點……古怪，傑瑞德。但是當然了，薩彼恩堤學院並不嚴格受限於紀元規定。」他拿起一只精巧的玻璃器皿放在左眼前；被放大的眼睛透過玻璃注視著他們。「學院可以做他們想做的事。他們發明東西、做實驗；即使在過去的暴政中，他們依然維持人類的創造力。他們永遠都在找尋新的能量來源和新的解藥。他們令人崇敬。不過告訴我，我女兒的學習進展如何呢？」

傑瑞德扣起虛弱的十指。他小心翼翼地回答：「克勞蒂亞一直都是名出色的學生。」

「一個有學問的人。」

他。

「她的確是。」

「睿智又有能力？」典獄長放下燒瓶。他的雙眼緊緊盯著她；後者抬起眼，鎮定地回望著他。

「我很確定，」傑瑞德低聲說，「她嘗試任何事都會成功。」

「而她什麼事都會去嘗試。」典獄長鬆開手指，燒瓶掉了下來，撞到桌角後應聲碎裂，而窗外的烏鴉因受驚而尖聲啼叫。

傑瑞德跳著退開，然後呆在原處。克勞蒂亞站在他身後一動也不動。

「我很抱歉！」典獄長冷眼看著一地殘骸，然後取出手帕擦拭自己的手指，「上了年紀，手指就不太聽話。裡面裝的不是什麼重要的東西吧？」

傑瑞德搖搖頭；克勞蒂亞注意到他前額上微微滲出閃爍的汗水，她也知道自己一臉慘白。她父親說：「克勞蒂亞，妳一定會很高興知道艾維昂勛爵和我已經安排好妳的嫁妝了。妳也該開始要準備帶過去的東西，親愛的。」

典獄長走到門邊時頓了頓腳步。傑瑞德已蹲下身子收拾尖銳的弧形玻璃碎片。克勞蒂亞一動不動。她看著父親；在那一刻，他的面容讓她想起每天早晨自己從鏡子中所看見的倒影。他說：「我不吃午餐了。我有許多事情要做……在書房裡。我們似乎有些昆蟲問題。」

當他關上門，房間中的兩人都一語不發。克勞蒂亞坐下，傑瑞德則將玻璃碎片丟進碎渣機，然後打開高塔樓梯的監視器。他們一起看著典獄長那黑暗而瘦削的身影極為挑剔地緩慢穿過滿地老鼠排泄物與垂掛的蜘蛛網。

傑瑞德終於開口說：「他知道了。」

「他當然知道。」克勞蒂亞意識到自己正微微發抖，所以拿起傑瑞德的舊外套披在肩膀上。她的洋裝底下還穿著連身衣褲，腳上的鞋子穿錯了腳，頭髮也因為汗水而坍塌、糾結。「他來這裡，只是為了讓我們知道這一點。」

「他不相信瓢蟲會觸動警報器。」

「我就說吧。書房裡沒有窗戶。但是他不會承認我比他略勝一籌，而且他永遠都不會承認的。所以，我們就好好來玩這場遊戲吧。」

「但是鑰匙……把它帶走……」

「假如他只是打開抽屜看，他是不會知道的，除非他想把鑰匙拿起來。但是我可以在那之前把原先的那把鑰匙放回去。」

傑瑞德用手抹了抹臉，然後發抖地坐下來。「身為一名學院成員，我實在不該這麼說，但是他真的嚇到了我。」

「你還好嗎？」

他用深色眼眸看著她；小狐狸從他身上跳了下來，用爪子扒抓他的膝蓋。

「我沒事。可是妳也嚇壞我了，克勞蒂亞。妳究竟為什麼要偷走鑰匙？妳想讓他知道是妳做的嗎？」

她皺了皺眉頭。有的時候，他真的太敏銳了。「鑰匙在哪裡？」

傑瑞德看了她一會兒，然後一臉懊悔。他打開陶罐的蓋子，用鉤子從甲醛中取出鑰匙。化學的酸刺味瀰漫整個房間；克勞蒂亞用外套袖子遮住口鼻。「老天啊！沒有別的地方可以藏了嗎？」

先前她急著將東西塞進他的手裡，然後忙著穿衣服，所以沒看見傑瑞德把鑰匙藏在哪裡。現在他小心翼翼地解開保護用的套子，將鑰匙放在有樹瘤且毀損的木頭工作檯上。兩人低頭看著。鑰匙很精美。陽光從窗戶照射進來，她可以清楚地看見鑰匙發出燦爛的七彩光芒。鑰匙中間鑲嵌的戴著皇冠的老鷹投出自豪的目光。

但是它看起來太脆弱，似乎無法開啟任何鎖，而且整體透明，當中沒有任何電路。她說：「打開抽屜的密碼是『印卡塞隆』。」

傑瑞德挑了挑眉：「所以妳認為……」

「這很明顯，不是嗎？這種鑰匙還能打開什麼鎖？這房子裡沒有東西的鑰匙是像這個樣子。」

「我們不知道印卡塞隆的所在位置。而且就算我們知道，我們也不能使用它。」

她蹙起眉頭。「我想找到它。」

傑瑞德思忖了一會兒。接著，克勞蒂亞看著他將鑰匙放在磅秤上，精準地測量它的重量、質量與長度，並且以一絲不苟的筆跡做下記錄。「這不是玻璃，是結晶二氧化矽。而且——」他調整了一下磅秤，「帶有非常獨特的電磁場。純粹以機械角度來看，我會說這不是一把鑰匙，而是一種屬於紀元前而且非常複雜的科技技術。它不只能夠打開監獄的門，克勞蒂亞。」

她早已猜到了。她再次坐了下來，若有所思地說：「我以前非常嫉妒這個監獄。」

他難以置信地轉過身，而她仰頭大笑。

「沒錯，真的。當我很小，我們住在宮廷裡的時候，人們爭先恐後地想看他——印卡塞隆的典獄長，犯人的守護者，王國的保禦人。我不懂那些字的意思，但是我恨透了它們。我以為印卡塞隆是個人，是另一個女兒，一個討人厭、藏在暗地裡的雙胞胎。我討厭她。」她從桌子上取下圓規並且打開，「當我發現它是座監獄後，我經常想像他走進這裡的地窖，手中提著燈籠，拿著一把巨大的鑰匙——一把生鏽、古老的鑰匙。地窖裡有扇巨大的門，門上釘著犯人的乾屍。」

傑瑞德搖了搖頭說：「妳讀太多鬼怪小說了。」

她定住圓規的一支腳，開始旋轉畫圓。「好一段時間，我夢見這座監獄。我想像竊賊和謀殺犯被關在房子底下深處；他們撞打著門，掙扎著想逃離。而我時常從夢中驚醒，覺得可以聽見他們要來抓我的聲音。然後我意識到事情沒有那麼簡單。」她抬起頭，「書房裡的螢幕……他一定可以從那兒監控監獄。」

傑瑞德點點頭，雙手叉胸。「所有紀錄都說印卡塞隆建造好之後被永遠封鎖了。沒有人能進或出，只有典獄長能夠監看情況，也只有他知道監獄的位置所在。還有一種說法……非常非常久；還有人說它位在地底，距離地球表面好幾英里深的地方，而且是個巨大的迷宮。憤怒年代後，一半以上的人口遷居到那裡。相當不人道，克勞蒂亞。」

她輕輕地觸碰那把鑰匙。「是啊。但這些都幫不了我。我需要更多謀殺的證據，而不是……」

鑰匙閃爍發光。

光線消失。

她猛然收手。

「這太驚人了！」傑瑞德低聲說。

水晶裡留下一塊圓形黑影，然後像眼睛一般打開。

在那之中的深處，他們看見兩個移動的閃爍光點，小如星子。

9

印卡塞隆，你是我父。
我生自你的痛楚。
鋼鐵骨；血脈為電路。
我心是鐵壁墓窟。

——《薩伏科之歌》

凱羅舉起提燈。「你在哪兒？智者老頭？」

吉爾達斯不在他的寢籠，也不在大廳的任何一個角落；在那兒，康彌塔特斯民兵團可想而知地正燃起每個火盆裡的熊熊火焰，以刺耳的歌謠和吹牛慶祝他們的勝利。凱羅得對奴隸們揮幾拳，才問出有人看到老人往小屋的方向走去。現在，凱羅與芬恩循線來到一間小牢房，看見吉爾達斯正為一名童奴包紮他化膿生瘡的腳，而男孩的母親舉著微弱的燭火，焦急地在一旁等待。

「我在這裡。」吉爾達斯轉頭看了一眼，「把提燈拿近些，我什麼都看不到。」

芬恩進入牢房；搖曳的光線照在男孩身上，這時芬恩才發現男孩病得很嚴重。

「加油。」他生硬地說。

男孩怯生生地笑了笑。

「您若碰碰他，他就會好了，先生。」母親喃喃地說。

芬恩轉過身。這名婦人年輕時可能面容美麗，但現在的她枯槁而消瘦。

「他們說觀星者的觸摸能治病。」

「那是迷信的鬼扯。」吉爾達斯嗤之以鼻，一邊打結收尾，但芬恩依然將手指輕輕地放在男孩的額頭上。

「跟你相信的事情沒什麼特別啊，智者老頭。」凱羅以柔順的聲音說道。

吉爾達斯挺直腰桿，用外套擦了擦手指，對於凱羅的奚落不加理會。「好了，這是我唯一能做的。傷口需要保持乾燥跟清潔。」

他們跟在老人身後步出牢房時，他咆哮道：「感染和疾病總是越來越多。我們需要的是抗生素，不是金子或錫製品。」

芬恩知道他陷入這種情緒時的樣子；晦暗、沮喪的心情有時讓他足不出籠多日，成天閱讀、睡覺，不跟人說話。老師的死一定折磨著他。因此，芬恩突然開口說：「我看到薩伏科了。」

「什麼？」吉爾達斯驚訝地停下腳步。連凱羅也顯得興致勃勃。

「他說——」

「等等。」學者急忙左顧右盼，「到裡面說。」

那是一條拱道，通往高掛在巢窟屋頂上的巨大鍊圈之一。吉爾達斯踏進鍊環，開始攀爬，直到整個人隱沒在黑暗中；芬恩費力地跟在後方爬行，然後看見老人躲在自牆上凸出的空間裡，並且揮手撥除舊鳥糞和鳥巢。

「我才不要坐在那裡面呢。」凱羅說。

「那就站著吧。」吉爾達斯從芬恩手中取回提燈，擱在鎖鍊上。「好啦。把一切都告訴我。一五一十。」

芬恩把腳垂在邊緣，低頭向下望。「夢裡頭我坐在像這裡一樣的地方……很高。他在我旁邊，而我手上拿著鑰匙。」

「你是指那個水晶嗎？他稱它是『鑰匙』？」吉爾達斯目瞪口呆；他揉揉自己長滿白鬍鬚的下巴，「那是學者的用字，芬恩。那是個充滿魔力的字眼，意指可以解鎖的裝置。」

「我知道鑰匙是什麼。」他的聲音透露著怒意；他試著冷靜下來，「薩伏科告訴我，要我用它來打開時間之門。在一塊閃耀的黑色岩石裡有個鑰匙孔，但是鑰匙實在是太沉重了，我拿不起來。我感覺……心力交瘁。」

老人緊緊抓住芬恩的手腕。「他長得是什麼樣子？」

「很年輕，有一頭黑色長髮。就像傳說中的一樣。」

「那扇門呢？」

「門很小。岩石內部透出光來，像星星。」

凱羅優雅地斜倚著牆。「這真是個奇怪的夢啊，兄弟。」

「那不是夢。」吉爾達斯鬆開手；老人看起來難以置信地歡欣，「我知道那扇門從來沒有人打開過。它就位在距離這裡一英里的地方，在錫維崔的領地上。」他用雙手搓了搓臉，「鑰匙在哪裡？」

芬恩遲疑了。他曾經將鑰匙繫在脖子上的舊繩子，但它實在是太重了，所以現在他將鑰匙掛在腰間，並用衣服遮住。他勉為其難地將東西抽出來。

老學者虔誠地捧著，用青筋浮起的小手撫摸著鑰匙。他將東西拿至眼前，仔細地端詳上面的老鷹。「這就是我一直在等待的東西啊！」他因激動而哽咽，「來自薩伏科的徵象。」他抬起頭來，「它決定了一切。我們立刻離開這裡，就在今晚，在傑爾曼瑞克知道這東西是什麼以前。我們迅雷不及掩耳地離開。芬恩，我們開始進行大逃亡吧。」

「等等！」凱羅自牆面挺起身，「他哪裡也不會去。他跟我結過誓。」

吉爾達斯厭惡地看著他。「那是因為他對你有利用價值。」

「對你來說，難道不是嗎？」凱羅輕蔑地笑著，「老頭子，你是個偽君子。你只在乎他身上的廉價小玩意兒和他的胡言亂語罷了。」

吉爾達斯站在原地。他的身高不及凱羅的肩膀，但他惡狠狠地瞪視著對方，結實的身體緊繃。

「我會很小心的，孩子。非常小心。」

「不然呢？你會把我變成一條蛇嗎？」

「這事輪不到我，你早就把自己變成蛇了。」

凱羅唰地拔出劍。他的眼珠湛藍而冰冷。

芬恩說：「住手。」然而，他們兩人都沒轉移目光看著他。

「我從來就不喜歡你，小子，我也從來不相信你。」吉爾達斯嚴厲地說，「你是個自鳴得意又自大的竊賊；你只顧讓自己得到滿足，而且如果合你意，你甚至願意殺人——你肯定已經這樣做過了。你心裡只想要把芬恩變得跟你一模一樣。」

凱羅面紅耳赤。他舉起劍，以鋒利的尖端對著老吉爾達斯的眼睛。「芬恩需要我保護他免於你的毒手。真正在照顧他的人是我；他發作的時候，扶著他頭、守護他的人是我。假如真要說事實，我會說薩彼恩提學院只是一群著迷在巫術裡的老糊塗。」

「我說夠了！」芬恩衝到兩人之間，並且推開劍。

凱羅將劍揮至一側，怒視著拜把兄弟。「你要跟他一塊去？為什麼？」

「那又為什麼要留下來？」

「我的天啊，芬恩！我們在這裡過得很好——有食物、有女人，應有盡有。人們敬畏我們，而且我們已經有足夠的力量，隨時可以對付傑爾曼瑞克了。我們兩個將會成為側翼之王！」

「然後可以為時多久？」吉爾達斯冷笑著，「多久會變成一山不容二虎？」

「閉嘴！」芬恩怒不可遏地轉過頭，「看看你們兩個人！你們是我在監獄裡僅有的兩個朋友，而你們竟然為了我而吵架。你們兩人真的在乎我嗎？撇開我是觀星者、戰士，或是願意冒所有危險的笨蛋，而單單針對我——芬恩？」芬恩顫抖地站在原處，並且隨即雙腳癱軟。他們看著他蹲下身，雙手抱頭，以嘶啞的聲音說：「我再也受不了。我會心懷恐懼地死在這裡；我會一輩子飽受抽搐的煎熬，永遠不曉得何時會發作。我再也受不了了，我得離開這裡，查清楚自己到底是誰！我得逃離。」

他們不發一語。提燈照出飄落的灰塵。然後凱羅將劍收回劍鞘。

芬恩試著抑制發抖的身子。他抬起頭，害怕看見凱羅眼中的戲謔；但他的拜把兄弟對他伸出手，將他拉了起來。兩個人面對面。

吉爾達斯怒吼。「我當然在乎你，你這傻小子。」

凱羅碧藍的雙眼露出銳利的眼神。「閉嘴，老人。你難道看不出來，他像過去一樣在糊弄我們嗎？你太擅長於做這種事了，芬恩。你對老師這樣，現在也對我們做出同樣的事。」他放開芬恩的手臂，後退一步，「好，假使我們真的一起試著逃跑。難道你忘記她是怎麼詛咒你的嗎？那是死前的詛咒，芬恩。我們能與之對抗嗎？」

「這事交給我吧。」吉爾達斯謾罵道。

「噢，是啊。巫術。」凱羅難以置信地搖搖頭，「而且我們怎麼知道這把鑰匙可以打開那扇門呢？所有的門都是唯有印卡塞隆願意才會開啟。」

芬恩抓抓下巴。他站挺身子。「我非得試試看才行。」

凱羅嘆了一口氣，轉過身望著下方康彌塔特斯民兵團的火堆，而吉爾達斯與芬恩四目相接，並且點了點頭。他似乎默默地取得了勝利。

凱羅突然回過身。「好吧。但是要祕密進行。這樣一來，即使我們失敗了，也不會有人知道。」

「你沒必要去。」吉爾達斯說。

「如果他去，我也會去。」

在他說這話的同時，他的腳從岩石上踩落了一點鳥糞。芬恩看著鳥糞掉落，並且似乎望見下方閃過一道影子。他抓住鎖鍊。「有人在那兒。」

凱羅往下一看。「你確定？」

「我想是的。」

學者站直身體，一臉不悅。「假如那是間碟，假如他聽到了關於鑰匙的事，那我們就有麻煩了。去拿武器和食物；十分鐘後，跟我在豎井底會面。」他看了閃爍虹彩光芒的鑰匙一眼。「讓我來保管吧。」

「不。」芬恩堅定地奪回鑰匙，「東西留在我身邊。」

當他拿著鑰匙轉身，手中沉甸甸的物品突然傳來一陣奇怪的溫暖。他低頭一看，老鷹爪子下方一圈蒼白逐漸消失。頓時間，他以為自己看見一張模糊的臉從鑰匙內部直視著他。一個女孩的臉。

「我必須承認，我討厭騎馬。」艾維昂走在花圃間，聚精會神地欣賞著大麗花，「那從頭到尾就毫無意義。」他與克勞蒂亞一同坐在板凳上，望著眼前陽光普照的鄉間，教堂塔頂在熱氣中閃閃發光，「然後妳父親突然要求折返！我希望不是什麼突發疾病吧？」

「我猜他大概是突然想起什麼事情吧。」克勞蒂亞小心翼翼地說。

午後陽光暖洋洋地照著蜂蜜色的宅第建石；屋子在深金色的護城河上閃閃發光。鴨子像箭一般游向漂浮在水上的麵包；她用手指捏碎更多麵包，丟進水裡。

艾維昂彎下身時，水面倒映出他光滑的臉。他說：「對於這場婚禮，妳一定有些緊張，同時也迫不及待。」

她朝一隻紅面水雞丟了塊麵包皮。「有時候吧。」

「我向妳保證，大家都說妳可以不費吹灰之力地搞定史堤恩伯爵。他的母親相當寵愛他。」關於這一點，克勞蒂亞無庸置疑。她突然間感到身心俱疲，好像扮演她應有的角色已經令她無以招架。她站起身，身影使得水面暗了下來。「閣下，恕我失賠。我還有許多事要處理。」

他朝鴨子伸出肥胖的手指，沒有抬起眼。但他說：「坐下來，克勞蒂亞・阿爾雷克莎。」他的聲音跟以往不同。她目瞪口呆地注視他的後腦勺。他說話時的鼻音不再，反而聽起來有力且具權威感。他抬起頭。

她不發一語地坐下。

「我想妳一定很驚訝。我很享受我的偽裝，但是這真的很折騰人。」他那諂媚的笑容也消失了，讓他看起來像變了一個人，沉重的眼皮看起來有些疲倦。他似乎更顯蒼老。

「偽裝？」她說。

「假想人格。我們都有，不是嗎，尤其在這種暴政的年代？克勞蒂亞，有人會聽到我們在這裡所說的話嗎？」

「這裡比主屋安全多了。」

「沒錯。」他自板凳上轉身，一襲蒼白的絲綢衣裳沙沙作響，而她嗅到他身上講究的香水味。「仔細聽我說。我必須跟妳談談，而這可能是唯一的機會。妳是否聽過鋼狼？」

有危險。這當中隱藏著危險，而她必須格外謹慎。她回答：「傑瑞德是個很細心的老師，教學時不會漏掉什麼細節。鋼狼是卡里斯頓國王的紋章，他涉嫌密謀反叛王國，同時也是第一位進入印卡塞隆的囚徒。可是這已經有好幾世紀的事了。」

「一百六十年。」艾維昂喃喃地說，「妳所知道的就只有這些？」

「是的。」事實的確如此。

他很快掃視過草坪。「那麼讓我告訴妳，鋼狼也是一個祕密組織的名字。這麼說吧，這個組織聚集了朝臣和不滿現況的反抗者，他們希望能脫離毫無止息地依照理想化過去而活的日子。他們希望脫離哈爾瓦納王朝的專制。他們……我們……將讓一個真正關切人民、讓我們隨意生活的皇后來掌管王國。而她也將開啟印卡塞隆。」

她聽見內心恐懼的怦然。

「妳明白我所說的嗎，克勞蒂亞？」

她不知該作何反應。她咬著嘴唇，看著梅德利科特從警衛室走出來，環顧四周、尋找他們。

「我想我懂。你是成員之一嗎？」

他也見過那位秘書。他趕緊繼續說道：「我可能是。我做了很大的賭注跟妳談這件事。但我想妳跟妳父親不太一樣。」

秘書黝黑的身影穿過吊橋，朝他們走來。艾維昂虛弱地揮揮手。他說：「妳考慮看看。不會有太多人會為史堤恩伯爵哀悼的。」他站起身。「你正在找我嗎？」

約翰．梅德利科特是個高大而沉默寡言的男子。他向克勞蒂亞鞠了躬，然後說：「是的，先生。典獄長請我代為問候您，並且要我告知您，這些文件已從宮廷送達。」他遞出一只皮革袋子。

艾維昂微笑著，優雅地接過東西。「那麼我得離開去閱讀這些文件了。恕我失陪，親愛的。」克勞蒂亞笨拙地行了一個禮，看著矮小的男子慢步走在陰沉的秘書身旁，輕鬆地閒聊有關收成的事，然後從袋子裡取出文件開始閱讀。她心中感到難以置信，一邊用手指將麵包撕碎。

不會有太多人會為史堤恩伯爵哀悼的。

他是指暗殺嗎？他是認真的？或者這只是皇后設下的陷阱，來測試她是否忠誠？不論她告發或保持沉默，似乎都是個錯誤。

她將麵包扔進黑暗的水中，看著大隻的綠頭鴨伸長了帶著綠色光澤的脖子爭相啄食，並且將個頭較小的同伴推擠至一旁。她的生命充滿陰謀與虛偽，複雜得像座迷宮，而她唯一能信任的人只有傑瑞德。

她拍拍手指；即使在陽光下，她依然感覺冰冷。

因為傑瑞德可能來日無多了。

「克勞蒂亞，」艾維昂走了回來，肥胖的手指中間夾了一封信，「好消息，親愛的，關於妳的未婚夫。」他看著她，但後者無法讀出他的心思，「凱斯柏旅行到附近。他明天會到這來。」

這個消息令她震撼。她勉強擠出笑容，將手中最後一塊麵包皮丟入水中。麵包皮在水面上漂浮幾秒後被水禽叼走了。

凱羅的包包裡塞滿了掠奪來的贓物——上好的衣物、黃金、珠寶和一把火槍。那把槍看起來相當沉重，但是他沒有抱怨；芬恩知道，若要他捨棄任何東西，他都會十分傷心。芬恩自己則帶了一套備用衣物、食物、劍和水晶鑰匙。這些就是他所需要的了。低頭看看箱子裡累積的財富，不禁強烈地感到自我厭惡，也讓他想起老師炙熱而輕蔑的眼神。他砰地用力地關上蓋子。

看見吉爾達斯提燈的光線出現在前方，芬恩跑在拜把兄弟身後，並且不時焦慮地回頭望。

印卡塞隆的夜色如墨，但監獄從不入睡。當他從下方跑過，小小的紅色監獄之眼開啟、旋轉並且發出喀啦聲響；那個聲音令他不適地起了雞皮疙瘩。但印卡塞隆將玩味地觀察著一切。它玩弄居住其中的人，讓他們殺戮、鬧蕩、打鬥、付出愛心，直到它厭倦了，便會以「禁閉」或扭曲自身形狀來折磨他們。他們是監獄唯一的樂趣來源，而且或許它知道無人能逃脫。

「快一點。」吉爾達斯不耐煩地等著。除了一包食物、藥品和枴杖外，他什麼也沒帶；他將東西捆在背後，看了一眼豎井裡的梯子。「我們從這兒爬上運輸道；頂端可能有守衛，所以我先上去。從那裡到時間之門還要兩個小時。」

「而且要穿過錫維崔的領地。」凱羅喃喃地說。

吉爾達斯冷冷地瞥了他一眼。「你可以回去啊。」

「不，他不能，老頭。」

芬恩一個轉身，凱羅仍站在他身邊。

康彌塔特斯民兵團從隧道兩側和陰影中神氣活現地走出來。他們個個紅著眼睛，因K特而情緒亢奮；有人手持石弓，有的拿著火槍。芬恩看見大阿爾可舒展雙肩然後咧嘴而笑，阿摩斯則晃著手中可怕的斧頭。

魁梧的傑爾曼瑞克瞪著雙眼站在一群保鏢間。血液般的K特紅色汁液沾汙了他的鬍鬚。

「你們哪裡也不准去。」他大聲吼道，「也不准帶走鑰匙。」

10

長廊上的眼睛深邃而充滿警戒，而且為數眾多。

「出來吧。」他說。

他們走了出來。他們都是孩童，身上穿著破舊的衣服，皮膚上滿是青紫的傷瘡。他們的血脈是電子管，頭髮是電線。

薩伏科伸手觸摸他們。「你們將能拯救我們。」他說。

——《薩伏科與孩童》

無人出聲。

芬恩從梯子退開；他拔出劍，並且發現凱羅已經蓄勢待發，但是兩把劍如何以寡擊眾呢？

大阿爾可打破沉默。「芬恩，從沒料到你竟然會逃離我們。」

凱羅露出僵硬的笑容。「誰說我們要逃啦？」

「你手中的劍已經說明一切了。」

他踩著重重的腳步靠近他們，但是傑爾曼瑞克用戴著鎧甲手套的手背擋在他胸前，阻止了他。接著，側翼之主隔著眾人看向芬恩和凱羅。「真有裝置能開啟任何鎖嗎？」他的發音含糊，但眼神熱切。芬恩感覺到吉爾達斯爬下樓梯。

「我想是的。這是薩伏科告訴我的。」老人試圖從旁擠過，但芬恩抓住他的腰帶，阻止他上前。惱怒的吉爾達斯一扭身子，掙脫芬恩，然後用骨瘦如柴的手指指著傑爾曼瑞克。「聽好了，傑爾曼瑞克。這些年來我給予你絕佳的建議，我治好你的傷，並且試著為這個你所創造的鬼地方帶來一點秩序。但是當我認為時候到了，要走、要留是我的事。」

「噢，是的。」這名高大的男人冷酷地說，「你說得再正確不過了。」

康彌塔特斯民兵團相互咧嘴而笑，並且逐漸逼近。芬恩與凱羅目光交會；他們圍擋在吉爾達斯前方。

吉爾達斯雙手叉胸，語氣中滿是輕蔑。「你以為我怕你嗎？」

「我的確是這麼想的，老頭。在你那氣沖沖的樣子之下，你怕我。而且你有理由怕我。」傑爾曼瑞克用舌頭捲起K特，「你在我身邊看過許多人的手被剁下、舌頭被割掉，也看過許多人的頭顱被叉在長矛上。你很清楚我會做出什麼事。」他聳聳肩，「而你的聲音讓我感到十分刺耳。我厭倦了說教和斥責。所以給你一個建議，在我將你的舌頭割下來以前離開吧！爬上梯子，加入錫維崔。我們不會想念你的。」

那並不是真的，芬恩心想。在康彌塔特斯民兵團之中，有一半以上人的命或手腳是吉爾達斯救回來的。無數的戰鬥後，吉爾達斯幫他們敷藥，為他們縫合傷口，而他們心知肚明。

吉爾達斯露出乖戾的笑容。「那鑰匙呢？」

「噢。」傑爾曼瑞克瞇起雙眼。「那把神奇的鑰匙和觀星者……我不能放他們走。沒有人能背棄康彌塔特斯民兵團。」他轉頭看著凱羅，「芬恩還有一點用處，而你呢，叛徒……你唯一能夠逃離的方式就是穿過死神之門。」

凱羅絲毫沒有退縮。他站得直挺，俊俏的臉龐因壓抑的怒火而漲紅，不過芬恩感覺到他握著劍的手正微微顫抖。「你在挑釁我嗎？」他厲聲怒吼，「就算你沒這個意思，我還是跟你槓上了。」他環顧四周所有人，「這跟什麼廉價水晶飾品或這名學者無關。這是你和我之間的事，側翼之主，而且我等這天已經很久了。我看著你背叛那些威脅到你的人，將他們送上突擊前線、毒害他們、收買他們的拜把兄弟，讓你的戰鬥團成為一灘嗑藥又沒腦袋的爛泥。但我不一樣。我說，你是懦夫，傑爾曼瑞克。一個肥胖的懦夫、殺人兇手、滿口謊言的騙子。陳腐、已經完蛋的老傢伙！」

無人吭聲。

謾罵聲迴盪在黑暗的豎井中，猶如監獄嘲弄地不斷重複低語。芬恩緊握手中的劍，劍柄上纏繞的繩子磨痛了他；他的心跳如擊鼓。他心想，凱羅瘋了，讓他們三人全完蛋了。大阿爾可瞠目怒視；那兩個女孩子瑞絲和瑞米爾則目光熱切地望著他們。

他看見在他們身後，拴著鎖鍊的狗奴緩緩地爬近。

所有的人都看著傑爾曼瑞克。

側翼之主瞬間開始動作。他從背後抽出厚重又醜陋的刀子與一把劍，在所有人來得及張口叫喊前，攻向凱羅。

芬恩跳了開來；凱羅本能地揮起手中的劍；兩者的劍刃碰撞，發出鏗鏘聲。

盛怒中的傑爾曼瑞克面紅耳赤，脖子上粗厚的靜脈突突跳動。他直直對著凱羅怒罵道：「你死定了，臭小子。」接著他開始攻擊。

康彌塔特斯民兵團興奮地狂吼；他們高呼著圍成緊密的一圈，敲擊手中的武器，齊步跺著腳。他們熱愛觀看頭破血流的場面，而且多數人早已對自大的凱羅感到厭煩；現在，他們希望看到他被打敗。芬恩被人群不經意地推到一旁；他試圖劃出空間，但吉爾達斯將他拉走。

「退後！」

「他會沒命的！」

「就算他死了，也沒什麼損失。」

凱羅沒命地搏鬥著。他還年輕，體格也很健壯。但傑爾曼瑞克的體重是他的兩倍，戰術經驗豐富；此刻他陷入平時少見的戰鬥瘋狂狀態。傑爾曼瑞克揮刀砍向凱羅的臉與手臂，緊接著是幾次迅速的刀劃。凱羅搖搖晃晃地向後退，撞到一名民兵團成員；後者無情地將他推回圈內。他失去平衡而向前撲倒，傑爾曼瑞克趁勢做出攻擊。

「不！」芬恩大吼。

刀子劃過凱羅的胸膛；他倒抽一口氣地撇過頭。鮮血噴濺在群眾身上。

芬恩想扔出手中的刀子，但苦無機會；決鬥中的兩人離他太遠，而凱羅太專心在場上，根本不會撇開視線。這時，有人抓住芬恩的手臂。吉爾達斯在他的耳邊悄聲說：「我們慢慢退到豎井邊，不會有人發現我們離開的。」

芬恩不悅到懶得答腔。他沒聽從對方的建議，反而抽回手臂，試圖推擠進入圓圈中央，但一隻強而有力的臂膀勾住他的脖子。「不准作弊，兄弟。」阿爾可的呼吸散發著K特的臭味。

芬恩絕望地站在一旁觀看。凱羅可能無法活著離開。他的腿與手腕已經被劃出口子；傷口雖然不深，但鮮血直冒。傑爾曼瑞克的眼神呆滯，大大地咧嘴而笑，露出沾染K特汙漬的牙齒。他兇暴地猛烈攻擊，毫無畏懼或自身意識；只見刀光劍影，武器鏗鏘相接。

氣喘如牛的凱羅驚恐地朝旁邊看了一眼；芬恩又踢又踹地想擠到他身邊。傑爾曼瑞克放聲發出野蠻的嚎叫，令他的手下興奮地群起高呼。他上前一步，白光霍霍地舉起劍。

然後一陣踉蹌。

轉眼間，他失去了平衡。接著他不明所以地重重摔落在地。他趴在地上，雙腳上纏著從群眾腳邊延伸出來的鐵鍊；而圈扣住鍊子另一端的是一雙裹著破布的髒汙雙手。

凱羅跳到對手身上，以能夠打碎骨頭的力道在側翼之主覆了鎖子甲的背部落下一記重拳；傑爾曼瑞克憤怒且痛苦地嚎叫。

康彌塔特斯民兵團的呼喊聲在瞬間安靜下來。

阿爾可放開芬恩。

凱羅的臉色因為使勁而慘白，但他卻沒有停止攻勢。當傑爾曼瑞克翻過身，凱羅重踩側翼之主的左手臂；他的手臂發出不祥的碎裂聲響，刀子也隨即掉落在地上。傑爾曼瑞克撐起身子，垂著頭跪在地上，因粉碎的臂骨而呻吟、搖晃。

芬恩用眼角餘光瞄見群眾出現一陣騷動；狗奴被拖了出去。他扭動身體，來到被人又踢又罵的狗奴旁。但這時芬恩看見其中一名施暴者倒了下來，而吉爾達斯正用拐杖擊打著他。「這邊我會處理。」老學者吼著，「在鬧出人命前，阻止他們兩個！」

芬恩一個轉身，看見凱羅狠狠地朝傑爾曼瑞克的臉踢了一腳。側翼之主仍握著劍，但頭部再次遭到無情的重擊後，他終於敗下陣；他四肢張開，鼻子和嘴巴流著血。

眾人安靜了下來。

凱羅猛然轉身，發出勝利的吶喊。

芬恩看著。他的拜把兄弟變了個人；他的眼神明亮，汗水濡濕的長髮貼在頭上，他的雙手沾染了血跡。他似乎變得高大了些，擊退一切疲累的巨大能量讓他容光煥發。他抬起頭，環視著眾人；他睥睨群雄、目空一切的眼神毫無掩飾，卻又迷離得讓人難以看清。

接著，他刻意地回過身，將劍鋒對準傑爾曼瑞克脖子上的血管，然後輕輕一推。

「凱羅，」芬恩厲聲呼喚，「住手。」

凱羅的眼光投向他。有那麼一刻，他似乎努力想辨認出說話者是誰。然後他聲嘶力竭地說：「他完了。現在我是側翼之主。」

「別殺他。你不會想要他那可悲的小王國，」芬恩眼神堅定地看著他，「你從來都不屑。外界，那才是你真正想要的。一個對我們而言夠寬廣的世界。」

一陣溫暖的微風自豎井底端徐徐吹來，彷彿回應著芬恩所說的話。

凱羅看著芬恩一會兒，然後又看著傑爾曼瑞克。「放棄這個？」

「為了得到更多，為了一切。」

「兄弟，你的要求很大。」他垂下目光，緩緩移開手中的劍。側翼之主嘶嘶的吸進一口氣。

此時凱羅惡毒地猛然將劍刺入傑爾曼瑞克張開的手掌。

側翼之主哀號著胡亂擺動身軀。他被釘在地板上，痛苦又狂怒的扭動掙扎，但凱羅蹲下來，開始一一扯下他手指上厚重且骷髏樣式的生命之戒。

「算了吧！」吉爾達斯的高喊聲從身後傳來：「監獄醒了！」

芬恩抬起頭來。四周火紅的燈光乍現。一千隻監獄之眼眨啊眨地睜開。警鈴聲大作，變成恐怖刺耳的尖嘯。

是禁閉。

康彌塔特斯民兵團像暴民般相互推擠、竄逃，如鳥獸散。當牆壁上的狹縫滑開，筒狀燈亮起時，群眾四處逃逸，無人在乎又氣又傷的傑爾曼瑞克。芬恩將凱羅拉走。「算了吧！」

凱羅搖搖頭，將三枚戒指胡亂塞進緊身短上衣中。「快走！走啊！」

但這時身後卻傳來低沉的聲音。「你認為是我殺了那個女人嗎，芬恩？」

芬恩轉過身來。

傑爾曼瑞克痛苦地扭動身軀。他吐露出惡毒的言語。「才不是呢。問問你兄弟吧。問問你討人厭又奸詐狡猾的兄弟。問問他，她是為何而死的。」

雷射光束像鋼條般在他們之間閃動。芬恩無法動彈了片刻，然後凱羅回頭將他拉倒在地。他們在骯髒的地面爬行，朝豎井移動。長廊成了火花散發的能量柵；印卡塞隆有效率地重建了秩序，在封閉的隧道中放下鐵柵，並且散發氣味嗆鼻的黃色瓦斯。

「他在哪裡？」

「在那裡。」芬恩看著吉爾達斯七手八腳地爬過一具具屍體；他正拖行著狗奴，晃動的鎖鍊絆住了他。芬恩一把取過凱羅的劍，將狗奴拉向自己，然後砍去生鏽的鐐銬。尖銳的劍刃立刻斬斷了金屬。他抬起頭，在破布包覆的臉上看見一雙明亮的棕色眼睛。

「別管牠了！牠有傳染病。」凱羅側身擠過。一陣突然噴出的火焰燒焦了屋頂，也令他退縮了一下，然後一躍爬上梯子。轉眼間，他已迅速登爬在黑暗的豎井中。

「他說得沒錯，」吉爾達斯說，「牠會拖累我們。」

芬恩猶豫了一下。在一片警報巨響和鋼鐵掉落的混亂中，他回過頭看到患了痲瘋病的奴隸正盯著自己。但他看見的卻是老師的眼睛，而她臨死前所說的話縈繞耳際。

「從今以後，我再也不敢對陌生人施展憐憫心。」

他旋即彎下腰，揹起狗奴，開始攀爬階梯。

凱羅在芬恩上面喀啦喀啦地移動，吉爾達斯則在他下方一邊喘著氣、一邊嘟囔。他攀爬一階階的梯檔，並且很快地因為背上的重量而喘不過氣來；狗奴用裹著布的爪子緊緊抓住他，後腳跟抵在他腹部。他的速度緩慢，並且在爬了三十階梯子後不得不停下來。他氣喘如牛，雙臂沉重如鉛塊。

這時，他的耳畔有人輕聲說：「放我下來。我能爬。」

大吃一驚的芬恩感覺狗奴徐徐爬離自己的背，蹦跳上梯子，爬入黑暗之中。下方的吉爾達斯頂了頂他的腳。「繼續走！快一點！」

巨浪般的灰塵和令人毛骨悚然的瓦斯湧進豎井。他繼續拖著身子登爬，越爬越高，直到小腿與大腿的肌肉都痠軟無力，他的肩膀也因反覆伸高手臂並舉起自身重量而發痛。

然後毫無預警地，他進入一個寬敞的空間，幾乎趴倒在運輸道上，而凱羅猛然將他拉出豎井。接著，他們一齊將吉爾達斯拉上來。他們不發一語地低頭往下看。下方遠處閃著一道道光束。紅色警報響起；絲絲飄出的瓦斯讓芬恩咳了咳，並且眼淚直流。他看見一塊板子倏地從旁射出，鏗鏘一聲封閉了豎井。

然後，一切歸於平靜。

他們沉默不語。吉爾達斯牽著狗奴的手，芬恩與凱羅一同步履蹣跚地跟在後方，因為打鬥與攀爬耗盡了他們的力氣；凱羅突然感到非常疲倦，不斷冒血的傷口在金屬通道上留下一道清楚的血跡。他們步不停歇地穿過迷宮般的隧道，經過數扇刻有錫維崔記號的門與設有柵欄的入口，擠過升降閘門，進入一處浩瀚卻無用的空間。一路上他們留神傾聽，因為錫維崔若發現了他們，他們便毫無成功的機會。芬恩發現每段路的轉彎處與每個遙遠的鏗鏘聲或迴盪的低語都讓他汗水涔涔；他拉長耳朵諦聽陰影處的動靜與疾行的甲蟲，掃視一個個在無盡圓圈中的小房間。

一個鐘頭過後，吉爾達斯拖著疲憊的腳步，領他們進入一條由一排排警戒的監獄之眼所照亮且有坡度的通道。來到位在黑暗深處的走道頂端後，他停下腳步，靠著一扇上鎖的小門頹坐下來。

芬恩協助凱羅坐下，然後癱倒在他身邊。狗奴蜷縮在地上。好一會兒，狹窄的空間充滿了痛苦的呼吸聲。然後，吉爾達斯站起身。

「鑰匙……」他用低沉沙啞的聲音說，「在他們找到我們以前……」

芬恩拿出鑰匙。門上只有一個六角形的孔洞，旁邊圍了一圈碎石英。

他將鑰匙插入鎖中，然後轉動。

11

至於可憐的凱斯柏，我憐憫那些必須容忍他的人。但你充滿雄心壯志，而現在我們唇齒相依。你的女兒將會成為皇后，我的兒子將會成為國王。代價已付。你若辜負了我，你知道我會怎麼做。

——席亞皇后寫給印卡塞隆典獄長的私人信件

「為什麼選在這裡？」克勞蒂亞緊緊跟在他身後穿梭在樹籬間。

「理由很簡單。」傑瑞德低聲說，「因為沒有人找得到進來的路。」

就連她也是。迷宮般交錯的紫杉小徑古老又複雜，樹籬厚實得難以穿越。小時候的某個夏天，她曾經在這裡迷路了一整天，生氣地一邊啜泣，一邊遊走；奶媽和雷夫幾乎陷入歇斯底里的惶恐。他們組織了一支搜索隊，最後在中央空地的星盤下找到熟睡了的她。她不記得當年自己怎麼走到那兒的，但現在有時在半夢半醒之間，她會想起那令人昏昏欲睡的熱氣、蜜蜂和在陽光下閃閃發亮的黃銅天體。

「克勞蒂亞，妳走過頭了，這邊轉彎。」

她折返，發現傑瑞德耐心地等待著。

「抱歉，我閃神了。」

傑瑞德非常熟悉這條路。這個迷宮是他最喜愛、也經常來的地方之一；他來此閱讀、做研究，與謹慎測試許多被禁止的儀器。今天在經歷過瘋狂打包與屋裡的混亂之後，這裡顯得格外寧靜。克勞蒂亞撥弄著口袋裡的鑰匙，一邊跟隨他的腳步踩踏過草坪，並且聞到玫瑰的香氣。

這是個風和日麗的好天氣，不會太熱，天空飄著幾朵美麗的雲。三點十五分設定會下起陣雨，但到時他們應該已經完成要做的事。當她轉了個彎，發現自己突然置身在中央空地的時候，她驚訝地環顧四周。

「這裡比我記憶中的樣子還要小。」

傑瑞德挑挑眉毛說。「事物總是這樣的。」

顯然是作為裝飾品的銅製星盤已氧化成藍綠色；旁邊有張鍛鐵座椅高雅地放置在草地上，椅背上蔓生著一叢血紅色的玫瑰。草地上雛菊朵朵開。

克勞蒂亞坐了下來，屈起絲綢洋裝下的膝蓋。「現在呢？」

傑瑞德放下掃描器。「看起來很安全。」他轉身坐在板凳上，前倚身子，緊張地交握虛弱的雙手。「那麼，告訴我吧。」

她很快地將她與艾維昂的對話複述了一遍，而他蹙著眉專注地聆聽。她說完後，補上一句：「當然，這可能是個陷阱。」

「是有可能。」

克勞蒂亞看著他。「你知道關於那些鋼狼的事嗎？為什麼我從沒聽過？」

他沒有抬起頭，而這是個不好的徵兆；她因為恐懼而感到背脊發涼。

然後他說：「我聽過。有很多關於他們的傳言，但是沒人能確定誰參與其中，或者這項陰謀的真實性究竟有多少。去年宮廷裡發現有爆炸裝置放在皇后預計會出現的房間裡。這不是什麼新鮮事了，不過他們同時也發現一枚徽章掛在窗栓上，是個小小的金屬狼。」他看著一隻攀爬在小草葉身的瓢蟲，「妳打算怎麼做？」

「我還沒有想到。」她拿出鑰匙，用雙手捧著，讓陽光照耀它的刻面，「我可不是刺客。」

他點點頭，然後突然入神地盯著水晶。

「老師？」

「不太對勁。」他全神貫注從她手中接過鑰匙，「克勞蒂亞，妳看。」

微小的光點重新出現，但這次以重複的圖案快速地向深處移動。傑瑞德趕緊將物件放在板凳上。「它的溫度變高了。」

不只如此，甚至有聲音傳了出來。她將臉湊上前，聽見了喀啦一聲和一陣樂聲。

接著，鑰匙開始說話。

「什麼事也沒有發生。」它說。

克勞蒂亞倒抽一口氣地猛然挺起身，睜大了眼看著傑瑞德。「你聽見……？」

「別說話。妳聽！」

是另一個人的聲音，年紀較大而且氣急敗壞。「湊近點看啊，笨孩子。裡面有光。」

克勞蒂亞跪了下來，為之著迷。傑瑞德悄悄地將手指伸入口袋，取出掃描機放置在鑰匙旁，並且開始錄音。

鑰匙發出柔美的聲響。接著，第一次講話的人再次出聲，而且聽起來奇怪地遙遠而興奮。

「打開了。快後退！」

然後鑰匙傳出沉重的鏗鏘聲，不祥且空洞。因此她花了一些時間辨認那聲音究竟是什麼。是門被解鎖開起的聲音。

是一扇沉重的金屬門，也許年代久遠，因為門的鉸鍊發出吱嘎聲，另外還有東西碎裂的聲音，像是鐵鏽剝落或門楣上的破瓦殘礫被震落。

然後安靜無聲。

鑰匙上的光點變成了綠色，開始回轉向外擴散。

寂靜中，只有護城河旁榆木上的白嘴鴉嘎嘎啼叫。一隻畫眉停棲在玫瑰叢中，並且擺動著尾巴。

「嗯。」傑瑞德輕輕地說。

他調整儀器，再次掃描鑰匙。克勞蒂亞伸手摸了摸。鑰匙是冰冷的。

「發生了什麼事？他們是誰？」

傑瑞德將掃描器拿給她看。「這是對話片段，而且是即時的。一個聲音連結短暫開啟又關閉。至於是他們或是妳啟動的，我也不確定。」

「他們不知道我們聽得見。」

「顯然如此。」

「他們其中有人說『裡面有光』。」

學者的深色眼眸與她目光交會。「妳覺得他們可能也有類似的裝置？」

「沒錯！」她興奮得坐不住而爬起身，驚動了畫眉，鳥兒因此飛走。「聽著，老師，就像你所說的，這不只是一把打開印卡塞隆的鑰匙，或許也是一種溝通裝置！」

「跟監獄溝通嗎？」

「不。跟居住在裡面的人。」

「克勞蒂亞……」

「你想想看！沒有人進得去。他又怎麼能監控這個實驗？監聽裡面的情況？」

他點點頭，頭髮落下遮住了眼睛。「這有可能。」

「不過……」她皺了皺眉頭，手指絞在一起。然後，她轉身背對著他，「他們聽起來不太對勁。」

「妳的措詞必須更精準才行，克勞蒂亞。哪裡不對勁？」

她思索著適當的詞彙。當她終於想到時，連她也備感驚訝。「他們聽起來很害怕。」

傑瑞德思忖了一下。「是的……沒錯。」

「那麼，他們在害怕什麼呢？在完美的世界裡，應該沒有什麼讓人好害怕的，不是嗎？」

傑瑞德面露存疑的表情。「我們剛剛聽到的可能只是某種戲劇節目。也許是廣播劇。」

「但如果他們有那些……戲劇、電影之類的，那麼他們應該對危險、風險和恐懼有所了解。這可能嗎？假如你的世界一切完美，你會了解這些事嗎？他們甚至可以創作出這樣的故事？」

學者微笑著說：「那是我們可以加以探討的論點，克勞蒂亞。有些人會說妳的世界很完美，但妳不也了解世事險惡嗎？」

她沉下臉來。「好吧。可是不只是這樣。」她用手指點了點展翅的老鷹，「這只能用來聽取聲音，或者我們可以藉此跟他們對話？」

傑瑞德嘆了口氣。「就算我們可以，我們也不能這麼做。印卡塞隆裡的各種條件受到嚴格控管，一切都經過謹慎的計算。假如我們加入變因，即使只是透過小小的鑰匙孔開啟通往那邊的門，我們都有可能毀了一切。我們不能將細菌帶入天堂，克勞蒂亞。」

克勞蒂亞轉過身來。「我知道，但是……」

她突然呆住不動。

她父親站在傑瑞德身後的樹籬縫隙間。他正看著她。極度的驚嚇令她心跳加速；一會兒後，她優雅地露出一貫的笑容。

「父親大人！」

傑瑞德也愣了愣。鑰匙還在長凳上；他悄悄伸手，卻搆不著。

「我一直在找你們兩個。」典獄長的聲音很輕柔，深色絨布大衣在陽光照射的空地中心顯得格外空洞。傑瑞德抬頭看著克勞蒂亞，面色慘白。如果他看到鑰匙……

典獄長冷靜地微笑著。「我有些新消息，克勞蒂亞。史提恩伯爵已經到了，妳的未婚夫正在找妳。」

她凝望了他一會兒，感到血液寒涼。然後，她慢慢地站起身來。

「艾維昂勛爵正在逗他開心，但那只讓他感到無趣。聽到這個消息，妳開心嗎，親愛的？」

他走過來拉起她的手；她想站到一旁，藏起閃閃發光的水晶，但她無法動彈。傑瑞德發出嘟囔，微微向前倒下身子。

「老師？」她警覺地掙脫父親的手，「你不舒服嗎？」

傑瑞德的聲音嘶啞。「我……不……只是有點頭暈，過一會兒就好了。沒什麼好擔心的。」

她扶著他坐起來。典獄長戴起擔憂的面具，垂眼看著。「我想你最近太過操勞了，傑瑞德。坐在太陽下，對你可不好。而且你熬夜做太多研究了。」

傑瑞德搖搖晃晃地站起來。「是的。謝謝妳，克勞蒂亞。我好多了，真的。」

「也許你應該休息一下。」她說。

「我會的。我想我該回塔裡了。恕我失陪，大人。」

傑瑞德的腳步踉蹌。在一瞬間，克勞蒂亞恐懼地心想父親該不會不願讓開吧。他和傑瑞德面對面站著。然後典獄長退開，苦笑地說：「假如你希望晚餐送上樓，我會吩咐僕人的。」

傑瑞德只是點了點頭。

克勞蒂亞看著她的家庭教師小心翼翼地穿過紫杉樹籬。她不敢往板凳的方向看，但她知道椅子上已經空空如也。

典獄長走上前坐下，伸直雙腿，然後交叉腳踝。「這位學者真是傑出啊。」

她說：「是啊。您是怎麼進來的？」

他大笑：「噢，克勞蒂亞。在妳出生以前我就設計了這座迷宮。沒有人像我一樣了解當中的祕密，即便是妳親愛的傑瑞德。」他轉過身，一隻手臂擱在椅背後。他靜靜地說：「我想妳做了一些違背我的事，克勞蒂亞。」

她嚥了嚥口水。「是嗎？」

她的父親嚴肅地點了點頭。兩人四目相接。

他現在所做的事跟平時一樣——捉弄她，對她耍花招。她頓時覺得自己再也無法承受了——這場陰謀和這愚蠢的遊戲。她生氣地站起來。「好啦！是我闖進你的書房。」她直視著父親，面紅耳赤，「你早就知道了；從你回到書房的時候就知道了。所以我們何必演戲呢！我想要看看裡面，而你從來不讓我進去。你從來都不讓我進去，所以我只好闖進去。對不起，可以嗎？對不起！」

典獄長盯著她。他是否嚇到了呢？克勞蒂亞無法分辨，但她自己開始焦慮不安；蓄積多年的恐懼和憤怒在瞬間爆發，並且對於他讓自己——和傑洛德——的生命變得如此虛假感到盛怒。

他趕緊舉起一隻手。「克勞蒂亞，拜託！我當然知道，但我並沒有生氣。相反地，我非常欣賞妳的足智多謀。這對於妳在宮廷的生活會很有幫助。」

她瞪視著父親。頃刻間，他感到詫異。不只如此……還有失望。

而他沒有提到鑰匙的事。

微風吹拂玫瑰花叢，揚起一股甜膩的香氣。雖然他表現出啞口結舌的驚訝，但當他再度開口說話時，語氣恢復了平日的尖刻。「我希望妳和傑瑞德喜歡這份挑戰。」說完，他猛然站了起來。「伯爵正等著妳。」

她沉下臉。「我不想見他。」

「妳別無選擇。」他鞠了個躬，朝樹籬間的縫隙走去。克勞蒂亞轉過身來，瞪著他的背影。然後她說：「為什麼房子裡完全沒有我母親的照片？」

她不知道自己會說出這話，而且嚴厲的質問語氣不像平常的她。

他頓時停下腳步。

她的心臟怦然跳著，對自己的舉動嚇了一跳。她不希望父親轉頭，或回答她；她也不想看見他的臉。因為倘若他露出脆弱的一面，她會為此感到害怕；他的自制與鎮定固然令人討厭，但假若這個面具崩毀了，她不知道隱藏其下的會是什麼。

不過典獄長沒有轉過身來，僅僅說：「別得寸進尺，克勞蒂亞。別考驗我的耐性。」

當他離去的時候，她發現自己在板凳上縮成一團，後背和肩膀的肌肉因為緊張而繃緊，雙手緊揪著絲質洋裝。她讓自己緩緩深呼吸一口氣。

再一次。

她的嘴唇因汗水而帶著鹹味。

她為什麼要問他那件事？這個想法是打哪兒冒出來的？她不曾想起她的母親，甚至也不曾想像過，彷彿母親從未存在過。即使小時候，在宮廷中看著其他女孩和她們嘮叨的母親在一起，她也不曾好奇自己的母親在哪裡。

她啃咬已被咬壞的指甲。這是個致命的錯誤；她千不該、萬不該問那個問題。

「克勞蒂亞！」

響亮而強勢的聲音呼喚著她。她不禁閉上眼睛。

「克勞蒂亞，躲在這些樹籬背後可不好喔。」樹枝窸窣作響，應聲斷裂。「出個聲啊！我找不到出去的路！」

她嘆了一口氣。「你終於到了。我的未婚夫近來可好？」

「又熱又煩躁。再說妳也不在乎。聽著，匯合點有五條路，我該走哪一條？」

他的聲音聽起來距離很近，她幾乎可以聞到他身上昂貴的古龍水香味。不像艾維昂噴灑得那麼多，而是恰到好處。「走那條看起來最不可能的路，」她說，「通向房子的那一條。」

發著牢騷的咕噥聲越來越遠。「就像我們的婚約……大家都這麼說。克勞蒂亞，救我出去吧！」

她皺了皺眉頭。他比她記憶中的還糟糕。

紫杉劇烈搖晃，發出斷裂聲響。

她趕緊站了起來，順了順衣服，希望臉色不會像內心感覺的那樣慘白。左手邊的樹籬一陣晃動。一把劍從樹叢伸出，砍出一道開口，然後高大而沉默的保鏢菲克斯踏了出來；他很快地環視四周，然後撥開樹枝。一名纖瘦的年輕人走了出來，不悅地嘟著嘴。他不高興地看著她。「看看我的衣服，克勞蒂亞。我的衣服都毀了，毀得還真嚴重呢。」

他在她的臉頰上印上冷冷的一吻。「大家會以為妳在躲著我呢。」

「聽說你被開除了。」她平靜地說。

「我離開了。」他聳聳肩，「學校太無聊了。我母親要我轉交這個給妳。」

那是一張厚厚的白色字條，以皇后的白玫瑰徽章封緘。克勞蒂亞打開閱讀。

親愛的：

妳將得知婚禮在即的好消息。經過這些年的等待，我相信妳的興奮之情與我同等強烈！凱斯柏堅持護送妳前來——多麼浪漫啊。你們將成為郎才女貌的一對佳偶。從現在起，親愛的，務必當我是妳最親愛的母親。

席亞·瑞吉娜

克勞蒂亞折起紙條：「是你堅持要護送我的嗎？」

「才不呢，是她派我來的。」他踢了星盤一腳，「結婚是多麼無聊的一件事啊。妳不覺得嗎，克勞蒂亞？」

她點了點頭，不發一語。

12

腐朽逐漸發聲，而我們曉悉甚晚。然後一日，我與監獄對話；當我離開房間時，我聽見它發出笑聲，一聲嘲弄的暗笑。

那聲音令我毛骨悚然。我站在長廊上，想起曾在某份手稿殘篇中看過的遠古景象——地獄張著血盆大口吞噬罪人。

就在那一刻，我意識到我們創造了一個將毀滅我們的惡魔。

——卡里斯頓大人的日記

開鎖的聲音聽起來很痛苦，彷彿監獄正在嘆息，彷彿這扇門數個世紀都不曾被開啟過。但沒有警報聲。也許印卡塞隆知道，沒有任何門能帶領他們離開這裡。

在芬恩的警告下，吉爾達斯向後退開；殘瓦碎礫和一陣紅色鐵鏽嘩啦落下。大門朝內震動，然後卡住了。

他們等待了一會兒，因為狹窄的縫隙後方一片黑暗，並且飄著一股寒冷又香甜的詭異空氣。芬恩踢開瓦礫，用肩膀抵著門。他提氣，然後用力猛撞，直到門再次卡住。不過現在的空間已經可以讓他們擠過去了。

吉爾達斯推了推他。「看一下。小心一點。」

芬恩回頭瞥看一眼頹軟疲憊地坐著的凱羅。他抽出劍，側身鑽進開口。裡頭很冷，讓呼出的氣結成了白霧。地面崎嶇，呈下坡狀。當他向前走了幾步，一張奇怪的箔材垃圾在腳踝窸窣作響；他彎腰伸手觸摸到一堆迸脆的東西，又冰又濕，觸感尖銳。當他的眼睛逐漸適應黑暗後，他認為自己正站在地面傾斜、柱子林立的大廳；拔高的黑色柱子在他的頭上交錯糾纏。他摸索到離自己最近的一根柱子，困惑地用雙手四處觸摸。圓柱冰冷而堅硬，但表面並不光滑，滿是裂縫和節瘤的生長物，並且有著錯綜交織的分支。

「芬恩？」

吉爾達斯的身影在門邊出現。

「等等。」芬恩諦聽著。微風在高處流動，造成彷彿能傳至千里、微弱而清脆的叮噹聲響。過了一會兒，他說：「這裡沒有其他人，進來吧。」

在一陣窸窣和騷動後，吉爾達斯說：「把鑰匙拿過來，凱羅。我們必須將門關上。」

「如果這麼做，我們還能回去嗎？」凱羅的聲音聽起來十分疲憊。

「為什麼要回去？快過來幫我。」狗奴一鑽進來後，芬恩和老人便將小門撞回門框裡。門靜靜地發出喀的一聲，關了起來。

接著是一陣窸窣與摩擦聲。燈火穩穩地在提燈裡亮了起來。

「會被別人看見的。」凱羅厲聲說。

但芬恩說：「我告訴過你，這裡除了我們以外沒有別人。」

當吉爾達斯高舉提燈，他們環顧四周將他們團團圍住且令人不安的柱體。最後，凱羅說：

「這些是什麼東西？」

狗奴蹲在他身後。芬恩看了牠一眼，知道對方也正看著他。

「金屬樹。」光線照在老學者編成辮子的鬍鬚上，雙眼閃爍著滿足的光芒，「在這個森林裡的所有物種都是由鐵、鋼和銅所組成，葉子像金箔一樣薄，水果長出來是金質或銀質。」他轉過身子，「從很久很久以前留傳下來一些關於這個地方的故事——由怪物們看守的金蘋果。看樣子，這些故事是真的。」

空氣冰冷而無風。此處帶著一種詭異的距離感。凱羅問了一個芬恩不敢問的問題。

「我們已經到外界了嗎？」

吉爾達斯哼了一聲。「你以為有那麼容易嗎？在你昏倒之前，先坐下來吧。」他看了看芬恩，「我來處理他身上的傷。這是個等待燈亮的好地方。我們可以休息，甚至吃點東西。」

但是芬恩轉過身看著凱羅。他感到寒冷而不適，但他咬牙切齒地說：「在我們往下走以前，我想弄清楚傑爾曼瑞克的意思——關於老師的死。」

所有人安靜了片刻。在幢幢燈火中，凱羅惱怒地看了芬恩一眼，困乏地癱倒在沙沙作響的樹葉上，然後用血跡斑斑的手將頭髮撥到後方。「老天啊，芬恩，你真的認為我知道嗎？你也看見了，他已經完蛋了，什麼話都說得出來！那些只是謊言罷了。別放在心上。」

芬恩低頭看著他。有那麼一刻，他想追問下去，以平息內心惶惶不安的恐懼，但是吉爾達斯調停地將他拉到一邊。「做點事吧。去找點能吃的東西。」

學者倒著水，芬恩從背包拿出幾包肉乾與水果，以及另一盞提燈，然後藉第一盞燈的火將其點亮。然後他踏扁冰冷的金屬葉，鋪上一些毛毯後坐了下來。光亮處以外是幽暗的森林，微弱的婆娑窸窣聲讓他心神不寧，但他試著不去多想。吉爾達斯為凱羅清理傷口，後者不斷咒罵；吉爾達斯脫下他的外套和襯衫，嚼碎氣味難聞的草藥敷在他胸膛的傷口上。

狗奴蜷伏在黑暗中，讓人幾乎看不見。芬恩拿出一袋食物，打開後遞了一些給牠。「吃吧。」他低聲地說。

一隻裹著破布、滿是硬痂的手唰地將食物拿走。他看著那個生物進食，想起先前回應他的聲音，是個低沉而急迫的人聲。於是他輕聲問道：「你是誰？」

「那東西還在啊？」渾身疼痛、情緒暴躁的凱羅重新穿好外套；衣服上的長縫與破洞讓他不禁皺起眉頭。

芬恩聳聳肩。

「別管牠了。」凱羅坐著開始狼吞虎嚥，一邊尋找更多食物，「牠身上長滿了膿皰。」

「『那東西』救了你一條命。」吉爾達斯提醒地說。

凱羅激動地抬眼瞪人。「我可不這麼認為！我已經讓傑爾曼瑞克在我的掌握之中。」他將目光轉向狗奴，然後他的雙眼頓時睜得老大。他跳了身，大步走到牠蹲踞之處，抄起一件黑色的東西。「這是我的！」

那是他的包包。一件綠色長袍和鑲著寶石的匕首掉了出來。「臭小偷！」凱羅抬腳想踢踹牠，但被牠閃了開來。然後，出乎他們意料之外，牠以女孩的聲音說道：「你應該感激我把東西帶來。」

吉爾達斯轉過身，看著那團裹著碎布的影子，然後伸出瘦骨嶙峋的手指戳了戳牠。「現形吧！」他說。

狗奴拉下破舊的帽兜，解開手上包覆的繃帶和灰色布條。跛足蜷縮的形體逐漸變成嬌小的人形——促膝蹲著，一頭骯髒的短髮，尖瘦的臉上是一雙戒備的眼睛。她身上綁有層層衣物，做出身上的駝疣、腫塊。當她扯開手上團團包覆物後，手上的瘡口和潰瘍讓芬恩作嘔地倒退了幾步。不過吉爾達斯哼地一聲說：「假的。」

他大步走向前。「難怪妳不讓我靠近妳。」

在幽暗的金屬森林裡，狗奴變成了一名瘦小的女孩，而她身上以假亂真的膿瘡是一團團顏色。她緩緩站直身子，彷彿她已經忘了如何站立一般。接著，她呻吟著伸展四肢。纏繞在她脖子上的鎖鍊搖晃而鏗鏘作響。

凱羅發出刺耳的大笑。「你看看，你看看。傑爾曼瑞克比我想的還要狡猾呢。」

「他不知道我是人。」女孩大膽地看著他，「沒有人知道。他們逮住我的時候，我和一群人在一起。當天晚上，一個老婦人死了；我從她身上偷走這些破布，用鐵鏽在身上畫出膿瘡，用糞便塗遍全身，並且削短頭髮。我知道我必須夠聰明，甚至非常聰明，才能夠活下去。」

她看起來很害怕，卻也目空一切。她的年歲難以判別，像狗啃的髮型讓她看起來像個骨瘦如柴的孩子，但芬恩猜想她的年紀應該只比自己小一點。他說：「結果這樣做並不是個好主意。」

她聳聳肩。「我不知道我最後會變成他的奴隸。」

「而且得試吃他的食物？」

她忍不住苦笑一番。「他吃得可好呢。讓我活了下來。」

芬恩看了凱羅一眼。他的拜把兄弟看著女孩一會兒，然後轉過身，將身體捲進毛毯中。「明天一早就把她給甩了。」

「這可由不得你。」她的語氣平靜但堅定，「我現在是觀星者的僕人了。」

凱羅翻過身子，瞪大雙眼。芬恩說：「我？」

「你帶我脫離了那個地方。沒有人願意這麼做。即使把我丟下，我也會像狗一樣跟著你。」她走向前，「我想逃離。我想找到外界——假如那個地方真的存在的話。奴隸圈裡，大家說你在夢中看見了星星，而且薩伏科對你說話；他們還說監獄會為你指引出路，因為你是它的兒子。」

他一臉驚慌地看著她。吉爾達斯搖了搖頭。他看看芬恩，芬恩也看看他。

「隨便妳吧。」老人幽幽地開了口。

芬恩不知該如何是好，所以他清了清喉嚨對女孩說：「妳叫什麼名字？」

「阿緹亞。」

「好吧，聽著，阿緹亞。我不需要僕人，但是……妳可以跟著我們。」

「她身上又沒有食物。這樣我們還必須把食物分給她。」凱羅說。

「你也沒有啊！」芬恩推了推凱羅的那袋衣服，「現在，我也沒有了。」

「那她跟你分一份捕獲的食物，兄弟。我可不分。」

吉爾達斯倚著金屬樹。「睡覺吧。」他說，「等燈亮之候再討論這些吧。但是我們之中得有人守夜，所以第一個輪到的就是妳了，小女孩。」

她點了點頭。當芬恩不自在地蜷縮進毯子時，他看見女孩隱沒在暗處。

凱羅像貓一樣打了個哈欠，咕噥著：「她搞不好會劃開我們的喉嚨。」

克勞蒂亞加重語氣說：「我說『晚安』，艾莉絲。」她從梳妝臺的鏡子看著奶媽對散落在地板上的絲綢衣物大驚小怪。

「妳看看，克勞蒂亞，泥巴把洋裝都毀了……」

「把它丟進洗衣機吧。我知道妳在某個地方藏有一臺。」

艾莉絲瞪了她一眼，無止盡的刷洗、拍打和上漿……她們都知道僕役們早就暗中無視紀元規定，揚棄了這種累人的舊式洗滌方式。說不定在宮廷裡也一樣，克勞蒂亞心想。

當門一關上，她立刻跳起身，鎖上門，轉動鍛鐵門栓，並且打開所有保密系統。然後她背倚著門，開始思考。

傑瑞德沒有出席晚餐。這不代表什麼；他或許想繼續裝病，而且他討厭伯爵的愚蠢。她一度納悶傑瑞德在迷宮的時候，是否真的身體不適，而她是不是應該呼叫他。但他已經警告過她，迷你通訊器只有緊急狀況才可使用，尤其典獄長在家的時候。

她繫上晨衣的腰帶，然後跳上床，伸手摸探四柱大床的頂篷。

不在那裡。

現在屋子很安靜。整個晚宴，凱斯柏談笑、飲酒，大啖十四道美食——鮮魚、雀類、閹雞、天鵝、鰻魚和蜜餞等。他高談闊論，情緒激昂地談論著他的馬上比武、新飼養的馬匹、剛建好的海邊城堡，以及他賭博輸了多少銀兩。他最新的興趣是獵野豬，或者應該說是舒舒服服地等著僕人扛回受傷的野豬讓他撲殺。他敘述自己的長矛、獵殺經過，還有裝飾了宮廷走廊的獵物獠牙。整個晚上，他的酒一杯接著一杯，語氣也越來越威嚇，但口齒越發含糊不清。

她始終面帶微笑地聆聽，並且用古怪、刻薄的問題來嘲諷他，不過他幾乎聽不出弦外之音。從頭到尾，坐在對面的父親一直把玩著高腳杯，用纖細的手指在白色桌布上轉著杯柄，並且凝視著她。此刻，她跳下床，來到梳妝臺翻找所有的抽屜，同時想起那張冰冷的容顏如何讚賞著她坐在那裡，坐在那個即將成為自己丈夫的笨蛋旁。

東西不在抽屜裡。

她冷靜下來，走到窗邊，拉開插栓，敞開窗扉，然後自憐地將身子蜷縮在靠窗座位的椅墊上。假如父親真的愛她，又怎麼能夠這樣對待她呢？他難道看不出結局將會多麼悲慘嗎？

夏日的夜晚十分溫暖，紫羅蘭、忍冬和蜿蜒圍繞護城河的麝香玫瑰散發出香甜氣味。在田野遠處，霍恩斯里教堂的鐘聲輕輕地敲響了十二下。她看著一隻蛾飛進房內，猛然撲向燭火；飛蛾的影子短暫地大大投射在天花板上。

他的笑容是否帶著新的尖刻呢？她愚蠢地脫口而出關於母親的問題，是否將自己推向了危險絕境呢？

她的母親去世了。這是艾莉絲說的，但是那時她還沒在這裡工作，所有的僕人也都是事發之後才來的，除了他父親的秘書梅德利科特以外，但她鮮少和他交談。不過或許她應該試試。因為關於母親的問題像把利刃刺穿了典獄長刻意武裝的微揚嘴角和冷漠的紀元禮節。她已經刺傷了他，而他也察覺到了這一點。

她微笑了起來，臉微微地發燙。

這種情形未曾發生過。

難道母親的死，事有蹊蹺嗎？疾病四處蔓延，但有錢人能取得非法藥物。藥物對這個紀元而言太過先進。她的父親十分嚴格，但倘若他真心愛著妻子，他應該會用盡辦法救她，不論觸法與否。難道為了紀元規定，他願意犧牲自己的妻子嗎？又或者事實比這更不堪？

飛蛾在天花板上振翅飛繞。她探頭望著窗外的天空。

夏天的星空很明亮。星星高掛在宅第屋頂和三角牆上，發出詭譎的微光；薄暮下的護城河波光瀲灩。

父親與吉爾斯的死有關。他先前曾殺過人嗎？

這時臉頰上的觸感嚇了她一跳。飛蛾的翅膀掠過她的臉，並且輕聲說：「在靠窗的座位下。」然後朝傑瑞德居住的高塔發出的微弱燈光飛去。

克勞蒂亞露齒而笑。

她站起身，在坐墊下方摸索，然後觸碰到水晶冰涼的邊緣。她小心翼翼地拿出鑰匙。

在星星照射下，鑰匙彷彿發出一道微弱的冷光，而內部的老鷹嘴喙也閃爍著銀光。

傑瑞德一定是趁大家都在享用晚餐的時候，把鑰匙放到這裡來。

她謹慎地吹熄燭火並關上窗戶。然後將沉重的棉被從床上拖下來蓋住自己。她把鑰匙放在膝蓋上，碰觸、摩擦、對著它吐氣。

「對我說話吧。」她說。

芬恩覺得非常寒冷，甚至幾乎沒有顫抖的力氣。

金屬森林非常黑暗；提燈僅能投射出一小圈明亮，照出凱羅攤開的一隻手，和蜷縮成一團的吉爾達斯。女孩在樹下成了一抹黑影；她沒有發出半點聲響，讓他懷疑她也睡著了。

他小心翼翼地伸手取過凱羅的背包。他想在自己的外套上多蓋一件拜把兄弟華麗的外衣。也許兩件。凱羅不會介意他借用衣服的。

他拉過包包，將手伸進去，觸碰到了那把鑰匙。

鑰匙很溫暖。

他極其輕柔地拿出鑰匙，用手握住，讓它的熱度溫暖僵硬的手指。這時，它靜靜地說：「對我說話吧。」

芬恩張大雙眼，轉頭看看身旁的人。

沒有動靜。

他小心翼翼地站起來並且轉過身；皮帶在一片寂靜中喀啦作響。他試圖走了三步，但金屬葉沙沙作響，讓凱羅咕噥著翻了個身。

芬恩來到樹後方，驚訝得不得動彈。

他將耳朵湊近鑰匙，不過鑰匙安靜無聲。他仔細碰摸、搖晃。接著，他對著它輕聲說：「薩伏科。薩伏科爵士。是你嗎？」

克勞蒂亞倒抽一口氣。

對方的回答非常清楚。她狂亂地看看四周，卻找不到能錄音的東西，不禁喃喃咒罵。然後她說：「不！不。我叫克勞蒂亞。你是誰？」

「小聲一點！妳會吵醒他們。」

「誰？」

對方頓了頓，然後說：「我的朋友。」他聽起來氣喘吁吁，而且奇怪地驚恐。

「你是誰？」她說，「你在哪裡？你是囚徒嗎？你是不是在印卡塞隆？」

他為之一震，不敢置信地看著鑰匙。

鑰匙中央發出微弱的藍光；他彎下身，藍光照在他的皮膚上。「我當然是在印卡塞隆裡啊。妳的意思是……妳……在外界？」

鴉雀無聲。沉默持續了好一會兒，讓他以為通訊已斷。他趕緊說：「妳聽得到嗎？」而這時女孩也說：「你還在嗎？」兩人尷尬地同時出聲。

接著她說：「很抱歉，我不該跟你說話。傑瑞德警告過我這件事。」

「傑瑞德？」

「我的家教老師。」

他搖了搖頭，呼出的空氣在水晶表面結成了霧。

「不過，聽著，」她說，「木已成舟。而且我相信講幾句話不會對已有數個世紀之久的實驗造成什麼傷害，對吧？」

他不懂對方在說什麼

「妳在外界，對吧？外界真的存在？那裡有許多星星，是嗎？」

女孩沒有答腔，嚇壞了他。不過一會兒後，她說：「是的。我現在正在看著星星。」

他驚訝地大呼一口氣，水晶上立刻結了一層水氣。

「你還沒有告訴我你的名字。」她說。

「芬恩。我叫芬恩。」

接著是一陣沉默。兩人陷入不自在的寂靜，而他的雙手不靈活地握著鑰匙。他有太多事情想問、想知道，但不知該從何說起。這時她說：「你是如何跟我說話的，芬恩？是不是透過一把水晶鑰匙，中間有老鷹的立體投影？」

他嚥了嚥口水。「是的。是把鑰匙。」

他身後傳來沙沙響聲。他從樹後方探頭，看見吉爾達斯正在打鼾、囈語。

「那麼我們兩個人擁有相同裝置。」她聽起來思緒敏捷而且深思熟慮，好像她熟悉解決問題、找出解答似的；這明快的聲音突然讓他的腦袋微微刺痛，並且想起蠟燭——蛋糕上的七根蠟燭。

就在這時，印卡塞隆的燈光一如往常倏地亮了起來。

他嚇了一跳，發現自己站在一片滿是銅黃、鍍金和赭紅色的地景中。森林綿延幾英里遠，向下延伸成綿延起伏的景色。芬恩吃驚地望著眼前的風景。

「怎麼了？發生什麼事？芬恩？」

「燈亮了。我……我在一個陌生的地方，一個完全不同的側翼。是座金屬森林裡。」

她古怪地應答：「真羨慕你。那裡一定棒透了。」

「芬恩？」吉爾達斯顫起身，環視周遭。當下芬恩想呼喚他過來，但頓時覺得自己應該謹慎行事。這是他的祕密，他必須謹守而不讓人知。

「我得離開了，」他趕緊說，「我會試著再跟妳說話……現在我們知道……前提是假如妳想的話。不過妳得這麼做，」他很快地加上一句，「妳必須幫助我。」

女孩的回答卻令他感到驚訝。「我該怎麼幫你呢？待在一個完美的世界裡有什麼不好嗎？」

芬恩收緊了手，而藍光逐漸消失。他絕望地低語道：「拜託妳。妳必須幫我逃離。」

13

隔牆有耳。
門扉有眼。
樹木言語。
野獸欺謾。
當心下雨，
留意下雪。
提防你自認了解的人。

——《薩伏科之歌》

芬恩的聲音。

當她戴上金屬臂鎧，挑起輕劍，他的聲音迴盪在她的護面裡。

妳必須幫我逃離……

「就位，克勞蒂亞。」劍術老師是個瘦小、揮汗如雨的灰髮男子。他們的劍相交；他以劍術精湛的劍擊者所擁有的精準微小動作當作指令，而她反射性地做出回應，練習長刺、撥擋。六分位、七分位、八分位[2]……她自六歲起便練習著這些動作。

男孩的聲音似曾聽聞。

在護面溫暖的黑暗中，她咬緊嘴唇，做出攻擊、四分位、防禦還擊，然後啪地一聲，漂亮擊中老師的護墊外衣。

老師講話時，母音微微拖長。宮廷裡的人就是這麼說話的。

「請向前方虛擊、轉劍。」

她依循指示動作，身體開始發熱，手套因為汗水而早已變得又濕又軟；輕劍咻咻揮舞，熟悉的練習發出的卡嗒聲舒緩了她的心情，操控手中的劍也讓她的思緒加速。

妳必須幫我逃離……

恐懼。他的低語裡充滿著恐懼——害怕被聽見，害怕自己所說出的話。而「逃離」這個字，聽起來像是件神聖、禁忌又讓他敬畏的事情。

「請做四分位，克勞蒂亞。手記得舉高。」

她心不在焉地練習著，劍刃一次次滑過她身旁。老師身後，艾維昂從大門走進庭園裡，站在階梯上吸著鼻煙。他盯著她瞧，他以優雅的姿態站在原地看著克勞蒂亞。

克勞蒂亞皺了皺眉頭。

她要思考的事情太多，擊劍課程是她唯一放鬆的機會。房子裡一團混亂；她的衣服已經打包、進行最後的禮服尺寸測量、她捨不得丟棄的書、她堅持要待在身邊的小寵物。還有這件

❷ 擊劍術語，指擊劍中的八種實戰姿勢。

事——傑瑞德必須帶著鑰匙。東西放在她的行李裡並不安全。

現在，他們正在比賽。克勞蒂亞拋開心中所有的雜念，專心一志地攻擊，聽著撥擋的卡嗒聲，以及她一次又一次地攻擊時，隨之彎曲的輕劍。

最後，擊劍老師終於退下。「很好，小姐。妳的準確性仍然相當傑出。」

她慢慢地脫掉護面，握了握他的手。近距離看著老師，他看起來蒼老了些，也有點悲傷。

「我很遺憾即將失去一個這麼優秀的學生。」

她握緊他的手。「失去？」

他後退一步。「我……聽說……妳結婚之後……」

克勞蒂亞壓抑下怒火，她鬆開手，挺起身。「結婚之後，我仍然需要你的教導。請不要理會我父親所說的話，而你將會和我們一起前往宮廷。」

他微笑著鞠了個躬。懷疑的神情在他臉上一覽無遺；當她轉過身從艾莉絲手中接過水杯時，她感到屈辱讓自己面紅耳赤。

他們企圖孤立她。她早就預料到了，傑瑞德也曾經這樣提醒過她。在席亞皇后的宮廷裡，他們希望她身邊沒有半個親信，沒有人能與她共謀。但她並不想這樣。

艾維昂勛爵搖搖晃晃地走近。「相當精采啊，親愛的。」他用那對小眼睛欣賞著她在劍術馬褲下的身材。

「別可憐我。」她怒聲說。揮手要艾莉絲退下後，她拿著杯子和水壺，闊步走向草坪邊緣的長凳。過了一會兒，艾維昂來到她身邊。她轉頭看著他說：「我必須跟你談談。」

「房子可以俯瞰到我們。」他平靜地說，「任何人都看得見。」

「那麼你就揮揮手帕、大笑吧。或者做一些間諜會做的事情也行。」

他用手指蓋上鼻煙盒。「妳在生氣，克勞蒂亞小姐。但我想不是針對我。」

他所言不假。但她還是瞪著他。「你想幹嘛？」

他微笑著，氣定神閒地看著湖中的鴨子和蜂擁而至的黑水雞。「還不到時候。很明顯地，在婚禮結束以前我們不會有任何動作。但之後，我們需要妳的協助。皇后是我們第一個需要處理的對象——她是最危險的人物。隨後，當妳安全地當上皇后，妳的丈夫將會碰上一些意外……」

她喝著冰涼的水。透過杯底，她看見傑瑞德在的高塔，背後襯著藍天白雲，還有完全符合紀元規定的小窗戶。

「我怎麼知道這不是個陷阱？」

他面露微笑。「皇后懷疑過妳嗎？她沒理由這麼做。」

克勞蒂亞聳聳肩。她只在慶典上遇過皇后。第一次見面是多年前她訂婚的時候。她記得看見一名苗條的金髮女子，穿著白色洋裝，坐在王位上；王座前的階梯似乎有數百級，而她必須帶著幾乎跟自己一樣大的花藍專心地一階階爬上去。

皇后的雙手、亮紅的指甲、前額上冰冷的手掌……

以及她說的話：「好美啊，典獄長。真貼心。」

「你可能有錄音。」克勞蒂亞說，「你可能在測試我的……忠誠度。」

艾維昂嘆了口氣，用微弱的聲音說：「我向妳保證……」

「隨便你怎麼保證，我說的都可能是真的。」她重重放下杯子，拿起艾莉絲留下的毛巾，用柔軟的布擦了擦臉。接著她轉過身：「關於吉爾斯的死，你知道些什麼？」

他為之一震，微微張大蒼白的雙眼。但他熟稔於欺瞞，所以絲毫沒有露出破綻。「吉爾斯王子？他墜馬而死。」

「那是意外嗎？或者，他是被謀殺的？」

假如他正在錄音的話，現在她絕對完蛋了。

艾維昂粗肥的手指交握。「那是真的，親愛的……」

「告訴我。我必須知道真相。在所有與我關係重大的人之中，吉爾斯是……我們有過婚約。我喜歡他。」

「是的。」艾維昂了然地看著她，「我懂了。」一開始他似乎有些猶豫，但之後像是下定決心似地說：「他的死確實有些奇怪之處。」

「我就知道！我告訴過傑瑞德……」

「學者知道這件事？」他警覺地抬起眼，「他知道我的事？」

「我信任他，我敢將性命交託給傑瑞德。」

「那種人才是最危險的。」艾維昂轉身看看宅第。一隻鴨子緩緩游向他；他激動地揮揮手，鴨子呱呱叫著滑水離去。

「我們永遠不曉得哪裡隔牆有耳。」他看著游走的鴨子，平靜地說，「這是哈瓦爾納王朝對我們造成的影響，克勞蒂亞。他們要讓我們無時無刻都活在恐懼中。」

有那麼一會兒，他顯得焦慮不安。接著他撫平絲質套裝上幾乎看不見的皺痕，用變了調的聲音說：「事發當天早上，吉爾斯王子沒帶平時的隨從便騎馬出門。那是個美好的春天早晨，而他是個身體健康、笑聲爽朗的十五歲少年。兩個小時後，一名信使轟隆隆地騎著汗水涔涔的馬進來；他跳下馬，衝進宮廷大廳，跑上階梯，然後撲倒在皇后跟前。當時我也在場，克勞蒂亞。當她聽到這個噩耗的時候，我看見她臉上的表情。她和所有人一樣皮膚白皙，但是當時她臉色蒼白。如果她只是在作戲，那麼她的演技精湛。他們用樹枝匆忙搭成的屍架將男孩運回來，並用外套覆蓋住他的臉。所有人都泣不成聲。」

克勞蒂亞不耐煩地說：「說下去。」

「他們讓他的遺體供人瞻仰。他穿著華麗的金袍和白色絲綢束腰上衣，上面繡著帶著皇冠的老鷹。成千上萬的人魚貫經過他的遺體。婦女們啜泣，孩子們獻上鮮花。人們說，他多麼地英俊，多麼年輕。」

他看著宅第。

「但有件事很奇怪。一名男子，名叫巴特利特。他早些年照顧過小男孩。現在他已經上了年紀，退休了，而且身體孱弱。有天晚上，他們准許他在眾人離去後進來瞻仰遺體。他們領他穿過廊柱與國政大廳的暗處。他吃力地拾階而上，低頭看著吉爾斯王子。他們以為他會悲傷地啜泣或嚎啕大哭，以為他會憤怒地撕裂衣服。然而，他卻什麼也沒做。」

艾維昂抬起頭。克勞蒂亞看著他精明的小眼睛。「他大笑，克勞蒂亞。那名老人竟然大笑。」

在金屬森林裡行進兩個鐘頭後，天空下起了雪。

芬恩被銅根絆倒，猛然從白日夢裡醒來，才發現雪已經下了好一段時間，在葉子似的廢棄物上結成薄薄的一層霜。他回頭看，呼吸也冒著白煙。

吉爾達斯走在後方不遠處，並且正與那個女孩交談。但是凱羅呢？

芬恩趕緊轉過身。一整個早晨，他無法克制自己不去想著那個聲音，那個來自外界、來自有著星星之處的聲音。克勞蒂亞。她透過什麼方式跟他說話的呢？他可以感覺襯衫下突起而冰涼的鑰匙，並且奇怪地感到安心。「凱羅在哪裡？」他問。

吉爾達斯停下腳步，將枴杖插在地上然後倚著。「他在前方探路。你沒聽到他跟你說的嗎？」說完，他突然大步走上前，直直地看著芬恩，一雙藍眼在他滿是皺紋的消瘦臉龐上清澈得猶如水晶。「你還好嗎？你是不是又看到畫面了，芬恩？」

「我沒事。很抱歉讓你失望了。」老學者熱切的語氣讓芬恩心生反感。接著他看著女孩。「我們得取下妳身上的鎖鍊。」

她將鍊子像項鍊般繞在脖子上，以免它東搖西晃。即使她在衣領裡塞了許多布料，他也幾乎能看見領子下的皮膚。她靜靜地說：「我還可以應付。但是我們現在在哪裡呢？」

他回過頭看看綿延數哩的森林。一陣風將金屬葉子吹得交纏窸窣。腳下的樹林覆蓋著皚皚白雪，頭上的監獄屋頂高遠而充滿壓迫感，燈光朦朧且微弱。

「薩伏科來到這裡。」吉爾達斯的聲音聽起來既興奮又緊張，「雖然黑暗的絕望讓他認為沒有逃脫的路，但這座森林擊退了他最初的疑慮。他就是從這裡開始爬出去的。」

「可是這條路是下坡。」阿緹亞平靜地說。

芬恩看著她。在一身汙穢與髒亂的頭髮下，她的臉閃耀奇異的光彩。「妳以前來過這裡？」他問。

「不。我來自一個錫維崔的小部族。我們不曾離開側翼。這裡真的是……太美了。」

這些話讓他想起了老師，罪惡感瞬間令他渾身發寒，但吉爾達斯從他身邊擠過並且繼續往前走。「這條路看起來是下坡沒錯，但假如印卡塞隆位在地底下的傳說是真的，我們最終會向上爬。也許在樹林的另一端。」

芬恩驚駭地望著森林。印卡塞隆怎麼能如此廣大？他從來沒有想過它會是這個樣子。這時女孩說：「那是煙嗎？」

他們朝她手指比著的方向看去。在雪霧迷茫的遠方升起一道細細的柱狀物，但它隨即消散。看起來像生火飄出的煙，他心想。

「芬恩！過來幫我！」

他們回過頭。凱羅從銅鋼樹叢間拖出某種東西；他們跑向前，芬恩看見那是條小綿羊；牠的一隻腳遭監獄殘酷地修理過，電路外露。

「你們果然是小偷。」吉爾達斯嘲諷地說。

「你是知道康彌塔特斯民兵團的規矩。」凱羅的語氣振奮，「所有東西都是監獄的，而監獄是我們的敵人。」

他已經劃開綿羊的喉嚨。現在他看著大家說：「我們就在這裡宰殺牠吧。嗯，她可以負責這件事。她應該做些貢獻。」

沒有人動作。吉爾達斯說：「你這麼做太愚蠢了。我們根本不知道什麼人居住在這裡，或是他們有什麼能耐。」

「我們必須填飽肚子！」凱羅生氣地說，臉沉下來。他將綿羊摔在地上。「如果你不想吃，隨你！」

大家陷入尷尬的靜默。然後阿緹亞僅僅說：「芬恩？」

芬恩知道如果他要求，女孩一定會照做。他不想擁有這樣的權力；但凱羅正在氣頭上，所以他說：「好吧。我來幫妳。」

他們肩並肩地跪下來切割羊肉。她借用吉爾達斯的刀子，俐落的工作著；他這時發現她以前必定經常做這種事。她將笨手笨腳的芬恩推到一旁，開始動手肢解小羊。他們只取了少部分的肉，因為他們無法攜帶太多，也尚未找到火種烹煮。這隻動物只有一半是有機體，其餘是胡亂湊成的金屬。吉爾達斯用枴杖翻動殘骸。「現在監獄培育的動物越來越不精緻了。」

他聽起來憂心忡忡。凱羅說：「這話是什麼意思，老頭？」

「就像我剛剛說的那樣啊。我還記得以前的生物都是有血有肉的。後來開始出現電路；這種小東西取代了血管和軟骨。學院一直研究、分析所能找到的動物組織。有一次，我懸賞動物的屍體，但是印卡塞隆往往捷足先登。」

芬恩點點頭。他們都知道任何生物遺體都會在一夜之間消失；印卡塞隆會立刻派出甲蟲回收原料。在這裡，沒有東西需要埋葬，也沒有東西需要燒毀。即使康彌塔特斯民兵團成員死後用最愛的物品陪葬、以鮮花裝飾，然後擺在深谷旁，翌日清晨一切總是消失無蹤。

出乎他們意料之外，阿緹亞開口說：「我的同胞知道這種事。羊隻跟狗變成這樣已經好長一段時間了。去年在我們的部族裡誕生了個嬰孩，而他的左腳是用金屬製成的。」

「然後呢？」凱羅靜靜地詢問。

「那個孩子嗎？」她聳聳肩，「他們把它殺了。這樣的東西是不准活下來的。」

「史坎姆仁慈多了。我們留這些怪物一條命。」

芬恩看了他一眼。凱羅的口氣刻薄；他轉過身去，準備領大家穿過樹林。但吉爾達斯沒有移動腳步，反倒說：「你難道不懂嗎，傻小子？這代表監獄已經快沒有有機體了……」

但凱羅沒在聽。他警覺地抬起手。

樹林裡響起一個聲音。是聲低吟，是颯颯風聲。風起初很微弱，幾乎沒有吹動樹葉，但逐漸吹起芬恩的頭髮和吉爾達斯的長袍。

芬恩回過頭。「那是什麼？」

老學者開始推促著他。「快點。我們必須找地方躲避，快點！」

他們穿梭在樹林間，阿緹亞一直跟在芬恩身後。風越發猛烈，開始吹起樹葉；葉子在空中盤旋，飛掠而過。一片葉子打在芬恩的臉上；他伸手撫摸突然感覺被劃傷刺痛的地方，結果手上沾了血。阿緹亞倒抽一口氣，並用手保護著雙眼。

轉眼間，他們置身在一場銀色金屬的暴風中；銅、鋼和銀葉讓瞬間吹起的旋風如刀劍般鋒利。樹木嘎吱彎曲，樹枝斷裂的聲響迴盪在隱形的屋頂下。

芬恩一邊閃躲，一邊上氣不接下氣地奔跑，狂風在耳邊厲聲怒吼。暴風對他發威，將他捲起再摔落；它憤怒地將他拋進金屬樹叢、拍打他，讓他渾身是傷。被吹得東倒西歪的芬恩知道這些樹葉就是它的話語和怨恨之箭；他知道印卡塞隆正在奚落他這個獄生之子。於是他停下腳步，彎下身子，大口喘氣。「我聽到了！我聽到了！住手！」

「芬恩！」凱羅一把將他拉倒。他自地上滑落，倒進某棵大橡樹糾纏的樹根所形成的窟窿裡。

他跌在吉爾達斯身上，後者馬上將他推開。有好一會兒，他們喘著氣，聆聽外面致命樹葉劃破空氣時嗖嗖、嗡嗡的聲響。然後後方傳來阿緹亞悶窒的聲音。

「這兒是什麼地方啊？」

芬恩轉頭，隱約看見他們身後有個圓形坑洞似乎深入鋼橡樹的下方。坑洞延伸進入黑暗，深得不適於直接站立其中。女孩七手八腳地爬進去，金屬葉因此沙沙作響。芬恩聞到一股奇怪的霉味，看見洞壁上長了許多曲狀蕈類，孢子四處生長。

「那是個洞。」凱羅挖苦地說。他屈起膝蓋，拍去外套上的金屬落葉，然後看著芬恩。「鑰匙還在吧，兄弟？」

「當然。」芬恩喃喃地說。

凱羅用一雙藍眼直直地看著對方。「嗯，給我看看。」

芬恩有些不情願地將手伸進襯衫拉出鑰匙；他們看見鑰匙在黑暗中閃耀著。它是冰冷的，讓芬恩鬆了一口氣，並且沉默不語。

阿緹亞突然瞪大了眼。

「薩伏科的鑰匙！」

吉爾達斯轉頭看著她。「妳說什麼？」

但她不是看著水晶，而是盯著樹的深處一個精心繪成的畫像；上頭佈滿數個世紀的灰塵，苔癬蔓生。圖上是名高瘦的黑髮男子正坐在王位上，而他高舉的雙手中是個黑暗的六角孔洞。

吉爾達斯從芬恩守中取走鑰匙，將鑰匙插進畫像上的洞。鑰匙立即開始發光，散發出光和熱，照亮了每個人髒汙的臉與傷痕，也照亮了洞穴最深處。

凱羅點了點頭。「我們的方向似乎是對的。」他喃喃地說。

芬恩沒有回腔。他正看著學者；老人的臉上帶著敬畏和歡喜的榮光。他癡迷的模樣令芬恩背脊發涼。

14

我們禁止成長，因而腐朽；禁止野心，因而絕望。因為這些只是扭曲的一體兩面。最重要的是，我們也禁止了時間。而今而後，萬物不再變化。

——《恩多爾王法令》

「我認為妳不需要這些垃圾。」凱斯柏從書堆中拾起一本書翻開。他慵懶地看著書中用鮮明圖案裝飾的字。「皇宮裡也有許多書。我從來都懶得看。」

「你真讓我感到驚訝。」克勞蒂亞語帶嘲諷地說。她坐在床上，無望地環顧一地凌亂。為什麼她會有這麼多家當？但只有一點點時間整理！

「薩彼恩堤學院裡則有千萬本書。」他將書扔到一邊，「妳真幸運，克勞蒂亞，不必去學院上課。我在那兒無聊到死。無論如何，我們不是要帶著老鷹出去狩獵嗎？僕人們可以整理這些東西的。那是他們存在的原因啊。」

「是啊。」克勞蒂亞開始咬著指甲，但她意識到自己的動作，趕緊停了下來。

「妳是不是想要擺脫我啊，克勞蒂亞？」

她抬起頭來，發現對方眼神渙散地用一雙小眼睛直愣愣地盯著她。「我知道妳不想嫁給我。」他說。

「凱斯柏……」

「沒關係，我不介意啊。這只是王朝的政治婚姻罷了。我母親已經解釋過。我們生下子嗣之後，妳要有多少情人都沒關係。我肯定會這麼做啦。」

她不可置信地看著他。她坐不住，跳起身，開始在凌亂的屋子裡踱步。「凱斯柏，聽聽你自己說的話！你有沒有想過，我們以後會在你稱為皇宮的大理石陵墓裡一起過著怎樣的生活？活在謊言和矯飾虛偽裡，臉上掛著虛假的笑容，穿著某個虛構時代的服飾，裝腔作勢、自鳴得意、學著只會在書裡出現的行為舉止？你認真想過嗎？」

他看起來很驚訝。「我們的生活一直都是這樣啊。」

她坐到他身邊。「難道你從來都沒想過要自由嗎？凱斯柏。在春日早晨，獨自騎馬外出看看這個世界？去冒險、尋找所愛的人？」

當她一說出這些話，她便知道這對他而言太沉重了。克勞蒂亞發覺他皺起眉頭，身體僵硬，並且怒視著她。「我知道這究竟是怎麼一回事。」他的語氣尖刻，「這全因為妳寧可嫁給我哥哥……道德高尚的吉爾斯。哼，他已經死了，克勞蒂亞，所以妳就忘了他吧。」接著他又露出狡詐微笑，「或者，是因為傑瑞德？」

「傑瑞德？」

「是啊，答案很明顯，不是嗎？雖然他比較年長，但有些女孩就是喜歡這樣的男人。」

她很想賞他一記耳光；她站起身，朝他那得意竊笑的臉上狠狠甩個巴掌。他朝她咧著嘴說：「我見過妳看著他的樣子，克勞蒂亞。如同我之前所說的，我根本不在乎。」

她站起身來，氣得全身僵硬。「你這隻邪惡的蟾蜍！」

「妳生氣了，那代表我猜中了。妳父親知道妳和傑瑞德的事嗎，克勞蒂亞？妳覺得我該不該告訴他呢？」

他真是惡毒，猶如一隻吐著舌頭的蜥蜴。他的嬉皮笑臉背後盡是刻薄。克勞蒂亞彎腰將臉逼近凱斯柏，後者微微向後退。

「假如你敢在我或者任何人面前再提起這件事，我會殺了你。你明白嗎，我親愛的史堤恩伯爵？我會親自將匕首刺進你那羸弱不堪的身體裡。我會殺了你，就像他們殺了吉爾斯一樣。」

克勞蒂亞氣得全身發抖。她邁著大步走出去，並且重重甩上門，砰然聲響迴盪在長廊上。凱斯柏的保鏢菲克斯懶洋洋地靠在走廊上。當她經過保鏢面前時，他以傲慢的態度緩緩站起身。她從一張張畫像下方跑至樓梯，並且能感覺到他自背後投來的眼神與冷笑。

她痛恨他們。

痛恨他們所有的人。

他怎麼能那樣說！

他怎麼能這麼想！她怒火中燒，轟隆隆地走下階梯，衝過雙開門，女僕紛紛讓路。那真是個下流的謊言！竟然如此汙衊傑瑞德！傑瑞德作夢也不會去想這種事！

她高聲呼喚艾莉絲。後者趕緊跑到她面前。「怎麼了，小姐？」

「把我的騎馬外套拿來。快去！」

火冒三丈的克勞蒂亞來回踱步等待著，並且望向敞開的前門外完美的草坪、水藍的天空，聽見孔雀發出詭譎的啼叫。

她的忿怒逐漸平息。奶媽將外套拿來後，她唰地披上，一邊厲聲說：「我要騎馬出去。」

「克勞蒂亞……還有很多事情要做！我們明天就要離開了。」

「交給妳處理。」

「婚紗……還要定裝啊。」

「我看妳就把衣服撕碎吧。」然後她舉步離開，跑下階梯，穿過庭院。奔跑的同時，她看見父親正站在書房那扇根本不存在的窗戶前。

他背對著她，正在和某人談話。

有人在他的書房裡？

但是，從沒有人能進去書房啊。

她放慢腳步，疑惑地觀望了一會兒。隨後因為害怕他會轉過身來，所以她匆忙跑進馬廄，發現她的馬匹馬克斯已經裝上馬鞍，不耐煩地扒踢著地。傑瑞德的馬也已經裝備好；那是一批又高又瘦的馬，名叫坦林。她至今不懂為什麼學者要為牠取這個名字，或許是某個不為人知的玩笑話吧。

她環顧四周：「智者在哪裡？」她詢問約伯。

說話總是支支吾吾的男孩囁嚅道：「他回高塔去了，小姐。他忘了拿東西。」

她看著男孩。「約伯，聽我說。你認識莊園裡的每個人嗎？」

「差不多。」他匆匆地掃著地，塵土隨之飛揚。她想要出聲制止，但那樣只會令他更緊張。

所以她說：「有個叫巴特利特的老人，已經退休了，曾經是宮廷裡的侍從。他還活著嗎？」

他抬起頭來。「是的，小姐。他住在豪沃斯菲的一處小屋裡，只要沿著磨坊前的路走下去就到了。」

她的心跳加速。「他……他的頭腦還靈光嗎？」

約伯點點頭，努力地擠出笑容。「他還清醒得很。但他不太談當年在宮廷裡的日子。假如你問他，他只會瞪著你，什麼也不說。」

傑瑞德的影子使得門口暗了下來，然後他略微喘氣地走進。「抱歉，克勞蒂亞。」

他一躍上馬。當克勞蒂亞踩著約伯交疊的雙手準備上馬時，她靜靜地說：「你忘了什麼東西？」

兩人四目相接。「有個東西我想隨身帶著比較好。」他慎重地用手摸了摸深綠色的高領學院長袍。

她點點頭，知道他說的是那把鑰匙。

當他們騎著馬離開，她納悶自己為什麼奇怪地感到難為情。

外頭狂風肆虐，他們用枯乾的菌類和從吉爾達斯包包裡找到的一些閃光粉生火烹煮羊肉。大家並不多話。芬恩凍得直發抖，臉上的傷口隱隱作痛，並且感覺凱羅也依然虛弱。很難看出女孩的情況如何。她坐在離其他人稍遠的地方，狼吞虎嚥地進食；一雙眼睛毫無遺漏地留意著周遭。

最後，吉爾達斯將油膩的雙手朝袍子上抹了抹。「有任何居住者的跡象嗎？」

「綿羊四處遊晃，」凱羅漫不經心地說，「甚至沒有用柵欄圈住。」

「那監獄呢？」

「我怎麼知道呢？說不定樹上就有監獄之眼呢。」

芬恩打著哆嗦，覺得頭昏腦脹。他希望他們休息，這樣他才能趁大家熟睡時取出鑰匙，對它說話。對她說話，對那個身處外界的女孩說話。所以他說：「我們不能再繼續走下去了，所以先在這兒休息吧。你們認為呢？」

「這主意不錯。」凱羅無精打采地說，然後將背包放置在樹洞深處。但是吉爾達斯凝視著刻在樹幹裡的圖案。他爬近一些，開始以佈滿青筋的手撫摸刻紋，團團苔蘚隨之落了下來。昏暗中，圖案中人物窄小的臉龐逐漸從綠色地衣間浮現；畫像緊握鑰匙的手刻繪得栩栩如真。芬恩意識到鑰匙必定與橡樹內電路相連，隨後他的視線冷不防地一陣模糊，感覺整個印卡塞隆是個巨大的生物，而他們正爬行在這生物體內的電線和骨頭間。

他眨了眨眼睛。

女孩雖盯著他看，但其他人似乎沒有注意到。這時吉爾達斯說：「他在引導我們走他走過的路，就像走出迷宮的線索。」

「所以他留下自己的肖像？」凱羅慢聲慢氣地說。

吉爾達斯皺皺眉頭。「當然不是。這是追隨他的學院學者們所建造的祭壇。一路上我們會找到其他記號。」

「我等不及了。」凱羅諷刺地說，然後翻身蜷起身子。

吉爾達斯瞪著他的背影。接著他轉頭對芬恩說：「將鑰匙拿出來，我們必須小心保護它。這段路或許比我們所想的還要漫長。」

一想到外面那座巨大的森林，芬恩不禁疑惑他們是否會在此地遊走一輩子。他小心翼翼地伸手將鑰匙自六角形鎖孔取下，鑰匙發出輕輕的卡嗒聲；一瞬間，洞穴變得昏暗，颯颯飛舞的金屬葉遮蔽了遠處監獄之眼的燈光。

芬恩全身發僵，感到不適，但他一動也不動地專注傾聽。過了好一會兒，在聽見吉爾達斯沉重的呼吸聲後，他知道老人已經入睡。但他不確定其他人是否也是如此。凱羅的臉轉向另一邊，阿緹亞則總是悄而無聲，彷彿她已學會保持靜默與不惹人注目才是生存之道。風暴依然席捲著樹洞外的森林。他聽見樹枝折斷的聲響，強風肆無忌憚的狂暴從遠處洶湧而來；他能感覺到風吹打樹木的強大力道，令頭上的樹幹也為之晃動。

他們已經激怒了印卡塞隆。他們開啟了禁忌之門，僭越了界線。也許它會在他們真正啟程前，將他們永遠困在這裡。

他終於按捺不住了。

芬恩忍受無盡的痛楚，盡量不讓金屬落葉發出聲響，並且小心地從口袋裡取出鑰匙。鑰匙很冰冷，上面結了一層冰霜，使手指在物件上留下手印，內部的老鷹也難以看清，直到他抹除表面的凝結。

他緊緊握著鑰匙，低聲說：「克勞蒂亞。」

鑰匙依然冷冰而無動靜。

內沒有光點朝內部移動。他不敢提高音量再次呼喚。

但這時，吉爾達斯發出夢囈，他趁機蜷起身子，將鑰匙拿近。「妳聽得見嗎？妳在嗎？拜託，回答我。」

狂暴肆虐，讓他的牙齒和神經直打哆嗦。他絕望地閉上眼睛，開始想像那女孩其實並不存在，他最終只是另一個被子宮孕育出來的獄生者。

接著，一個輕柔的聲音像是因內心的恐懼而出現似的。「大笑？妳確定他是這樣說的嗎？」

芬恩猛然張開眼睛。那是個男人的聲音，聽起來冷靜而若有所思。

他瘋狂地左顧右盼，擔心其他人會聽見。然後一個女孩的聲音說道：「……我當然確定囉。如果吉爾斯真的死了，為什麼那個老人要笑呢，老師？」

「克勞蒂亞。」芬恩忍不住呼喚出這個名字。

吉爾達斯旋即回過頭，凱羅也坐了起來。芬恩暗自咒罵，並且趕緊將鑰匙塞進外套，然後翻過身，卻看見阿緹亞正看著他。他頓時明白，她看到剛剛的一切了。

凱羅抽出刀子。「你們聽見了嗎？外頭好像有人。」他的藍眼睛裡充滿警覺。

「不。」芬恩嚥了嚥口水，「是我。」

「你在說夢話？」

「他在跟我說話。」阿緹亞平靜地說。

凱羅看著他們兩人一會兒，然後向後倚著背，但芬恩知道他並未被說服。「是嗎？」他的拜把兄弟輕輕地說，「那麼克勞蒂亞是誰？」

他們驅馬跑上小徑，他們頭上的深綠色橡樹枝葉像隧道般。「妳相信艾維昂說的話嗎？」

「我相信他說的這件事。」她看著矗立在山腳下的磨房，「那個老人的反應十分不尋常，老師。他一定深愛吉爾斯。」

「悲傷會讓人們變得行徑古怪，克勞蒂亞。」傑瑞德的語氣憂慮，「妳告訴艾維昂妳會找到這名巴特利特嗎？」

「不。他──」

「妳告訴過任何人嗎？艾莉絲呢？」

克勞蒂亞哼了哼。「要是告訴艾莉絲的話，幾分鐘之內消息就傳遍僕役圈了。」這讓她想起另一件事。她放慢喘著氣的馬匹速度。「我父親遣散了劍術老師，或者應該說他試圖這麼做。他還有再跟你說過什麼嗎？」

「沒有。還沒。」

他們暫停交談片刻。傑瑞德俯身拉開大門門栓，然後輕拉韁繩讓馬向後退，以便敞開大門。門後的路徑上留有車痕，道路兩旁是灌木樹籬、纏繞著蕁麻與柳蘭的歐洲野玫瑰，以及香芹的白色繖形花朵。

傑瑞德吮吸了一下被植物刺傷的手指。然後他說：「應該就是那個地方。」

一棟低矮的農舍在屋子旁的大栗樹遮蔽下若隱若現。當他們逐漸靠近，眼前的景象讓克勞蒂亞皺起眉頭。小屋完全符合紀元規定，茅草屋頂有著洞，牆壁潮濕，果園裡的樹長著節瘤。「窮人居住的農舍。」

傑瑞德苦笑地說：「恐怕真是如此，在這個紀元裡，只有有錢人才懂得享受。」

他們拴好馬匹，撥開路邊茂密的長草。毀損的門大敞；克勞蒂亞發現這扇門最近遭強行打開，下方的草被拖曳，而且露水未乾。

傑瑞德停下腳步。「門是開的。」他說。

克勞蒂亞正要從他身旁走過，但是他說：「等一下，克勞蒂亞。」然後他取出小型掃描器，讓儀器嗡嗡運作了一下。「裡面沒人。」

「那我們進去等他吧。我只剩今天了。」她大步走上荒蕪的小徑，傑瑞德緊緊跟在後方。

克勞蒂亞將門扉嘎吱地再推開些，而她感覺屋裡似乎有東西移動的身影。「有人在嗎？」她輕輕地說。

無人回應。

她將頭探進門內。

屋內十分昏暗，而且飄著煙味。一扇低矮的窗戶是唯一的光源，鬆脫的百葉窗靠放在牆壁上。爐上的火已經熄滅；當她走進屋裡，她看見焦黑的鍋子掛在鎖鍊上，星火和灰燼從通風口飄進粗大的煙囪。

煙囪旁的角落並置著兩張小板凳；窗戶旁有桌椅和擺著破舊錫鑞盤子和一只水壺的梳妝臺。她拾起桌上的水壺聞了聞裡頭的牛奶。

「很新鮮。」

有扇小門通向牛棚。傑瑞德朝裡面探看，卻在門樑下頓了頓。

他背對著自己，但克勞蒂亞從對方猛然靜止的動作得知事有蹊蹺。「怎麼了？」她說。

傑瑞德轉過身來，臉色慘白得讓人以為他生病了。他說：「恐怕我們來得太遲了。」她走來，但他站在原處擋住她的去路。「我想看看。」她喃喃地說。

「克勞蒂亞……」

「老師，讓我看看。」她低頭從傑瑞德的手臂下鑽過。

老人四肢張開地躺在牛棚裡，頸部明顯地遭扭斷。他仰躺著，手臂攤開，一隻手埋在稻草堆裡，雙眼瞪大。

牛棚裡滿是舊牛糞的氣味，蒼蠅不停地嗡嗡飛竄，黃蜂從門口飛進飛出；外頭一隻小山羊咩咩叫。

畏懼和憤怒讓克勞蒂亞感到全身冰冷。「他們殺了他。」

「我們不能確定這點。」傑瑞德似乎立刻恢復活力。他跪在老人身邊，摸了摸他的脖子和手腕，並用掃描器偵測。

「他們殺了他。他知道一些關於吉爾斯的事，知道那場謀殺。他們曉得我們要來找他！」

「有誰知道這件事呢？」他倏地站起來，走回起居空間。

「艾維昂知道。我們的談話一定被監聽了。還有約伯；我問他……」

「約伯只是個孩子。」

「他怕我父親。」

「克勞蒂亞，我也怕妳父親。」

她再次望著稻草堆上瘦小的形體，任憑怒火宣洩而出，並用胳膊圈住自己。「你可以看見印子。」她低聲說。

手印。兩道拇指的瘀痕深深印在膚色不均的頸子上。「下手的是個個頭大而強壯的人。」

傑瑞德拉開衣櫥上的櫃子，取出盤子。「可以肯定的是，他不是摔死的。」

克勞蒂亞轉過身來。

他用力關上抽屜，來到煙囪旁，抬頭往上看。接著克勞蒂亞驚訝地看著傑瑞德踩上板凳，伸手在黑暗中胡亂摸索。煤灰像雨一樣落了下來。

「老師？」

「他住在宮廷裡，克勞蒂亞。他一定是個有文化修養的人。」

起先她一頭霧水，接著她轉身快速環顧四周。她來到床邊，動手翻起床墊，撥開滿是蝨子的填充稻草。

屋外一隻黑鳥啼叫著振翅飛過。

克勞蒂亞盯著窗外。「他們會回來嗎？」

「也許。所以趕快繼續找。」

不過當她移動腳步時，卡到一塊咯嘎作響的板子。她蹲下身；經常轉動的支軸讓她得以輕易地拉開板子。

「傑瑞德！」

那是老人珍藏的東西。裝著銅板的破錢包、斷了且寶石幾已脫落的項鍊、兩支鵝毛筆、一疊羊皮紙，以及一只小心藏在底部、只有巴掌大的藍色絨布袋。

傑瑞德取出文件翻閱。「這看起來像是某種遺囑。我就知道他會把東西寫下了。如果他受過薩彼恩堤學院的訓練，唯有……」傑瑞德轉頭看了看克勞蒂亞。她已打開藍色袋子，倒出一塊橢圓形小金塊，金塊的背面刻有帶著皇冠的老鷹。她將東西翻轉過來。

他們看見一個男孩的臉；他的微笑靦腆而率直，眼睛是棕色的。

克勞蒂亞露出苦笑。她抬頭看著老師。「這東西非常值錢，但他卻不曾將它賣掉。他一定非常地愛他。」

他溫柔地說：「妳確定……？」

「噢，是的，我很確定。這是吉爾斯。」

鎖鍊捆綁的手腳

15

薩伏科騎馬離開繚糾森林，看見青銅堡壘。人群自四面八方湧向牆內。
「進來吧！」他們催促著他，「在它進行攻擊以前，快進來！」
他環顧四周。這個世界是金屬打造的，天空亦然。在監獄的平原上，人如蟻。
「難道你們忘了嗎，」他說，「你們已在內界？」
但他們急忙而過，說他已經瘋了。

——《薩伏科傳奇》

暴風肆虐了一晚才漸緩，而芬恩從一片寂靜之中驚醒。狂風過後的樹林令人毛骨悚然，但至少在監獄改變心意以前，他們可以繼續往前走。凱羅已經爬出樹洞，呻吟著舒展發麻的四肢。過了一會兒，他的聲音傳回來，而且異常地詞窮。「來瞧瞧。」

當芬恩爬出樹洞，看見森林變成光禿一片，所有捲曲的金屬薄葉無垠地堆積在地。爆裂的樹木像花朵般。放眼望去，滿山滿谷盡是猩紅色和金色的銅花。

阿緹亞自他身後笑了出聲。「好美啊。」

他驚訝地轉過身，意識到自己只是將眼前景色視為障礙而已。「是嗎？」

「噢，當然囉。不過你……你看到顏色不會大驚小怪，因為你是外界來的。」

「妳相信我說的話？」

她慢慢地點頭。「是的。你和其他人有點不同；你在這裡顯得格格不入。還有，你在夢裡呼喚的名字——克勞蒂亞，你記得她？」

芬恩是這樣跟他們說的。他點點頭，然後抬起眼。「聽著，阿緹亞，我需要妳幫忙。我……我需要一些獨處的時間。那把鑰匙……能幫我釐清我所看到的畫面究竟是什麼。有時候，我必須避開凱羅和吉爾達斯。妳明白嗎？」

她表情凝重地點點頭，明亮的眼眸盯著他。「我告訴過你，我是你的僕人。你只要告訴我什麼時候你需要獨處就可以了，芬恩。」

他感到一陣羞愧。阿緹亞看著他，不再言語。

之後，一行人急忙走過金光閃閃的地景，穿越向下延伸的樹林，林地間處處是裂縫，溪床為奇怪絕緣材質的小溪竄流其間。許多芬恩未曾想像過的昆蟲爬行在小路間的大型葉堆中；為了繞道而行，他們耗費了好幾個小時的時間。寒鴉成群地在光禿的枝頭蹦跳，以晶亮的眼睛好奇地看著他們，直到吉爾達斯咒罵著對牠們揮舞拳頭。然後牠們默默地飛走。

凱羅點點頭，嘲諷地說：「所以原來學院的人還是有些魔力的啊。」

氣喘吁吁的老人瞪著他。「我倒希望它對你有用。」

凱羅朝芬恩咧嘴一笑。

芬恩也報以微笑。他感覺心情好轉了些，當他跟在吉爾達斯後方步履艱難地走過林間小徑時，他開始感受到快樂的心情。逃亡已經展開。他們已將康彌塔特斯民兵團遠遠拋在後方；你爭我奪的殘酷日子已經結束，生活也不再充滿謀殺、謊言與恐懼。從現在起，一切將改觀。薩伏科將為他們引領出路。

芬恩踩踏糾結的樹根，差點忍不住大笑出聲，不過他將手伸進襯衫裡摸了摸鑰匙。

但他猛然抽回手。

鑰匙是溫暖的。

他繼續邁步向前走，同時瞥了一眼凱羅。接著，他回頭，看見阿緹亞一如往常地緊跟在後。厭煩的他停下腳步。「我不需要奴隸。」

她也停了下來。「隨便你怎麼說。」她以受傷的眼神凝視著他。

芬恩說：「這裡有條小溪，我可以聽見水流聲。跟其他人說，我去取水。」

沒等對方回應，他便逕自偏離小路，深入了一處長滿白金荊棘的樹叢，然後蹲在當中。柔軟的電纜環繞著他，微型甲蟲在中空的蘆葦裡忙碌地工作。

他趕緊取出鑰匙。

這麼做很冒險，凱羅也許會跟過來。但東西在他指尖發熱，而且水晶深處發出熟悉的藍光。

「克勞蒂亞？」他焦急地低聲呼喚，「妳聽得到嗎？」

「芬恩！你終於出現了！」

她的聲音大得令他緊張地嚥了嚥口水，並且環顧四周。「小聲點！請小聲點。他們會來找我。」

「誰會來找你？」她聽起來十分好奇。

「凱羅。」

「他是誰？」

「我的拜把兄弟……」

「好吧，你仔細聽著。鑰匙底部有個指壓板。你看不到，但是摸得出來表面微微凸起。找到了嗎？」

芬恩一陣摸索，在鑰匙上留下一堆汙漬。「沒有。」他慌張地說。

「試著找找看！你覺得他的物件和我們的不一樣嗎？」

這個問題不是針對芬恩所問。另一個聲音回答了克勞蒂亞；印象中那人叫做傑瑞德。「鑰匙應該是一模一樣的。芬恩，用你的指尖摸摸邊緣和靠近邊緣的切面。」

他們把他當成什麼啦！芬恩忍著雙手的疼痛摸找著。

「芬恩！」凱羅的低喚自身後傳來。他跳了起來，倒抽一口氣地將鑰匙收進口袋。「我的天啊！難道不能讓我安安靜靜地喝點水嗎？」

他的兄弟將他推倒在葉叢中。「趴下，閉嘴。有人來了。」

克勞蒂亞跪地坐下，頹然咒罵著：「他不見了！他為什麼不見了？」

傑瑞德來到窗戶邊，看著兵荒馬亂的庭院。「他的情況和我們一樣。典獄長已經走上階梯了。」

「你聽到他講話聲音了嗎？還是一樣那麼地……驚惶。」

「我了解他的感受。」傑瑞德從騎馬外套口袋中取出一個小型面板，遞到她面前。「這是老人的完整遺囑。妳可以在我們出發上路時讀讀。」

這時外頭傳來門被用力地甩上的聲音，以及講話聲——是她父親，還有凱斯柏。

「看完馬上刪除，克勞蒂亞。我有備份。」

「我們應該處理一下。那具身體……」

「我們從沒去過那裡，記得嗎？」

他還沒來得及說什麼，門便被打開。克勞蒂亞鎮定地將面板塞到裙子下方。

「親愛的。」典獄長走進來，站到她面前，她則起身迎接。他穿著平時的那件黑色大衣，脖子上圍著昂貴的絲巾，靴子是上好的皮革製成的。但今天他在鈕孔上別了一朵小白花，彷彿這是個特別場合似的；而這實在太不像平常的他，令克勞蒂亞驚訝地望著那朵花。

「準備好了嗎？」他問。

她點點頭。她穿著深藍色的旅行服裝和為了收藏鑰匙而特別縫製暗袋的斗篷。

「今天是阿爾雷克斯的大日子，克勞蒂亞。妳將展開全新的生活，而我們也是。」他摻著銀絲的頭髮整齊地綁在腦後，深色雙眼裡盡是滿意。他先戴上手套才牽起她的手。克勞蒂亞全無笑容地看著父親，腦中浮現雙眼圓睜、倒在稻草堆中死去的老人。

她微微一笑，行了個屈膝禮。「我準備好了，父親大人。」

他點點頭：「我知道妳已經準備好了。我知道妳永遠不會讓我失望的。」

就像我母親嗎？她尖刻地想著，但嘴上沒說什麼。典獄長向傑瑞德輕輕點點頭，然後領著她離開。他們堂皇地進入大廳，踏過撒著薰衣草的地板，經過兩旁列隊的僕人。他們一臉著迷地看著典獄長和令他引以為傲的女兒，而她將前往會讓她成為皇后的婚禮。拉爾夫示意眾人歡呼、鼓掌，拋出鳶尾花，敲響銀鈴以紀念這場他們根本不會參與目睹的婚禮。

傑瑞德跟在後頭，手臂下夾了一袋書。他和僕人們握手，女僕們悶悶不樂地將小包蜜餞塞給他，答應他會好好保護高塔，不去碰他的寶貝儀器，並且會幫他餵食小狐狸和小鳥。

當克勞蒂亞坐進馬車、回頭望時，悲傷地感覺喉頭緊鎖。他們都會想念傑瑞德，想念他溫柔的言行、纖細俊美的長相、他自願為他們咳嗽的孩子配藥，或勸告他們倔強的孩子。然而似乎無人對於她的離去感到難過。

但這又是誰的錯呢?她是這場遊戲中的一員;她是女主人，是典獄長的女兒。

像冰塊一樣冷漠，像釘子一般嚴酷。

她抬起頭，朝坐在對面艾莉絲微笑。「四天的旅程。我想至少騎兩天的馬。」

她的奶媽皺起眉頭。「我猜伯爵可不會想這麼做。而且他也許會希望妳偶爾跟他同坐一輛馬車。」

「哼，我還沒嫁給他呢。而且當我們結婚之後，他很快就會知道我要的東西才算數。」如果他們認為她很嚴酷，那麼她就當個嚴酷的人。然而，當所有人員上了馬，騎乘侍從聚集在一起，大馬車緩緩轉彎來到警衛室時，她只想待在原處，待在這個她自小生長的房子裡。她探出車窗，揮著手呼喊所有人的名字，眼淚突然刺痛雙眼。「拉爾夫!約伯!瑪莉!艾倫!」

他們也對她揮手，手帕一陣飛舞。當馬車轟隆經過木頭吊橋，白鴿自山牆飛起，蜜蜂在忍冬樹叢間嗡嗡嗡穿梭。她在深綠色的護城河水上看見房子的倒影，黑水雞和天鵝從上滑行而過。她後方浩浩蕩蕩隨行的是一長列四輪馬車、大馬車、騎士、獵犬和鷹獵者。從今起，印卡塞隆典獄長的計畫將開花結果。

嗯，或許會開花結果……

一陣風拂來，她重重坐回皮椅上，吹開眼前的頭髮。

來者是人，但怎麼可能有這樣的人呢？

他們至少有八呎高。他們以奇怪而生硬的步態走著，像蒼鷺般高視闊步，無視大片銳利的葉堆而直接踩踏其上。

芬恩感覺到凱羅緊抓的手弄痛了他的手臂。接著，他的拜把兄弟在他耳邊簡潔又輕聲地說：「高蹺。」

對呀，是高蹺。當他們其中一人走近時，他得以看見膝蓋高的金屬裝置，而這些人非常熟練地踩著高蹺邁大步。他也看見他們藉由這種高度來觸及樹幹上的小樹瘤，接著樹木立刻長出半有機體水果讓這群人採收。

芬恩轉頭尋找吉爾達斯，但是不論老學者和女孩躲在哪裡，他怎麼樣也看不到。

他看著一排男子在樹林間工作。隨著他們走下山坡，身影也似乎逐漸縮小，而芬恩清楚地看見走在最後方的男子閃閃發光，猶如他穿過某種亂流般。

過了一會兒，只見他們的頭與肩膀。最後人影消失。

凱羅等了很長一段時間後才坐起身來。他輕輕地吹了聲口哨，附近的一堆落葉隨即一陣晃動。吉爾達斯探出花白的頭說：「他們走了？」

「走得夠遠的了。」

凱羅看著阿緹亞匆匆爬起身來，然後他轉過頭。在看了拜把兄弟一眼後，他輕聲說：「芬恩？」

快發作了，看著空中的閃光誘發了他的症狀。芬恩的皮膚發癢，口乾舌燥，舌頭僵硬。他摀住嘴巴，含糊地說：「不……」

「扶住他。」吉爾達斯大叫。

凱羅在遙遠的某處說道：「等等。」

就在此時，芬恩開始走動。他筆直地朝兩棵巨大銅樹幹間的空地走去；那兒的空氣流動，彷彿灰塵在光線中掉落，彷彿時間在那兒開啟一道狹縫。當芬恩來到空地，他停住腳步，像盲人般伸出雙手。那是個只應天上有的鎖孔。

有風從孔洞吹出。

他感到一陣微微的刺痛。他掙扎著去觸碰、感覺邊緣，將臉湊近，從那道銀光探看出去。

他看見一道虹彩，亮得刺眼，讓他倒抽一口氣。當中許多形體在移動；那是個綠色的世界，天空如夢境中那般湛藍，一個巨大的黑黃褐色生物嗡嗡地朝他猛衝而來。

他大叫著搖搖晃晃地向後退，然後感覺凱羅從身後抓住他的雙臂。「繼續看下去，兄弟。你看到什麼？是什麼東西，芬恩？」

芬恩跌坐在地；他雙腳癱軟，倒落在葉堆中。阿緹亞推開凱羅，趕緊為芬恩倒了一杯水；芬恩胡亂地接過並一飲而盡，然後閉上雙眼，將頭埋在雙掌間。他感到暈眩而疲憊，接著胃部一陣翻攪讓他吐了出來。

怒言怒語在他頭上響起。當他恢復意識後，他認出其中一個聲音是阿緹亞。

「……這樣對他！難道你沒發現他不舒服嗎？」

凱羅的笑聲充滿了輕蔑。「他很快就會恢復的。他是觀星者。他能看到許多事，許多我們必須知道的事。」

「你難道一點都不在乎他嗎？」

芬恩抬起頭。女孩正盯著凱羅，雙手在身側緊握成拳。她不再帶著受傷的眼神，而是充滿勃然怒火。

凱羅仍然冷笑著。「他是我兄弟，我當然在乎他。」

「你只在乎你自己。」她轉頭看著吉爾達斯，「你也是，老師。你……」

她噤了口。吉爾達斯顯然沒有在聽；他將一隻手臂靠在金屬樹上，看著前方。「過來。」他小聲地說。

芬恩牽著凱羅伸出的手，無力地站起來。他們來到學者身後，看見了他所看見的景象。

森林在此到了盡頭。他們前方是條通往城市的狹窄道路。高牆包圍的城市坐落在紅似火的光禿平原上，由金屬片搭建的房屋聚集在一起，高塔和城垛用奇怪的黑色木頭建造而成，並且以錫和銅葉蓋屋頂。

沿著這條路走下去，在鼎沸的笑聲、高呼與歌詠中，在人群與載著小孩和綿羊的馬車間，將是成千上萬川流不息的人群。

克勞蒂亞將膝蓋屈在馬車座椅上，趁艾莉絲熟睡之際閱讀小面板。馬車顛簸，車外華登里的綠林和原野在滾滾塵土中晃動。

我叫做格雷戈爾·巴特利特。這是我的遺囑。我祈禱讀到這份文件的人能好好將其保全，並且在能派上用場的那一天善加利用。因為一場不公正的事情發生了，而活著的人中唯有我知道真相。

我自年輕便在宮廷裡工作。我先是擔任馬夫、左馬御者，然後變成家僕。我逐漸獲得信賴，被提攜到重要的位置，成了已故國王的貼身男僕。我記得他的第一任妻子；她是個楚楚可憐的海外美女，與國王兩人年輕時便結縭。當他們的第一個兒子吉爾斯誕生後，我負責照料他。我為他安排奶媽和育嬰的傭人。他是王室接班人，所以我們不惜一切讓他過得舒適安全。男孩慢慢地長大，我愛他視如己出。他是個快樂的孩子。即使母親過世、父親再娶，他依然生活在自己的側廂，身旁環繞著他所愛的玩具和寵物——這就是他的家人。我自己沒有孩子，因此這個小男孩成了我生命的全部。這一點，請相信我。

我發現情況漸漸有所變化。隨著男孩長大，他的父親越來越少來訪。現在國王有了另一名兒子，凱斯柏伯爵；他成天哭鬧，這孩子深受到宮裡女性的寵愛。再來就是新皇后。

席亞是個古怪而冷漠的女人。他們說，有次國王的馬車行駛在林道中，他探頭看見她站在十字路口。他們說，當國王從她面前經過時，看見她奇特的雙眼——眼珠是蒼白的。從那時起，國王就無法停止思念著她。他派使者回到森林，但那裡一個人也沒有。他搜索附近村落和莊園、貼公告，提供貴族懸賞，但沒有人能夠找到她。接著幾個星期後，當國王來到宮廷的花園時，他抬頭看見女子坐在噴泉旁邊。

沒有人知道她的家世背景，或者她從哪兒來。我想她是名女巫。顯而易見的是，她生下兒子後隨即對吉爾斯產生厭惡。但她不曾在國王或者朝臣面前展露，並且依然謹慎的尊崇王子。但我將一切看在眼裡。

他七歲時和印卡塞隆典獄長的女兒訂了婚。對方是個高傲的小女孩，但他似乎很喜歡她……

克勞蒂亞忍不住微笑。她看了艾莉絲一眼後，探出車窗外。她父親的馬車走在後方；他應該與艾維昂同車。她向下捲動頁面。

……他的生日宴會充滿歡樂；當晚，我們在星空下的湖上划船，他告訴我他覺得自己十分幸福。我永遠不會忘記他對我說過的話。

他父親的死對他造成相當嚴重的衝擊。他變得孤僻，不再參加任何舞會和遊戲。他更加努力地念書。我懷疑他是否開始對皇后感到恐懼，雖然他從未如此說過。現在，我直接跳到結局吧。騎馬意外發生的前一天，我收到訊息說住在卡薩的姊姊病了。我向吉爾斯請假，而他非常擔憂，堅持要廚房準備美食，讓我帶去給她。他甚至替我準備了馬車。他站在宮廷外院與我揮手道別；那是我最後一次見到他。

當我抵達卡薩，發現姊姊安然無恙。她不知道是誰捎了這個訊息給我。

我開始感到惴惴不安。我想到皇后。我想立刻趕回宮裡，但送我來的那位馬夫是——可能是皇后的手下——以馬匹累了為由拒絕了我。我已不再是騎士，但我從旅店跳上馬，徹夜快馬加鞭地趕了回去。我無法描述當下的憂慮。當我翻過山頭，看見成千上萬的宮廷尖塔都飄著黑色三角旗。

那之後的事情，我已不復記憶。

他們將他的遺體擺在國政大廳裡。一切就緒後，我要求上前。皇后傳來一個訊息，要求一名男人陪同在我身邊。他是典獄長的秘書，一個高大且沉默、名叫梅德利科特的男人。

克勞蒂亞震驚得忍不住吹了聲口哨。艾莉絲打了個鼾，翻過身。

……我像殘破的生物般爬上階梯。我的小男孩躺在棺木裡，而他們將他的遺容打理得很漂亮。我彎下身子親吻他的臉，淚水模糊了我的視線。

然後，我愣了愣。

噢，他們的確做得很好。不管躺在裡面的小男孩是誰，他的年齡與膚色與吉爾斯一樣，而且他們小心地使用了除皺雷射筆。但是我知道，我認得出來。

這不是吉爾斯。

我想我大笑出聲；那是歡愉的驚呼。我希望沒有人注意到，沒有人知道。我啜泣、退隱，扮演著心碎的家僕、心碎的老人。但是我知道皇后——或許還有典獄長——不希望他們曉得的祕密。

吉爾斯還活著。

那麼除了印卡塞隆，他還會被藏在何處呢？

艾莉絲嘟噥著打著呵欠。「我們還沒到旅館嗎？」她睡眼惺忪地問。

克勞蒂亞瞠目結舌地盯著小面板。她抬頭看看奶媽，彷彿不曾見過對方似的。然後，她垂眼重讀了最後一句話。

然後，再讀一次。

16

不要忤逆我，約翰。並且戒慎小心。宮廷裡有許多陰謀，以及對我們不利的謀叛。至於克勞蒂亞，根據你所說的，她已經看到她所尋找的東西，不過她卻渾然不覺。這真是太有趣了。

——席亞皇后給典獄長的私人信件

兵荒馬亂地尋找房間、旅館主人鞠躬哈腰、晚餐、艾維昂永無休止的竊竊私語、父親冷靜而警戒的眼神，還有凱斯柏不斷抱怨著他的馬。過了好幾個小時，克勞蒂亞終於有機會與傑瑞德獨處。

子夜過後，她終於敲響他的閣樓房門，然後躡手躡腳地溜了進去。

傑瑞德正坐在窗戶前仰望滿天星斗，一隻鳥啄食著他手中的麵包。她說：「你都不睡覺的嗎？」

傑瑞德微笑。「克勞蒂亞，妳這麼做真不明智。假如他們逮到妳出現在這裡，妳知道他們會怎麼想。」

她說：「我知道我把你捲入危險之中。但我們必須談談他所寫的東西。」

他沉默了一會兒。接著，他放走手中的鳥兒，關上窗戶然後轉過身來。她看見老師眼睛下方的黑眼圈。「也對。」

他們注視著彼此。最後克勞蒂亞說：「他們沒有殺了吉爾斯，而是囚禁了他。」

「克勞蒂亞……」

「他們不敢殺了哈瓦阿爾納王朝的血脈！或許是因為皇后不敢這麼做，也或許是我的父親……」她抬起頭，「這是真的。我的父親必定知情。」

陰冷的語氣讓兩人都嚇了一跳。她坐在椅子上。「還有，那個男孩芬恩，那個囚犯。他的聲音……聽起來好熟悉。」

「熟悉？」他嚴肅地看著她。

「我以前聽過他的聲音，老師。」

「這全是妳想像出來的，別胡亂猜疑，克勞蒂亞。」

她一動也不動地坐著一會兒。接著，她聳聳肩。「無論如何，我們都必須再試試。」

傑瑞德點點頭。他鎖上門，並在門鎖後方加上一個小裝置，做了些調整，然後才轉過身來。

克勞蒂亞已經將鑰匙準備好。她啟動音頻以及他們所發現的視頻電路。傑瑞德站在她的身後，看著老鷹振翅的投影圖。

「妳刪除面板裡的東西了嗎？」

「當然。全部刪掉了。」

當鑰匙開始發光時，他輕聲地說：「他們輕而易舉的殺了那個老人，克勞蒂亞。他們可能知道我們搜尋過他的房子。他們一定擔心我們找到什麼。」

「你所說的『他們』指的是我的父親吧。」她抬起眼，「他不會傷害我的。失去我，他就失去了王位。而我會保護你的，老師，我發誓。」

他苦笑。她知道對方並不相信她所說的話。很快地，鑰匙發出聲音。「妳聽得到嗎？」

克勞蒂亞說：「是他！觸碰控制板，芬恩。快！你找到了嗎？」

「找到了。」他的聲音聽來有些遲疑，「但是如果我這麼做，會發生什麼事？」

「我們認為這樣我們就能看見彼此了。無傷大雅，拜託試試看。」

接著是幾秒鐘的寧靜，接著幾聲啪嚓聲響讓克勞蒂亞幾乎嚇得跳了起來。鑰匙無聲的投射出一道光線，開啟四方形的空間，而蹲在當中的是個一臉驚訝、渾身髒汙的男孩。

他又高又瘦，面黃肌瘦而且表情焦慮。他的頭髮又長又直，並用繩子綁在腦後；他身上穿的是她有生以來見過最單調的衣服——泥土般的灰綠色，而且破破爛爛。他的腰帶上繫了一把劍和生鏽的刀。

他訝異地看著她。

芬恩看到一個皇后，一名公主。她的肌膚乾乾淨淨，頭髮秀麗。她穿著閃亮的絲綢洋裝，脖子上戴著看來價值連城的珍珠項鍊。他立刻看出對方不曾挨餓受凍，而且她蕙質蘭心。她身後站著一名嚴肅的黑髮男子；男子身上的薩彼恩堤學院外套會讓吉爾達斯的破舊衣裳相形見絀。

克勞蒂亞沉默了許久，傑瑞德不禁看了看她。他看出女孩極為驚訝，或許是因為男孩的狀況嚇著了她。所以他輕輕地說：「看來印卡塞隆似乎不是什麼天堂。」

男孩瞪著他：「你在嘲笑我嗎，先生？」

傑瑞德悲傷地搖搖頭。「不，我不是這個意思。告訴我們你怎麼會擁有這個裝置。」

芬恩環顧四周。廢墟安靜又陰暗，阿緹亞的影子蹲坐在門口，戒守著外頭的黑暗。她朝他點點頭，示意他一切安全。芬恩回過頭看著立體投影，擔憂畫面的光線會讓他們被人發現。

當芬恩告訴他們關於自己手腕上的老鷹時，他看著克勞蒂亞。他一向善於察言觀色，但卻很難從她臉上看出端倪；她十分內斂，不太顯露情緒，不過她微瞠的雙眼讓他知道她聽得入迷。於是他開始編織謊言，講述他如何在廢棄的隧道裡找到這把鑰匙，對於老師、她的死亡和他的羞愧隻字不提，彷彿這些不曾發生過。阿緹亞轉過身看了一眼，但他將臉避開。芬恩告訴他們康彌塔特斯民兵團的事情、他和傑爾曼瑞克劇烈的打鬥、他如何一對一擊敗這名巨人，並且從他手中偷走三枚骷髏戒指，將他的朋友從地獄中拯救出來；還有他們如何沿著聖路離開監獄。

克勞蒂亞專注地聽著，問了一些簡單的問題。他根本不知道她是否相信這些話。那名年輕學者也沉默不語，只有當芬恩談到吉爾達斯的時候挑了挑眉。

「所以，薩彼恩堤學院仍然存在？但是那個實驗呢？社會結構、食物供給系統？這些怎麼都沒了？」傑瑞德問。

「先別管那些。」克勞蒂亞不耐煩地說，「難道你不曉得老鷹記號代表什麼嗎？老師。」她迫切地前倚身子，「芬恩，你在印卡塞隆裡待了多久？」

「我不知道。」他皺起眉頭，「我……只記得……」

「記得什麼？」

「最近三年的事。我有些……記憶，但是——」他住了嘴，不想告訴她關於發病的事。

克勞蒂亞點點頭。芬恩看見她放在大腿上的手緊握著，一隻手指上帶有閃閃發亮的鑽石戒指。「聽著，芬恩。你覺得我看起來面熟嗎？你認得我嗎？」

他的心臟狂跳。「不認得。我見過妳嗎？」

她咬著嘴唇。他感覺到她的緊張。「芬恩，聽我說。我想你可能是……」

「芬恩！」

阿緹亞的尖叫聲聽起來悶窒，有隻手摀著她的嘴巴。「太晚了。」凱羅歡喜地說。

在黑暗中，吉爾達斯邁著大步走近，望向立體投影。他和傑瑞德驚訝地互看了一會兒。

接著螢幕變為空白。

學者低語了一陣。他轉過頭看著芬恩，深藍色的眼睛再度充滿癡迷。「我看見了！我看見薩伏科了！」

芬恩突然感到非常疲倦。「不，」他說，並且看見阿緹亞奮力掙脫凱羅的箝制，「那不是薩伏科。」

「我看見了，笨男孩！我看見他了！」老人痛苦地跪在鑰匙前，然後伸手觸碰。「他說了什麼，芬恩？他給我們的訊息是什麼？」

「還有你為什麼不告訴我們，你可以透過它看見人呢？」凱羅厲聲說，「你不信任我們嗎？」

芬恩聳聳肩。他意識到多半是他在說話，而非克勞蒂亞。但他必須繼續賣關子，所以他說：

「薩伏科……警告我們。」

「警告什麼？」凱羅撫摸著被女孩咬傷的手，狠狠地瞪了她一眼，「臭婊子。」他低聲咒罵。

「會有危險。」

「什麼樣的危險？這整個地方都——」

「從天而降。」芬恩隨口胡扯，「危險將會從天而降。」

他們不約而同抬頭向上看。

霎時間，阿緹亞尖叫著撲向一旁，吉爾達斯則出聲咒罵。一張像超大蜘蛛網的網子撒了下來，而且邊角掛了重物。網子落在芬恩身上，下墜力令他趴倒在地，並且揚起灰塵，蝙蝠也隨即吱吱驚叫。有那麼一會兒，他無法呼吸，接著他發現吉爾達斯在他的身邊掙扎；他們兩人被沉重而帶有黏糊樹脂的網子纏住。

「芬恩！」阿緹亞跪下來拉扯網子；但她的手被黏住，因此急忙抽回。

凱羅取出劍，推開阿緹亞，砍向網繩；但網子混編著金屬，因此發出鏗鏘聲響。同時，廢墟裡響起刺耳的警報聲。

「別浪費時間了，」吉爾達斯低聲說，然後勃然大吼，「離開這裡！」

凱羅看著芬恩。「我不會丟下我的兄弟。」

芬恩想掙扎著起身，但徒勞無功。一瞬間，手腳被銬在軌道上，差點遭錫維崔的卡車輾過的記憶浮上心頭。然後他忍不住開口大叫：「照他說的去做。」

「我們可以幫你把這東西弄開。」凱羅瘋狂地環顧四周，「如果有東西能撐起網子的話。」

阿緹亞抓住牆上的金屬支架，但鐵桿在她手中化成鐵屑。她尖叫一聲，將東西拋下。

凱羅硬拉著網子。黑色的油沾汙了他的手和外套；他一邊咒罵，一邊繼續用力拖拉，芬恩則撐起身子，但是過了一會兒，他們都因無法抵抗網子的重量而癱了下來。

凱羅蹲在網子旁邊。「我會找到你，救你出去的。把鑰匙給我吧。」

「什麼？」

「把鑰匙交給我。否則，他們會在你身上找到它，然後奪走。」

芬恩握住溫暖的水晶，透過網眼看著吉爾達斯吃驚的眼神。一會兒後，學者說：「芬恩，你要是把東西給了他，我們就再也不會見到他了。」

「閉上你的嘴，老頭。」凱羅憤怒地轉頭，「給我，芬恩。快點！」

外頭傳來人聲，小徑上出現狗吠。

芬恩蠕動掙扎，將鑰匙塞進油膩的網眼；凱羅一把握住並且用力抽出，在完美的老鷹圖樣上留下油漬。凱羅將鑰匙收進夾克，然後拔下一枚傑爾曼瑞克的戒指套在芬恩手上。「一個給你，兩個給我。」

警鈴平息。

凱羅退開，向各處觀望，但是阿緹亞已經消失蹤影。「我一定會找到妳，我發誓。」

芬恩一動也沒動。但當凱羅隱沒在監獄的夜色中，他抓住網繩，輕聲說：「只有我能啟動它。薩伏科只會對我說話。」

他不知道凱羅是否聽見他所說的話，因為就在那時，門被砰然撞開，光線照進他的眼，狗兒齜牙咧嘴地對他的手和臉狂吠。

傑瑞德看著克勞蒂亞驚慌的樣子。「克勞蒂亞，這太瘋狂了……」

「那可能是他。他可能是吉爾斯。噢，是的，雖然他看起來不太一樣了。他比較瘦，衣著比較破爛，年紀也比較大。但是那還是很可能是他。相同的年紀，相同的身形和頭髮。」她微笑，「相同的眼睛。」

她心神不寧地在房間裡來回踱步。她不想明講男孩的情況如何讓她感到震驚。她知道印卡塞隆實驗的失敗對於薩彼恩堤學院將會是極大的打擊。她蜷縮在快要熄滅的爐火旁說：「老師，你我都得睡了。明天我會堅持讓你跟我一起上路。我們可以讀《亞力岡的歷史》直到艾莉絲睡著，然後我們就能繼續談話。今晚，我只能這麼說，如果他不是吉爾斯，我們依然可以當他是。加上老人的遺囑和男孩手腕上的刺青，我們就能掀起人們的懷疑，進而阻止這場婚禮。」

「他的染色體……」

「不受限於紀元規定。你知道的。」

他搖搖頭。「克勞蒂亞，我不敢相信……這是不可能的……」

「你想想吧。」她站起身來走向門，「因為就算這個男孩不是吉爾斯，吉爾斯也還在印卡塞隆的某處。凱斯柏不是王位繼承人，傑瑞德，而我想證明這一點。就算這會毀了皇后和我父親，我依然會這麼做。」

她在門邊停下腳步，不希望留他獨自痛苦；她想說些什麼以平緩他內心的苦惱。「我們必須幫助他，我們必須幫助那個地獄裡的所有人。」

傑瑞德背對著她點點頭，然後憂鬱地說：「去睡覺吧，克勞蒂亞。」

她潛入黑暗的長廊。一根蠟燭在遠端的壁龕中搖曳。隨著步伐，她的裙襬窸窣地掃過燈心草編織的地墊。當她抵達房門時，停下腳步，回頭看了看。

旅館很安靜。但是門外的嘈雜聲一定是凱斯柏。這時一個微小的動靜讓她睜大了眼，不禁嫌惡地咬著嘴唇。

高大男人菲克斯正躺在兩張椅子間。

他直直地望著克勞蒂亞。他諷刺的斜睨令她背脊發涼，然後他揮了揮手中的大啤酒杯。

17

在古老雕像中，正義女神總是蒙眼的。但它若能看見、透視一切，雙眼冰冷且不帶憐憫呢？在這等注視下，有誰人能安然？

年復一年，印卡塞隆將人們越抓越緊。它將本應有的天堂化作煉獄。大門已鎖；外界聽不到我們的哭號。於是，我在暗中開始鑄造一把鑰匙。

——卡里斯頓大人的日記

當芬恩從城門下經過時，他看見大門竟然有牙齒。

大門設計得像張嘴，牙齒般的金屬閘看起來十分銳利。芬恩猜想應該有某種機械裝置以供緊急狀況時關閉城門，閘門則像牙齒般咬合，讓人無法通行。

他看了一眼虛弱地靠在馬車上的吉爾達斯；老人遭人毆打成鼻青臉腫。芬恩說：「這裡應該有一些你的族人吧。」

老學者用被捆綁的手搔了搔臉，冷冷地說：「即使有，他們也不配被稱為我的族人。」

芬恩皺起眉頭。這都是凱羅的錯。踩著高蹺的長腳人將他們從網子裡拉出來後第一件事就是搜找吉爾達斯的背包。他們翻出粉末、軟膏、仔細捆收的鵝毛筆以及他隨身攜帶的書《薩伏科之歌》。這些都不重要，但當他們發現那幾包肉時，他們互相看了看。其中一名瘦骨嶙峋的男人在高蹺上怒斥道：「原來小偷就是你們。」

「聽著，朋友。」吉爾達斯陰沉地說，「我們不知道這隻羊是你的。人總是得吃飯。我願意用我的所學賠償你。我是個有些技能的學院成員。」

「噢，你會付出代價的，老頭。」男子的眼神平靜。接著他望向夥伴們；他們似乎感到玩味。「我想，等正義官看到這情況，你就得用一雙手來還我啦。」

他們緊緊捆綁芬恩，繩索磨痛了他的皮膚。被拖至外頭後，他看見一隻安了鞍座的驢子。長腳人跳上驢子，熟練地脫下奇怪的金屬支架。

遭捆綁的芬恩和老人在驢子後方蹣跚而行，朝城市前進。芬恩回頭望了兩次，希望看見凱羅或阿緹亞的輕輕一瞥或短暫的揮手；但森林現在已在遠處，遙遙地閃爍著不真實的色彩。腳下的路向箭一般從金屬坡向下筆直延伸；路的兩旁立著釘子，而且裂縫四佈。

如此的防衛措施令芬恩感到驚訝。他低聲說：「他們究竟在害怕些什麼？」

吉爾達斯沉下臉。「想當然是監獄的攻擊啊。他們急著想在燈暗之前回到城裡。」

他們不只是著急而已。他們之前看見的大批人群幾乎都已經進城。當他們匆匆往大門前進時，堡壘的號角響起，而長腿人夾緊坐騎，令吉爾達斯氣喘吁吁地加快腳步，甚至險些跌跤。

他們安然進入城堡後，芬恩聽見城堡升降閘門和鎖鍊發出鏗鏘聲響。凱羅和阿緹亞也進城了嗎？或者他們還在樹林裡？他知道如果他帶著鑰匙，可能會被長腳人找到；但一想到鑰匙在凱羅手上，並且可能藉此和克勞蒂亞通話，他便感到坐立難安。而此刻還有另一個煩惱縈繞在心頭，但他不願意去想。至少還不是時候。

「來吧。」帶領糧食搜索隊的男子將他一把拉起，「我們得在今晚的慶典之前把這事搞定。」

當芬恩步履艱難地穿過街道時，他看到不曾見過的熙攘人群。街道巷弄張燈結綵，掛滿了小燈籠；當監獄燈暗後，城市瞬間變成由銀色閃光交織而成的網絡，美麗又明亮。這裡有數千位居民；他們搭起帳棚，在廣大的市集中交易往來，尋找庇護，將羊群和生化馬匹趕入畜欄和市集廣場。他看見沒有手、瞎了眼、缺了嘴巴和耳朵的乞丐；因疾病而毀容的人讓他忍不住抽氣並轉過頭。不過他沒看見半械人；在這兒，印卡塞隆的暴行似乎只侷限於動物。

畜蹄震聲耳欲聾，空氣裡瀰漫糞便、汗水與踩爛稻草的臭味，以及突然間飄出的檀香和檸檬的香甜味。狗兒四處亂竄，翻扒糧食袋和臭水溝；怯懦地躲在犬隻後方、繁殖迅速的銅老鼠倏地鑽進狹縫與門後，而牠們小小的眼睛閃著紅光。

接著，芬恩看見了薩伏科的圖像出現在每個角落；門窗上，薩伏科舉起左手，露出失去了的手指，左手則握著芬恩再熟悉也不過的水晶鑰匙。他在心中對此暗自雀躍。

「你看到了嗎？」

「我看到了。」俘虜他們的一名男子走進人群裡時，吉爾達斯喘著氣在階梯上坐下，「這顯然是場慶典，也許是為了紀念薩伏科。」

「這些正義官——」

「讓我來開口說話。」吉爾達斯挺直腰桿，試著拉整長袍，「你保持沉默。他們知道我的來歷後就會將我們釋放，而這場鬧劇也會平息。人們會聽學者說的話。」

芬恩皺皺眉。「希望如此。」

「先前在廢墟，你還看見了什麼？薩伏科還說了些什麼？」

「他什麼也沒說。」他已經編不出謊言了，而且雙臂因為被捆綁在身前而發疼。恐懼猶如冰冷的流水般流過心頭。

「我們不會再看到那把鑰匙了，」吉爾達斯刻薄地說，「還有那個騙子凱羅。」

「我相信他。」芬恩咬牙切齒地說。

「那你是個笨蛋。」

男人們回來了。他們將囚犯強拉至一旁，推著他們穿過牆上的拱門，登上向左蜿蜒的陰暗大樓梯。樓梯頂端有扇大木門，藉由左右兩扇提燈的光線，芬恩看見一隻巨大的眼睛深深地刻在黑木門板上。那隻眼睛直視著他，讓他不禁覺得它是活的；眼睛看著自己，猶如印卡塞隆之眼好奇地觀察著他的一生。

接著，長腳人敲敲門，接著芬恩和吉爾達斯被領進門，身旁各守了一名男子。

房間裡——姑且說這是個房間的話——一片漆黑。

芬恩倏地停下腳步，重重地呼吸，聽見奇怪的窸窣聲迴盪在空中。他的感官意識到面前——或許還有兩側——是一片空無，令他提高警覺；他害怕繼續再踏一步便會掉進未知的深淵。記憶依稀浮現腦海……一個沒有光、沒有空氣的地方。他挺起身子。他必須保持機警。

男子們退了開來，他立刻在這伸手不見五指之處感到孤立。

接著，一個聲音自前方不遠處傳來。「我們都是被囚禁在此的罪犯，不是嗎？」

那是個低沉、平緩且調控過的聲音。他無法分辨說話者是男是女。

吉爾達斯立刻接著說：「不，我不是罪犯，我的祖先也不是。我是大學者吉爾達斯，阿摩斯．吉爾達斯之兒。我在閉關日那天進入印卡塞隆。」

四周先是一片靜默。接著同一個聲音說道：「我以為學者已經一個都不存在了。」真的是同一個人嗎？因為此時聲音乃是從偏左傳來；芬恩朝那個方向望去，卻什麼也看不見。

「我的同伴和我並沒有偷你們的東西。」吉爾達斯厲聲說，「是同行的另一個人殺了那隻羊。這麼做並不對，但是——」

「安靜。」

芬恩倒抽一口氣。第三個聲音，聽起來和前兩個相同，但從正右方傳來。對方一定是三個人。

吉爾達斯不悅地深呼吸，沉默中帶著惱怒。

中央的聲音陰鬱地說：「我們都是這裡的罪犯，我們都有罪。即便是逃亡成功的薩伏科也必須向印卡塞隆付出代價。而你們兩人也將以血肉作為贖價。」

也許是因光線逐漸增強，也或許是雙眼適應了黑暗，現在芬恩已經可以看出他們的身影。三抹黑影坐在他面前，穿著遮蓋全身的黑色長袍，而芬恩一下子就認出他們頭上戴著的奇怪黑色髮飾是假髮。說話者年事已高，戴著直而漆黑的假髮顯得詭異。他從來沒有見過這麼老邁的女人。她們的肌膚像皮革般佈滿皺紋，眼睛呈乳白色。三人都垂著頭；當他不安地用腳摩擦著地面時，他看見婦人會隨著聲音來源而撇頭，因此他意識到她們是瞎子。

「拜託……」他囁嚅道。

「不許申訴。判決已定。」

他看了吉爾達斯一眼。老學者正盯著女人腳前的某樣物體。第一名老嫗面前的粗木紡錘織出一條銀絲。絲線纏繞在第二名老婦跟前，彷彿她不曾離開過所坐的凳子；一把量尺隱沒在線團中。現已髒汙、磨損的線穿過第三名老婦的椅子下方，一旁則是把鋒利的剪刀。

吉爾達斯一臉吃驚。「我聽說過妳們。」他低語。

「那麼你一定知道我們就是『無情三婦』、『鐵面者』。對我們而言，鐵錚錚的事實即為正義。你們偷了這些人的東西，罪證確鑿。」中間的乾癟老婦微微撇頭，「姊妹們，妳們同意嗎？」

兩側異口同聲說：「同意。」

「那麼，懲罰竊盜者吧。」

男人們上前抓住吉爾達斯，逼他跪下。昏暗中，芬恩依稀看見一顆木塊；他們拉著老人的手腕，將她的胳臂架在木塊上。「不！」吉爾達斯倒抽一口氣，「聽我說……」

「不是我們偷的！」芬恩試著掙脫，「妳們搞錯了！」

三張一模一樣的臉無動於衷、充耳不聞。中間的婦人舉起一隻嶙峋的手指，黑暗中隨即閃爍著刀光。

「我是薩彼恩堤學院的成員。」吉爾達斯的聲音尖刺，充滿恐懼，額頭明顯地滲著汗水，「妳們不該待我如竊賊。妳們無權……」

他被緊緊箝制；一名男子站在他身後，另一名則抓著他已被捆綁的手腕。刀子高高舉起。

「閉嘴，老糊塗。」其中一人抱怨道。

「我們可以付錢。我們有錢。我會醫病。這個男孩……這個男孩是先知，他能和薩伏科對話。他看過星星！」

最後一句話可說是絕望的呼喊。霎時間，持刀的男子停下動作，看向老婦們。

他們齊聲說：「星星？」眾人的呢喃交疊，充滿疑惑。吉爾達斯喘著氣，見機不可失，「星星，睿智的婦人們，就是薩伏科所說的光點。問他啊！他是獄生者，是印卡塞隆之子。」

無情三婦默不作聲。她們轉頭以盲眼對著芬恩；中間的老嫗招招手，長腿人將他推至老婦前面，讓她能夠觸碰並抓住芬恩的手臂。芬恩一動也不敢動。婦人的手嶙峋且粗糙，指甲長而參差不齊。她沿著手臂摸索至他的胸膛，然後撫上他的臉。芬恩想掙脫、忍不住發顫，但他依然靜止不動，忍受著婦人冰冷、粗糙的手指摸過自己的額頭，覆上雙眼。

另外兩人也面對著他，彷彿只要一人觸摸，其他人都能感覺到。然後中央的正義女神將雙手抵著他的胸膛說：「我摸到他的心臟勇敢地跳動著。監獄所生的血肉之軀。我感覺到他體內的空虛和他心中那片殘破的天空。」

「我們感覺到悲傷。」

「我們感覺迷惘。」

「他是我的侍者。」吉爾達斯趕緊撐起身子站起來，「只服侍我一個人。但我將他奉獻給妳們，姊妹們。我以他作為我們罪行的補償。這是個公平的交換。」

芬恩難以置信地看著他。「不！你不能這麼做！」

吉爾達斯轉過身。他的身影在黑暗中顯得格外瘦小，但他的眼神嚴厲，突然閃著狡詐的精光。老人急促地喘著氣，意有所指地看了看芬恩手上的戒指。「我別無選擇。」

三名老嫗面面相覷。她們不發一語，但彼此間似乎有了某種共識。其中一人突然放聲大笑，令芬恩冷汗直冒，身後的男人也恐懼地咕噥著。

「好嗎？」

「應該嗎？」

「可以嗎？」

「我們接受。」她們異口同聲地說。接著，左邊的老婦彎腰拾起紡錘，用柴骨般的手指轉了轉，最後拉出一條細線。「他將成為被揀選的，成為貢品。」

芬恩嚥了嚥口水，他感到一陣癱軟，背後冷汗涔涔。「什麼貢品？」

第二名老嫗量出一小段紡線，第三人則拿著剪刀，小心翼翼地將其剪斷。細線無聲地落在地上。

「我們要獻給聖獸的供品。」她喃喃地說。

凱羅和阿緹亞在燈暗前抵達了城市；最後五公里，他們躲在一輛貨運馬車後方，而馬夫根本沒注意到。他們在大門前跳下車

「現在呢？」她輕聲說。

「我們直接走進去。大家都這樣。」

凱羅邁步離開，阿緹亞則在後方看了他的背影一會兒，隨後跑步跟上。

城牆上有扇較小的柵門，往左則有條窄縫。一開始她不懂隙縫的用途，接著便看見衛兵要求人們從中穿過。

她回頭看了看。路上空無一人。防禦物坐落在寂靜的平原遠方；灰暗的暮靄中，一隻鳥如銀色火花般在高空盤旋。

凱羅將她推向前。「妳先。」

當他們朝上前，守衛以老到的眼神打量他們，然後朝牆縫撇撇頭。阿緹亞穿過昏暗且惡臭的通道後，現身在城市的鵝卵石街道上。

凱羅跟在她後方。

但瞬時間警鈴聲大作，凱羅旋即轉身。牆壁輕輕發出急促又尖銳的聲響，而頭上的印卡塞隆張開了監獄之眼瞪視著。

正在關門的守衛停下動作，轉身拔出劍。「嗯，你看起來不像……」

凱羅揮出一記重拳讓對方直不起腰，第二拳則令他撞在牆上，接著倒臥在地。凱羅深呼吸一口氣，接著來到控制板前關閉警報。當他轉過身時，發現阿緹亞正直盯著自己。「為什麼你觸動警鈴，而我不會？」

「誰在乎啊？」他大步越過她身邊，「也許它感應到鑰匙了吧。」

她看著他的背影，盯著他華麗的短衣和細心綁起的頭髮。為了不讓他聽見，阿緹亞喃喃地說：「那你為什麼這麼害怕？」

當馬車因人登入而微微傾斜時，克勞蒂亞如釋重負地嘆了一口氣。「我以為你不會來。」

原先望著窗外的克勞蒂亞轉過頭，發現對方並非她所料之人，錯愕地將到口的話吞回肚子裡。

「真令我感動。」她父親冷冷地說。

他脫下一只手套，拍除座椅上的灰塵。他將枴杖和書放在身側後吩咐道：「驅車。」

車夫揮鞭驅趕馬匹，車廂隨之吱嘎作響。克勞蒂亞企圖阻止自己落入他所設下的圈套，但馬具叮叮噹噹了一會，車子在旅館驛站裡轉了個彎後，她再也無法按捺內心的憂慮。「傑瑞德在哪裡？我以為……」

「我要他今早和艾莉絲共乘第三部車。我想我們應該談談。」

這當然是種羞辱。雖然傑瑞德不會在意，而且艾莉絲也會很高興能和他獨處，不過待學者如僕役……她不禁火冒三丈。

她的父親看了她一會兒，然後望向窗外。克勞蒂亞注意到他讓鬍子更為灰白，使得他的面容看起來比以往更加嚴肅。

他說：「克勞蒂亞，幾天前妳曾問我關於妳母親的事。」

父親突如其來談論此事，令她大感措手不及。接著，她立刻提高警覺。這是他一貫的方式，採取主動權、扭轉局面、反守為攻。在宮廷裡，他是個高明的西洋棋手。她只是他棋盤上的一顆卒子，而他將不惜一切讓她成為皇后。

窗外，輕柔的夏日陣雨潤澤大地，空氣甜美、清新。她說：「是的。」

典獄長看著窗外的鄉間景致，手中把玩著黑色手套。「談論她對我而言不是件容易的事。不過在我長久以來的努力即將得到結果的今日，也許是時候談談了。」

克勞蒂亞咬緊嘴唇。

起先她只感覺到恐懼，接著過了一陣子，僅僅須臾，她的心中出現未曾有過的感受。她為他感到悲哀。

18

我們已經獻上摯愛和最好的貢品，現在我們靜待結果。即便需要數個世紀，我們也不會遺忘。我們會像狼一般戒守著。如果需要復仇，我們也在所不惜。

——《鋼狼》

「我在中年的時候結婚。」約翰．阿爾雷克斯看著耀眼的夏日陽光在車廂內投下閃爍的光影，「我是個富有的男人，我的家族一直是宮廷的成員，而自我年輕時就已擔任了典獄長的職務。這是份極大的責任，克勞蒂亞。妳不明白這有多沉重。」

他輕輕嘆了一口氣。

馬車因路面碎石而顛簸。她感覺到旅行外套口袋裡的水晶鑰匙輕輕叩著她的膝蓋，並且想起芬恩的恐懼與面黃飢瘦的臉龐。她父親所看管的囚徒都像那樣嗎？

「海倫娜是個美麗又典雅的女人。我們結婚並非透過媒妁之言，而是在一場宮廷冬季舞會上的巧遇。她是上任皇后——也就是吉爾斯的母親——的貼身侍女；她是個孤兒，家族裡最後的成員。」

他頓了頓，好像等待她說些什麼，但是她沒有應答。她覺得如果自己開口說話便會打破魔法，他也因此不再述說。典獄長沒有看著女兒，逕自幽幽地說：「我深深愛上她。」

克勞蒂亞的雙手不自主緊握；她試著放鬆些。

「經過了短暫的追求後，我們在宮廷裡結了婚。那是場安靜的婚禮，跟妳的大不相同。不過之後我們舉辦了簡單的宴會；海倫娜坐在桌子主位，笑得很開懷。妳跟她長得非常像，克勞蒂亞，只比她矮一些。她的頭髮光亮秀麗。她總是在脖子繫上一條掛著我們兩人畫像的黑色絨布蝴蝶結。」

他若有所思地撫平膝蓋處的褲管。

「當她告訴我她懷孕了的時候，我的喜悅無法言喻。或許因為我曾經以為時機已過，以為我根本不會有子嗣，管理印卡塞隆的任務會交給家族中的其他人，而阿爾雷克斯的血脈也會斷送在我手裡。無論如何，我更加悉心照料她。她很健壯，但是我們必須遵守紀元規定裡的限制。」

他抬起頭。「我們相處的時間真的很短暫。」

克勞蒂亞深深吸了一口氣。「她死了。」

「……就在生下孩子之後。」他別開目光，看向窗外。樹葉的影子在他的臉上閃動。「我們請來助產士和一名聲譽最響亮的學院成員照料她，但仍然於事無補。」

克勞蒂亞不知道該說些什麼。沒有人教過她該如何面對這種狀況。他從未這樣跟她說過話。她的手指再度揪繞在一起。她說：「我從沒見過她。」

「是的。」他將一雙深色雙眼轉向她，「之後，我無法忍受她的面容。宅第裡有幅她的畫，不過鎖起來了。現在，只剩下這個。」

他從襯衫裡抽出一只金色小飾盒，將黑色緞帶繞過頭部取下後遞給她。她遲疑了一會兒，不敢拿取；當她伸手接過後，發現飾盒帶著父親的體溫。

「打開它。」他說。

她解開鎖扣，飾盒左右的橢圓形相框裡框著兩張精心描繪的小肖像。右邊是她父親，看起來嚴肅又年輕，有著濃密的棕髮。另一邊則是穿著深紅色低胸絲綢禮服的女子；她的面容甜美姣好，一朵小花拿在微笑的嘴前。

這就是她的母親。

克勞蒂亞的雙手顫抖；她抬眼察看父親是否注意到，卻發現他正看著自己。他說：「到了宮裡，我會請人為妳複製一幅。艾倫師傅是名優秀的畫匠。」

她希望他情緒潰堤、痛哭失聲。她希望他發怒、悲痛，表現出任何她能加以回應的情緒。然而，他只是一臉沉著。

克勞蒂亞知道他贏得這回合。她默默遞還飾盒。

典獄長將東西收進口袋。

兩人無語對坐了一會。馬車沿著公路轆轆而行；他們行經屋舍破敗的村落與一座池塘；池塘中的白鵝受驚而啪嗒振翅。接著，馬車開始爬坡，進入綠蔭森森的樹林。

克勞蒂亞臉頰發燙，感到困窘。黃蜂自敞開的車窗誤闖進來；她揮手驅走昆蟲後，用亞麻小手帕擦拭手臉，並且發現布面上沾滿了自路面揚起的滾滾黃塵。

最後，她開口道：「我很高興你告訴我這些事。但是為什麼要挑現在說？」

「我不是個真情流露的人，克勞蒂亞。但是我認為現在我已經準備好談論這件事。」他的嗓音嘶啞，「這場婚禮將會是我生命中的巔峰，對她而言也是……如果她還在世的話。我們應該想到她，想想她會多麼驕傲、多麼開心。」他抬起雙眼，眼神冷酷如鋼，「我不容許壞事，克勞蒂亞。沒有任何事能夠阻礙我們成功。」

兩人目光交會，他慢慢露出一絲微笑。「現在，我相信妳希望傑瑞德的陪同更甚於我。」言詞中的諷刺令她難以忽視。他拿起手杖敲了敲車頂；馬車外的車夫低聲呼喚，馬兒焦躁地踱步，噴著鼻息。馬車停好，典獄長低頭打開車門，下車伸展四肢。「這裡的風景真美。來看看，親愛的。」

她踏出車廂，來到他身旁。

一條大河在他們腳下流動，在夏日陽光中波光瀲灩；它流過肥碩的農地，原野上滿是熟成中的金黃色大麥。克勞蒂亞看見蝴蝶從路旁花朵盛開的草地中翩翩飛起。炙熱的陽光照射在她的手臂上；她閉上眼，心懷感激地揚起臉，但只看見一團紅色的熱氣，並且嗅到塵土以及籬笆裡被輾碎而散發辛辣氣味的蓍草。

當她張開眼睛，發現他已經離開，走回後方馬車，嗖地揮動手杖，與步出馬車、擦拭著漲紅臉龐上汗水的艾維昂勛爵愉悅地寒暄。

疆土在她眼前開展，沒入遠處地平線氤氳飄渺的熱氣裡。一瞬間，她希望自己可以奔入夏日的平靜，逃進空蕩原野的祥和，來到無人之處。

來到她能隨心所欲的地方。

這時她瞥到手肘處有動靜。艾維昂勛爵站在她身旁，啜著隨身酒瓶。「真美。」他低聲讚嘆，然後伸出肥胖的手指了指，「看到了嗎？」

克勞蒂亞看見遙遠山丘上的反光，如鑽石般白亮燦爛。她知道那是陽光照射在宏偉鏡宮的屋頂上。

凱羅吃玩最後一小塊肉，酒足飯飽地靠在椅背上。他喝完杯子裡剩餘的少許啤酒，環顧四周想吩咐人添酒。

阿緹亞依然坐在門邊；凱羅忽視她的存在。小酒館裡人滿為患，他必須呼喚兩次才得到店家的注意。酒館女主人帶著酒壺走過來，為他倒滿酒。「你的朋友呢？她不吃點東西嗎？」

「她不是我的朋友。」

「但是她跟你一塊兒來。」

他聳聳肩。「我可沒辦法阻止女孩子跟著我。妳看看我的帥臉就知道啦。」

女人搖搖頭大笑。「是啊，帥哥。付錢吧。」

他數了些零錢給她，喝完啤酒，站起來伸展四肢。洗過澡後他感覺身心舒暢，而火紅色的短衣一向在他身上顯得好看。他邁開步伐穿梭在桌椅間，無視匆匆起身尾隨的阿緹亞，直到走進昏暗小巷，她才出聲讓他停下腳步。

「我們什麼時候才會去找他們？」

凱羅沒有轉頭。

「天曉得他們會發生什麼事。你答應過——」

凱羅倏地轉身。「妳滾蛋吧妳。」

阿緹亞回瞪著凱羅。他原以為她只是個膽小鬼，但這是她第二次與他正面衝突，而且令他感到厭煩。「我哪兒也不去。」她靜靜地說。

凱羅冷笑道：「妳認為我將棄他們於不顧，對吧？」

「沒錯。」

她的坦言不諱讓他一時語塞並且怒火中燒。凱羅轉身繼續舉步離開，但她像影子或小狗般緊跟著不放。

「我認為你想丟下他們，但我不會讓你如願。我不會讓你拿走那把鑰匙。」

他不想回應，但還是忍不住開了口：「妳不知道我想幹嘛。芬恩和我是結拜兄弟。這點的意義勝過一切，而我會遵守我的諾言。」

「是嗎？」她開始模仿傑爾曼瑞克狡詐的語調，「『打從我十歲那年殺了自己的親兄弟之後，我就不曾遵守承諾了。』事情就是這樣嗎，凱羅？我們擺脫不了康彌塔特斯民兵團，因為他們的影響存在於你體內？」

這時凱羅突然動手襲擊對方，但她早已有所準備。阿緹亞跳起來抓傷他的臉，對他又踢又推，讓他搖搖晃晃地撞向牆壁。鑰匙噹啷一聲掉落在汙穢的鵝卵石地上；兩人都伸手搶拾，但她快了一步。

凱羅憤怒地嘶吼。他抓住阿緹亞的頭髮，粗暴地用力拉扯。「拿來！」她尖叫著扭動掙扎。

「放手！」

凱羅更加使力；阿緹亞在痛楚嚎叫中將鑰匙丟進暗處。凱羅立刻鬆手，七手八腳地上前摸索，但當他一撿起鑰匙，旋即大叫一聲，將東西掉落在地。

鑰匙在地上自內部閃動著微弱的藍光。

突然，在一片緊張的靜默中，鑰匙投射出田園的景象。他們看見一名衣著華麗的女孩靠著樹幹，站在輝煌燈火中。她直愣愣地看著他們兩人。當他終於開口說話時，語氣充滿懷疑。「芬恩在哪裡？你們究竟是誰？」

他們給了他蜂蜜蛋糕、一些奇怪的種子和微微冒泡的熱飲，但他擔憂遭下藥而不敢食用。不管他蹚了什麼渾水，他都想保持腦袋清醒。

他們也提供了乾淨的衣物和水讓他梳洗。房門外，兩名長腳人正倚在牆邊守衛著。

芬恩來到窗前，窗外是陡壁，下方遠處是狹窄的街道。即使是現在，街道上依然人山人海；他們乞討、兜售東西，或是搭建臨時帳棚，以布袋為鋪蓋，而牲畜四處遊蕩。嘈雜聲此起彼落。

芬恩雙手撐著窗臺，探出身子，察看上方的屋頂。屋頂幾乎由稻草蓋成，金屬補丁則東一塊西一塊。他絕不可能爬上屋頂，因為房子懸空突出，彷彿會墜落般，而他若企圖攀爬，無疑地會摔得粉身碎骨。有那麼一時半刻，他懷疑在這裡摔斷脖子也許不會比面對某個無名生物來得好。不過他還有時間，事情也許會改觀。

他縮頭回到室內，坐在板凳上思考。凱羅在哪裡？他在做些什麼？他有什麼計畫？凱羅雖然固執又瘋狂，但他是個絕佳的策劃者。對錫維崔的埋伏就是他的點子。他總是能想出一些好主意。芬恩已經開始想念他目中無人與十足自滿的模樣。

房門開啟，吉爾達斯鑽了進來。

「你！」芬恩跳了起來，「你竟然敢……」

學者舉起雙手。「我知道你很生氣。芬恩，我別無選擇。你也看到當時即將發生什麼事。」他的語氣冷淡，邊說邊走近，然後重重坐在椅子上，「再者，我會跟你一塊兒去。」

「他們說只要我一人。」

「有錢能使鬼推磨。」他焦躁地咕噥道，「多數人花錢希望能離開洞穴，而往裡頭去。」

房間裡只有一張椅子；芬恩坐在鋪著稻草的地板上，雙手抱著膝蓋。「我以為你棄我於不顧了。」他輕輕地說。

「不，我不會這麼做。我不是凱羅，我不會棄離我的同伴。」

芬恩皺起眉頭。「假如我看不見幻象，你會棄我而去嗎？」

吉爾達斯沙沙地搓揉乾燥的雙手。「當然不會。」

他們沉默了一會兒，聽著街道上人聲鼎沸。然後芬恩說：「告訴我關於洞穴的事。」

「我以為你知道這個故事。薩伏科來到正義要塞——大概就是我們目前的所在地——得知這裡的人每個月必須奉獻貢品給某種他們稱為『野獸』的生物。祭品是城裡的年輕男女；他們走進山腰上的洞穴，再也沒有回來。」

他搔搔鬍子。「薩伏科向正義三婦提議以自身性命替代另一名被選中的女孩。傳說女孩哭倒在他腳邊。全城的人們不發一語地看著他走出城，赤手空拳地隻身走進洞穴。」

芬恩說：「然後呢？」

吉爾達斯沉默了一會兒；當他再度開口時，聲音更加低沉。「三年了，什麼事也沒發生。到了第四年，流言蜚語就像野火一樣四處蔓延，說那個陌生人自洞穴現身了。居民排列在城牆邊，打開大門。薩伏科緩緩走在路上。當他來到大門前，他舉起手，人們看見他的右手食指不見了，手所流出的鮮血滴落在塵土中。他說：『債價未清，但我已無法償還。住在洞穴裡的生物，渴望永遠無法滿足，就像無法填滿的空洞。』說完，他轉身離去，而人們沒有挽留。但他所救的那名女孩跟在他身後，和他一起旅行了一段時間。她成為薩伏科的第一名跟隨者。」

芬恩說：「什麼——？」話尚未說完，門便砰地被打開。長腿人撇撇頭，「離開。男孩得睡覺休息。燈一亮，我們就出發。」

吉爾達斯迅速看了一眼後起身離開。男人丟給芬恩毛毯；他拉過毯子披在身上，屈膝在牆邊，聽著街道上的人聲、歌聲與狗吠。

他感到寒冷與前所未有的孤寂。他試著思想凱羅，思想鑰匙投射出的女孩克勞蒂亞。還有阿緹亞……她會忘記他嗎？他們會任他自生自滅嗎？

他翻身蜷縮。

然後，他看見了監獄之眼。

它十分微小，高掛在天花板附近，略藏在蜘蛛網後方。

監獄之眼穩穩地看著芬恩，他也回望著它。接著，他坐起身，直視監獄之眼。「說話啊。」

他說，輕柔的聲音帶著憤怒和輕蔑，「你不敢跟我說話嗎？假如我是你孕育的，那就跟我說話。告訴我該怎麼做。把門打開。」

監獄之眼依舊只是顆不閃爍的紅點。

「我知道你在。我知道你聽得見我說話。我一直都知道。別人遺忘了，但我沒有忘記。」此刻他已站起身。他伸手想碰觸眼睛，但監獄之眼一如往常地遙不可及。「我跟她提過你……老師，那個被殺害——被我害死——的女人。你看見了嗎？你看見她摔落深谷嗎？你有接住她嗎？將她活著帶到某個地方呢？」

他的聲音顫抖，口乾舌燥；他知道這是昏厥發作的前兆，但他太憤怒也太害怕，而無法噤聲。

「我會逃離你的。我一定會，我發誓。一定有可以容身之處，一個你看不見我的地方。一個你不存在的地方！」

他流著汗，感到噁心。他不得不坐下、躺平，讓暈眩席捲全身。片片段段影像、房間、桌子，黑暗湖水上的船。幻覺令他難以呼吸；他奮力抗拒，卻淹沒在其中。「不，」他說，「不。」監獄之眼是顆星子，紅色的星子。它緩緩落入他張開的嘴。當星星在他體內燃燒時，他聽見極其微弱的氣聲，猶如斷壁殘垣中塵埃的呢喃，火焰中央的灰燼。

「我無所不在，」它低聲說，「無所不在。」

19

沿著無盡的罪惡長廊，
我的淚水如斷線珍珠；
我的指節是鑰匙，我的鮮血是油脂
潤滑、開啟了鎖匙。

——《薩伏科之歌》

克勞蒂亞驚慌地看著立體投影。「你說『被監禁』是什麼意思？你們都住在監獄裡，不是嗎？」

男孩咧嘴而笑；她不喜歡他那略帶嘲諷的表情。他坐在看起來是條陰暗小巷的路邊，後倚著身，打量著她。「是嗎？那妳又在哪裡呢，小公主？」

克勞蒂亞皺了皺眉頭。事實上，車隊歇停在驛站用午餐，而她正躲在客棧裡一間臭氣熏天、完全符合紀元規定而一點也不舒服的衣櫃裡。但她不想浪費時間解釋。「聽著，不論你叫什麼名字——」

「凱羅。」

「好吧，凱羅。我得和芬恩談話，這極其重要。你是如何從他那裡得到這把鑰匙的？偷來的嗎？」

凱羅有著碧藍的雙眼，留著一頭金色長髮。他的面容俊俏，而且他肯定心知肚明。他說：「我和芬恩是拜把兄弟，彼此交換過誓言。他把鑰匙交給我保管。」

「所以他信任你？」

「當然。」

這時另一個聲音說：「但我可不。」

一名女孩從凱羅身後站出來。他怒瞪著她。「請妳閉上嘴好嗎？」

但她蹲下並急切地對克勞蒂亞說：「我叫阿緹亞。我認為他打算拋下芬恩和學者，試圖一個人像薩伏科那樣逃離監獄。他認為鑰匙對他有所助益。妳千萬不能讓他這麼做！芬恩會沒命的。」

一堆名字令克勞蒂亞暈頭轉向。她說：「等等，說慢一點！他為什麼會死？」

「這個側翼似乎在舉行某種儀式；他必須面對野獸。妳能夠幫得上什麼忙嗎？運用星星的魔法？妳一定得幫幫我們！」

女孩身上穿著克勞蒂亞從未見過如此骯髒的衣服，黑髮剪得參差不齊。她顯然十分焦急。克勞蒂亞試著思考，並說：「我又能幫什麼忙呢？你們必須把他救出來！」

「妳為什麼認為我們辦得到？」凱羅平靜地問。

「你們別無選擇。」中庭傳來的呼喚令她緊張地回頭望了望，「因為我只跟芬恩談話。」

「妳喜歡他，對吧？那妳又是誰呢？」

她怒目而視。「印卡塞隆典獄長是我的父親。」

凱羅哼了一聲。「什麼典獄長?」

「他……負責看管監獄。」她感覺寒意刺骨;他的輕蔑使她打了個寒顫。克勞蒂亞趕緊接著說:「我或許能找到監獄平面圖,或是能指引你們離開的祕密通道、門和走廊的地圖。但是在我見到芬恩以前,我什麼也不會告訴你。」

傑瑞德要是聽到這個謊言,一定會抱怨,但她沒有別的辦法了。她不相信眼前這個凱羅;他太過傲慢,而旁邊的那個女孩看來似乎很生氣而且害怕。

凱羅聳聳肩:「芬恩有什麼特別的?為什麼妳要找他?」

克勞蒂亞遲疑了一會兒,然後說:「我想……我想我認得他。他長大了,外表也不太一樣。但是,我總覺得他有點兒熟悉,他的聲音……假如我想的沒有錯,他真正的名字叫做吉爾斯,他是……外面這裡一位重要人士的兒子。」她不能透露太多,只要足以讓對方採取行動就好。

凱羅驚訝地瞪大眼睛。「妳是說,芬恩自稱是從外界進來的胡說八道其實是真的?他手上的記號確實代表著某些意義?」

「我得走了。你們找到他就是了。」

凱羅雙手叉胸。「假如我做不到呢?」

「那就別妄想有什麼星星魔法了。」克勞蒂亞看著那名女孩,兩人的目光短暫交會,「而這把鑰匙將只是塊沒用的水晶。不過假如你是他的兄弟,你會想要救他出來的。」

凱羅。「我想啊。」他朝阿緹亞抬了抬下顎:「忘記她吧,她瘋了,根本什麼也不知道。」

他的聲音低沉而認真，「芬恩是我的兄弟，我們照顧對方。一向如此。」

阿緹亞望著克勞蒂亞，一臉受挫。疑慮爬上她的眼睛。「他是妳的親人嗎？」她輕輕地問，「他是妳的哥哥？表親？」

克勞蒂亞聳聳肩：「只是個朋友。我們只是朋友。」說完，她趕緊關閉投影。鑰匙在臭乎乎的黑暗中閃爍微光。她將鑰匙收入裙子的口袋，迅速離開衣櫃，迫不及待地想呼吸新鮮空氣。艾莉絲正焦急地在走廊上走走停停，堆著托盤與菜餚的僕人們匆匆經過她身邊。

「噢，妳在這裡啊，克勞蒂亞！凱斯柏伯爵正在找妳呢。」

但克勞蒂亞已經聽見他刺耳、煩人的聲音。更令她驚慌的是，她看見凱斯柏正和傑瑞德和艾維昂勛爵說話；他們三人坐在長凳上享受陽光，客棧的狗兒成排趴在他們腳邊。

她步出屋外，穿過鵝卵石地。

艾維昂立刻起身，誇張地鞠了個躬；傑瑞德靜靜地為她讓出空間。凱斯柏生氣地說：「妳總是在躲我，克勞蒂亞！」

「沒有的事。我為什麼要這麼做呢？」她微笑地坐下來，「真好。我的朋友都在這裡。」

凱斯柏蹙眉，傑瑞德輕輕搖了搖頭，一旁的艾維昂則舉起縫了蕾絲的手帕掩蓋一絲微笑。克勞蒂亞納悶他怎麼能如此神色自若地坐在伯爵——他計畫謀殺的男孩——身旁。但再想想，他或許會辯稱這不是針對個人，這只是政治罷了。這永遠只是個鬥爭遊戲。

她轉向傑瑞德。「我希望你跟我同車旅行。我實在太無聊了！我們可以討論馬內西爾寫的《王國自然史》。」

「為什麼不找我？」凱斯柏丟給狗群一塊肉，看著牠們搶食。「我一點也不無趣啊。」他用一雙小眼看著她，「對吧？」

這是個挑釁。「當然不，閣下。」她露出愉悅的笑容，「歡迎你能加入我們。馬內西爾對針葉林裡的動物有些很棒的篇章。」

他厭惡地看著她。「克勞蒂亞，別用張大眼睛裝無辜那套來唬我。我告訴過妳，我不在乎妳在搞什麼。總之，我一清二楚。菲克斯已經告訴我昨晚的事了。」

她無法看向傑瑞德，並感覺自己的臉色瞬間變得慘白。一旁的狗兒嚎叫、打鬥著；其中一隻掠過她的裙子，她趕緊跺腳踩住裙襬。

凱斯柏站起身，對於佔了上風而洋洋得意。他穿著領子扣有金鍊的華服和黑色絨布長衫；他不斷將小狗踢往一旁，直到牠們嗚嗚哀嚎。「但是我必須警告妳，克勞蒂亞，妳最好謹慎一點。我母親可不像我這麼思想開放。如果她發現了，一定會大發雷霆。」他對傑瑞德咧嘴一笑，「到時，妳聰明的家教老師可能會發現自己的病情突然惡化。」

克勞蒂亞氣得想跳起來，但傑瑞德輕碰提醒她坐在原處。他們看著凱斯柏避開水窪與糞堆以免弄髒昂貴的靴子，邁步穿越旅館的庭院。

最後，艾維昂勛爵取出鼻煙壺。「我的天啊，」他靜靜地說：「那是我聽過最恐怖的威脅。」

克勞蒂亞和傑瑞德四目相接。傑瑞德的眼神深邃而不安。

「菲克斯？」他問。

她聳聳肩，對自己生著悶氣。「昨晚他看見我從你的房間走出來。」

傑瑞德面露驚愕。「克勞蒂亞……」

「我知道，我知道。這都是我的錯。」

艾維昂優雅地聞了聞嗅鹽。「恕我對此發表些意見……發生這種事真的太不幸了。」

「事情不是你想的那樣。」

「當然不是囉。」勛爵說著反話。

「不，我說的是真的。而且你可以別再演戲了。我已經告訴傑瑞德關於……鋼狼的事。」

艾維昂趕緊左顧右盼。「克勞蒂亞，拜託別大聲嚷嚷。」此時，他的語氣不再帶著感情，「我欣賞妳對家教老師的信任，但是——」

「她當然應該告訴我。」傑瑞德用修長的手指輕叩桌面，「因為這整場陰謀太愚蠢了，可恥至極，而且簡直是種背叛。你怎麼會想將她扯進來呢？」

「因為少了她，事情就不會成功。」胖男子相當冷靜，但他的額頭冒著一層薄汗，「學者，在所有人中您最了解哈瓦阿爾納王朝的鐵腕政策對我們造成什麼影響。雖然我們部分的人富有、生活優渥，但我們卻一點也不自由。紀元規定讓我們綁手綁腳，受制於這個靜止不變、空洞的世界；這裡的男男女女大字不識，先進科技是富者的特權，藝術家和詩人注定只能永無止盡地重複改編過去的經典。在這裡，了無新意，創新根本不存在；沒有改變，沒有成長、演進，也沒有發展。時間是靜止的，發展被杜絕。」

他倚身向前。克勞蒂亞從來不曾見過他如此嚴肅、徹底褪下無能的面具。這令她不寒而慄。他彷彿變了個人，變得更年長、筋疲力竭又絕望。

「我們正在邁向死亡，克勞蒂亞。我們必須打破這座為自己砌起的牢房，逃離這具讓我們像老鼠般不斷踩轉的輪子。我已經投身在解放我們的任務中。如果這意味著賭上我的命，我也一點都不在乎，因為即便死亡也是種解脫。」

在一片寂靜之中，白嘴鴉在上方的樹木間嘎嘎啼叫。馬廄裡的馬匹已經安上挽具，噠噠地踏著地上的鵝卵石。

克勞蒂亞舔了舔乾燥的嘴唇。「先稍安勿躁。」她輕聲說，「我可能有些……消息，但現在還不能告訴你。」她迅速地站起身，不想多說，不想去感覺對方像在她身上開了一道口子般赤裸裸的痛苦。「馬匹已經準備就緒了。我們走吧。」

街上人山人海但鴉雀無聲。他們的靜默嚇壞了芬恩；氣氛十分緊繃，而他們虎視眈眈看著他的眼神讓他腳步蹣跚。婦女、渾身髒汙的孩童、殘疾者、老人、軍人……芬恩不敢直視他們冰冷而好奇的眼光，於是垂眼看著雙腳或路上的塵土，避開眾人的視線。

唯一迴盪在陡峭街道上的聲響是他身邊六名警衛平穩的步伐；金屬靴底喀啦地踩在鵝卵石地上。一隻大鳥如惡兆般在他們頭上盤旋，自印卡塞隆穹窿下的雲朵與迴風間發出悲鳴。

這時，有人吟唱回應；單一音符的輓歌宛如信號，所有人開始跟著輕哼，將悲傷和恐懼組成詭譎而輕柔的歌曲。他試圖聽懂歌詞，但只能聽出殘字片語：斷線銀絲……沿著罪惡與夢魘的無盡長廊。副歌也不斷重複、縈繞：他的指節是鑰匙，他的鮮血是油脂，潤滑、開啟了鎖匙。

來到轉彎處，芬恩回頭探望。

吉爾達斯一人走在後方。警衛們沒有理會他，但他仍然堅定地昂首闊步，人們納悶的視線落在他的綠色學院外套上。

老人看起來嚴肅且別有用心；他朝芬恩點點頭。

街上不見凱羅和阿緹亞的身影。芬恩絕望地尋索著人群。他們已經知道他發生了什麼事嗎？他們會在洞穴外等他嗎？

他們和克勞蒂亞談過話了嗎？焦慮折磨著他，他設法不去想自己所害怕的事情；那件事就像隻蜘蛛一樣懸掛在心中的暗處，猶如印卡塞隆嘲諷的低語。

凱羅可能已經帶著鑰匙遠走高飛。

他不禁搖了搖頭。待在康彌塔特斯民兵團的三年裡，凱羅從不曾背叛過他。沒錯，凱羅會奚落、嘲笑他，偷他的東西，和他打架、吵架，但也永遠支持著他。不過現在芬恩突然膽寒地意識到，他絲毫不了解這個拜把兄弟，不曉得他是哪裡人。凱羅僅說他父母雙亡。芬恩從沒問過他任何問題，因為他的心思一直放在喪失記憶的痛苦、閃現的畫面與病發上。

他應該詢問。

他應該多在意一點。

一陣黑色小花瓣開始灑落在他的頭上。芬恩抬起頭看見人們一把把地拋出花瓣；花瓣落在大理石地板上，在街上形成芬芳的黑暗地毯。他注意到那些花瓣有著奇異的特性；當花瓣碰在一起時便會融化，讓排水溝和街道滿是一灘灘黏稠又散發香氣的東西。

這讓他有種奇怪的感覺，宛如置身夢中，讓他想起那晚他所聽見的聲音。

我無所不在……彷彿監獄回應了他。當他們行經像嘴一般張開的柵門時，芬恩抬頭看見升降閘門上的紅色眼睛一眨也不眨地盯著他。

「你看得見我嗎？」他低聲說，「你跟我說過話嗎？」

但他們繼續穿越大門，離開了城市。

道路筆直而荒野，黏稠的油沿路滴流。他聽見身後柵欄和城門砰然關起，木栓扣起，鐵護柵轟然放下。城外，穹蒼的世界看來空蕩蕭條，刺骨寒風吹拂著原野。

士兵們匆匆放下肩上沉重的斧頭；芬恩面前那把斧頭帶著某種裝有筒罐的裝置。芬恩猜想那大概是火焰投擲器吧。他說：「讓學者趕上。」

他們放慢腳步，彷若此刻的芬恩不是囚犯，而是領導者。吉爾達斯氣喘吁吁地上前來說：「還沒看到你的兄弟。」

「他會出現的。」這話一半是安慰自己。

他們緊跟著彼此，迅速行走。路的兩邊有些許窪坑與陷阱。芬恩可以看見坑洞深處白晃晃的尖鐵。他回頭一望，驚訝地發現他們已經如此遠離城市；人們站在城牆邊觀看、咆哮，有的人則舉高孩子，讓他們得以看見。

守衛長說：「我們在這裡轉入岔路。小心，千萬踩著我們走過的地方而行。而且別想逃跑，地上設有火地雷。」

芬恩不知道火地雷是什麼，但吉爾達斯皺了皺眉。「山洞裡的野獸想必很恐怖。」

男人看了他一眼。「我從沒看過牠，老師，而且我也不想見到牠。」

離開平坦道路後的路徑變得相當崎嶇。銅紅色的土地像被耙出一道道巨大的犁溝，多處地方燃燒成鬆脆的碳化焦土，因此當他們行走而過時，地上揚起陣陣塵土。甚至有些土在高溫中幾乎玻璃化；芬恩心想，這可需要極高的溫度才能達到此種狀態，而且灰燼散發著刺鼻的臭味。他緊跟在男子們身後，緊張地注意著他們的腳步。當他們停下步伐，他抬頭發現他們已在平原的遠處，監獄的燈高掛如豔陽，在自己與吉爾達斯身後投下影子。

小鳥依舊在高空盤旋。牠一啼叫，守衛便抬頭查看。離他們最近的男子說：「那隻鳥在找腐肉。」

芬恩開始納悶他們還能走多遠。這裡沒有山丘、沒有山脈，所以他們上哪兒去找山洞呢？在他的想像中，那是個位在金屬峭壁上的陰暗洞穴。但是現在他有了新的憂慮，因為甚至連自己的想像都不再可靠。

「停。」守衛隊長舉起一隻手，「到了。」

芬恩的第一個想法是，這裡什麼也沒有。他大大地鬆了一口氣，心想也許那一切只是裝模作樣；他們會放他走，然後回到城裡，編一套與怪獸有關的可怕說詞讓民眾噤聲。

但是當他推開男人們走上前後，他看見地上的坑洞。

以及他們所說的洞穴。

傑瑞德說：「妳竟然答應給他們根本不存在的地圖！這太瘋狂了，克勞蒂亞。事情對我們而言已經越來越棘手！」

克勞蒂亞知道他憂心忡忡。她坐到與他同側的座椅上說：「老師，我知道。但這是個很大的賭注。」

他抬起頭。她看見傑瑞德的雙眼再次充滿痛苦。「克勞蒂亞，拜託告訴我妳不是真的在考慮艾維昂愚蠢的提議。我們不是殺人兇手！」

「我當然不是。而且假如我的計畫成功，我們就沒有必要這麼做。」但是她沒有說出心裡的想法。如果皇后真的發現他們的計謀，如果傑瑞德身陷任何危險，為了救他，她將殺了所有的人，甚至是她的父親。

也許傑瑞德知道她的心思。馬車晃動，他望著窗外的風景，表情越發沉重，他黑髮摩擦著學院外套的衣領。「我們的監獄到了。」他陰鬱地說。

順著他的目光，克勞蒂亞看見宮廷的尖錐和玻璃高塔，塔樓掛著各種彩旗，聽見迎接她的鐘聲響起，所有的鴿子展翅欲飛；襯著湛藍的天空，所有火砲在一英里高的華麗露天平臺上轟隆發射致意。

20

我們納入了一切殘留的事物。現在它比我們都來得巨大。

——計畫報告，大學者馬托爾撰

「這個拿去，還有這個。」

守衛隊長將一只小皮袋和劍塞入芬恩手裡。袋子拿起來很輕，裡頭應該空無一物。「裡面是什麼？」他緊張地問。

「待會你就知道了。」男人退開，然後看著吉爾達斯。他問：「為什麼不逃，老師？為什麼要浪費自己的生命？」

「我的命屬於薩伏科，」吉爾達斯厲聲說，「他的命運就是我的命運。」

隊長搖搖頭。「隨你的便。但是沒有人能夠安然回來。」他朝洞穴入口撇撇頭，「就在那兒啦。」

現場陷入緊張沉默。守衛緊握他們的斧頭；芬恩知道，他們預期這是他可能逃脫的時候——他手裡握著劍，身後則是未知的恐懼。有多少人被當成供品，並且惶恐地在此處狂叫、掙扎？

他不會這麼做。他是芬恩。

他魯莽地轉身低頭看看地上的裂縫。

裂縫非常狹窄且漆黑，邊緣焦黑，彷彿監獄的金屬結構經過超高溫熔化無數次而奇怪地變形；彷彿從這金屬裂口爬出的東西能像融化太妃糖一樣熔化鋼鐵。

芬恩看看吉爾達斯。「我先下去。」在學者能開口否絕以前，他轉身爬進狹窄的黑暗。他匆匆向遠處瞥了最後一眼，但滿目瘡痍的平原一片荒蕪，城市只是座遙遠的堡壘。

他將靴子滑過邊緣，尋到踏腳處，然後擠進縫隙。

當他離開地面後，黑暗隨即將他包圍。憑著手腳的摸探，他意識到裂縫是個傾斜地層間的水平空間，斜斜地向地底延伸。他必須張開四肢才能進入這個空間，並且緩緩移動向前；類似石板的深色表面上散佈著應該是石頭的碎礫，身下鋼鐵熔化成的圓滑金屬珠令他痛苦不堪。他在塵土中摸到一堆粗石；石堆像骨骸般潰散，芬恩趕緊丟開手中的東西。

空間頂部低矮，擦到他的背部兩次，令他開始擔心身體會因此卡住。他一想到此處，便恐懼膽寒地停下腳步。

芬恩汗流浹背，大口喘氣。「你在哪裡？」

「我在你後面。」吉爾達斯聽起來很緊張。他的聲音在空中迴盪，一小陣灰塵落在芬恩的頭髮和眼睛裡。這時，吉爾達斯伸手抓住他的靴子。「繼續往前走吧。」

「為什麼？」他試著轉過頭向後看，「我們何不在這裡等到熄燈再爬回去？別告訴我那些人會在外頭等到天黑。他們說不定已經走了。沒有什麼能阻止我們……？」

「別忘了還有那些火地雷啊，傻小子，它們遍佈好幾英畝呢。只要踩錯一步，你的腿就沒了。你沒看到我昨晚看見的；他們巡視城牆，巨大的探照燈整晚掃視整片平原。我們很容易就會被人發現。」他大笑，笑聲在黑暗中格外陰森，「我對那些盲眼老婦所說的話是認真的——你是觀星者。如果薩伏科來過這裡，我們也必須跟隨他的腳蹤，雖說我對於這條路會通往上方的推論看來是錯的。」

芬恩難以置信地搖搖頭。即使在這混亂的情況下，老人竟然只在乎自己的理論。他繼續摸索，探出腳尖，一點點向前爬走。

在接下來的幾分鐘內，他十分肯定上方的地層越來越低，低得快碰到地面，幾乎將他困住。然後令他鬆了口氣的是，空間開始變大，並且同時更加陡峭地向左傾斜。最後，他終於可以站直身子，而不必低頭以免撞到上方。「前面很開闊。」他的聲音聽起來很空洞。

「等等。」

吉爾達斯東摸西找，啪地一聲巨響後，光線在嘶嘶聲中出現；他點燃了康彌塔特斯民兵團通報急難時用的粗糙煙霧信號彈。芬恩藉此看見老學者俯躺著，從身後的包包裡抽出一根蠟燭。他用信號彈點燃蠟燭；當噴發的紅光熄滅後，搖曳的燭光取而代之。前方某處吹來的氣流讓火光閃爍不定。

「我不知道你帶了這些東西。」

「我們當中總要有人想到帶些比華麗衣裳和無用戒指更實際的東西。」吉爾達斯一邊說，一邊用手遮住火焰，「放輕腳步，雖然不管那是什麼怪物，都可能已經聞到我們的氣味或聽見我們的聲音了。」

有東西像是回應他的話似地自前方發出轟隆聲。那是個低沉、刺耳的聲音，令他們張開雙掌下的岩石為之震動。芬恩抽出劍，緊緊握住。在一片黑暗中，他什麼也看不見。

他繼續向前移動，通道突然變得寬敞，身體周邊出現了空間。自微弱、搖曳的燭火中，他看見金屬地層的脊線和白水晶裸礦，土耳其石中閃爍的奇怪氧化物在徐徐照射而過的光線下變得橘紅。他收起手腳，撐起身子。

前方有東西在移動。他沒有聽見聲音，但是感覺得出來，甚至聞到一股鎖喉的惡臭。他一動也不動，豎起耳朵仔細聆聽。

他身後的吉爾達斯咕噥著。

「安靜，不要動！」

學者低咒了一聲。「真的有怪物嗎？」

「我想是。」

芬恩注意到周邊的空間。當雙眼漸漸適應黑暗，他開始能自一片陰暗中看出傾斜岩石上的稜角和岩面。他看見一塊焦黑石塊的尖錐後，猛然意識到岩石的巨大；氣流現在變成一陣風，遠遠拂面而來的刺鼻臭味猶如巨大生物的氣息。

接著，他隨即明瞭怪物就盤踞在周圍，黑色的岩面正是牠凹凹凸凸的皮膚，巨大的長條石塊是牠化石般的爪子；他們身處在某種披著鱗甲的惱怒古獸所挖掘的山洞裡。

芬恩轉身高呼警告吉爾達斯。

但可怕的龐然大物嘎吱地緩緩睜開一隻眼睛。

那是隻半開半闔、比他的個頭還大的紅色眼睛。

整條街道人聲鼎沸、震耳欲聾。人們拋擲著花朵；過了一會兒，花朵不斷落在車頂所發出的聲響令克勞蒂亞感到畏怯，而路上的花莖遭輾過後，氣味變得更加甜膩。陡峭的爬坡讓她不舒適地靠在位子上，身旁的傑瑞德則面無血色。她撫著對方的手臂問道：「你還好嗎？」

傑瑞德露出無力的微笑。「我真希望我們能現在下車。吐在宮廷的階梯上可不會給人帶來什麼好印象。」

克勞蒂雅試著報以微笑。他們靜靜地坐著，馬車轆轆地自外城巨大的防禦工事下通道，穿過庭院和大理石門柱；她知道車子每經過一個蜿蜒曲折，自己便越發深入陷阱；她一步步走向在前方等著她的新生活、權力的迷宮，以及錯綜複雜的背叛。喧嚷的歡呼聲逐漸消失，馬車的行駛變得平緩；克勞蒂亞自布簾向外窺探，看見地上鋪了一條昂貴的紅毯，街道則掛滿花環，鴿子在屋頂與山牆間拍翅飛行。

這裡是樞密院與禮節規章局的朝臣所住的豪華套房。此處人群為數更多，較文雅的歡呼聲與六弦提琴、蛇號、橫笛和鼓所演奏的樂聲此起彼落。她依稀聽見前方傳來高呼和掌聲；凱斯柏顯然從乘坐的馬車窗戶探出頭，向歡迎他回家的群眾致意。

「他們也會想看看新娘的。」傑瑞德說。

「她還沒到。」克勞蒂亞諷刺地說。

片刻沉默後，她說：「老師，我很害怕。」她可以感覺到對方一陣驚訝，「真的。這個地方好恐怖。在家，我知道自己的身分；我是典獄長的女兒，我知道自己的位置與角色。但這裡是個滿佈陷阱的險地。雖然自小我一直很清楚終有這一天，但是現在我不確定自己是否能面對這個考驗。他們全都想吸收我成為他們的一員，可是我不想改變，我不會改變！我只想做我自己。」

傑瑞德嘆了口氣，而她看見他深邃的雙眼注視著蓋了布簾的車窗。「克勞蒂亞，妳是我見過最勇敢的人。」

「我不是……」

「妳是，而且沒有人能夠改變妳。雖然那不是件容易的事，但妳將統治這個地方。皇后的勢力龐大，但她妒忌妳，因為妳比她年輕，而有一天妳會取代她的位置。妳的力量與她旗鼓相當。」

「可是如果他們把你送走……」

他轉過頭來。「我不會離開的。我不是個勇敢的人，這點我很清楚。我不喜歡衝突；雖說我是薩比恩特，但妳父親只需一個眼神就能讓我不寒而慄。不過他們無法將我帶離妳的身邊，克勞蒂亞。」他直起身子，拉開兩人的距離，「我已經和死神面對面多年，多少讓我能置生死於度外。」

「別說這種話。」

傑瑞德輕輕聳了聳肩。「終究會有那一天的。不過我們別只想著自己。我們應該想想能不能幫助芬恩。把鑰匙交給我，讓我再研究一下。它具有我難以猜透的複雜性。」

馬車經過門檻而上下晃動。克勞蒂亞從衣服暗袋中取出鑰匙交給傑瑞德。這時，水晶鑰匙深處的老鷹翅膀閃爍，彷彿要振翅高飛。傑瑞德趕緊拉開窗簾，陽光照射在水晶閃亮的刻面上。

裡面的鳥正在飛翔。

牠翱翔在一片深色地景上，那是片焦黑的平原。下方遠處的地表有個深淵，鳥兒俯衝直落而入，側身飛進狹窄的裂縫，讓克勞蒂亞驚恐地倒抽一口氣。

接著鑰匙暗了下來，獨留一顆紅色光點閃爍其中。

正當他們凝視著水晶的同時，馬車搖搖晃晃地停了下來，馬匹踩踏喘息，車門開啟。典獄長背光的身影出現在車門口。「來吧，親愛的。」他靜靜地說，「大家都在等了。」

克勞蒂亞既沒有回頭看傑瑞德，也沒讓自己多加思考。她步下馬車，挺起腰桿，勾起父親的臂彎。

他們並肩走向列隊在兩旁鼓掌的朝臣、燦爛奪目的絲質旗幟，以及通往王位的宏偉階梯。

皇后身穿銀色禮服、頸戴輪狀皺領，坐在王位上。即便隔著這等距離，她紅豔的頭髮與雙唇，以及脖子上耀眼的鑽石仍清晰可辨。惹人厭的凱斯柏站在她身後。

典獄長冷靜地說：「我想妳應該面帶微笑。」

她立刻露出笑容。明亮又自信的笑容遮掩了她的心寒，而這抹笑容跟她生命中所有的事物一樣虛假。

然後，他們一步步登上階梯。

芬恩認出這個嘲諷的眼神；那是他長久以來的夢魘。他粗聲問道：「是你？」

他聽到身後的吉爾達斯倒抽一口氣。「動手啊，快攻擊牠，芬恩！」

野獸瞳孔呈螺旋狀旋轉，像道猩紅色的銀河。眼睛周圍黑暗的皮膚劇烈抖動，怪獸緩緩抬頭。芬恩發現怪獸偌大的皮膚上散佈著物品、珠寶殘件、骨骸、碎布和武器的握柄；這些東西年代久遠，被獸皮生長、包覆住。一陣唏哩嘩啦的崩裂鬆脫後，外露的黑色岩面成了牠的頭，並且高高的仰著，金屬刺狀物像爪子般伸出，緊抓著山洞傾斜且微微震動的地面。

芬恩無法動彈，飛揚的煙塵籠罩著他。

「攻擊啊！」吉爾達斯抓住他的手臂。

「沒有用的。難道你看不出來嗎……？」

吉爾達斯怒吼一聲，奪過芬恩的劍，刺向怪獸凹凸不平的獸皮，然後趕緊向後一跳，彷彿預期會有鮮血噴湧而出。然而他與芬恩看著眼前的景象。

怪獸毫髮無傷；牠的皮膚張開並液化，把劍吸入後再生包覆。怪獸是種合成生物，由成千上萬的生物、蝙蝠、骨骸、甲蟲和黑壓壓的蜂群等截然迅速地構成，也像用岩石與金屬碎片做成、千變萬化的萬花筒。當牠轉身站立，高大的體型直竄洞頂。他們看見牠吸收了城市幾世紀以來的恐懼與不安，而牠所吞噬的所有獻祭貢品也只是增長了牠的胃口。由於正義官的判決而被送到此處的受害者與孩童，這些死者在怪獸體內化成數以萬計的原子。牠是一團被磁化的肉和金屬，崩垮的尾巴上佈滿指甲、牙齒和禽爪。

牠高高地伸展頸子，然後垂下頭，巨大的紅眼湊近芬恩的臉，將他的皮膚映照成鮮紅色，而他顫抖的手彷彿沾滿了鮮血。

「芬恩，」怪物說道，矯柔、沙啞的聲音帶著深深的喜悅，「我們終於見面了。」

芬恩向後退卻，踩到了吉爾達斯；學者抓住他的手肘。「你知道我的名字。」

「你的名字是我取的。」牠的舌頭在黝黑的口腔吐動，「那是很久以前的事了……當你誕生在我的牢房，當你成為我兒子的時候。」

芬恩渾身顫抖。他想否認，想怒吼，但一個字也發不出來。

怪獸歪著頭打量他。長長的嘴喙流出蜜蜂和魚鱗，口水分裂成一群蜻蜓，然後再重組。「我就知道你會來。」牠說，「我一直關注著你，芬恩，因為你實在太特別了。在我體內的臟器血管中、在我內部所有生物中，沒有人像你一樣。」

牠的臉湊上前，形成某種像微笑的表情。「你真的以為你可以逃出我的掌控嗎？難道你忘了我隨時可以取你的命，關閉燈光、抽走空氣，瞬間將你燒成灰？」

「我沒忘。」他試著出聲說道。

「多數人不會忘了這點。多數人甘願住在自己的牢籠裡，認為這就是全世界。但你不一樣，芬恩，你記得我。你環顧四周，看見我的監獄之眼處處監視著你，在那些深沉的黑夜裡，你呼喚著我，而我也聽見了你的呼求……」

「但是你沒有回應我。」他低聲說。

「可是你知道我就在你身邊。你是觀星者，芬恩。這是多麼有趣的一件事。」

吉爾達斯擠身向前。他的臉色慘白，稀疏的頭髮被汗水濡濕。「你究竟是誰？」他低吼。

「我是印卡塞隆，老頭子，你應該知道的。創造我的人正是薩彼恩堤學院。我是你們巨大無垠、無與倫比的失敗！我是你們的剋星。」牠左右晃動地探上前，讓兩人得以看見牠血盆大口中掛著的破布，聞到油膩且詭異的甜膩臭味。「啊，智者的驕傲。現在你竟敢設法逃脫自己所犯下的愚行。」

怪物緩緩後退，血紅色的眼睛瞇成一條線。「向我獻祭吧，芬恩，如同薩伏科當年那般。給我你的血肉，給我這個老人和他恐怖的死亡慾望。如此一來，或許你的鑰匙將能打開你作夢也想不到的門。」

芬恩的嘴乾如槁灰。「這不是遊戲。」

「不是嗎？」怪獸的笑聲像蛇一般柔滑，「難道你不是塊俎上肉嗎？」

「我們是人，」芬恩的怒火逐漸高漲，「我們是受苦的人，是你所折磨的人。」

有那麼一會兒，怪獸分解成一團昆蟲，然後突然聚合成另一張由數隻滴水獸拼起而且歪七扭八的臉。「我想事實恐怕並非如此——是你們自己互相折磨。沒有任何系統能阻止這種情況，沒有任何地方阻擋邪惡，因為人性本惡，即便是孩童。這樣的人是無法矯正的，而我的工作只是容納他們。我將他們完完整整地吞下，裝在體內。」

牠伸出一隻觸手圈住芬恩的手腕。「向我獻祭吧，芬恩。」

芬恩猛然抽回手，並且望向吉爾達斯。老學者看起來瑟縮委靡，臉色慘白，好像他所有的恐懼落在眼前，但是他仍悠悠地說：「讓牠帶走我吧，小子。我已經沒有什麼好眷戀的了。」

「不。」芬恩抬頭看著野獸，牠惡毒的笑容近在咫尺。「我已經給過你一條人命。」

「噢，你是說那個女人啊。」牠的笑意更濃，「她的死讓你痛徹心腑。良知和羞愧是如此少見。這真是太有趣了。」

不知為何牠的竊笑令芬恩難以呼吸。一線希望突然浮現。他大叫：「她沒死！你接住她了，你阻止了她墜落峽谷！對吧？你救了她。」

呈漩渦狀的紅眼睛對他眨了眨。「在這裡，什麼東西都不能浪費。」牠喃喃地說。

芬恩瞪大了眼，但吉爾達斯在他耳旁低聲吼道：「牠在說謊，小子。」

「也許不是。也許……」

「牠在耍你。」老人看著令人暈眩的螺旋眼瞳，語氣帶著厭惡與刻薄。「如果你真是我們所創造出來的，那麼我準備好為人類的愚蠢付出代價。」

「不。」芬恩緊緊抓住他。他從大拇指上摘下一只暗銀色的東西並且高高舉起，物件閃爍著光芒。「拿這個當作貢品吧，父親。」

是那枚骷髏戒指。但他已然不在乎了。

21

多年來，我祕密打造一座仿照外頭世界的機器。現在，它保護著我。提蒙上星期死了，培拉在動亂中失蹤；而我雖然潛藏在這座失落的大廳中，監獄仍在尋找我。「陛下，」它輕聲說，「我感覺得到你。我感覺得到你在我的皮膚上爬行。」

——卡里斯頓大人的日記

皇后優雅地起身。

她如同瓷器般白皙的臉上有著清澈又冷酷的雙眼。「我最最親愛的克勞蒂亞。」

克勞蒂亞向她行了一個屈膝禮，感覺到皇后在她的雙頰上各親吻一下；皇后緊緊擁抱她時，她感覺到緊身馬甲與寬大裙環下的纖瘦骨架。

沒有人知道席亞皇后的年齡。畢竟她是名女魔法師。她的年紀或許比典獄長大吧，不過站在她身旁，他看起來陰鬱又嚴肅，銀色的鬍鬚顯示著一絲不苟的個性。

撇開冷淡與否，她的年輕外貌確實讓人信服；她看起來幾乎沒比她的兒子大多少。

皇后轉身，領克勞蒂亞入內，昂首闊步地從一臉惱怒的凱斯柏面前經過。「妳真漂亮，親愛的。這件洋裝美極了，還有妳的頭髮！告訴我，妳的髮色是天生的，還是染的呢？」

已經感到惱火的克勞蒂亞深呼吸一口氣，但她已無須多做回答，因為皇后已經開始在聊別的事了。「……我希望妳不會認為這對我來說太時髦了。」

轉瞬間的沉默後，克勞蒂亞心不在焉地說：「不會。」

皇后笑了笑。「太棒了！這邊走。」

那是一扇木頭雙開門，兩位男僕將其拉開，但當克勞蒂亞踏進去，整間小房間無聲地朝上方移動。

「是的，」皇后低聲說並且緊摟著她，「我知道這破壞規定。但這是我專屬的，所以誰又會知道呢？」

細白的小手緊緊抓著克勞蒂亞的手臂，她甚至能感覺皇后的指甲插入肉裡。她喘不過氣來，彷彿自己被綁架了——甚至父親和凱斯柏都被撇在後頭。

當門開啟後，在眼前延伸的是處處鍍金並掛滿鏡子的長廊；這裡的空間是家裡的三倍大。皇后牽著她的手走在王國內每個國家的巨幅手繪地圖間；每張地圖的邊角飾有夢幻的海浪、美人魚和海怪。

「那裡是圖書館，我知道妳喜歡看書。很不幸地，凱斯柏不愛閱讀。我甚至不知道他是否識字呢。我們今天不進去。」

克勞蒂亞在皇后堅定的護送下走著；她回頭看了看，每張地圖間擺著一個可以容納一個人大小的瓷甕，而鏡子在眩目的陽光下相互照射出的鏡像令她突然不曉得長廊的盡頭在何處，或甚至是否有盡頭。皇后瘦小白皙的身影似乎同時出現在她前方、後面與身旁，讓克勞蒂亞先前在馬車裡所感覺到的恐懼，現在彷彿濃縮在皇后不自然的青春步伐與尖銳、自信的聲音裡。

「這裡是妳的套房。隔壁是妳父親的房間。」

房間非常寬敞。

她的腳陷入柔軟的地毯，床上的頂篷垂掛著橙黃色絲綢，一切令她感到窒息。

她猛然從皇后手中抽回手，知道這是個陷阱，知道自己中了計。

席亞沉默不語，不再空泛地喋喋不休。她們面對面看著彼此。

接著皇后笑著說：「我相信妳不需要人多做警告，克勞蒂亞。約翰．阿爾雷克斯的女兒將會接受良好的訓練，但我想不妨告訴妳，這裡多數的鏡子是雙面鏡，而整座宮殿都裝了最有效率的竊聽器。」她靠上前一步，「要知道，我聽說妳最近對於過世的吉爾斯有點感到好奇。」

克勞蒂亞保持表情沉著，但她的手卻非常冰冷。她垂下目光說：「我很想他。如果事情有所不同……」

「是的。我們所有人也因為他的死而大受打擊。但即便哈瓦阿爾納王朝結束了，王國也必須有人來統治，而克勞蒂亞，妳絕對能勝任。」

「我？」

「沒錯。」皇后轉身，優雅地坐在一張金光閃閃的椅子上，「我相信妳很清楚凱斯柏連掌管自己的能力都沒有吧？坐在我身邊，親愛的，讓我給妳一些建議。」

她吃驚得渾身僵硬，然後坐了下來。

皇后向前倚身，鮮紅的嘴唇做出靦腆的微笑。「聽好了，妳在這裡的生活可以非常愜意。凱斯柏就像個孩子——只要給他玩具、馬匹、宮殿和女人，他就不會出亂子。我已經確保他對政治毫無概念。他太容易感到無聊了！妳和我兩人可以擁有非常美好的相處時光，克勞蒂亞。妳不知道成天跟這些男人們相處有多麼累人。」

克勞蒂亞盯著自己的手。這番話是真的嗎？有任何的事物是真的？當中有多少是計謀呢？

「我以為……」

「妳以為我討厭妳？」皇后像個小女孩般咯咯地笑著，「我需要妳，克勞蒂亞！我們可以一起統治這個王國，而妳一定可以做得非常好！連妳父親都會開心地笑呢。」她的小手輕輕拍了拍克勞蒂亞的手，「別再傷心地想吉爾斯了。他已經去了更美好的地方，親愛的。」

她緩緩點點頭，站起身，而皇后也站了起來，身上的絲綢沙沙作響。

「有一件事……」

席亞的一隻手已經放在門上，她轉過身來。「什麼事？」

「大學者傑瑞德，我的家教老師。我……」

「妳根本不需要家教老師。我會教妳所有的事。」

「我希望他留下來。」她堅定地說。

皇后的眼睛直直地望著她。「身為學院成員，他太年輕了。我不懂妳父親在想些什麼……」

「他會留下來。」克勞蒂亞態度堅定，讓這話成為聲明，而非提問。

皇后紅唇抽動了一下，笑容依然燦爛。「就照妳所說的辦吧，親愛的，只要妳喜歡的話。」

傑瑞德將掃描器放在門框上，打開鉸鍊窗扉，然後在床邊坐下。房間非常狹窄，也許宮廷認為學者的小房間就應該如此吧——木頭地板和上方長滿雜草的深色鑲板。

房間聞起來潮濕且帶有鏽味，看起來似乎空無一物，但他已經移除了兩只小型竊聽裝置，而且或許還有更多。不過他仍然得冒險一試。

他拿出鑰匙，握住，然後啟動通話功能。

但什麼也沒有，鑰匙依然呈現黯淡。

他擔憂地再觸碰一次。原先的黑暗形成一個暗色的寬圓圈。接著，他隱約看見一個蹲著的身影。「我們不便說話。」影子低聲說，「現在不行。」

「那你聽著，」傑瑞德壓低聲音，「這或許有幫助。在觸控板上按下密碼二四三一，便能產生一個結界，任何監控系統都無法追蹤你。你將會從掃描器上消失。你明白嗎？」

「我不是笨蛋。」凱羅輕蔑的聲音幾乎難以聽聞。

「你找到芬恩了嗎？」

一片靜默。通訊斷了。

傑瑞德手指交握，用學者的語言低咒了一聲。窗外傳來逐漸鼎沸的人聲，遠方花園裡的提琴手奏起吉格舞曲。

今晚眾人起舞，迎接王子的新娘。

然而，如果巴特利特納老人所言屬實，那麼真正的王位繼承人依然在世，而克勞蒂亞深信就是芬恩這男孩。傑瑞德搖搖頭，用修長的手指解開外套領口。她如此渴望這是真的。他的懷疑得擱在心裡，因為少了這份希望，她將一無所有。畢竟或許——只是可能——她的直覺是正確的。

他虛弱地靠著僵硬的墊枕，從口袋取出藥袋，準備所需的劑量。過去一週，他服用比先前多三克的藥量，但體內深處的痛楚像個活生生的東西，似乎依然緩緩滋長著；有時候他甚至覺得，自己吃下的這些藥物是在養大這個生物的胃口。

他皺著眉頭注射藥物。這些全是生病導致的愚蠢念頭。

但當他躺下入睡時，有一會兒他夢到一隻像銀河般血紅色的眼睛，在牆上睜開並凝望著他。

芬恩焦急地高舉著戒指。「收下它，讓我們離開。」

眼睛靠上前仔細地看了看。「你認為這玩意兒真有什麼價值嗎？」

「它裝著一條命，一條生命被困在裡面。」

「真是貼切的形容。就像你們的生命也被困在我的身體裡一樣。」

芬恩渾身顫抖。假如凱羅聽到這番話，他現在必定有所動作。如果他在這裡的話。

吉爾達斯懂了芬恩的用意。一定是的，因為他突然大聲呼喊：「收下它！放我們走。」

「就像我收下薩伏科的貢品那樣收下這個東西？」怪獸塊狀的獸皮裂開一個透出微光的開口；他們看見一根埋在深處的脆弱小骨頭。

吉爾達斯畏怯地低聲禱告。

「這東西那麼小！」野獸思量著，「但是卻能造成那麼多痛苦。讓我瞧瞧受困其中的生命吧。」

牠伸過觸角。芬恩原本緊抓著戒指，汗水讓手中的物品變得滑溜，但最後他攤開掌心。

巨大的獸眼隨即一亮。牠瞠大、聚焦，然後對著戒指東瞧西看。野獸的喉嚨發出像油脂般、帶著困惑與著迷的低聲詢問。

「你怎麼辦到的？你在哪裡？」

一隻手突然摀住芬恩的嘴；他驚嚇地轉身看見阿緹亞一隻手指比在嘴前，示意他噤聲。她身後的凱羅一手緊握鑰匙，另一隻手則提著噴火器。

「你們是隱形的！」野獸驚駭地說，「這怎麼可能呢？」

大量的觸角竄出，形成吐著黏絲的小蜘蛛大軍。

芬恩踉蹌後退。

凱羅扛起噴火器。「想抓我們嗎？」他鎮定地說，「那就來啊。」

一道火焰猛然從芬恩後方射出，怪獸怒吼。轉瞬間，洞穴裡爆出無數倉皇啼叫的鳥兒，蜜蜂和蝙蝠從四處竄出；牠們成弧線行進，振翅迴旋地飛向高處洞穴頂部，並且毫無痛感地撞擊岩石。

凱羅興奮歡呼。他再次射擊黃色的火焰，野獸化成無數碎片，燒焦的皮革和瓦解的石塊像瀑布般喀啦啦地落下，紅眼睛則只是迸發成一群驚恐狂飛的蚊蚋。

火焰燒得嘶嘶作響，打中牆壁，瞬間彈出火花。「別管了！」芬恩大叫，「離開這裡吧！」

但洞頂和地面開始傾斜，他們四周的地面也開始龜裂。

「雖然我也許看不見你，」在一陣騷動中，監獄尖刻地說，「但你就在我的體內，我會緊緊抱住你的，孩子。」

他們背靠背，挪動腳步靠攏，洞穴的岩壁開始崩塌，頂部的石板碎落。混亂中，芬恩抓住阿緹亞的手，「大家待在一起！」

「芬恩，」吉爾達斯的聲音哽咽，「看上面的牆裡。」

芬恩起先不懂他指的是什麼，接著他終於看到一道斜斜向上的裂口。

阿緹亞立刻掙脫手。她奔跑、跳躍，抓住突出的岩塊，自上方避開揮舞的觸角，直接攀爬在怪獸的鱗片上。

她催促吉爾達斯跟著她，老人以絕望中的精力笨拙地攀爬，所行之處落下大量石塊和寶石。

芬恩轉身。

凱羅已經備妥武器。「快走！牠在找我們！」

印卡塞隆失去了視力。一隻爪、一條尾巴……芬恩看見怪獸的零組件如何重新聚合，如何在黑暗中摸索、揮舞。牠感覺到他們在牠的皮膚上攀爬，感覺到他們動作時造成的震動。他想問凱羅他是如何辦到的，但沒有時間，所以他只好轉身跟在吉爾達斯身後攀爬。

岩壁隨著時間推移產生變化、重塑並且形成波浪狀，漸漸變得直聳，彷彿怪獸正抬起前腿，扭頭想將他們自背上甩落。他們爬到高處的凹龕，芬恩掛在那兒，抬頭看見上方針孔般的裂縫透出耀眼的光線；在令人目眩神搖的瞬間，他以為置身星群之中，接著一道光在他頭上旋轉，他才意識到那是探照燈。燈光照白了他的手和臉，他倒抽一口氣，絕望地暴露在光線中。

阿緹亞轉過頭，逆光的面容變得模糊。「慢一點！我們必須靠鑰匙近一些！」

凱羅還在下方遠處爬著，噴火器被丟棄一旁。當隆起的獸皮出現起伏，他滑了一跤，一隻腳踩空了。怪獸也許感覺到了，所以發出嘶嘶的聲音，頓時煙霧瀰漫。

「凱羅！」芬恩轉過身，「我必須回去幫他。」

阿緹亞扭頭往下喊。「不。他能處理的。」

凱羅雙手緊抓著，拉回自己的身子。野獸的身體顫動了一下。接著，牠放聲大笑；那不懷好意的竊笑，芬恩記得清清楚楚。「所以你們有能夠隱形的裝置啊。恭喜啊。但是我一定會想搞清楚那是什麼東西的。」

一陣土塵掉落，接著是一道光。「等等！」芬恩對吉爾達斯大喊，老者則氣喘如牛地搖搖頭。

「我再也撐不住了。」

「你可以的！」

芬恩絕望地看了阿緹亞一眼；她將吉爾達斯的手臂架在自己的肩膀上，「我留下來陪他。」

芬恩差點摔在凱羅懸掛的地方，他用一隻手緊緊地抓住同伴。「沒用的，沒路可逃。」

「一定有的，」凱羅大叫，「我們不是有鑰匙嗎？」

凱羅蠕動身體，甩出鑰匙，芬恩用手接住；一時間，兩人都抓住了鑰匙。接著芬恩一把奪過鑰匙，按了其上的每個按鈕，戳了戳老鷹、當中的球體和皇冠。但是什麼變化也沒發生。就當怪獸在他們下方猛烈擺動時，他揮了揮鑰匙，咒罵幾句，然後他感覺到東西在手中緩緩散發出溫度，越發變燙，並且發出令人擔憂的嘎嘎聲。他大叫著拋了拋鑰匙，因為他被燙傷了。

「利用它，」凱羅大叫，「把岩石熔了！」

芬恩將鑰匙塞入洞穴中，裝置發出嗡鳴與喀嚓聲。

印卡塞隆發出狂暴的怒吼。岩石紛紛垮落，阿緹亞自上方吼著。芬恩定睛一看，岩壁裂開一道白色的裂縫，像世界錦布裂了一道口子。

典獄長和克勞蒂亞站在窗戶邊，看著下方燈火通明的熱鬧景象。「妳表現得很好，」他嚴肅地說，「皇后很高興。」

「那很好。」克勞蒂亞累得無法思考。

「明天，也許我們……」他突然不語。

是尖銳、短促的嗶嗶聲，持續不斷而且響亮。克勞蒂亞嚇了一跳，東張西望。「怎麼回事？」父親站在原地一動也不動，接著，他從背心口袋取出懷錶，用拇指一按，金色錶蓋彈開。她看見華麗的刻度盤和現在時間——十點四十五分。

但那聲響不是報時，是種警鈴。

典獄長瞠目不語。他抬起頭來，雙眼冷漠而陰鬱。「我該走了，晚安。克勞蒂亞，祝好夢。」

她訝異地看著父親邁向房門。「是……是監獄出事了嗎？」她問。

他轉過身，目光銳利。「妳為什麼會這麼說？」

「那個警鈴聲……我從來沒有聽過……」

他看著她。她不禁暗暗咒罵自己多嘴。接著他說：「是的。似乎出了點事。別擔心，我會親自去查看。」

他離開並關上門。

她愣在原處好一會兒，直瞪視著木頭鑲板；接著，彷彿靜止不動反而刺激了她，她趕緊抓了一件深色披巾圍在身上，開門衝了出去。

典獄長已經走到華麗走廊的遠處，腳步疾快。當他繞彎時，克勞蒂亞拔腿追趕，上氣不接下氣，柔軟的地毯則吸收了腳步聲。她的身影在一面面幽暗的鏡子中一閃而過。

大型瓷花瓶旁的窗簾飄揚，她側身來到布簾後，發現自己站在一座陰暗的螺旋階頂端平臺。她駐足等待，心臟噗通噗通地跳；她看著父親深色的身影下樓，步伐急促並且激動地奔跑。她趕緊跟著下樓，一手扶著潮濕的欄杆，一圈卻又一圈地往下，直到金碧輝煌的牆壁變成紅磚，然後是石牆；階梯長了綠色地衣踩起來黏滑，並因腳步發出空洞聲響。

下面很冷，也很暗。她的鼻息結成了霧。她打起哆嗦，拉緊披肩。

父親正前往監獄。

他正在朝印卡塞隆的方向而去！

極遠處隱約傳來警報嗶嗶聲，響亮、急促，持續帶著恐慌的氛圍。

她來到酒窖。酒窖裡有數個拱頂大空間，堆滿酒瓶和酒桶，牆上佈滿彎彎曲曲的電線，電線上覆掛著從磚牆透析出的白色鹽結晶。如果這是為了遵守紀元規定而擬真的，那確實令人信服。

她偷偷地從酒桶堆中探頭，不敢亂動。

他已經來到一扇門前。

那是一扇銅綠色的門，深深地嵌在牆上，飽受歲月侵蝕，而且上面閃爍著一道道蝸牛爬行的痕跡。門上釘著粗大的鉚釘，掛著生鏽的鐵鍊。她看見門上的哈瓦阿爾納之鷹，心裡無聲地雀躍；老鷹張開的翅膀幾乎湮沒在層層銅鏽之中。

父親左顧右盼，她立刻縮回頭，喘息著。接著他在老鷹高舉的球體上按下密碼，然後她聽見了喀啦聲。

鎖鍊鋃鐺滑落在地。

大門劇烈震動地開啟，落下大量的蜘蛛網、蝸牛和灰塵。

她探出頭，迫切地想看看門後方有些什麼，但只見一片黑暗，以及聞到一陣金屬的酸臭味。父親轉過頭來時，她再度得趕緊躲起來。

當她再次探頭，他已消失，大門也關閉了。

克勞蒂亞背靠著潮濕的紅磚，無聲地重重呼了一口氣。

終於啊。

她終於找到了。

警鈴聲大作，震得他們的牙齒、神經、骨頭直打顫。芬恩以為鈴聲會讓他昏厥的毛病發作；他急忙爬向裂縫，裂口吹出的寒風在他耳邊狂嚎不已。

怪獸不見了。正當凱羅爬過芬恩，抓住吉爾達斯的時候，怪獸完全瓦解；轉瞬間，所有人隨著一堆碎片翻滾摔落，然後撞上岩壁；大家手牽手串起的人龍只靠芬恩單手抓著。

他痛苦地大喊：「我撐不住了！」

「你該死地最好撐住！」凱羅喘著氣說。

恐懼將他層層包圍。凱羅的手開始滑脫，芬恩焦急地猛拉。

辦不到，他的手疼痛難耐。

一個影子落在他身上。他以為是怪獸的頭，或者是隻巨大的老鷹，但當他絕望地扭過身子並且抬頭，卻看見它倏地從裂縫竄出，悠悠地發出哼鳴。那是條銀色的船，一艘古老的帆船，破損的帆布上掛著蜘蛛網，糾纏的繩索懸在船緣。

它逼近他們，接著船底的艙門極緩慢地打開。一只由四條巨大纜繩繫著的簍筐搖搖晃晃地降了下來，上面從船邊探出一張臉。那是張醜陋古怪的臉，臉上戴著護目鏡和奇怪的呼吸器。

「在我改變心意以前，」他嘶聲說，「快上來吧！」

芬恩不知道他們是怎麼辦到的，但不多久凱羅踉蹌跌進劇烈搖晃的籃子內；吉爾達斯接著翻入。阿緹亞停頓了一會兒便跳進來，最後芬恩鬆手，任憑自己墜落。他的腦袋因為鬆了口氣、毫無恐懼而一片空白，而且沒意識到自己已落在籃內，直到凱羅在他耳邊大喊，「從我身上滾開，芬恩！」

他手忙腳亂地起身，阿緹亞擔憂地低頭問候：「你還好嗎？」

「……我沒事。」

他並不好，他知道，但只是越過她靠在籃子邊緣，向下望；寒冷的風和不停的搖晃令他頭昏眼花。

他們離開洞穴，飛越平原，在距離城市數哩的空中。城市像是玩具般置於平原上；從這個高度，他們可以看見燒焦的痕跡和環繞的火山噴氣孔，整片土地就像是怪獸的皮，而怪獸在他們下方發出轟隆聲響，七竅生煙。

他們穿過雲朵，看見金屬黃的煙霧和一道彩虹。

芬恩感覺吉爾達斯抓著他，老人興奮地胡言亂語，話語飄散在風裡。「往上看，小子！快看啊！薩比恩堤學院的能力還是存在的！」

他扭頭一望，看見銀色小船呈螺旋狀沿著一座高聳得難以置信的尖塔向上航行；它像根平衡地矗立在雲上的針，頂端閃耀著光芒。他感覺自己的鼻息在扶手上凝結，然後碎裂開來，而每片碎冰與結晶像受到磁鐵牽引般朝高塔排列。稀薄的空氣讓芬恩大口喘息，他抓著老人的手臂，因寒冷和恐懼而顫抖著。他不敢再往下看，只望著位在針頂的降落點變得越來越大，慢慢自轉的球體抵達頂端。

然而儘管他們已來到這等高度，在他們頭上無數哩處，印卡塞隆的黑夜綿延成冰凍的天空。

咚咚的捶門聲讓傑瑞德一身冷汗地驚醒。

有片刻，他完全搞不清楚怎麼回事，然後他聽見她的輕喚。「傑瑞德！快一點，是我！」

他坐起身，踉蹌地走到門邊，扯下門框上的掃描器，胡亂摸索著門閂。他一拉開栓鎖，房門隨即被推開，差點打到他的臉；克勞蒂亞衝進來，氣喘吁吁，灰頭土臉，絲質洋裝上圍著一條骯髒的披肩。

「怎麼回事？」他倒抽一口氣，「克勞蒂亞，他發現了嗎？他知道我們拿走鑰匙了？」

「不，不。」她喘不過氣，一屁股坐在床上，彎曲著腰，雙手扠在身側。

「那到底是什麼事？」

她舉起一隻手，示意讓他等等；過了一會兒，當她抬頭準備說話時，他看見她的臉上洋溢著勝利的光芒。

他退後幾步，突然戒慎起來。「妳做了什麼事，克勞蒂亞？」

她露出苦笑。「我做了這麼多年來一直想做的事。我已經找到了打開它祕密的大門——印卡塞隆的入口。」

懸掛空中的世界

22

「首領們在哪裡？」薩伏科問。
「在各自的城堡裡。」天鵝回答。
「詩人們呢？」
「迷失在其他世界的夢境裡。」
「那麼工匠呢？」
「忙著打造挑戰黑暗的機器。」
「創造這個世界的智者呢？」
天鵝悲傷地垂下黑色頸子。
「衰邁成高塔裡的老嫗和巫師。」

——《薩伏科在鳥之國度》

芬恩小心翼翼地觸碰其中一顆球體。精緻的紫丁香色玻璃映照出芬恩古怪膨脹的臉。他看見身後的阿緹亞走進拱門，四處張望。
「這是什麼地方？」她驚訝地看著高掛在天花板上的泡泡。芬恩發現她今天早晨格外乾淨，她的頭髮梳洗過，身上的新衣裳讓她看起來比以往更年輕。

「這裡是他的實驗室。來瞧瞧這裡面。」

有些球體裡是完整的地貌；在其中一顆裡則是一群金毛小生物安穩地沉睡或在沙丘上挖洞。阿緹亞用雙手摸了摸球體。「它是溫的。」

芬恩點點頭。「妳睡過了嗎？」

「睡了一會兒。我一直醒來，因為這裡實在是太安靜了。你呢？」

他只是點點頭，不想說自己因為太過疲倦，一躺上白色小床便馬上進入夢鄉，衣服甚至也沒脫下。不過今晨他醒來發現有人為他裹了一張毯子，將乾淨衣物放在空蕩蕩的白色房間裡唯一的椅子上。是凱羅做的嗎？

「妳看見船上的那個男人了嗎？吉爾達斯認為他是學院成員。」

她搖搖頭。「我只見過他戴著面罩的樣子。而且他昨晚只說：『睡在那些房間裡，我們明早再談。』」她看著我，「你回去救凱羅是勇敢之舉。」

他們安靜了一會兒，然後走過來站在她身旁，一起看著球裡的動物抓癢、翻滾。這時他們漸漸發現除了這個玻璃球外，整個房間裡都是一個個玻璃世界。水綠色、金色、淡藍色……每個球都用細鍊垂掛著，有些比拳頭還小，有些則大如廳堂；球裡鳥兒飛翔、魚兒悠游，或是無數昆蟲群聚。

「好像他幫所有動物打造了牢籠。」她悄聲說，「希望他沒有幫我們也做一個。」然後她突然注意到了芬恩不自主地抽動了一下。「怎麼了，芬恩？」

「沒什麼。」他倚著玻璃球，留下溫熱的掌印。

「你看見了什麼嗎？」阿緹亞雙眼圓睜，「是星星嗎，芬恩？真的有好幾百萬顆星星嗎？它們是不是群聚在一起，在黑暗中歌唱？」

他愚蠢地不想潑她冷水。「我看見……我看見一座位在宏偉建築前方的湖。時間是晚上，水面上漂著燈籠；小小的紙燈籠裡點著蠟燭，所以看起來是藍色、綠色和紅色。湖上有船，而我在其中一艘船上。」他抹了一把臉，「我也在那裡，阿緹亞。我靠在船邊，想摸水中的倒影。而且是的，有星星。他們非常生氣，因為我的袖子濕了。」

「星星在生氣？」她走上前。

「不，是人們。」

「什麼人？他們是誰，芬恩？」

他試著回想。有某種香氣，一個人影。

「有個女人，」他說，「她很生氣。」

痛楚，回憶讓他感到痛楚，在腦中觸發一陣陣閃光。他閉上眼睛，不願再回想，他汗涔涔，嘴巴乾渴。

「好了，別想了。」她焦急地扶住他；從前所造成的傷口在她的手腕上留下紅色傷痕。「別讓自己不舒服。」

他用袖子抹了抹臉。由於出生在牢獄，所以他依然不習慣這個房間裡的寂靜。他尷尬地嘟囔道：「凱羅還在睡嗎？」

「噢！」她皺皺眉頭，「誰理他？」

芬恩看著她在玻璃球間來回走動。「妳不可能這麼討厭他吧？妳和他曾經一起被困在城市裡。」

她沉默不語，所以他接續說道：「你們是怎麼找到我們的？」

「並不容易啊。」她雙唇緊抿，「我們聽到關於獻祭的謠言，所以凱羅說我們應該偷個噴火器。我負責聲東擊西，好讓他拿到配備。但他卻不曾向我說過一句謝謝。」

芬恩笑了笑。「凱羅就是這樣。他從不對任何人說謝謝。」他捧著球體，湊上前觀看，球內的爬蟲動物冷冷地回望著他。「我相信他會來救我。吉爾達斯說他不會，但凱羅從來不會背叛我。」

她不發一語，但他逐漸覺察她的沉默帶著某種詭譎的緊繃感；當他抬頭，發現她正以憤怒的表情看著自己。阿緹亞突然衝口而出：「你大錯特錯，芬恩！難道你看不出來他是怎麼樣的一個人嗎？他可以輕易地將你拋下，拿走鑰匙遠走高飛，甚至一點也不在乎！」

「不。」他吃驚地說。

「事實就是這樣！」她抬起目光望向他，白皙的臉龐上帶著瘀傷，「全因為那個女孩的警告，他才留下來的。」

芬恩感覺全身冰冷。「什麼女孩？」

「克勞蒂亞。」

「他和她通過話？」

「她威脅他。『找到芬恩，』她說，『否則這把鑰匙對你將毫無用處。』她真的對他感到很生氣。」阿緹亞輕輕聳肩，「你應該感謝的人是她。」

芬恩覺得難以置信。

他怎麼想都覺得不可能。

「凱羅還是會來救我的。」他的聲音低沉而頑固，「我知道他看起來好像不在乎別人，但我了解他。我們曾經並肩作戰，我們發過誓。」

她搖搖頭。「你太容易相信人了，芬恩。你一定是在外界生的，因為你一點也不適合這裡。」

接著她聽見腳步聲，所以趕緊說：「向他討回那把鑰匙。跟他要，你就會明白了。」

凱羅吹著口哨走進房間；他身穿深藍色的緊身上衣，頭髮濕漉，而且還在啃著從房間盤子裡拿來的蘋果，最後兩只骷髏戒指在他的手指上閃閃發亮。「你們兩個在這裡啊！」他轉了個圈，「而這兒就是學者的高塔。老頭的籠子可相形失色囉。」

「我很高興你這麼想。」讓芬恩錯愕的是，其中一個最大的玻璃球喀地打開，從裡面走出來一名陌生人，吉爾達斯跟在後方。他不知道他們偷聽到了多少，也納悶球體內部怎麼會有通向下方的階梯；不過他可以肯定的是，當球體關閉時，與其他數百個玻璃球毫無兩樣。

吉爾達斯穿著學院的虹彩綠袍。他消瘦的臉清洗過，白鬍鬚也修剪了。芬恩覺得他看起來煥然一新；不再一副飢腸轆轆的樣子，說起話來也不再滿腹牢騷，而有一種新的威嚴感。

「這是布雷茲。」他說，接著輕聲補充道，「大學者布雷茲。」

高挑的男人微微點了點頭。「歡迎來到我的世界之房。」

大家盯著男子瞧。摘掉面罩後，他的臉孔十分引人注意；瘡、斑和酸蝕東一塊、西一塊的，雜亂稀疏的頭髮用油膩的緞帶綁在腦後。在學院外袍下，他穿著沾有化學汙漬的古代燈籠褲和以前或許曾經潔白的皺襯衫。

一時半刻，沒人說話。然後阿緹亞率先開口，令芬恩吃了一驚。「我們得謝謝您，老師，謝謝您救了我們。不然，我們可能就沒命了。」

「噢……啊，是的。」他看著她，他尷尬地歪嘴而笑，「這倒是真的。當時我想我應該下來。」

「為什麼？」凱羅的語氣冷淡。

學者轉過身。「我不是很懂……？」

「為什麼大費周章救我們？我們有什麼你想要的東西嗎？」

吉爾達斯蹙眉。「老師，這位是凱羅。他這人不懂禮數。」

凱羅鼻子一哼。「別告訴我他不曉得鑰匙的事。」他咬了一口蘋果，清脆的聲響在一片安靜中顯得突兀。

布雷茲面向芬恩。「你一定就是觀星者了。」他用一種令人不安的眼光審視著芬恩，「我的同事告訴我，薩伏科將這把鑰匙交給你，而它會帶領你到達外世。以及，你相信你是從外界來的。」

「沒錯。」

「你有以前的記憶嗎？」

「不。我只是……相信如此。」

男人凝視著他一會兒，一隻手心不在焉地摳著臉上的一道瘡。然後他說：「很遺憾，我必須告訴你，你搞錯了。」

吉爾達斯驚訝地轉身，阿緹亞則雙眼瞠張。

芬恩不悅地問：「這話是什麼意思？」

「我的意思是說，你並非來自外界。沒有人從外世而來。因為，你們要知道，根本就沒有所謂的外界。」

好一會兒，房間裡靜得可怕，大家全都難以置信。然後凱羅輕笑出聲，將蘋果核隨手丟在石板地上。他走上前，拿出鑰匙，啪地放在玻璃球旁。「好啊，智者。假如沒有外界，那這玩意兒是做什麼用的？」

布雷茲伸手拿起鑰匙，滿不在乎而且冷靜地把弄著。「噢，這個啊。我聽過這種裝置。也許是最早學者們發明的。傳說卡里斯頓大人暗中製作了一個，還沒機會試用就過世了。它能夠讓使用者隱形，躲避監獄之眼，而且還有其他功能。但是它不可能幫你們逃離這裡。」

他輕輕地將水晶鑰匙放回桌上。吉爾達斯怒視著他。「兄弟，這太愚蠢！我們都知道薩伏科——」

「除了一堆的故事和傳說之外，我們對於薩伏科這個人一無所知。我觀察下面城市裡的那些笨蛋打發時間，而每年他們都為薩伏科編造新的故事。」他雙手叉胸，灰色的眼眸滿是冷漠。「人們喜歡編造故事，兄弟，他們喜歡幻想。他們夢想世界存在於深邃的地底，而如果我們向上探索，就能找到出去的路，發現一扇地門；門後的世界有蔚藍的天空，土地長出玉米和蜂蜜，而且沒有苦痛。或者他們幻想監獄由九個圓圈所環繞，如果往深處去，就能發現印卡塞隆活生生的心臟；透過它，我們能到達另一個世界。」他搖搖頭。「這些都只是傳說，僅此而已。」

芬恩感到震驚。他望向吉爾達斯，老人似乎備受打擊，然後他怒火狂飆。「你怎麼能這麼說呢？」他厲聲說，「你，一個學院成員？我以為見了你的真面目，我們就不會有那麼多疑惑跟掙扎，我以為你會了解……」

「我真的理解，相信我。」

「那麼你怎麼能說沒有外界呢？」

「因為我親眼見過。」

他的聲音因絕望而如此陰鬱且沉重，令凱羅也忍不住停止踱步而看著他。芬恩身旁的阿緹亞顫抖著低聲說：「你怎麼辦到的？」

學者指著一個球體，一個黑暗的空殼。「就是那個。那實驗花了我好幾十年的時間，但是我決心找到答案。我的感應器穿透金屬和皮膚、骨骼和電線。我在印卡塞隆裡摸索了數里的距離，經過它的大廳、長廊、海洋和河流。跟你們一樣，我也相信。」他一邊苦笑，一邊咬著指甲，「是的，某種程度上，我找到了外界。」他轉身摸了摸控制鍵，球體發出光芒。「我找到了這個。」

他們在黑暗中看見一個影像。一個球中球，一個藍色金屬球，孤獨而無聲地掛在亙古的黑暗空間裡。

「這就是印卡塞隆。」布雷茲用手指了指，「而我們就住在裡面。它是個被建構或自我生長的世界，天知道。但獨自存在於無垠的虛空裡，在太虛中。外面，什麼也沒有。」他聳聳肩，

「很抱歉，我一點也不想戳破你們追尋一輩子的美夢。但是你們無處可去。」

芬恩無法呼吸。彷彿這些晦暗的字句吸光了他的氣力。他盯著玻璃球，感覺凱羅來到身後，感覺到拜把兄弟的溫暖與力量，而這令他感到安慰。不過吉爾達斯嚇了所有人一大跳。

他放聲大笑，是種粗啞、輕蔑的怒吼。他挺直身子，面對布雷茲，怒視著他。「你還好意思稱自己為智者？我看你倒像是被這整座監獄惡意愚弄了。它讓你看見假象，而你居然相信了，甚至你高居在此，不齒下面的人們。你比笨蛋都還愚蠢啊！」他走向高挑的男人，芬恩趕緊跟在他身後，因為他知道老頭的脾氣。

不過吉爾達斯只用骨節嶙峋的手指在空中戳了戳，他的聲音低沉而嚴厲。「你竟敢站在這裡否定我的希望和這些人生存的機會。你竟敢告訴我薩伏科的故事只是癡人說夢，說這座監獄就是所有！」

「因為我所說的句句屬實。」布雷茲說。

吉爾達斯掙脫芬恩緊抓的手。「你這個騙子！你根本不是學者。而且你別忘了，我們見過外界的人。」

「沒錯！」阿緹亞說，「我們還和他們說過話呢。」

布雷茲頓了頓。他說：「和他們說過話？」

有那麼一刻，彷彿他的確產生動搖。他十指緊扣，語氣緊張。「你們和誰說過話？他們是誰？」

每個人都將目光投向芬恩，所以他說：「一個叫做克勞蒂亞的女孩，和一個男人。她叫他傑瑞德。」

接著是幾秒的靜默。然後凱羅說：「你又作何解釋呢？」

布雷斯轉過身，但幾乎又即刻轉回來，神情嚴肅。「我不想惹惱你們。但你們見過一個女孩和一個男人，可是你們怎麼知道他們身處在哪裡呢？」

芬恩說：「他們不在監獄裡面。」

「是嗎？」布雷茲望向他，帶著漠然的表情，頭歪向一邊。「你怎麼知道呢？難道你不曾想過或許他們也活在印卡塞隆裡面嗎？在另一個側翼之中，或在某個生活方式不同的遙遠樓層，而他們也不知道自己被監禁了？想想吧，孩子！滿心追尋逃脫是愚蠢的，那會蠶食你的人生。你會耗費多年光陰在毫無希望的旅行之中，尋尋覓覓，但什麼也找不到。我奉勸你找個地方安頓下來，學習過著平靜的生活。忘了那些星星吧。」

他的聲音迴盪在玻璃球體之中，竄升至屋頂的木樑間。芬恩在震驚中幾乎聽不見吉爾達斯的怒言怒語，他只是面向窗外站著，透過密封玻璃窗望著印卡塞隆天空中的浮雲；平流層高度太高，鳥兒無法飛及，下方數哩是冰封地景，遙遠的山丘和深色山坡可能是他視線的極限。

自身的恐懼才是令他感到害怕的。

如果布雷茲說的是真的，無路可逃，不論是逃離這裡，或是他自己……

他是芬恩，而且永遠都是，一個沒有過去和未來的人，也沒有退路。他也不曾是任何他人。

吉爾達斯和阿緹亞很生氣，正在爭論，但是凱羅冷靜的一句話打破了喧鬧，讓大家安靜下來。「我們為什麼不問問他們呢？」他說。他拿起鑰匙，觸碰控制鍵；芬恩趕忙轉身，發現凱羅熟練地操作著。

「意義何在？」布雷茲趕緊說。

「對我們來說是有意義的。」

「那麼，我就離開讓你們和朋友說話吧。」布雷茲轉身，「我並不想留下來聽。請把這座塔當成自家，隨意飲食、歇息，想想我所說過的話吧。」

他穿過玻璃球，走出了門，長袍拍打著他身上的髒汙衣服，在他身後留下一絲酸臭和另一種味道，某種甜甜的氣味。

布雷茲一離開，吉爾達斯咒罵連連。

凱羅咧嘴一笑。「看來你從康彌塔特斯民兵團那裡學到一點有用的東西喔。」

「這些年來我一直希望遇到名學者，沒想到他居然如此軟弱！」老人的語氣裡充滿厭惡。他伸出手。「把鑰匙交給我。」

「不需要。」凱羅趕緊將鑰匙放到桌上，然後退開，「已經開始運作了。」

熟悉的嗡嗡聲響起；全息投影展開，照出一圈亮光。今天的影像似乎比以前更明亮，好像他們離訊號來源很近，或是能量比先前更強。克勞蒂亞走進光圈裡，近得像置身他們當中。她的雙眼明亮，神情警戒。芬恩覺得自己好像只要一伸手就能觸碰到她。

「他們找到你了。」她說。

「是啊。」他輕聲說。

「我真是太開心了。」

傑瑞德和她在一起，一隻手靠在看起來像是樹的物體上。突然間，芬恩發現他們坐在草坪上，或許是花園裡，而那裡的光線看起來輝煌奪目。

吉爾達斯從芬恩身邊擠過。「老師，」他唐突地問，「你是學院成員？」

「是的。」傑瑞德起身，正式地鞠了個恭，「看來你也是。」

「已長達五十年了，孩子，早在你出生以前就是了。現在，請誠實地回答我三個問題。你們身在印卡塞隆之外嗎？」

克勞蒂亞瞪大雙眼。傑瑞德緩緩點頭。「是的。」

「你怎麼知道的？」

「因為這裡是皇宮，不是監獄。因為白天我們頭上有太陽，晚上有星星。因為克勞蒂亞已經發現了通往監獄的大門……」

「真的嗎？」芬恩吃驚地喊道。

在她得以開口回答前，吉爾達斯突然說：「還有一件事。假如你們在外界，那麼薩伏科在哪裡？他離開這裡以後，做了些什麼事？他什麼時候會回來救我們？」

花園裡有許多花，是鮮紅色的罌粟花。

傑瑞德看著克勞蒂亞，兩人沉默著，只聽聞蜜蜂在花瓣間飛舞時的嗡嗡聲，一聲微弱的呢喃觸動芬恩遺落的記憶，令他顫抖。

接著傑瑞德站起來走上前，近得與吉爾達斯面對面。「老師，」他彬彬有禮地說，「請原諒我無知和好奇。請原諒我提出個蠢問題。但是，請問薩伏科是誰？」

23

什麼都沒變，將來亦然。所以，我們必須改變這點。

——《鋼狼》

芬恩以為蜜蜂會從金色光暈飛出來停在他身上。當牠在手邊嗡嗡飛繞時，他猛一抽手，昆蟲便迅速飛走。

他看向吉爾達斯。老人似乎步履蹣跚，阿緹亞扶著他坐下，而傑瑞德一臉驚慌地伸出手，像是想要幫忙的樣子。他看了看克勞蒂亞，芬恩聽見他低聲說：「我不應該問。這個實驗……」

「薩伏科逃走了。」凱羅拉過一張板凳，坐在全息光暈中，他的紅外套因光線而變得更加顯眼。「他逃出這裡，他是唯一成功的人。傳說是這樣講的。」

「這不是傳說，」吉爾達斯厲聲低吼。他抬起眼。「你們真的沒聽過他嗎？我以為……離開這裡以後，他會成為大人物……當上國王。」

克勞蒂亞說：「不。至少……嗯，我們可以做些調查。他或許躲起來了。在這裡，也並非事事都完美。」她倏地起身，「也許你們不知道，但住在這裡的人相信印卡塞隆是塊樂土，是天堂。」

他們面面相覷。

她看見他們露出一臉難以置信的驚訝。凱羅的表情很快地變成促狹、諷刺的苦笑。「真是太好了。」他喃喃地說。

於是，她將一切告訴他們，關於實驗、她的父親和塵封的監獄之謎。然後，她也講了吉爾斯的事情。「克勞蒂亞……」傑瑞德想制止，但她揮揮手回絕了，快快繼續說下去，一邊在綠色草地上踱步。「我們知道他們沒有殺死他。他們把他藏了起來。而我想他們將他藏在印卡塞隆裡。我認為你就是他。」

她轉身面向他們。凱羅說：「妳的意思是……」他頓了頓，視線望向拜把兄弟，「芬恩？是王子？」他狐疑地大笑，「妳瘋了嗎？」

芬恩環抱自身。他知道自己正在發抖，那幾乎不曾擺脫的迷惑重新出現在腦中的一角，一閃而逝的畫面有如自晦暗鏡子中飄過的黑影。

「你長得跟他很像。」克勞蒂亞堅定地說，「現在不允許相片的存在，因為不符紀元規定，不過老人有張畫像。」她將畫從藍色袋子裡拿出來，「你們看。」

阿緹亞深吸一口氣。

芬恩渾身顫抖。

畫中男孩的頭髮閃耀，臉上透著天真幸福的光輝，看起來極度健康。他的短袖束腰外衣是金縷織的，皮膚豐潤而粉紅，手腕上烙著一隻小老鷹。

芬恩走近並伸出手，她將繪像拿至他面前，他的手指彷彿握住鍍金畫框，有那麼一刻他以為覺得自己觸碰、握著它。但下一秒他的指尖劃過虛無，讓他意識到東西其實在遠處，遠得超乎他的想像。而且也在久遠之前。

「有個老人，」克勞蒂亞說，「巴特利特，他負責照顧你。」

芬恩直愣愣地看著她，他眼神的空洞嚇壞了大家。

「那麼你記得席亞皇后吧？她是你的繼母，非常討厭你。凱斯柏，你同父異母的兄弟？你的父親？他是國王，但是已經過世了。你一定記得這些啊！」

他希望想起一切。他想將一切記憶從腦中的黑暗裡拉出來，但那兒卻空空如也。凱羅站立著，吉爾達斯握著他的手臂，但他眼中只看見克勞蒂亞；她用熱切的眼神望著自己，希望他能想起一切。「我們訂過婚。你七歲的時候有場盛大的晚宴。一個大型慶祝派對。」

「讓他靜一靜，」阿緹亞突然大喊，「別再說了。」

克勞蒂亞走上前，試著伸手觸碰他的手腕。「芬恩，你看。他們不能抹去這個烙印。這證明了你的身分。」

「那什麼都無法證明！」阿緹亞猛然轉身，克勞蒂亞不禁向後一退。女孩的拳頭緊握，帶著瘀傷的臉發白。「不要再折磨他了！假如妳愛他，就閉嘴！難道妳看不出來他很難過，而且他完全想不起來嗎？妳其實不在乎他是不是吉爾斯，妳只是不想嫁給凱斯柏罷了！」

在眾人震驚的沉默中，芬恩吃力地呼吸著。凱羅將他朝椅子推了推，他的膝蓋一軟，很快地坐了下來。

克勞蒂亞臉色蒼白。她退後一步，但目光不曾離開阿緹亞。接著她說：「其實那不是真的。我只是希望找到真正的國王，真正的繼承者，即便他是哈瓦阿爾納王朝的後代。而且我想要救你們所有人脫離那個地方。」

傑瑞德走近並蹲了下來。「你還好嗎？」

芬恩點點頭，感覺腦袋混沌；他用手抹抹臉。

「他不時會這樣，」凱羅說，「有時候情況更糟糕。」

「或許是他們給他的治療所導致的。」傑瑞德深邃的眼睛與吉爾達斯相望，「他們一定是讓他吃了消除記憶的藥。你有試過任何解藥嗎，老師，任何治療方法？」

「我們的醫療資源很有限。」吉爾達斯低吼，「我試過粉狀擴張劑和煎煮罌粟。我還曾試過野兔牙，但是那個讓他噁心。」

傑瑞德嚇呆了，但仍維持表面上的禮貌。克勞蒂亞透過他的臉部表情知道他幾乎忘了那兒的事物有多麼原始。她立刻覺得憤怒與挫折；她想要打破無形的藩籬，伸手將芬恩拉出來。但那無濟於事，所以她努力冷靜下來，說：「我決定了，我要進去，從大門進去。」

「這對我們有什麼幫助嗎？」凱羅看著芬恩問。

傑瑞德開口回答：「我仔細研究過鑰匙。就我所見，我們與彼此溝通的能力正在改變。影像越來越清楚，越來越對焦。這可能是因為我和克勞蒂亞到了宮廷，離你們較先前近，鑰匙顯示出這種跡象。這或許有助於引導你們找到大門。」

「我還以為有地圖呢。」凱羅看向克勞蒂亞，「這位公主是這麼說的。」

克勞蒂亞不耐煩地嘆了一口氣說：「我騙你的。」

他們目光交鋒；凱羅的碧眼，眼神尖銳如冰。

「但是，」傑瑞德趕緊繼續說，「還是有些問題。有種奇怪的……中斷讓我不解。鑰匙花太久的時間才讓我們看見彼此；每次它似乎都是在調整一些物理或時間參數……好像我們兩邊的世界錯了位。」

凱羅一臉不屑；芬恩知道他認為這一切只是浪費時間。他坐在板凳上，抬起頭來，輕輕地說：「但老師，你該不會認為印卡塞隆存在於另一個世界吧？它在離地球很遠的太空中飄浮？」

傑瑞德瞪大雙眼，然後溫柔地說：「不，我不這麼認為。那是個美妙的理論。」

「這是誰告訴你的？」克勞蒂亞厲聲說。

「那並不重要。」芬恩搖搖晃晃地站起來。他看著克勞蒂亞。「在你們的宮殿裡有座湖，是嗎？我們曾經將蠟燭放進燈籠中，然後漂在水上？」

她身旁的罌粟花在陽光下猶如紅色薄紙。「是的。」她說。

「還有，在我的生日蛋糕上有銀色小球。」

克勞蒂亞一動也不動，幾乎無法呼吸。

接著，他看著她的雙眼因難以承受的緊張而瞪大。她轉過身大叫：「傑瑞德！關掉！快關掉！」

掛滿球體的陰暗房間頓時只剩下黑暗、詭異的暈眩感，以及玫瑰花香。

凱羅小心翼翼地朝空蕩的全息投影處伸出右手，卻一陣火花四濺；他趕緊縮回手，咒罵著。

「有東西嚇到他們了。」阿緹亞輕聲說。

吉爾達斯皺眉。「不是東西，是某個人。」

克勞蒂亞聞到了他的氣味，一種甜膩而明顯的香水味；她現在才意識到那味道出現已久，她認得卻沒有多加在意，直到最緊張的時刻。現在，她聞著那鮮明的薰衣草、飛燕草和玫瑰花香，感覺身後的傑瑞德緩緩站了起來，聽見他微弱而不安的呼吸聲；他也認出了那味道。

「出來吧。」她冷冷地說。

那人藏身在玫瑰拱架後方。他心不甘情不願地現身，桃色絲綢套裝柔軟如花瓣。

好一會兒無人開口。

然後艾維昂露出尷尬的笑容。

「你聽到了多少？」克勞蒂亞質問，手放在臀上。

他取出手帕擦拭臉上的汗水。「嗯，滿多的，親愛的。」

「別再裝模作樣了。」她火冒三丈。

他瞥了傑瑞德一眼，接著好奇地看著鑰匙。「這真是個神奇的裝置。如果我們早知道這東西的存在，一定會上天下地找到它。」

她憤怒地哼了哼，轉過身去。艾維昂在她身後精明地說：「如果那個男孩真是吉爾斯的話，妳知道那代表什麼意義吧？」

她沒有回答。

「那代表我們的政變計畫有了名義上的領導人，更重要的是一個正當的理由。誠如妳剛才與奮地說過，一個真正的繼承人。我想這就是妳答應要告訴我的事？」

「沒錯。」她轉身看見他著迷的眼神，一如先前那樣讓她毛骨悚然，「但是聽著，艾維昂，我們按照我的方法行事。首先，我要進入那扇大門。」

「別一個人去。」

「不會的，」傑瑞德緊接著說，「我會一起去。」

她驚訝地看著他：「老師……」

「一起去，克勞蒂亞，否則免談。」

皇宮突然響起小號聲，她厭惡地瞥向那棟建築物。「好吧。但是無須進行刺殺，難道你不懂嗎？如果人們知道吉爾斯還活著，如果我們將他帶到民眾面前，相信皇后也無法否認這個事實……」

克勞蒂亞看著他們，聲音越說越小聲。傑瑞德不開心地把玩著草地上的小白花，用手指搓揉著花心。他沒看著她；艾維昂雖然看著自己，他的小眼睛裡卻滿是悲憐。「克勞蒂亞，」他說，「妳還是這麼天真嗎？」他走到她的身邊；他不比她高多少，並因溫暖的陽光而流著汗水。「人們永遠不會見到吉爾斯。她不會讓這種事發生的，妳和他都會被無情殺害，就跟我提過的那個老人一樣。傑瑞德也會遇害，還有任何他們認為對政變計畫知情的人。」

克勞蒂亞手叉胸，面紅耳赤。她覺得自己被羞辱了一番，更糟的是像個孩子般被溫柔地勸阻。因為，想當然，他所說的沒有錯。

「我們一定要殺掉皇后等人。」艾維昂的聲音低沉而嚴肅，「他們必須被剷除。我們堅決這麼做，而且我們也準備好了。」

她瞪著他：「不。」

「是的，而且就快了。」

傑瑞德拋下花朵，轉過頭來；他的臉色看起來很蒼白。「你至少得等到婚禮過後。」

「再兩天就是婚禮了；典禮一結束，我們會立刻行動。你們兩人不知道任何細節比較好。」

他舉手先發制人地阻止了她開口。「拜託，克勞蒂亞，什麼都別問。如果有什麼閃失，如果妳接受問訊，這樣妳什麼也不會透露。妳不知道時間、地點，甚至是方法。妳不知道鋼狼是誰，沒人會因此怪罪妳。」

她苦澀地在內心思忖著。凱斯柏是個貪婪的暴君，而且惡行只會變本加厲；皇后是個狡猾的兇手。他們永遠會強制執行紀元規定。

他們絕不會改變，但是她不希望自己的手沾了他們的血。

小號聲再次響起，而且急促。「我該走了。」她說，「皇后正在狩獵，我必須到場。」

艾維昂點點頭，轉身離去，但在他走了兩步以後，她艱難地開口道：「等一下，還有一件事。」

桃色絲綢閃閃發光，一隻蝴蝶好奇地在他的肩上飛來飛去。

「我父親。我父親呢？」

在蔚藍的美麗天空下，一群鴿子從宮廷千百座高塔中的一處振翅飛出。艾維昂沒有回頭，而他輕柔的聲音小得令她幾乎聽不見。「他很危險，他有所牽連。」

「不要傷害他。」

「克勞蒂亞……」

「不可以，」她握緊拳頭，「不准殺害他。馬上答應我，對我發誓，不然我立刻把一切告訴皇后。」

這句話讓艾維昂轉過身。「妳才不會——」

「你不了解我。」

她冷若冰霜地看著他。唯有她的頑固堅持才能確保匕首不會刺進父親的心臟。她知道他是潛在敵人，是棋盤上冷血的對手。但無論如何，他總歸是她的父親。

艾維昂看了傑瑞德一眼，然後深深呼出一口氣，那是個不自在的長嘆。「好吧。」

「發誓。」她伸手緊握對方的手；他的手溫熱、濕黏，「由傑瑞德做見證人。」

他心不甘情不願地讓她拉起他們交握的手指，傑瑞德將纖細的手覆蓋在上面。

「以我的王國爵位和對九指之王的忠誠，我發誓，」艾維昂勛爵灰色小眼在陽光下顯得蒼白，「印卡塞隆的典獄長不會遭殺害。」

她點點頭。「謝謝你。」

他們看著他抽手並離去；他愛乾淨地用絲質手帕擦拭手指，消失在綠色的石灰步行道遠端。

艾維昂離開後，克勞蒂亞坐在青草地上，抱著藍色洋裝下的雙膝。「噢，老師。這真是一團亂。」

傑瑞德似乎沒有在聽。他不安地走來走去，好像身體很僵硬似的。然後他突然停下來，她以為他被蜜蜂螫了。「誰是九指之王？」

「你說什麼？」

「艾維昂剛剛說的。」他轉過身，深色眼眸裡透露著緊張；她十分熟悉這個眼神，跟讓他日以繼夜做實驗的火熱癡迷一樣。「妳聽過這種崇拜嗎？」

她狠狠地聳了個肩。「沒有，而且我也沒有時間在乎這個。聽著，今晚晚宴過後，皇后會召集議會成員開大會，討論婚禮籌備和繼承事宜。他們都會出席，凱斯柏、典獄長和他的秘書，以及所有重要的大人物。而且他們將無法抽身。」

「妳不用參加嗎？」

她聳聳肩。「我算老幾，老師？砧板上的肉嗎？」她笑出聲，而她知道傑瑞德討厭她這樣嚴酷的苦笑。「所以那會是我們前往印卡塞隆的好時機。而且這次我們得謹慎行事。」

傑瑞德溫柔地點點頭。他的臉垮了下來，但興奮之情依舊。「我很高興妳說的是『我們』，克勞蒂亞。」他喃喃地說。

她抬眼。「不管任何事，」她僅僅說，「我都會為你擔心。」

他點點頭。「我也是。」

他們沉默片刻。

「皇后在等妳。」

但她卻沒有移動腳步，而他看見她表情緊繃而冷漠。「那個叫做阿緹亞的女孩，她很忌妒，她忌妒我。」

「是的。芬恩和他的朋友們……可能很親近。」

克勞蒂亞聳聳肩。她站起身，拍去洋裝上的花粉。「嗯，我們很快就會知道了。」

24

你在尋找打開印卡塞隆的鑰匙嗎？
探索自身。它一直藏在其中。

——《薩伏科的夢境之鏡》

學者的塔真是奇怪，芬恩心想。

他、凱羅和阿緹亞對布雷茲的話信以為真，並花了一整天的時間探索，但發現一堆讓他們困惑的事物。

「舉例來說，食物……」凱羅從碗裡拾起一顆綠色小果子，謹慎地嗅了嗅，「這是栽種的，但是種在哪裡呢？我們身處數哩高的天空，而且沒有通往地面的路。別告訴我他開著銀色帆船到市集買菜。」

他們知道沒有通往地面的路，因為放置床鋪的地下室房間直接建造在裸露的岩石上。傢俱間矗立著小小的石筍，天花板上倒掛著鐘乳石，沉積物堆積好幾個世紀，或是長達監獄存在時間的一半；不過芬恩心想應該需要更長的時間，甚至上千年，才能形成這樣的景觀。

當他隨著阿緹亞從廚房閒晃到儲藏室，再到天文臺，他讓自己作了一下引人入勝的恐怖白日夢：印卡塞隆確實是個世界，是個古老的生命體，而他是裡面極其微小的生物，小如細菌，而克勞蒂亞也在這個世界裡，甚至薩伏科只不過是獄生者無法面對以逃脫的恐懼而夢想出來的。

「還有那些書！」凱羅推開圖書館的門，滿臉嫌惡地看著，「誰需要這麼多書啊？誰會有閒工夫去讀這些東西？」

芬恩從他身邊經過。凱羅幾乎不識自己的名字，而且引以為傲。他曾經捲入一場打鬥，疑似某個民兵團裡的惡霸在牆壁上塗寫了一些羞辱他的字句；凱羅活著脫身，但是被打得很慘。芬恩還記得不忍告訴他牆上的刻字是無害的，甚至勉強可說帶著點崇拜的意味。

芬恩識字。他不知道是誰教他的，但他的閱讀能力甚至比吉爾達斯還好；吉爾達斯雖然喃喃唸書出聲，但他此生也只讀過十來本書。學者現在也進到圖書館裡，坐在房間中央的書桌前，嶙峋的手翻著一大本皮革裝訂的法典，湊近閱讀其上的手寫文字。

周圍直達陰暗天花板的書架上，布雷茲的藏書無以計數，一座座書塔上以綠色和紫紅色書皮裝訂的厚重書冊以金色數字編號。

吉爾達斯抬起頭。他們期待他感到敬畏，但他的語氣卻滿是譏諷。「書？這裡一本書也沒有，小子。」

凱羅哼了哼。「你的視力比你想像中的還糟糕啊。」

老人不耐煩地搖搖頭。「這些書一點用處也沒有。你看看！裡面全是名字、數字。我們根本無法從中得知什麼。」

阿緹亞從最近的書架上取下一本書打開來看看，芬恩則從她肩後探過頭。書冊積滿厚厚的一層灰塵，頁緣破損而且乾燥得一碰就變成碎片。書裡記著一串名字：

馬吉安（MARCION）
馬斯喀（MASCUS）
馬斯喀・亞圖（MASCUS ATTOR）
馬修斯・普林姆（MATTHEUS PRIME）
馬修斯・烏姆拉（MATTHEUS UMRA）

每個名字後面都有一組長長的八個數字。

「或許是監獄的犯人？」芬恩說。

「顯然是如此。多達數冊的名單，包括每個側翼、每個樓層，甚至可以追溯到好幾世紀以前。」

每個名字旁有一小張人臉圖。阿緹亞用手觸摸其中一張，卻差點將書掉在地上。芬恩倒抽一口氣，吸引凱羅也來到書桌前，站在他們身後。

「哎呀！」他說。

書頁上，每個名字後面迅速地接連閃過一連串圖片，直到阿緹亞用小小的指尖觸碰其中一張，畫面才靜止下來；圖片隨即在頁面上展開成全身圖，顯示一名身穿黃色外套的駝背男人。當她挪開指頭，圖片呈波狀閃爍；數以百計的照片照的全是同一名男子——在街道、旅行中、在火爐邊談話、熟睡……他們看著他整個人生在書裡被分門別類，他的身體逐漸老邁，現在彎腰拄著枴杖乞討，身上患有可怕的痲瘋病。

接著，沒有了。

芬恩靜靜地說：「監獄之眼，它們一定錄下了所看到的事情。」

「那麼這個布雷茲是如何取得這些東西的呢？」凱羅突然驚恐地抬起頭，「你覺得我也在裡面嗎？」不等他人回答，他逕自走向標著「K」的書架，找來長梯並靠在書上，不費吹灰之力地爬上去，然後開始煩躁地一本本把書拿下來又塞回去。

阿緹亞來到「A」字頭區，而吉爾達斯正埋頭閱讀，因此芬恩找到「F」字頭，開始搜尋自己的名字。

菲曼諾（FIMENON）

菲瑪（FIMMA）

菲密亞（FIMMIA）

菲莫斯．納波斯（FIMOS NEPOS）

費納拉（FINARA）

當他翻過書頁，手指顫抖著往下索引，直到找到自己的名字。

芬恩（FINN）

他直盯著看。總共有十六個芬恩，但他是最後一位。他所熟悉的數字以黑色油墨寫在書上，那個繡在牢房工作服上、他牢記在心的號碼。號碼旁邊有個小圖片，兩個交疊的三角形，其中一個顛倒過來，構成一顆星形。他伸手觸碰，心中的焦慮幾乎令他作嘔。

圖片閃動。然後他看見自己在白色隧道裡爬行。

他立刻停下畫面。

那時的自己，看起來年輕些，也乾淨些，他的臉上滿是恐懼、垂著淚，但意志堅定……看得令他心痛。他試著倒帶，但這竟是第一個影像；在此之前什麼也沒有。

什麼也沒有。

他的心臟怦怦地跳。他慢慢向下捲動畫面。

他和凱羅、他在康彌塔特斯民兵團、他在打鬥、飲食和睡覺。曾經大笑、成長、改變、失去。他甚至覺得自己知道後續的會看到什麼。不斷變化的畫面顯示他越來越堅強、警覺，也越發滿臉愁容，總是默默出現在凱羅與人爭吵和使詭計的畫面背景裡。其中有個他發作時的影像；他驚懼、嫌惡地看著自己蜷曲、抽搐的身子，和扭曲的臉。他匆匆繼續翻閱照片，閃換的速度快到目不暇給，直到他點選止住畫面。

是那次突擊。

他看著自己凍僵的身體被鎖鍊半鎖著，手緊抓住女老師的手。她一定剛意識到自己中了什麼樣的陷阱；畫面中她的表情古怪，近乎受挫，笑容已經僵在臉上。

如果還有其他錄影，他也不想再往下看了。

他啪地闔上書本，發出的聲音在安靜的房間裡顯得格外大聲，讓吉爾達斯不禁嘀咕，阿緹亞抬起頭來。

「你發現了什麼嗎？」她說。

他聳聳肩。「都是些我已經知道的事。妳呢？」

他注意到她離開了「A」區，正在「C」區裡。「妳在找什麼？」

「布雷茲說沒有所謂的外界。所以我想要找找看克勞蒂亞的名字。」

他頓時發寒。「結果呢？」

她手中正拿著一本綠色的大書冊。她趕緊闔上書，轉身將它擺回書架。「什麼也沒有。他錯了。她不在印卡塞隆裡面。」

她聽起來似乎有點悶悶不樂，但芬恩還來不及多加思索，凱羅的暴怒讓他猛然回頭。

「這裡面居然記錄了我的一切！我的一切！」

芬恩知道當凱羅還在襁褓中的時候就是個孤兒了；他和一群總是在民兵團裡打混的低劣壞孩子一起長大；他們有的是戰士的私生子、被殺害的婦女們的小孩、沒人知道打哪兒來的孩子。在那群殘暴的烏合之眾裡，為了填飽肚子、求生，或像凱羅保有一張無疤的臉，勢必得全力拚搏。也許這就是為什麼他的拜把兄弟看起來如此戒慎恐懼。凱羅也重重闔起了書本。

「別管你那些微不足道的過往了。」吉爾達斯抬起頭，尖瘦的臉亮了起來。「過來讀讀真正的書吧。這是卡里斯頓大人的日記，人稱他『鋼狼』。據說他是第一名獄囚。」他翻動書頁，「學院的來到、第一名囚犯、新秩序的建立……全寫在這裡。他們人數似乎相對很少，而且那時他們像跟彼此說話一般地跟監獄對話。」

此刻他的語氣裡帶著敬畏。

他們圍過來，看見這本書比其他書來得小，而內容全是手寫的，字體非常潦草。吉爾達斯點了點書頁。「那個女孩是對的。他們設立監獄只為了將所有的問題丟進去，但是他們有個創造完美社會的堅定希望。根據這裡面的內容，在很久很久以前，我們應該是穩重的哲學家。看看這裡。」

他用刺耳的聲音大聲唸道：「『所有事物皆備妥，所有事物也最終處理完成。我們有營養的食物、自由的教育、比外界更完善的醫療照顧；此時的外界正在紀元規定的統治下。我們有監獄的規範；那肉眼所不見的存在觀察、處罰、治理我們。

「『然而……事物衰敗。人們組成派系，爭奪勢力範圍，並發展出婚姻和世仇。已有兩名大學者帶領他們的擁護者離群索居，聲稱他們害怕謀殺和竊盜的情況永遠不會改變，還說一名男子已慘遭殺害，一個孩子遭攻擊。上星期，兩名男子竟然襲擊一名婦女；監獄介入，此後再也沒有人看過他們了。

「『我相信他們已死，而且印卡塞隆將他們吸收進系統裡。這裡沒有死刑規定，但監獄現在控管一切。它只為著自己著想。』」

眾人靜默不語，只有凱羅開口說：「他們真的認為這樣是可行的嗎？」

過了一會兒，吉爾達斯翻動書頁，簌簌聲在寂靜中顯得格外清晰。「似乎如此。他沒有明說哪裡出了岔子。也許一些非預期中的事物出現，打破了原有的平衡——可能只是一句評論，或微不足道的行為——導致完美生態系統中的一個小瑕疵逐漸擴大，最後導致毀滅。也許印卡塞隆本身出現故障，變成了暴君——這點是無庸置疑的，但是這是起因，抑或是結果呢？然後還有這個……」

老者用手指著所讀的字句，芬恩前傾身子，看見文字下方劃了線，頁面髒汙，好像被人一再觸摸過似的。

「『……或是人本身心懷邪惡的種子呢？讓他即使身處在為他精心打造的天堂裡，依然用自身的嫉妒和慾望毒害它？我擔心我們將自身的墮落怪罪於監獄。我不期待我自己，因為我的手曾也染有鮮血，也曾只在意自身得失。』」

在安靜的大房間裡，只有灰塵微粒在斜斜的光線中緩緩自屋頂飄落。

吉爾達斯闔起書本。他抬起頭，臉色慘澹地看著芬恩。「此地不宜久留，」他沉重地說，「這裡只是灰塵聚集、讓人心充滿疑慮的地方。我們應該離開，芬恩，這裡不是避風港，而是陷阱。」

塵埃上的腳步聲讓大家抬起頭。布雷茲站在環繞天窗的迴廊上，往下凝視著他們，他的手緊抓著欄杆。

「你們需要休息。」他平靜地說，「再者，除非我決定帶你們走，否則這裡沒有路通往下方。」

克勞蒂亞非常嚴謹；掃描器預先放置在所有的地下室、她和傑瑞德安穩睡在床上的全息投影、重金賄賂管家得知辯論會的持續時間和婚約上有多少條款，以及整個會議所需的時間。最後當她遇到艾維昂時，請他在會議上對任何事提出異議，讓她父親待在議會廳裡直到過了午夜。

克勞蒂亞穿著黑衣，穿梭在地窖裡的酒桶間，感覺自己像道被釋放的黑影，脫離了樓上無止盡的宴會、禮貌的玩笑、皇后的紅唇所吐露的令人厭煩的親暱言語，以及她如何緊握克勞蒂亞的手，如何對於她們會多麼開心、將建造的宮殿、狩獵、舞會、華服等等感到興奮。凱斯柏對她怒目而視，他喝多了，一逮到機會便離開去找侍女尋歡去了。至於她父親，身穿黑色禮服大衣和擦得閃亮的靴子，嚴肅且自若；她一度突然注意到坐在長桌另一端的他朝蠟燭與花飾速速瞥了一眼。

他是否猜到了她有什麼計畫呢？

沒時間苦惱了。當她低頭閃過蜘蛛網後，挺身撞上一個瘦高的人，差點嚇得尖叫出聲。

他抓住她的手。「抱歉，克勞蒂亞。」

傑瑞德也穿著深色衣服。她看了他一眼。「老天啊，你嚇了我一大跳！東西都帶了嗎？」

「是的。」他的臉色蒼白，黑眼圈很深。

「你的藥呢？」

「都帶了。」他擠出一絲微笑，「別人會以為我才是學生呢。」

她報以微笑，想提振他的精神。「一切都會沒事的。我們必須一探究竟，老師。我們必須看看內界是什麼樣子。」

他點點頭。「那麼我們趕快出發吧。」

她引領他穿過拱頂廳堂。今晚，磚塊似乎比以往還要潮濕，空氣裡瀰漫黏著鹽結晶的牆壁散發出的惡臭。

大門看起來比印象中高，而且當克勞蒂亞走近，她看見鎖鍊左右交叉，每個金屬環都比她的手臂還粗。不過真正讓她害怕的是那些蝸牛；那些肥大的生物在金屬上留下新舊乾濕交錯的黏液，好像牠們在上面繁殖了好幾世紀似的。

「噁……」她抓起一隻蝸牛，牠撲通一聲掉了下來，她立即將牠甩掉。「就是這個，他在鎖裡加了密碼鎖。」

哈瓦阿爾納老鷹展開翅膀。牠高舉的球體內有七個圓洞；她正想伸手觸碰時，傑瑞德抓住了她的手指。

「不！如果妳輸入錯誤的密碼會讓警鈴大作。或者更糟的是，我們會被困住。我們必須小心行事，克勞蒂亞。」

他取出小型掃描器，蹲在生鏽的鐵鍊間，開始小心翼翼地取得判讀結果和調整資料。她不耐煩地離去查看地窖，然後返回。

「快一點，老師。」

「這個我也急不得。」他全神貫注，手指輕快地移動著。

過了好一段時間，她的耐心快消磨殆盡。她在他身後拿出水晶鑰匙端詳。「你認為……？」

「等一下，克勞蒂亞。我快要確認第一個數字了。」

這樣可能會花上數個鐘頭才找得出完整的密碼。門上面有個圓盤，閃耀著銅綠色的光澤，比周圍的金屬還要光亮一些。克勞蒂亞伸手越過他的頭，將圓片撥開。

是個鑰匙孔。

形狀跟水晶鑰匙相近的六角形。

她伸出將鑰匙插進孔內。

鑰匙隨即從她的指間彈開。

一聲巨響令她尖叫出聲，傑瑞德也驚恐地跳起身。鑰匙自行轉動，鎖鍊噹啷落地，鐵鏽崩落。大門晃動著開啟了。

傑瑞德搖搖晃晃地爬起身，焦急地檢查所有的警報器。他喘著氣說：「克勞蒂亞，那實在太愚蠢了！」但她絲毫不在意。她因為大門和監獄的開啟而笑著。她打開了印卡塞隆的門。

最後一條鎖鍊滑動。

聲音在地窖裡迴盪。

傑瑞德等到所有聲響歸於寧靜。

「如何？」

「沒有人追來。上面一切活動正常。」他揩去額頭上的汗水。「一定是我們位在離他們很遠的地下，所以他們聽不到這裡的聲音。我們已經來到遠不該來的地方了，克勞蒂亞。」

她聳聳肩。「我必須去找芬恩，他應該得到自由。」

他們望著黑暗的門縫。她有些期待看見一群犯人從裡面竄出。

但是什麼事也沒有發生，所以她走上前，拉開門。

然後探頭進去。

25

我想起一個故事。在天堂有個小女孩曾吃了一顆蘋果，那是某個睿智的大學者給她的。因為如此，她看事物的角度有別於他人。別人看到的金幣，在她眼中是枯葉；華麗的衣裳是破爛的蜘蛛網。她看見世界被一道高牆圍繞，牆上有道深鎖的大門。

我已逐漸衰老，其他人都已死亡。我鑄造了鑰匙，卻不再有勇氣使用它。

——卡里斯頓大人的日記

不可能啊。

她一動也不動地站著，感覺希望粉碎。

她原本期待看到的是黑暗的長廊、迷宮般的牢房、老鼠奔跑而過的潮濕石街。而不是眼前的景象。

在傾斜的奇怪入口後方是和她父親的書房一模一樣的白色房間。房間內的機械有效率地低鳴運轉，唯一的書椅整齊地擺放在自天花板照下的光線裡。

她絕望地嘆了口氣。「這根本是一模一樣！」

傑瑞德謹慎地掃描著。「典獄長是一絲不苟的人。」他放下裝置，克勞蒂亞從他的臉上看到和自己一樣的震驚神情。「克勞蒂亞，現在大門已經開啟。我可以告訴妳，我們下方並沒有監獄，沒有地下迷宮。只有這個房間。」

她驚駭地搖搖頭，然後走進房間。

她立刻產生和先前一樣的感覺：特殊的模糊感和卡嗒聲，腳下的地板似乎變得水平，牆壁變得平直。連房間裡的空氣也似乎不一樣，涼爽而乾燥，與地窖裡瀰漫的潮氣全然不同。

她轉身看著傑瑞德。

「這真的很奇怪。」他說，「這是空間轉換。如我先前說的，感覺好像這個房間和監獄……緊鄰在一起。」

他跟著步入房內，她看見老師深邃的眼睛瞠張，但她實在沮喪得無法多加在意。

「他為什麼要在這裡複製一個自己的書房呢？」她邁開步伐，憤怒地踢了一下書桌。「這個房間看起來跟原本一樣毫無用處！」

傑瑞德著迷地環顧四周。「完全一模一樣嗎？」

「每個細節都分毫不差。」她靠著書桌，說出密碼「印卡塞隆」，抽屜應聲開啟。如她所料，裡面放著一把看起來跟他們握有的鑰匙一樣的水晶鎖匙。「他在家裡和這裡各放一把鑰匙。但是監獄卻在他處。」

她語氣中的苦澀，讓傑瑞德憂慮地看了她一眼，並來到她身旁。他靜靜地說：「不要這樣折磨自己……」

「我告訴芬恩會找到進去的路！」她厭惡地轉身，雙臂環抱自己。「還有我們現在該怎麼辦？我明天就要嫁給凱斯柏了，或是以叛國罪名被處決。」

「又或者妳會成為皇后。」他說。

她直盯著他。「是啊，成為皇后……在一場會成為我永遠揮之不去的夢魘的大屠殺之後。」

她舉步走開，看著嗡嗡作響的銀色機器，然後聽見身後的傑瑞德說：「嗯，至少……」

他突然噤聲。

他話沒說完，所以克勞蒂亞轉過身，看見他彎腰打開放有鑰匙的抽屜。他慢慢挺直身子，轉頭看著她。當他開口說話，聲音因興奮之情而變得沙啞。

「這不是複製的房間。這跟本是同一個房間啊。」

她瞪大了眼。

「妳看，克勞蒂亞，快過來看啊。」

鑰匙靜靜地躺在黑色天鵝絨上，傑瑞德伸手觸碰；完全出乎克勞蒂亞意料的是，她看見他的手指穿過眼前的東西，碰到下方的軟絨——這只是個全息投影而已。

那個她放置在那兒的全息投影。

克勞蒂亞倒退幾步，張望四處。然後突然間她蹲下身，抓起椅腳。「假如房間一模一樣，這裡應該有個……」她倒抽了一口氣，跳起身，口裡困惑地嘟噥著。她手裡握著一小片金屬。「這東西原本也在這裡！但是怎麼可能呢？這怎麼可能會是同一個房間呢？這是家中的書房，在好幾哩之外啊！」她盯著敞開的大門，門的另一邊是宮廷陰暗的地窖。

傑瑞德似乎已經忘了內心的恐懼。他消瘦的臉閃爍著光芒，拿起那片金屬，仔細查看，然後從口袋取出一只小袋子，將物品密封在裡面。他用掃描器掃描椅子。「這個地方有點不太對勁，這裡的空間裂痕似乎比較大。」他挫敗地皺起眉頭，「唉，克勞蒂亞，要是我們有更好的儀器就好了！要是這麼多年來，學院沒有受到種種紀元規範的限制就好了！」

「你注意到了嗎？」她說，「這張椅子固定在地板上的方式？」她以前沒多留意，但現在發現椅子用金屬扣鉤固定在原處。她繞著椅子踱步。「而且為什麼要固定在這裡？這個位置離書桌太遠了。上方也只有一道光源。」

他們抬頭，看到一道狹長、微弱的藍光投射在椅子上，除此之外就沒有了。這光線勉強可供閱讀。

一個念頭冷不防地浮現。「老師……這應該不是個酷刑室吧？」

傑瑞德起先沒有答話，但克勞蒂亞對他慎重的措辭心懷感謝。「我想應該不是。這裡沒有束帶，也沒有暴力行為的跡象。妳認為妳父親需要這類裝置嗎？」

她不想回答這個問題，反倒說：「我們已經看得夠多了。走吧。」午夜已過，她全神貫注地聆聽是否有腳步聲。

他勉為其難地點點頭。「不過，這個房間裡藏滿了祕密，克勞蒂亞。我願意用一切換取加以研究的機會。也許那是個入口，也許我們尚未真的看見存在於此的東西。」

「傑瑞德，夠了。」

她離開書房，越過大門。地窖裡安靜又陰沉。所有的警報器都安置在原處。不過她頓時恐懼地顫抖；她害怕黑影在窺探，害怕菲克斯出現，害怕父親站在她所處陰影裡，害怕銅門突然關上，將傑瑞德關在裡面。她匆匆將傑瑞德拉出房間，差點讓他跌倒在地。

她將鑰匙拔出鎖孔，看著大門幾乎一聲不響地立刻闔上，條條鎖鍊自動歸位，蝸牛繼續努力不懈地爬行在老鷹陳舊的雙翼上，並留下黏液。

她不發一語地跟著學者的陰暗身影穿梭在酒桶堆間；她因失望而沉默，因失敗而感到苦澀。這下芬恩會怎麼看她呢？

凱羅一定會輕蔑地大笑，那女孩則會冷笑！至於她自己，她只剩一天的自由了。

在階梯頂端，她拉拉傑瑞德的袖子，示意對方停下腳步。「我們應該分別回去，老師。我們不能被人看見走在一起。」

他點點頭；雖然在黑暗中，但她似乎看見對方微微羞怯地紅了臉。「妳先走吧。小心一點。」

她站在原處，語氣哀戚。「一切都結束了，對不對？完全無望了。芬恩會永遠被困在那個地方，慢慢死亡。」

傑瑞德靠著扶手，深呼吸一口氣。

「不要喪氣，克勞蒂亞。印卡塞隆離我們不遠了，我很確定這一點。」他從口袋取出某樣東西，她驚訝地發現塑膠袋裡裝的是地板上的那個小金屬片。

「那是什麼？」

「我也不知道。我會在這裡的學者塔樓試著做一些調查。」

「你真幸運。」她嫉妒地轉身，「我唯一能試的東西是我的婚紗。」

在他能回話前，她已離去，踩著樓梯往上走進燭光搖曳的走廊，走進宮廷午夜時分的寧靜與低語中。

傑瑞德用指間轉弄著小金屬片。

他將濡濕的頭髮撥到腦後，緩緩呼氣。

有那麼一會兒，書房裡的奇異感讓他忘卻了疼痛。但現在痛楚回來了，而且比先前更強烈，彷彿像在懲罰他一般。

他們幾個鐘頭不見布雷茲蹤影。布雷茲像消失了一樣，芬恩不知道他在哪裡。

「這座塔裡有個部分我們還沒找到。」凱羅嘟囔著，「而那裡就是出路。」他爬上床，看著白色天花板。「至於這些關於書上內容的胡言亂語——我一點也不信。」

布雷茲曾因他們詢問關於監獄紀錄的事而大笑置之。「這座塔空蕩蕩的，而且可能只是建造來存放這些書的吧。」那時他在餐桌上一邊傳遞麵包，一邊說，「我發現這個地方，覺得很喜歡，所以搬了進來。我向你們保證，我不知道那些錄影影像怎麼會儲存在這裡，我既沒時間也沒興趣去看。」

「但是你覺得在這裡有安全感。」吉爾達斯喃喃道。

「我很安全啊，沒有人找得到我。我移除了所有的監獄之眼，連金屬甲蟲都進不來。當然啦，印卡塞隆有許許多多監控人的方式，我想必也被監視，因為我的影像跟其他人一樣記載在書裡。不過不包括現下，因為多虧了你那有神奇力量的鑰匙。目前我們全都隱形了。」他微笑著搓揉下巴的癬痂。「要是我有這樣的東西，我一定可以從中學到不少東西。我想你應該不會考慮將它交出來吧？」

「他想要鑰匙。」此刻凱羅倏地坐起身，「當吉爾達斯嘲笑他的時候，你看見他表情了嗎？當時他一臉冷酷，而且閃過一絲其他的想法。他想要那把鑰匙。」

芬恩坐在地板上，屈起膝蓋。「他永遠不會拿到的。」

「它在哪裡？」

「在一個安全之處，兄弟。」他輕拍外套。

「那就好。」凱羅懶洋洋地往後靠，「而且你也隨身帶著劍。那個麻花臉學者令我渾身不自在。我不喜歡他。」

「阿緹亞說我們是他的犯人。」

「那個小婊子。」凱羅只是嘴上說說，心中正在思考其他事情。芬恩看著他翻身下床，站起來，然後朝窗戶上的雕花玻璃速速瞥了一眼自己的身影。「不過別苦惱，兄弟。凱羅我有計畫了。」

他穿起外套，小心翼翼地在門邊東張西望後走了出去。

芬恩獨自拿出鑰匙端詳。阿緹亞已入睡，吉爾達斯則不成眠地在書堆裡尋索——似乎從他們來到此處，他便一直投入在這件事情上。芬恩趕緊關上門，背靠在門上，然後啟動鑰匙。

鑰匙隨即發出亮光。

他看見一個布料散佈的房間，而且那兒的光線刺痛了他的眼睛，陽光從窗戶照射進來。在鑰匙投影出的影像裡，遠端有張寬大、沉重的木床，背後的牆上嵌著雕刻鑲板。接著他看見氣喘吁吁的克勞蒂亞。

「你得先告知我啊！他們可能會看到你！」

「誰？」他問。

「女僕們啊，還有裁縫師。天啊，芬恩！」

她臉紅脖子粗，頭髮蓬亂。他意識到克勞蒂亞身穿一襲白衣，束胸衣精心地縫著珍珠和蕾絲。那是件婚紗。

他一時半刻間不知道該說些什麼。然後，在散著一堆布料的地板上，她屈膝在他身邊坐下。

「我們失敗了。我們打開了大門，但那並不通往印卡塞隆，芬恩。這根本是個愚蠢的錯誤，到頭來我們只發現我父親的書房。」她聽起來相當自責。

「但妳的父親是典獄長。」他悠悠說著。

「那又怎麼樣呢。」她沉下臉來。

他搖搖頭。「真希望我記得妳，克勞蒂亞，記得妳、外世，和所有的事物。」他抬起頭，「如果我其實不是吉爾斯呢？那張照片……一點都不像我。我不是那個男孩。」

「你曾經是。」她的語氣堅定；她轉身面對他，絲綢衣料沙沙作響。「聽著，我只求不要嫁給凱斯柏。只要你得救，只要你重獲自由，那麼我們的婚約……嗯，有些事不必發生罷了。阿緹亞錯了，我不是唯一自私的人。」她苦笑著。「她人呢？」

「我想大概睡了吧。」

「她對你有意思。」

芬恩聳聳肩。「我們救了她，她很感激。」

「你是這麼認為的嗎？」她迷茫地望著前方。「在印卡塞隆，人們會相愛嗎，芬恩？」

「就算他們會，我也沒看過。」但接著他想到女老師，心裡一陣羞愧。在尷尬的沉默間，克勞蒂亞能夠聽見女僕們在另一個房間裡聊天的聲音，也能看到芬恩所處的小房間，和他身後結霜的窗戶透著微弱的人工曙光。

然後她聞到一股味道。當她注意到時，用力地吸了吸，芬恩因此看著她。那是種發霉又難聞的氣味，混雜著金屬的酸臭，不流通且無限循環的空氣正是這樣的味道。她趕緊收起膝蓋跪坐。

「我可以聞到監獄的氣味！」

他盯著她。「這裡沒有什麼味道啊。而且妳怎麼……」

「我不曉得，但是我真的聞到了！」

她跳起身，跑出他的視線之外，然後帶著一個小玻璃瓶回來；她拔開木塞，在陽光裡輕輕噴灑。

細細的霧體閃閃發光。

然後芬恩發出驚呼，因為那濃郁、清晰的味道像刀子般刺進他的記憶；他搗著嘴，一次又一次吸嗅著，並且閉上眼睛，強迫自己回想。

玫瑰。滿是黃玫瑰的花園。

他正拿刀切著蛋糕，小事一件，而他開懷地笑著。手指上有許多蛋糕屑。甜膩的味道。

「芬恩？芬恩！」克勞蒂亞的聲音將他從無盡之遙拉了回來。他口乾舌燥，發作前兆的雞皮疙瘩爬滿全身。他聳聳肩，努力讓自己冷靜下來，緩和呼吸，讓汗水替發燙的額頭降溫。

克勞蒂亞緊挨在他身邊。「你能夠聞到香水的味道，表示噴霧一定能穿越到你那兒，對吧？

也許你現在可以碰得到我。試試看，芬恩。」

她的手近在咫尺。他伸出手臂，收起五指。

但他的手指穿過她的手，什麼感覺也沒有，沒有溫暖，沒有觸感。他跌坐下來，兩人陷入沉默。

最後他說：「我必須離開這裡，克勞蒂亞。」

「你會的。」她屈膝跪著，表情真切，「我向你保證，我絕不放棄。如果我必須跟我父親下跪乞求，我也願意。」她撇過頭，「艾莉絲在叫我了。等待我的消息。」

投影圈暗了下來。

芬恩蜷著身子坐在原處，直到四肢僵硬，並且覺得房裡的孤獨沉重得難以承受。他起身將鑰匙放進外套，走出房間，跑下通往圖書館的樓梯。吉爾達斯正急躁地來回踱步，布雷茲則隔著滿桌子的食物看著他。當他看見芬恩後，瘦高的學者站起來。「我們共進的最後一次晚餐。」他展開手臂說。

芬恩懷疑地盯著對方。「然後呢？」

「之後我會帶你們到一個安全的地方，讓你們繼續踏上旅途。」

「凱羅在哪裡？」吉爾達斯怒氣沖沖地說。

「我不知道。那麼，你就這樣讓我們離開？」

布雷茲看著他，灰色的眼眸裡滿是冷靜：「當然啦。我唯一的目標是幫助你們。吉爾達斯已經說服我說你們必須繼續前進。」

「那鑰匙呢？」

「就算沒有，我也得照樣過日子啊。」

阿緹亞坐在桌前，雙手交握。她瞥見芬恩投來的目光時，輕輕地聳了聳肩。布雷茲起身。

「我就讓你們自己討論計畫啦。好好地享受餐點。」

在他走後的靜默中，芬恩說：「我們誤會他了。」

「我仍然覺得他是個危險人物。假如他真是學者，為什麼不治療自己的膿包呢？」

「妳又了解學院什麼了，無知的女孩？」吉爾達斯咆哮道。

阿緹亞啃著指甲。當芬恩伸手拿取蘋果時，她一把奪走，然後咬了一口。「我要先幫你試毒。」她口齒不清地說，「還記得嗎？」

芬恩很生氣。「我不是側翼之主，妳也不是我的奴隸。」

「不，芬恩。」她傾身倚過桌子，「我是你的朋友，這個意義更重大。」

吉爾達斯坐了下來。「克勞蒂亞那裡有什麼消息嗎？」

「他們失敗了。那扇門沒有通向任何地方。」

「不出我所料啊。」老人沉重地點點頭，「那個女孩很聰明，但是我們不能指望從他們那邊獲得什麼幫助。我們必須獨自追隨薩伏科。有個故事告訴我們如何……」

他伸手想拿水果，但芬恩出手制止。他的眼光定定地看著阿緹亞；她半彎著腰，臉色蒼白，突然無法呼吸，蘋果梗從她的指縫間掉落。當芬恩想傾身扶住她時，她癱軟下來，手指拉扯著喉嚨。

「蘋果，」她喘著氣，「在灼燒我！」

26

你輕率地做了決定。我已警告過你。她太聰明了，而你低估了那名學者。

——席亞皇后寫給典獄長的私人信件

「蘋果有毒！」芬恩爬過桌子，抓住她；她快窒息了，並且緊緊地抓著他的手臂：「想想辦法啊！」

吉爾達斯將芬恩推到一旁。「去拿我的藥袋，快！」

他花了一點寶貴的時間才找到袋子；當他回來時，吉爾達斯已讓痛苦地扭動身子的阿緹亞側躺著。學者奪過袋子，粗魯地東翻西找，然後打開小藥瓶的蓋子，遞到她嘴邊。阿緹亞仍掙扎著。

「她已經噎住了，」芬恩抱怨道，但是吉爾達斯只是咒罵著強迫她將藥喝下；她咳嗽、抽搐。

接著在一聲恐怖又折磨人的呻吟中，她吐了出來。

「很好。」吉爾達斯輕聲說，「就是這樣。」他緊緊地抱著她，動作迅速地測量她的脈搏，又摸摸額頭濕黏的肌膚。她再度嘔吐，然後癱軟下來，慘白的臉上浮現一塊塊瘀青。

「吐出來了嗎？她會沒事吧？」

但吉爾達斯仍然皺著眉頭。「她的體溫太低了，」他喃喃道，「拿條毛毯過來。」接著又說：「把門關上然後守著。別讓布雷茲進來。」

「他為什麼……？」

「當然是因為鑰匙啊，笨小子。他想要那把鑰匙。還有誰會這麼做？」

阿緹亞呻吟。現在她渾身顫抖，嘴唇和眼袋發青。芬恩照著吩咐砰然關上沉重的門。

「毒物排除了嗎？」

「我不知道，我不這麼覺得。毒藥可能已經迅速進入血液系統。」

芬恩驚愕地看著他。吉爾達斯了解毒藥；康彌塔特斯民兵團的女人們是專家，而他從不會不屑像她們請益。

「我們還能做什麼？」

「什麼也不能。」

房門晃動，打到芬恩的肩膀，他唰地抽出劍並且轉身。凱羅動也不動地站著。

「怎麼……？」凱羅很快地了解到眼前所見的景象是怎麼一回事。「毒藥？」

「某種侵蝕物。」吉爾達斯看著女孩扭動、嘔吐。他放棄地緩緩站起來。「我愛莫能助了。」

「一定還有辦法的！」芬恩將他推到一旁，「吃下蘋果的可能是我！中毒的可能是我！」他跪在她身旁，試圖想抬起她，讓她舒服一點，但她痛苦的呻吟讓他打住動作。他感到既憤怒又無助。「我們得想想辦法！」

吉爾達斯蹲在他身邊，在一陣呻吟中說出嚴厲的話。「那是酸性毒藥，芬恩。她的五臟六腑都可能已經被侵蝕了，她的嘴唇、喉嚨……她沒有多久的時間了。」
芬恩看著凱羅。
「我們離開吧。」他的兄弟說，「現在就走。我已經找到他停船的地方了。」
「要走，就帶她一起走。」
「她快死了。」吉爾達斯逼著他正視女孩的慘狀，「我們做什麼都無濟於事。除非奇蹟出現，但是我沒有這等能耐。」
「所以我們就這樣拋下她離開嗎？」
「她也會希望我們這樣做的。」
他們握著他，但他扭身甩開，跪在她身旁。阿緹亞一動也不動，似乎氣若游絲，逐漸消退的瘀青變得清晰。他目睹過死亡，對死亡並不陌生，但他打從心底恨透了這種事；背叛女老師的罪惡感再次像熱浪般席捲而來，彷彿要將他吞噬。芬恩哽咽地難以言語，知道自己已經淚水盈眶。
如果阿緹亞需要奇蹟才能存活，那麼就讓她擁有奇蹟吧。
芬恩跳起身，面對凱羅，緊握他的雙手。
「戒指。給我一枚戒指。」
「等等，等等。」凱羅身體一震。
「給我戒指！」芬恩厲聲說，並高舉手中的劍，「別逼我用這個，凱羅。你還會剩下一個。」
凱羅很冷靜。他用一雙碧眼看了看痛苦地縮著身子的阿緹亞，然後再看著芬恩。「你覺得會有用？」

「我不知道！但至少我們可以試一試。」

「她只是個女孩，無足輕重。」

「一人一個戒指，你說過的。我把我的給她。」

「你已經用掉你的戒指了。」

吉爾達斯看著他們對峙了一會兒。最後凱羅脫下戒指，低頭看了看，然後不發一語地將戒指丟向芬恩。

芬恩一把接住，拋下手中的劍，抓住阿緹亞的手指，將戒指套上去；戒圍對她而言太大了，所以芬恩替她扶握著，低聲向薩伏科、向生命被困在戒指中的男人、向任何人祈求。吉爾達斯相當不以為然地蹲在他身旁。

「什麼事也沒發生。到底應該會有什麼反應呢？」

學者沉下臉。「這只是迷信！你不也對這種事嗤之以鼻嗎？」

「她有呼吸了，慢慢有了呼吸。」

吉爾達斯撫摸阿緹亞手腕處鎖鍊留下的髒汙傷疤以測量脈搏。「芬恩，面對現實吧。這是沒用……」

他頓時噤聲，收緊手指，再次探查心跳。

「怎麼了？怎麼了？」

「我覺得……她的脈搏越來越強了……」

凱羅說：「那就抱她起來啊！帶著她，我們走吧！」

芬恩將劍丟給凱羅，蹲下抱起阿緹亞。她的身子很輕，他輕易地便能將她抱起，她的頭無力地癱在他的肩膀上。凱羅已經打開房門，探查外部：「往這裡走。小聲點。」

凱羅領著他們出去。

一行人爬上滿是灰塵的螺旋梯；梯子通向一道活動門。凱羅猛地推開門，抓著身後的吉爾達斯速速衝進一片黑暗。「女孩給我。」

芬恩把女孩遞上去，然後回頭望了望。

樓梯間一陣詭異的嗡鳴在空氣裡振動，像凶兆般傳至他耳裡。芬恩手腳並用地趕緊爬出去，用力關上活動門。凱羅正跟牆壁上的鐵絲網搏鬥，吉爾達斯也用嶙峋的手幫忙拉扯。

阿緹亞的眼睛眨了眨，然後張開。

芬恩瞪大了眼。「妳差點就沒命了。」

她無言地搖搖頭。

牆上的鐵絲網喀啦啦地鬆脫。他看見後方是個黑暗的廳堂；廳堂中央，一艘漂浮的銀色船用鐵纜拴在地上。芬恩將阿緹亞的手臂搭在肩上，大家開始拔退奔跑。光滑灰色地面上的微小身影，毫無掩護又脆弱，像是在鴟梟瞪瞪下的鼠群，因為頭上屋頂亮起一幅巨型螢幕，當芬恩抬頭望時，看見一隻眼睛。那不是他已知的監獄小紅眼，而是灰色的人眼；眼睛在螢幕上被放得巨大，彷彿它正盯著一具高倍數的顯微鏡。

這時振動空氣的嗡鳴穿透地面，讓他們東倒西歪；監獄的地震讓學者高塔從底部至針般的塔尖也隨之晃動。

凱羅翻身跳起。「在那裡。」

閃爍的繩梯垂降下來。吉爾達斯緊握住梯子，開始攀爬；儘管凱羅穩握末端，老者仍行動笨拙地搖晃著。

芬恩問：「妳爬得上去嗎？」

「我想可以。」阿緹亞撥開眼前的頭髮。她依然蒼白如槁灰，但是鐵青的臉色已經褪去，也似乎恢復了呼吸。

芬恩低頭看了看她的手。

戒指縮小成一圈脆弱的細環，當她抓住繩索時，戒指隨即碎裂開來，不為人注意地散落。芬恩用腳尖踢了踢；那像是骨頭，年代久遠的枯骨。

他們身後的活動門噹啷開啟。

芬恩旋即轉身；他感到凱羅將劍遞還給他，並拔出自己的劍。

他們並肩面對門後的黑暗。

「明天所有的東西都準備好了。」皇后將最後一張紙放在包了紅色皮革的桌上，然後靠著椅背，雙掌交疊。「典獄長一直都是如此慷慨。好壯觀的嫁妝啊，克勞蒂亞。所有莊園、一箱珠寶、十二匹馬。他一定很愛妳。」

她的指甲塗成金色，或許是用真金貼的，克勞蒂亞心想。她拿起一張地契瞧了瞧，但她難以專心，因為凱斯柏走來走去，弄得木頭地板嘎吱作響。

席亞皇后撇過頭。「凱斯柏，安靜一點。」

「我快無聊死了。」

「那就去騎馬吧，親愛的。再不然去打獵，或做其他你想做的事。」

他轉身。「對啊，好主意。回頭見，克勞蒂亞。」

皇后挑了挑一邊完美的眉毛。「王子殿下，這可不是王儲對自己的未婚妻說話的方式。」

凱斯柏已朝著門的方向走了一半，又折回來。「紀元規定是為奴隸所訂的，母親，不是為了我們。」

「紀元規定讓我們保有權威，凱斯柏，別忘了這一點。」

他咧嘴而笑，刻意地朝克勞蒂亞深深鞠躬，並且親了親她的手。「我們在聖壇前見了，克勞蒂亞。」她起身，冷漠地行了個蹲禮。

「好了，現在我要閃人了。」

他用力甩上門，而她們可以聽見他踩著靴子步下走廊的腳步聲。

皇后靠著桌子。「我很高興我們能有一小段獨處的時間，克勞蒂亞，因為我有些話想對妳說。我知道妳不會介意的，親愛的。」

克勞蒂亞壓抑想皺起眉頭的慾望，但是嘴唇緊抿著。她想離開去找傑瑞德。他們的時間已經不多了！

「我改變主意了。我已經要求傑瑞德老師離開宮廷。」

「不！」她不禁衝口而出。

「是的，親愛的。婚禮過後，他就會返回學院。」

「妳沒有權力……」克勞蒂亞站起身。

「我有百分之百的權力。」皇后的笑容甜美而致命。她倚身向前。「讓我們把話講清楚，克勞蒂亞。這裡只有一個皇后。我會教導妳，但我絕不能容許任何競爭對手。妳和我都必須了解這點，因為我們很像，克勞蒂亞。男人是懦弱的，甚至連妳父親都能被統治，但妳從小就被當成我的繼承者來養育。耐心等待，妳將會從我這裡學到許多事。」她向後靠著椅子，指頭輕點著紙張。「坐下，親愛的。」

她的語氣裡明顯帶著威脅。克勞蒂亞慢慢地坐下。「傑瑞德是我的朋友。」

「從現在開始，我將成為妳的朋友。我有許多眼線，克勞蒂亞。他們告訴我很多事。這麼做才是最好的。」

她伸手拉鈴；一名僕人隨即進來；他身穿僕人制服，頭戴撒了粉的假髮。「告訴典獄長我正等著他。」

僕人離開後，皇后打開一盒蜜餞，花了點時間選了一顆，然後微笑著將蜜餞遞給克勞蒂亞。

克勞蒂亞麻木地搖搖頭。她感覺像是撿到一朵漂亮的花，卻發現花的內部已經腐爛，爬滿了蛆。她意識到自己不曾認真地視席亞皇后為威脅。她的父親一直是最令她害怕的。現在，她納悶自己究竟錯得有多離譜。

席亞看著她，紅潤的雙唇露出一抹微笑。她用蕾絲縫邊的手帕擦擦嘴。當房門打開時，她靠在椅子上，一隻手臂垂在椅側。「我親愛的典獄長，什麼事耽擱你了？」

他滿臉通紅。

克勞蒂亞立刻驚愕地注意到父親的異常。他從不慌張，但此刻他的頭髮卻有點走樣，深色外套釦子全數解開。

他神情嚴肅地鞠了躬，但聲音聽起來有點上氣不接下氣。「很抱歉，陛下。有些事需要我去處理。」

沒有東西從活動門後出來。

芬恩說：「爬上梯子。」

當凱羅轉身，地板再次撼動。芬恩低頭看著。地震將像水波從下竄流而過似地將石板掀起。他還沒來得及移動，整個世界就一陣翻轉。他感覺地面崩毀，接著滾下原先沒有的斜坡。他撞上根柱子，倒抽一口氣，身側傳來痛楚。

廳堂整個傾斜。

他作嘔地認知到學者之塔細長的底部已龜裂，整個建築正在倒塌。繩梯擦過他身旁，他伸手抓住。凱羅已經登上船，從銀色木製甲板探出頭。芬恩往上攀爬；當他快抵達時，凱羅伸手拉他一把。

「我抓住他了，快走！」

小船開始上升。芬恩恐懼地大吼一聲，跌進甲板；整臺機械猛烈搖晃，然後漂離，下方的繩索一一斷裂。

前方塔牆上有一個開口；寬敞的岩架正是布雷茲泊船的地方。但當吉爾達斯用盡力氣轉動舵輪，船身猛地一抽，他們瞬間倒地，碎石掉落在甲板和船帆上。

「有東西把我們往下拉！」他大叫。

凱羅從另一邊探身。「天啊！是個錨！」

他費勁地爬回甲板。「一定有起錨機。來！」

他們打開船艙，爬下黑暗的甲板底層。上方傳來大磚塊摔落的咚隆聲響。

他們發現迷宮般的走道和艙房。芬恩跑下去，一一打開艙門，但艙房裡空無一物；沒有貯存品，沒有貨物，沒有船員。他還來不及思考，便聽見凱羅自下方黑暗處高聲呼喊。

甲板最下層一片漆黑。一個圓形起錨機佔據了整個空間；凱羅插進軸臂。「來幫我。」

他們一起推轉絞盤，卻絲毫沒有動靜。機械裝置很緊，船錨鍊很沉重。

他們再次拉舉，芬恩感覺背部肌肉像快要爆裂般，最後起錨機頑抗地發出呻吟，慢慢地開始轉動。

芬恩咬緊牙根，再次抬舉軸臂，臉上汗水涔涔；他聽見身旁的凱羅吸氣、哼唷。然後出現了另一個人，是阿緹亞；臉色依然蒼白，但在他身旁使力推著絞盤。

「什麼……還好吧……妳？」凱羅咆哮。

「還活著。」她厲聲回答道。芬恩訝異地看著她咧嘴而笑，糾結頭髮下的雙眼明亮，血色也恢復了。

船錨顫動，小船一陣搖晃，然後突然升高。

「我們做到了！」凱羅穩住下盤，用力推；突然間起錨機開始飛快轉動，船錨的粗鍊從下方嘩啦啦地順利捲收上來。

當鉸鍊全數收起，絞盤戛然停止。芬恩跑上艙梯，而當他衝出甲板時，突然驚呼著停住腳步。

他們正航行在雲海裡。四周雲朵圍繞，不時飄散，讓他看見正對著舵輪咒罵的吉爾達斯、飄揚的船帆，與飛翔在船下方光亮處的小鳥。

「我們現在在哪裡？」阿緹亞在他身後低聲問。

飛船穿越迷霧，他們看見自己置身在藍色天空中，傾斜的學者之塔已在後方遠處。

凱羅氣喘吁吁地靠在欄杆上，興奮地歡呼。

芬恩站在他身旁，向後望。「為什麼他沒試著阻止我們？」他將手伸進外套，摸了摸水晶鑰匙。

「誰在乎啊！」他的拜把兄弟說。

然後凱羅轉身，重重朝芬恩的腹部打了一拳。

阿緹亞驚呼著，芬恩倒在地上，無法呼吸，體內盡是錯愕與痛楚，眼前發黑。

吉爾達斯站在舵輪前高呼，但他的話語變得七零八落。

痛苦慢慢退去。芬恩大吸一口氣，同時抬頭看見凱羅雙臂開張地靠在欄杆上，咧嘴笑著低頭看他。

「幹嘛……？」

凱羅伸出一隻手扶著芬恩搖搖晃晃地站起身；兩人四目相視。「這是警告你別再對我拔劍相向。」他說。

27

薩伏科將翅膀綁在雙臂上，飛越過海洋和平原、玻璃城市和黃金山。動物逃散；人們直指天空。他飛得極高遠，看見天空在身下。天空說：「回頭啊，孩子，你已經飛得太高。」薩伏科異於常態地大笑出聲。「這次我可不會放棄。這次我會一直撲打翅膀，直到你打開出口。」

但印卡塞隆發怒，將他打了下來。

——《薩伏科傳奇》

「她說傑瑞德必須離開。」克勞蒂亞轉身怒視著她的父親，想問問這是不是他的主意。

「我早就告訴過妳，這事遲早會發生。」典獄長走過她身邊，坐在靠窗的椅子上，望著窗外宜人的花園；數群朝臣正在花園裡享受夜晚的涼爽。「我想妳終究得服從命令，親愛的。為了贏得整個王國，這只是一點小代價罷了。」

她正想大發雷霆，但典獄長轉身看著她，臉上表情是她極為害怕的冷漠嚴酷。

「除此之外，我們還有更重要的事情必須討論。過來坐下。」

儘管不願，但她還是來到鍍金書桌旁的椅子上坐下。

他看了看懷錶，然後闔上錶蓋，將錶留在手中。

他靜靜地說：「妳拿走某個屬於我的東西。」

她的皮膚因危險而感到刺痛。一時半刻間，她以為自己完全無法說話，但他隨後找回聲音，而且出乎意料地冷靜。

「是嗎？那會是什麼東西呢？」

他微笑著。「妳真是了不起啊，克勞蒂亞。雖然我創造了妳，但妳總是讓我出乎意料。不過我警告過妳，別做得太超過了。」他將懷錶收進口袋，傾身向前。「我的鑰匙在妳手上。」

她不安地深吸一口氣。典獄長靠著椅背，跨起腿，皮靴閃閃發光。「是的，妳沒否認，這是明智的做法；但是將鑰匙投影放在我的抽屜裡卻是相當不明智的。我想我得謝謝傑瑞德啊。警鈴大作的那天，我打開抽屜看了一眼，但是沒想到要把鑰匙拿出來。還有那些瓢蟲——真是神來之筆呢！你們兩個大概真以為我是笨蛋吧！」

她搖搖頭，但他突然站起來，慢步走向窗戶。「妳是否和傑瑞德一起談論我呢，克勞蒂亞？你們有沒有因為成功從我手中偷走鑰匙而竊笑呢？我想妳一定很享受這個過程吧。」

「我偷走鑰匙是因為逼不得已。」她雙手交握，「你瞞著我鑰匙的事，你從來沒跟我提過。」

他停下腳步望著她。現下他已經將頭髮梳理好，眼神一如往常地冷靜且深思熟慮。「沒跟妳說過什麼？」

她慢慢站起來，面對他。「關於吉爾斯的事。」她說。

她原以為會看到他驚愕的表情，或是一瞬間的驚訝無語。但是他一點也不驚訝。她頓時間確信他一直等著她說出這個名字；而當她說出這個名字，便意味著她落入了某種圈套。

他說：「吉爾斯已經死了。」

「不，他沒死。」脖子上的珠寶使她發癢；在怒髮衝冠下，她用力地扯下寶飾，甩在地板上。她雙手叉胸，壓抑已久的話語一股腦衝口而出。「他的死是假象，是你和皇后一起編造的謊言。吉爾斯被關在印卡塞隆裡。你們奪走了他的記憶，所以他根本不知道自己是誰。你們怎麼可以這樣做？」她朝腳凳一踢，凳子翻倒、滾至一旁。「我能夠理解為什麼她會做這種事、為什麼她想讓她一無是處的兒子成為國王。但是你？我已經和吉爾斯訂婚了。你的寶貝計畫怎麼樣都會實現。你為什麼要這樣對我們？」

他挑了挑眉。「我們？」

「我難道不算受害者嗎？我落得必須嫁給凱斯柏的下場，這對你而言沒有任何意義嗎？你到底有沒有為我想過？」

她氣得渾身發抖。人生中所有的怒氣、所有他拋下女兒離家數個月和只用微笑看著卻不願觸碰她而讓她感受到的挫敗，通通一股腦宣洩出來。

典獄長用拇指和食指揉揉短硬的鬍鬚。「我當然想過妳啊。」他靜靜地說，「顯然妳喜歡吉爾斯，但他是個倔強的男孩，太善良，也太正直了。凱斯柏是個笨蛋，會成為昏庸的國王。妳將可以更有效地掌握他。」

「這並不是你這麼做的原因。」

他移開目光。克勞蒂亞看著他的手指在壁爐上輕叩著。他拿起一個精緻小巧的瓷雕像看了看，然後放下來。「妳說對了。」

他沉默下來；她迫切地希望他開口說話，幾乎快尖叫出來。像是過了一個世紀之久，他終於默默走回座位，冷靜地說：「我想妳永遠不會從我口中得知真正的原因。」

看見女兒驚訝的神情，他舉起手。「我知道妳瞧不起我，克勞蒂亞。我相信妳和妳的老師都認為我是怪物。但妳是我的女兒，我永遠會為妳的利益著想。此外，將吉爾斯關進印卡塞隆是皇后的計畫，不是我的。是她強迫我同意的。」

克勞蒂亞嗤之以鼻。「是啊，強迫！她凌駕於你之上！」

他猛然抬起頭。「是的。而妳也是。」

他惡毒的語氣刺傷了她。「我？」

他握成拳的手放在椅子扶手上。他說：「就此罷休吧，克勞蒂亞。別再追探。別問什麼，因為答案可能會毀了妳。我想說的就是這些了。」他站起身，身影高大幽暗，語氣嚴酷。「至於那把鑰匙，妳拿著它所做的一切事情都難逃脫我的法眼。我知道妳試著尋找巴特利特、和印卡塞隆內部聯絡。我也知道妳認為是吉爾斯的那個犯人的事。」

她難以置信地盯著他。典獄長一本正經地笑著說：「印卡塞隆裡有十億名犯人，克勞蒂亞，而妳真的相信妳找到對的人了嗎？那邊的時空截然不同。那個男孩可能是任何人。」

「他身上有胎記。」

「是嗎？讓我告訴妳一件關於監獄的事。」此刻他的語氣殘酷。他走上前低頭盯著她。「監獄是個封閉系統，沒有進，沒有出。犯人死亡後，原子會被回收利用，包括他們的皮膚、器官。他們是從彼此裡所創造出來的。修復、回收，沒有有機組織時，監獄就用金屬和塑膠修補他們。

芬恩身上的老鷹根本毫無意義。那甚至可能不是他的。那些他看到、以為是記憶的東西，也可能不屬於他。」

惶恐的克勞蒂亞想要典獄長住口，但說不出話來。「那男孩是個小偷兼騙子。」他毫無惻隱之心地接續說，「更是一個專門劫掠別人的殘暴幫派的成員。我想他告訴過妳吧？」

「是的。」她厲聲說。

「他還真誠實呢。那他告訴過妳，為了得到他手上的那把鑰匙，一個無辜女人被丟下斷崖摔死嗎？在他承諾會保護她安全之後？」

她沉默不語。

「我想他沒說過。」他退後一步，「我希望這一切胡鬧到此為止。把鑰匙交給我，立刻。」

她搖搖頭。

「現在就交出來，克勞蒂亞。」

「不在我身上。」她低聲說。

「那麼傑瑞德——」

「這不關傑瑞德的事！」

典獄長抓住她的手臂。他冰冷的手像鐵一般緊握著她的手腕。「把鑰匙交給我，否則妳會後悔忤逆我。」

克勞蒂亞試圖甩開他的手，但他箝制不放。她隔著顫抖的髮絲怒視著他。「你動不了我一根寒毛，因為只有我才能實現你的計畫。你心裡非常清楚！」

他們怒目而視好一會兒。然後他點點頭，鬆開手。她的手腕上留下一圈皮膚缺血的白印子，像手銬一般。

「我不能拿妳怎麼樣。」他沙啞地說。

她瞠大雙眼。

「但是有芬恩，和傑瑞德……」

她向後退卻，全身顫抖，背部冷汗直冒。他們彼此對望一會兒，然後不確定開口會說出什麼話的克勞蒂亞轉身跑向房門。但他的話讓她停下腳步，而她必須聽聽父親要說什麼。

「監獄是沒有出路的。把鑰匙交給我，克勞蒂亞。」

她用力地甩上身後的門，一名路過的僕人驚嚇地看著她。克勞蒂亞從走廊對面的鏡子看見了原因；鏡中是個頭髮蓬亂、面紅耳赤且不悅地蹙著眉的生物。她想憤怒地咆哮。但她走進房間，關上房門，將自己重重地摔在床上。

她用力捶著枕頭，將臉深埋其中；她雙手環抱自身，蜷縮成一團。她的腦袋裡一片疑惑，不過當她移動身軀時，枕頭發出紙張沙沙作響的聲音。她抬頭看見傑瑞德留下的字條：我得見妳。

我發現令人難以置信的東西。

當她閱畢，紙條立刻化為灰燼。

她連微笑都笑不出來。

芬恩高站在帆具間，緊握舵輪，望著下方遠處的湖；湖裡是黏稠、惡臭的黃色硫磺液體。山坡上的動物抬頭張望；當船的影子籠罩牠們，這群笨拙又古怪的生物驚得四處奔竄。山坡後面有更多湖泊，矮小的灌木叢是湖附近唯一生長的東西。而右邊則是一片沙漠，綿延至視線所不及的黑暗。

他們已經航行數個鐘頭時。吉爾達斯率先掌舵，漫無目的、穩穩地在高空中飛行，直到他憤怒地高喊誰來接手、讓他休息，這才輪到芬恩。飛船靠著氣流和微風推動前進，這種駕駛感對他而言很奇異。頭上的白色船帆因風吹而啪嗒作響。他兩度航行穿過雲霧。第二次時溫度驟降，當他們脫離刺痛身體的灰暗時，舵輪和他周圍的甲板結滿了冰針；冰霜隨後掉落在船板上。

阿緹亞為他遞上水。「船上有足夠的水。」她說，「但是沒有食物。」

「什麼？一點吃的也沒有？」

「嗯。」

「布雷茲是怎麼活下來的？」

「吉爾達斯只有一些剩菜剩飯。」芬恩喝水時，她接手掌舵，小小的手握在粗粗的輪輻上。「他告訴我戒指的事了。」

芬恩擦擦嘴巴。

「實在沒必要為了我這麼做。這下我欠你更多人情了。」

他一面感到驕傲，一面覺得不悅。他重新掌舵並說：「我們患難與共。而且，我當時不覺得那會有用。」

「我很驚訝凱羅願意交出戒指。」

芬恩聳聳肩。她近距離觀察著他，但隨後她望向天空。「看啊！這真是太美了。我終其一生住在黑暗隧道裡一排排的簡陋小屋之中，現在卻在這片天空中……」

他問：「妳有家人嗎？」

「我有哥哥和姊姊。」

「父母呢？」

「不在了。」她搖搖頭，「你知道的……」

他是知道的。監獄裡的生命短暫且難以預料。「妳想念他們嗎？」

她一動也不動，只是緊握住舵輪。「想啊。但是……」她微笑，「事情的發展還真有趣。我被捕的那天，我以為那是我人生的終點。但是它卻帶我走到這裡。」

他點點頭，說：「妳覺得是戒指救了妳一命嗎？或者是吉爾達斯的催吐劑？」

「是戒指，」她堅定地說，「還有你。」

他可不這麼確定。

芬恩望著下方懶洋洋地躺在甲板上的凱羅，不禁咧嘴而笑。他開口呼喚他交手，而他看了大舵輪一眼後，到下層船艙拿出些繩子。然後他將繩子綁在船舵上，蹺著腳在一旁坐下。「我們又不會撞到什麼東西。」他對吉爾達斯說。

「你這個笨蛋。」老學者咆哮，「你把眼睛放亮點就好。」

他們飛越紅銅山丘、玻璃山脈，和整片金屬森林。芬恩看見無路可進的山谷裡，聚落居民過著與世隔絕的生活；他還看見大城鎮，以及一座旗幟在塔樓上飄揚的城堡。那景象嚇到了他，因為他想到克勞蒂亞。一抹彩虹彎彎地掛在他們頭上。他們穿越奇特的大氣效應，例如海市蜃樓的島嶼、一陣陣熱氣，和忽隱忽現的紫色迷霧和金色火焰。一小時前，一群長尾鳥兒突然嘎嘎地盤旋，然後朝甲板俯衝，凱羅不禁低頭躲避。可是牠們又瞬間消失，變成地平線上一縷幽暗。飛船一度飛行得很低；芬恩倚靠船緣，看著一間又一間散發惡臭的茅舍，人們從雜亂無章的錫造和木造住所跑出來；他們跛腳、生病，孩子們無精打采。當風將船吹舉高升時，他鬆了一口氣。印卡塞隆是地獄；然而他卻擁有它的鑰匙。

他取出鑰匙，觸碰控制鍵。他先前嘗試過，但毫無反應，而現在也是一樣。他開始懷疑鑰匙是否還能再運作。但它摸起來暖暖的。這是否意味他們正朝著對的方向、朝著克勞蒂亞前進呢？但如果印卡塞隆如此巨大，又要花幾輩子的時間才能航行到出口呢？

「芬恩！」

凱羅尖聲叫著。他抬頭一看。

前方有東西閃爍著。起初他以為是燈光；接著，他發現那種黯淡與監獄平時的陰暗不同，而是一塊黑色的暴風雲擋在他們的航道上。他爬下來，纜繩摩擦得令他的雙掌發燙。

凱羅趕緊解開綁著舵輪的繩子。

「那是什麼？」

「天氣變化。」

烏雲裡閃電交加。當他們靠近一些後，還聽到低沉的轟隆雷聲，像個頑劣、邪惡的竊笑。

「是監獄。」他輕聲說，「它發現我們了。」

「去找吉爾達斯。」凱羅嘟噥。

他在甲板下方找到了學者，他正在嘎吱搖晃的提燈下仔細閱讀圖表和地圖。「你瞧瞧。」老人抬起眼，燈在他滿是皺紋的臉上投下陰影。

「它怎麼可能這麼巨大呢？我們竟然能期待追隨薩伏科腳步穿越這整個東西呢？」

芬恩驚訝地望著成堆圖表從桌上滑落，散落在地。如果這些資料顯示出印卡塞隆的範圍，他們永遠都不可能穿越它。「我們需要你，前方有暴風雨。」

阿緹亞跑了進來。「凱羅說快點！」

飛船呼應般地側傾。芬恩抓住桌子，圖表滑落飄散。然後他爬回甲板。

黑色的雲朵在桅杆上盤旋，銀色三角旗颯颯飄動。船隻幾乎完全傾向側邊；他必須緊抓著欄杆或任何手能觸及的東西，手腳並用地爬過甲板來到舵輪旁。

凱羅汗流浹背，咒罵著：「這是學者布雷茲的巫術！」他喊道。

「我不這麼認為。我覺得是印卡塞隆。」

雷聲再度轟隆響起。一陣強風襲來，眾人齊聲尖叫；他們一起抓著舵輪，把它當作微不足道的庇護，蹲躲在後方。金屬殘片、樹葉、各式殘骸、各種物體，像冰雹般打在他們身上。接著落下一陣細小白沙、圓玻璃、螺栓和石頭，劃破了船帆。

芬恩轉頭，看見吉爾達斯一隻手抱著阿緹亞趴在桅杆後方。「待在那裡！」他高喊。

「鑰匙！」吉爾達斯的呼喊衝散在風中。「讓我保管吧。如果你弄丟了⋯⋯」

芬恩知道。但他並不想讓鑰匙離開身邊。

「快點。」凱羅沒轉身，直接吼道。

芬恩鬆開握著舵輪的手。

他隨即被吹到後方，被強風猛烈襲擊，在甲板上東倒西歪。這時監獄突然俯衝。芬恩感覺到它突然朝他飛撲，不禁恐懼地滾到他處。

在暴風中心，一隻老鷹像一道黑色閃電從天而下，牠的爪子劈哩啪啦地發出閃電。老鷹伸出爪子，準備從芬恩手中奪走鑰匙。

芬恩撲到另一邊。一團繩索打向他；他抓住最近的一條繩子，在空中揮轉，塗了焦油、較為沉重的那頭差點擊中老鷹的胸部，因此牠突然轉向，飛掠而過，扶搖高處、轉身，再次俯衝。

芬恩低頭從吉爾達斯身邊鑽入甲板避難。

「牠回來了！」阿緹亞高聲驚叫。

「牠想要鑰匙。」吉爾達斯低下身子。雨水打在他們身上；雷聲又起，而且這次，是從高遠之處傳來的震耳怒吼。

老鷹向下俯衝。船舵無以掩護凱羅，他只能蜷曲身體。他們看見老鷹在空中盤旋，憤怒地張大鳥喙啼叫。然後突然間牠朝東方飛走了。

芬恩取出鑰匙啟動，克勞蒂亞隨即出現。她的眼眶濕潤，頭髮凌亂。「芬恩，」她說，「聽我說，我已經——」

「聽著，」飛船左搖右晃，他努力穩住自己，「我們需要幫助，克勞蒂亞。妳得告訴妳父親，妳得讓他將暴風雨停息，否則我們全都會沒命！」

「暴風雨？」她搖搖頭，「他沒有……他不會幫助你們的。他希望你死掉。他已經發現一切了，芬恩。他都知道了！」

「那麼——」

凱羅大吼。芬恩抬頭一看；眼前的景象讓他不禁緊握鑰匙，所以在投影畫面消失前的幾秒鐘，克勞蒂亞也看見了。

一道巨大的實心金屬牆。在世界盡頭的牆。

它自從未知的深處聳立、竄升進入無以觸及的穹蒼。

而他們正直直地朝它航行而去。

28

此門乃是入口。唯典獄長擁有鑰匙，而這也是離開此處的唯一方法……雖然每座監獄都有裂縫、漏洞。

——計畫報告，大學者馬托爾撰

時候已不早，黑檀塔上的鐘敲響了十下。在夏日黃昏薄暮中，克勞蒂亞飛快跑下迴廊，花園裡的飛蛾飛來飛去，遠處一隻孔雀啼叫。扛著椅子、掛毯和大量鹿腰腿肉的僕役們經過她身邊手忙腳亂地設法鞠躬。忙碌的宴會準備工作已經進行了好幾個鐘頭。她厭煩地皺著眉頭，不敢向他們詢問傑瑞德的房間在哪裡。

但他正等待著。

當她從四隻石天鵝的噴泉旁轉進一個潮濕的角落，傑瑞德的手從黑暗中伸出來抓住她。他拉著克勞蒂亞穿過一道拱門後，他闔上橡木門扇，眼睛貼著門縫，她則氣喘吁吁地站在一旁。

一個身影從門前慢步而過，她認出那是她父親的秘書。

「是梅德利科特。他在跟蹤我嗎？」

傑瑞德伸出一根手指抵在嘴前，示意她不要出聲。他看起來比以往還要蒼白憔悴，並且還帶著一種令她擔憂的緊張衝勁。他領她走下某個石階，穿過失修的庭院，來到拱形花架上開滿黃色金鏈花的小徑。半途中他停下來，低聲對她說：「這裡有棟裝飾用的建築，我都待在那兒。我的房間被竊聽了。」

一輪明月高掛在宮廷上。憤怒年代在月亮表面留下凹凹凸凸的傷痕，銀色的月光照亮了果園和溫室，映現在因炎熱溫度而開啟的鑽石窗扉上。一段音樂從某個房間流洩，夾雜著人聲、笑聲和杯盤聲。傑瑞德的黑色身影穿梭在兩根飾有跳舞石熊的柱子間，穿過聞起來似乎是薰衣草和香蜂草的矮樹叢，來到高牆矗立的花園裡最不起眼的角落，這兒有棟建築矗立於牆內。克勞蒂亞瞥見一座塔樓和一面爬滿常春藤的頹牆。

他打開門，催促她進去。

裡面一片黑暗，瀰漫泥土的潮濕臭味。她身後出現閃爍的光線；傑瑞德手拿一支小手電筒，指向一扇內門。「趕快進去。」

因年代久遠，門上長滿黴菌，木頭鬆軟剝落。陰暗的房間裡，窗戶爬滿了常春藤；傑瑞德點燈的同時，克勞蒂亞環顧四周。「像家一樣啊。」他在搖晃的桌子上架設好電子顯微鏡，打開幾個裝著儀器和書籍的盒子。

傑瑞德轉過身；火光中，他看起來異常憔悴。「克勞蒂亞，妳得來看看這個。這改變了一切。」

他的極度痛苦嚇著了她。「冷靜一點，」她靜靜地說，「你還好嗎？」

「還好。」他彎腰靠上顯微鏡，纖長的手指熟練地調整儀器。然後他退開，「妳記得我從書房帶走的那一小片金屬嗎？來看看吧。」

她不解地將雙眼湊上顯微鏡。影像模糊，所以她稍稍重新對焦。然後她頓時一愣，僵直的肢體讓傑瑞德知道她不僅看到，而且在那個剎那明白了一切。

他走上前虛弱地坐在地板上，身旁滿是常春藤與蕁麻，寬鬆的學院長袍下襬拖曳在灰塵中。他看著克勞蒂亞瞠目觀看。

這是世界盡頭的牆。

如果薩伏科真的從牆上墜落，那應該要花上數年的時間才能從頂端落至底部。芬恩抬頭仰望，感覺風吹向巨大牆面後反彈，在他們前方形成呼嘯的氣流。破瓦殘礫從印卡塞隆中心向上吹噴後筆直落進無盡的大漩渦裡；一旦被狂風困住，永遠無法脫身。

「我們得轉向！」吉爾達斯搖搖晃晃地朝舵輪移動，芬恩跟在他身後爬行。他們一同來到凱羅身旁，嘶吼著試圖讓船在被捲入向上氣流前轉向。

雷聲大作後，監獄燈暗了。

在一片漆黑中，芬恩聽見凱羅咒罵，感覺一旁的吉爾達斯奮力想抓緊並穩住自身。「芬恩，拉下控制桿，在甲板上。」

他伸手摸索，找到控制感後使勁一拉。

船上的燈光閃爍著亮起，兩道水平光線由船頭射出。他看見巨牆已近在眼前。光束照在比房子還大的鉚釘上，牆上拴鎖著巨大的金屬板；各種殘骸碎片的衝擊在牆上留下無數裂縫、刮痕等損害。

「我們能倒退嗎？」凱羅大喊。

吉爾達斯用輕蔑的眼神看了他一眼。就在這時，全員摔倒在地。船隻像銀色天使猛然下墜，橫樑、圓杆與繩索鬆脫四散，翅膀般不斷舞動的船帆瞬間成了碎布。直到當他們以為船將要解體時，氣流將他們往上推。桅杆斷裂，銀色飛船再次扶搖直上，並且失控地旋轉著。黑暗、鉚釘、黑暗……前桅燈的燈光斷斷續續地照在牆上。芬恩一手緊纏著晃動的繩索，一手抓住可能是凱羅的手臂。從呼嘯黑暗中湧出的狂暴上升氣流將他們高高捲起，越往高處去，空氣越漸稀薄，雷雲、暴風雨留在下方遠處。巨牆儼然是場夢魘，將他們吸得如此靠近，芬恩甚至可以看見凹凸不平的牆面上交織著裂縫和小門；蝙蝠從開啟的小門竄飛出來，在強風中輕鬆飛行。經過數十億原子碰撞拋光，金屬門在桅燈照耀下十分閃亮。

小船左右晃動。芬恩一時間認為飛船將會翻覆，所以緊抓住凱羅，閉上眼睛；但是當他張開眼，飛船已經恢復正常，凱羅跌坐在繩子堆裡。

船尾突然轉向，一陣滑曳後猛然劇烈一顛。

吉爾達斯吼道：「是阿緹亞！她下錨了！」

阿緹亞一定是跑到船艙，拔掉了起錨機的制鍊器。上升速度減緩，帆布殘破。吉爾達斯一躍起身，拉過芬恩。「我們必須直直地朝牆開過去，然後跳船！」

芬恩面無表情地呆看著。學者厲聲說：「這是唯一的辦法！這艘船只會永遠沉浮晃動！我們必須把船開到那裡去！」

他伸手一指，芬恩看見從鎚製而成的金屬牆上凸出一塊黑色方塊與一條漆黑的通道。空間看起來很小，成功進入的機會微乎其微。

「薩伏科降落在方塊上。」吉爾達斯不放棄地說，「指的一定就是那裡！」

芬恩望向凱羅，兩人交換了猶豫的眼神。當阿緹亞爬出船艙，曳步走向他們，芬恩知道他的拜把兄弟認為老人瘋了，對於追尋薩伏科的腳步走火入魔了。但是，他們又有什麼選擇呢？

凱羅聳聳肩。他滿不在乎地轉動舵輪，筆直地朝牆的方向航行而去。方塊在前桅燈的燈光中等待，是個黑暗的謎。

克勞蒂亞無法言語。內心的驚訝和驚慌太過強烈。

她看到了許多動物。

獅子。

她麻木地數算著：六、七……三隻幼獅。一群……應該這麼說，對吧……？「這怎麼可能呢？」她喃喃地說。

身後的傑瑞德嘆了一口氣。「但牠們的確是真的。」

活生生的獅子，來回走動覓食，其中一隻吼叫著，其他則在圍場草地上打盹，那兒還有幾棵樹，與一座水鳥涉水而過的湖。

她挺起身子，望著顯微鏡，然後又低頭再看一次。

一隻幼獸耙抓同伴，牠們隨後翻滾打鬧。一隻母獅子打著哈欠躺下，爪子攤張。

克勞蒂亞轉過身來。飛蛾在提燈周圍舞動，透過燭光她與傑瑞德四目相視，彼此沉默了好一會兒。克勞蒂亞心中盡是不敢多想的念頭，因為那些想法意味著她膽小得無法貫徹始終。

最後她說：「有多小？」

「無法置信地小。」他咬著深色髮梢，「縮小到大約百萬分之一奈米……極其微小。」

「牠們沒……牠們如何待在哪裡的……？」

「那是個自動調節的重力箱。我以為這種技術已經消失了。那看起來像個動物園，有大象、斑馬……」他的聲音越漸小聲，最後他搖搖頭。「也許這只是個原型……先拿動物當作實驗品。誰知道呢？」

「所以這表示……」她艱難地說出口，「印卡塞隆……」

「我們一直在尋找一棟巨大的建築、地底下的迷宮，另一個世界。」他直愣愣地望著前方的黑暗，「但是我們竟如此視而不見，克勞蒂亞！學院的圖書館裡有文獻提出跨次元改變的技術曾一度存在。大戰時，那些知識都遺失了。至少我們以為是這樣……」

她站起身來，無法安坐著。那些獅子比她皮膚的原子還要小，牠們所躺的草地甚至更小，牠們用爪子踩碾的小螞蟻和皮毛上的跳蚤……這實在太難以置信了。但對牠們來說，世界卻再正常不過。那麼芬恩呢？

她無意識地在蕁麻間踱步，勉強自己說出：「印卡塞隆很微小。」

「恐怕是如此。」

「入口……」

「其實是種轉換過程。身體上的每個原子都會崩解。」傑瑞德抬起眼，她看見他一臉病容。

「妳懂了嗎？他們建造了一個監獄，將所有害怕的人事物裝進來，然後全部縮小，讓典獄長能握在掌中。這真是個解決系統擁擠的好辦法啊，克勞蒂亞，真是排除世界上所有麻煩的好方式！而這也解釋了空間異常的現象。監獄裡可能也有極微小的時間差異。」

她回到顯微鏡前，看著裡頭翻滾、嬉戲的獅子。「所以，這就是為什麼沒人能夠逃脫的原因。」她抬起頭，「這是可逆的嗎，老師？」

「我怎麼知道？如果沒有檢查每個——」他突然打住，「妳曉得我們已經見過入口了吧，那扇大門？在妳父親的書房裡有張椅子。」

她將背倚著桌子。「照明設備。天花板上的狹縫。」

這太嚇人了，她得再次起身走來走去，努力地思考這一切。然後她說：「有件事我得告訴你。他知道了，他知道鑰匙在我們手上。」

克勞蒂亞不願看見傑瑞德臉上的驚恐，所以沒望著他。她告訴傑瑞德關於父親的忿怒和命令的事。說完後，她才意識到自己與他一起蹲在提燈光線中，聲音小得像耳語。「我不會把鑰匙還給他的，我得救出芬恩。」

傑瑞德沉默不語，外套領子高高拉起環繞著脖子。「不可能的。」他無望地說。

「一定有什麼辦法……」

「噢，克勞蒂亞。」她的老師語調溫柔但苦澀，「我們又有什麼辦法呢？」

有聲音。有人放聲大笑。

她立刻跳起身，吹熄燈光，而傑瑞德似乎絕望得難以在乎這些了。他們在黑暗中等待，聽著尋歡作樂之人酒醉的大喊，以及曲調走了樣的民謠逐漸穿過果園後消失。保持安靜時，克勞蒂亞覺得自己的心臟大聲地咚咚跳動，而且快得幾乎令她心痛。鐘塔和宮廷馬廄裡的鐘微弱地敲了十一下。再過一小時就是她的大喜之日了。她絕不放棄；現在還不到放棄的時候。

「我們現在已經知道入口在哪兒和它的功用……你能操作它嗎？」

「也許可以。但是那是條不歸路。」

「我可以試試看進去尋找他。」她趕緊說，「留下來又如何呢？與凱斯柏度過一生？」

「不，」他挺直腰桿，看著她，「妳真能想像那裡的生活嗎？一個暴力又野蠻的地獄？但是在這裡——如果不舉行婚禮，鋼狼會立刻展開攻擊。到時會血流成河。」他握住她的手，「我希望我曾經教過妳永遠要面對現實。」

「老師——」

「妳必須參加婚禮。這是妳唯一能做的事。妳已經無法回到吉爾斯身邊了。」

她想將手抽回，但他不肯放手。她從來都不知道他的力氣這麼大。「即使吉爾斯還活著，對我們而言已經失去他了。」

她緊緊反握傑瑞德的手，悲傷地低聲說：「我不確定我能否做得到。」

「我理解，但是妳很勇敢。」

「我會變得非常孤單。他們要將你送走。」

他的手指冰冷。「我告訴過妳。妳還有很多事情需要學習。」在黑暗中，他難得地露出笑容，「我哪裡都不會去，克勞蒂亞。」

他們失敗了。即使大家一同拖住舵軸，依然無法穩住船。船帆殘破不堪，繩子四處拖曳，欄杆碎裂，搖搖晃晃的飛船曲折地航行；船錨擺晃，船頭游移不定地朝著方體移動，時而偏離，時而過高，時而又過低。

「這根本是不可能的任務。」凱羅大叫。

「不。」吉爾達斯整個人似乎因喜悅而亮了起來，「我們辦得到的，堅強一點。」他抓緊舵輪，直視前方。

突然間，船身下墜。前桅燈照到方塊後方的通道。當他們更靠近一些，芬恩發現上面佈滿一層薄薄的奇怪黏液，看起來像泡泡的表面，閃爍著彩虹般斑爛的色彩。

「搞不好是巨型蝸牛喔。」凱羅喃喃說道。即使在這種景況下，他還有心情開玩笑，芬恩心想著。

越來越近，越來越近。此刻小船近靠得讓他們可以看見船燈膨脹扭曲的反射光；近得船首斜桅觸碰並刺穿黏液，黏液啵地一聲爆開、消失，散發一絲香甜的氣味。

飛船與上升氣流搏鬥，漸漸轉進黑暗的方塊中。狂風衝擊趨緩，船頭燈沒入碩大的陰影中。

芬恩抬頭看著眼前方形的黑暗；它像要將他吞噬般開展。他感覺自己無比微小，像隻小螞蟻爬進布的皺褶裡。他想起久遠以前，一張鋪在草地上的野餐巾，一個插著七根蠟燭、被吃了一半的蛋糕，與一名棕色捲髮的小女孩畢恭畢敬地遞給他一個金碟子。

他對她微微一笑，接過碟子。

喀啦一聲，桅杆裂成碎片並倒塌，碎木如雨滴般落下。阿緹亞跌坐在他身邊一陣摸找，然後自他的襯衫滑出一塊閃爍的水晶。「快把鑰匙拿出來。」她大吼。

但船隻撞上方塊的後部，黑暗壓至眼前，像壓扁螞蟻的手指，就像從天墜落的船桅。

失落的王子

29

絕望深不見底，像深淵吞噬了所有夢想。高牆矗立在世界的盡頭。我等待牆後的死亡。因為我們的所作所為已到如此地步。

——卡里斯頓大人的日記

婚禮當日的早晨，一天亮便炎熱而晴朗。

連天氣也精心安排過了。樹上花朵盛開，鳥兒啁啾，湛藍的天空萬里無雲，溫度宜人，徐徐微風帶來甜美的香氣。

克勞蒂亞從房間窗戶看著揮汗如雨的僕人們忙著從馬車上卸下聘禮；即便從這兒往下望，都能看見鑽石和黃金奪目的光芒。

她將下巴倚靠在石窗臺上，感覺到粗糙質感與溫暖。

樹上有個鳥巢，一隻叼著滿嘴蒼蠅的燕子規律地將頭探進探出。雙親飛進飛出，在鳥巢中看不見的雛鳥急促地吱吱啼叫。

她的眼皮沉重，筋骨痠痛。一整晚她躺在床上看著猩紅色的床幔，聽著房裡的寂靜。她的未來像沉重布幔，即將落下。自由、與傑瑞德一起念書、長時間的騎馬和爬樹、隨心所欲……她舊有的生活已經結束。今天，她將成為史堤恩伯爵夫人，她將走進宮廷生活中充滿陰謀和詭計的戰場裡。不到一個小時，僕人們會前來為她沐浴、編髮、擦指甲油，將她打扮得像個洋娃娃。

她望向下方。

下方遠處有個屋頂，應是塔樓的斜頂。在片刻的幻想裡，她想如果將所有床單綁在一起，她或許可以將自己垂降下去，一點一點慢慢地往下爬，直到赤裸的雙腳踩在屋頂炎熱的磚瓦上。她或許可以爬下來，從馬廄裡偷一匹馬，就這樣穿著白色睡衣遠走高飛，騎進遙遠山丘上的綠色森林。

這是個讓人開心的幻想。失蹤的女孩，失落的公主……她會心一笑。然而下方傳來一聲呼喚猛地將她拉回現實；她低頭一瞥，看見身著藍色華服和貂皮大衣的艾維昂大人正抬頭望著她。

他高聲說了些什麼；雖然她距離遠得聽不清，但她依然微笑點頭，他彎腰鞠躬後踩著小小的高跟鞋喀啦喀啦地離去。

看著他，克勞蒂亞意識到宮裡所有人就像他一樣，在香氛、華麗的外表下潛藏著一張由恨惡和密謀殺害交織而成的網。她即將成為他們的一份子，而且她得跟他們一樣鐵石心腸才能在此存活。芬恩永遠得不到救贖，她必須接受這點。

她起身走像梳妝臺，受驚的燕子振翅飛翔。

梳妝臺上滿是各種婚禮花束。一早這些花就準備好了，所以房間滿是高雅得令她作嘔的花香。在她身後的床上放著華麗的白色禮服。她看著鏡中的自己。

好吧。她會嫁給凱斯柏，成為新皇后。如果有陰謀，她會參與其中；如果有殺戮，她會死裡逃生。她將領導眾人，將不再有人指使她該怎麼做。

她打開梳妝臺的抽屜取出鑰匙放在桌上。水晶切面在陽光照射下閃閃發光，鑰匙上的老鷹也絢麗奪目。

首先她必須坦白地告訴芬恩沒有逃亡的路。

她必須告訴他，他們的婚約已經結束。

她伸手想拿取鑰匙，但才剛觸及，房門便傳來低沉的敲門聲，她立刻將鑰匙推進抽屜深處，然後拿起一把梳子。「進來吧，艾莉絲。」

房門打開。「我不是艾莉絲。」她父親說。

他穿著一席優雅黑衣站在金邊門框下。「我可以進來嗎？」

「可以。」她說。

他的深黑色天鵝絨外套是新衣，翻領上別著一朵白玫瑰，下身穿著緞面馬褲。鞋子飾有不明顯的環扣，頭髮則用黑緞帶綁起。他輕輕撥了撥衣襬，優雅地坐下來。「這些華麗的衣服還真是多此一舉，但是任何人在這一天都得盡善盡美。」他看了一眼女兒身上的便服，掏出懷錶並彈開錶蓋，陽光照在掛於鍊條上的銀色方塊上。「妳還有兩個小時，克勞蒂亞。妳應該開始著裝了。」

她將手肘靠在桌上。「你來是為了告訴我這件事？」

「我來是要告訴我為妳感到驕傲。」他灰色的眼睛與她相視，眼光十分銳利。「我計畫、佈局了好幾十年——甚至在妳出生以前就開始了——為的就是今天。就在今天，阿爾雷克斯將成為權力核心。我們絕對不能有任何閃失。」他站起來走到窗戶邊，似乎緊張得如坐針氈。他微微一笑。「我承認昨晚我因為想這事而沒睡好。」

「你不是唯一的一個啊。」

他端詳著她。「妳無須恐懼，克勞蒂亞。所有事情都已安排妥當，一切就緒。」

典獄長似乎話中有話，讓她不禁抬起頭。她望著父親好一會兒，看透在面具下是個熱切渴望權力而願意犧牲一切得到它的男人。她同時也看出他不會與人共享權力——不可能與皇后或凱斯柏共享——因此打了個寒顫。「你說所有事情……是什麼意思？」

「事情最終會對我們有利。凱斯柏只不過是個跳板而已。」

克勞蒂亞站起身。「你都知道，對不對？你知道謀殺計畫……和鋼狼。你跟他們是一夥的嗎？」

典獄長一個箭步衝上來，緊抓住她的手臂，令她倒抽一口氣。「別嚷嚷，」他氣急敗壞地說，「難道妳以為這裡沒有竊聽器嗎？」

他帶她走到窗戶旁，打開了窗扉。樂聲與侍衛長操練手下的吆喝聲傳進房裡。在這些吵雜聲音的掩護下，他壓低音量，聲音嘶啞。「把妳的角色扮演好就行了，克勞蒂亞。」

「然後你會殺了他們？」她抽回手臂。

「之後發生的事都與妳無關。艾維昂本來就無權接近妳。」

「是嗎？多久之後，我也會成為你的絆腳石？多久之後我也會落馬摔死？」

克勞蒂亞的話令他震驚。「那種事絕不會發生。」

「不會嗎？」她希望輕蔑的語氣像強酸一樣灼傷他的心，「因為我是你的女兒？」

他說：「因為我開始疼愛妳了，克勞蒂亞。」

她頓時覺得這句話有些蹊蹺，但他卻別過身去。「現在，把鑰匙交給我。」

她皺起眉頭，走向化妝臺，打開抽屜；鑰匙閃耀著光芒。她取出鑰匙，放在擺滿花朵的桌上。

典獄長走過來，低頭看著鑰匙。「即便是妳敬愛的傑瑞德也無法解開這個裝置的所有神祕之處。」

「我要道別。」她固執地說，「跟芬恩還有其他人道別，向他們解釋一切。然後在婚禮上我會將鑰匙交給你。」

他清澈的雙眸裡滿是冷酷。「妳總是得考驗我的耐性，克勞蒂亞。」

有那麼一會兒，她以為父親會直接伸手取走鑰匙。但他只是走向門口。

「別讓凱斯柏等太久了。他開始有點……鬧脾氣了。」

典獄長離去後，她鎖上門，雙手捧著鑰匙坐下。**我開始疼愛妳了**。或許連他自己都把此話當真了。

克勞蒂亞打開投影。

她驚嚇地瞬間跳開，鑰匙噹啷一聲掉落在地。

阿緹亞出現在房裡。

「妳必須幫助我們。」女孩立刻開口，「飛船撞毀了，吉爾達斯也受了傷。」

投影鋪展開來；克勞蒂亞看見一處黑漆的地方，聽見遠方傳來似乎是風的狂嘯聲。桌上花朵的花瓣被吹散，彷彿強風從那兒吹至此處。

阿緹亞被芬恩推開。他說：「克勞蒂亞，拜託。傑瑞德能幫幫忙嗎？」

「傑瑞德不在這裡。」她無助地看著奇怪飛行器的殘骸散落一地。凱羅正將帆布撕成布條，包紮吉爾達斯的手臂和肩膀；她看見鮮血早已開始滲透出來。「你們在哪裡？」

「巨牆。」芬恩看起來很疲憊，「我想我們盡力了。這裡已經是世界的盡頭。後面還有一條通道，但我認為他沒辦法再——」

「我他媽的當然還可以繼續走。」吉爾達斯大叫道。

芬恩沉下臉。「但你撐不了太久。我們一定快到了，克勞蒂亞，快到大門了。」

「沒有什麼門。」她知道自己的聲音相當冷淡。

他看著她。「但妳說——」

「我錯了。很抱歉，一切都結束了，芬恩。沒有什麼門，也沒有出口，從來都沒有。沒有離開印卡塞隆的路。」

傑瑞德走進大廳。裡面擠滿了朝臣、王子、大使、學者、公爵和公爵夫人。五顏六色的緞服與甜膩濃烈的香味讓人目眩，也令他感到虛弱。沿著牆壁有排座位，他艱難地走到那兒，挑了個位子坐下，將頭後倚在冰涼的石壁上。四周前來參加克勞蒂亞婚禮的賓客們談笑著。他看見新郎和他那群放蕩不羈的狐群狗黨已經喝起酒來，高聲說笑著。皇后尚未現身，典獄長亦然。

他聽見絲綢衣服的沙沙聲而轉過頭。艾維昂公爵向他鞠躬問好。「你看來有些疲倦，老師。」

傑瑞德看著他。「我昨晚沒睡好，先生。」

「噢，是的。但是不久，我們心中的憂慮都將一掃而空。」肥胖的男子微微一笑，用把小黑扇替自己搧風。「請代我向克勞蒂亞獻上最真摯的祝福。」

他再次鞠躬，準備轉身離去。傑瑞德突然說：「請留步，閣下。前幾天……你曾經承諾某事……」

「然後呢？」艾維昂的假笑已不復見，取而代之的是警戒。

「你提到九指之王。」

艾維昂怒目而視。他抓住傑瑞德的手臂，拖著他進入人群；他們腳步匆忙，人們被推擠開時不禁側目。來到長廊後，他氣沖沖地說：「決對不可在大庭廣眾下提到這個名字。對信徒而言，那名字是神聖的。」

傑瑞德抽回手臂。「我聽說過些許狂熱崇拜和信仰，至少那些是皇后允許的。但這——」

「現在不是討論信仰的時候。」

「不，現在正是時候。」傑瑞德的眼神銳利、清晰，「而且我們時間有限。你所說的這個英雄——他有另外的稱號嗎？」

艾維昂怒沖沖地說：「我真的無可奉告。」

「你會告訴我的，閣下。」傑瑞德愉悅地說，「否則我現在立刻高聲將你的謀殺計畫宣告眾人，讓宮廷裡每個警衛都聽見。」

艾維昂的眉毛滲透著汗珠。「我諒你不敢。」

傑瑞德低頭一看，胖男子握著匕首，刀尖頂著他的腹部。傑瑞德按捺著與他四目相接。「無論如何，閣下，你的祕密會被公諸於世。我要的只是一個名字。」

他們彼此對視良久。然後，艾維昂公爵說：「你是個有膽識的男人，學者，但別再違逆我。至於你想知道的名字，沒錯，他確實有另一個稱呼，藏匿在時間裡，遺落在傳說中。傳說從印卡塞隆逃脫的那人，在我們最神秘的儀式中，他名為薩伏科。這樣滿足你的好奇心了嗎？」

傑瑞德盯著他，下一秒他將閣下一把推開，拔腿疾奔。

凱羅怒不可遏；他和吉爾達斯一同對克勞蒂亞狂吼。「妳怎麼可以拋下我們？」老學者用粗啞的嗓子說：「薩伏科逃離了！那就一定有出路！」

她沉默不語，只是看著芬恩。他失魂落魄地縮坐在殘骸中，表情僵硬而悲悽。他的夾克破損，臉上有傷，但此刻她十分確定他就是吉爾斯。但是，一切都太遲了。

「妳決定嫁給凱斯柏？」他靜靜地說。

吉爾達斯出聲咒罵，凱羅則惡狠狠地看了拜把兄弟一眼。「誰在乎她嫁給誰啊！也許她決定自己比較喜歡他，勝過喜歡你。」他轉過身，雙手放在臀上，傲慢地看著她。「是不是啊，公主？這些對妳而言只是一點消遣、好玩的遊戲？」他搖著頭嘲諷地說，「這些花真是美啊！妳的禮服真漂亮啊！」

凱羅走上前，近得她覺得彷彿對方會伸手抓住自己。但芬恩說：「閉嘴，凱羅。」他站起來面對著克勞蒂亞。「告訴我為什麼。為什麼這一切都不可能？」

她說不出口。她怎麼能告訴他們事實呢？「傑瑞德有些新發現。你必須相信我。」

「發現什麼？」

「一些關於印卡塞隆的東西。一切都結束了，芬恩。我求求你，在那裡好好生活吧。忘了外世……」

「那我呢？」吉爾達斯厲聲插嘴道，「我花了六十年的時間計畫逃亡！在我找到觀星者以前，我已經刷洗監獄刷了一輩子，而我不可能再找到另一名觀星者！我們已經航行到世界的盡頭了，女孩，我不可能放棄人生中最大的夢想！」

她站起，憤怒地曳步走上前。「你利用他，就像我父親利用我一樣。對你而言，他只不過是條出路；你根本不在乎他。你們都不在乎他！」

「那不是真的！」阿緹亞不滿地說。

克勞蒂亞沒有搭理她，只是嚴肅地望著芬恩。「我很抱歉。我也希望事情的發展有所不同。我真的很抱歉。」

門外傳來一陣騷動。她轉身大喊：「我不見任何人！請他們離開！」

芬恩說：「妳知道我真正想逃脫的是什麼嗎？我想逃離對自己一無所知，逃離內心的黑暗和空虛。我無法這樣活著。別把我丟在這裡，克勞蒂亞！」

她忍無可忍了；她受夠了凱羅的憤怒、那個討厭的老人，還有他。他正傷害著她，但這一切並非她的錯，與她根本無關係。她伸手拿起鑰匙。「我是來道別的，芬恩。我必須放棄這把鑰匙，我父親已經知道始末了。一切都結束了。」

她合起手指，準備切斷連結。門外依然爭執聲不斷。

此時，阿緹亞說：「他不是妳父親，克勞蒂亞。」

眾人全都轉頭看著她。

阿緹亞環抱膝蓋坐在地上。她沒有起身，也沒繼續說什麼，只是靜靜坐在她引起的震撼寂靜中。她瘦弱的臉髒汙而冷靜，深色頭髮油膩。

克勞蒂亞直直朝她走去。「妳說什麼？」她的聲音聽起來微弱又陌生。

「我恐怕這是真的。」阿緹亞平靜又冷漠。「我本來不需要告訴妳，可是現在妳逼我把這事說出來，而且是時候妳該知道真相了。印卡塞隆的典獄長不是妳的父親。」

「妳這說謊的婊子！」

「不，我所言句句屬實。」

凱羅咧嘴而笑。

克勞蒂亞覺得地動天搖。外頭的吵鬧聲頓時令她難以承受；她背過身，一把將門打開。傑瑞德在門口，兩名警衛正試圖攔阻他。

「你們在幹什麼？」她的聲音冰冷如鋼，「讓他進來。」

「妳父親下令了，小姐……」

「叫我父親去死吧！」她尖聲喊道。

傑瑞德將她推進房裡，用力地甩上門。「克勞蒂亞，聽著——」

「老師，拜託，不要煩我！」

他看見投影光圈。克勞蒂亞昂首闊步地走回光圈裡。「好了，妳說吧。」

一時半刻，阿緹亞什麼都沒說。然後她站起來，撥去手臂上的塵土。「我從來就不喜歡妳。

妳傲慢、自私，是個被寵壞的小孩。妳自以為很了不起，但是在這裡裡面妳根本活不過十分鐘。芬恩比妳好太多了，妳根本配不上他。」

「阿緹亞，」芬恩咆哮，但克勞蒂亞尖銳地說：「讓她說下去。」

「我們在學者的高塔裡發現了所有曾住在印卡塞隆裡的犯人名單。他們每個人都忙著找自己的名字，但我不是。」她走向克勞蒂亞，「我找了妳的名字。」

芬恩轉過頭，渾身發冷。「妳說沒有她的紀錄。」

「我說她人不在印卡塞隆。但她曾經在這裡出現過。」

他覺得血液都涼了。他看著克勞蒂亞，後者臉色慘白。傑瑞德靜靜地開口：「她什麼時候待過？」

「她在這裡出生的，在這裡住了一個禮拜。然後就什麼也沒有了。她從紀錄中消失。有人從監獄裡帶走一個一週大的女嬰，然後她就出現啦——典獄長的女兒。他一定很想要個女兒。而且他一定是死了個女兒，否則他應該會挑個兒子的。」

凱羅說：「妳憑一張嬰兒照片就認出她來？這實在是太——」

「不單只是張嬰兒的照片。」阿緹亞的目光轉向克勞蒂亞，「有人在書裡放了許多她的畫像，就像我們的紀錄。她長大後的樣子、她擁有一切所想要的東西，衣服、玩具、馬匹的樣子、她……」

「訂婚的樣子？」凱羅狡猾地說。

芬恩倒抽一口氣轉身。「我在那裡面嗎？我也在畫裡面嗎？阿緹亞！」

「沒有。」她緊抿嘴唇。

「妳確定嗎？」

「有的話，我一定會告訴你的。」她真摯地轉頭，「芬恩，我一定會告訴你。但畫像裡只有她。」

他看著克勞蒂亞。她似乎嚇呆了。然後他瞥向傑瑞德。學者嘟噥道：「我也在這裡找到了薩伏科的名字。他似乎真的成功逃脫了。」

吉爾達斯轉過身，和兩名學者交換了眼色。「你懂這代表什麼嗎？」老人以獲勝的語調說著。雖然他滴著血，走路也一跛一跛的，但他渾身是勁。「他們把她帶出去，薩伏科也成功逃出。所以一定有出路的。也許我們將兩把鑰匙擺在一起就能開啟大門。」

傑瑞德皺著眉頭。「克勞蒂亞？」

有好一會兒，她無法動彈。然後她突然抬頭看著芬恩，雙眼直直地看著他。芬恩看見她眼裡的熱切與痛苦。「隨時保持鑰匙開啟，」她說，「當我進入印卡塞隆，我會需要找到你。」

30

我耗費那些年歲，來到這等時刻
我行過那些路途，來到此面巨牆
我說過那些話語，換來如此寂靜
我獻出所有自尊，換來這場墜落

——薩伏科之歌

克勞蒂亞身穿深色長褲和夾克，在書房裡焦慮地踱步。「如何？」

「再五分鐘。」傑瑞德頭也不抬地正摸索調整控制板。他曾將一條手帕放在椅子上，啟動裝置；手帕成功消失，但他卻無法將手帕傳送回來。

克勞蒂亞盯著房門。

先前她在連自己都感到詫異的盛怒中毀了婚紗，撕碎蕾絲，扯破荷葉裙。那些全都結束了；紀元規定也結束了。她從現在開始向眾人宣戰。她穿過黑暗的地窖飛奔到這裡，也跑過憤怒、困惑與虛擲了的空虛過往。

「好了。」傑瑞德抬起頭來，「我想我終於搞懂怎麼操作了。但是這個機器會把妳帶到哪裡呢，克勞蒂亞？」

「我知道它會帶我去哪裡。它會帶我遠離他。」典獄長不是她親生父親這件事依然像刺耳巨大的聲響無止盡地迴盪在她腦際。所以此刻她覺得除了那女孩冷靜又具毀滅性的話語之外，她再也聽不見任何聲音。

傑瑞德說：「坐在椅子上。」

她帶著劍走上前，然後停下腳步。「那你呢？當他發現……」

「別擔心我。」他溫柔地牽起她的手臂領她坐下，「也該是我起身反抗妳父親的時候了。我相信這樣對我而言會比較好。」

她鐵青著臉。「老師……如果他傷害你……」

「妳現在需要擔心的就是找到吉爾斯，把他帶回來。正義需要彰顯。祝妳好運，克勞蒂亞。」他拾起她的手，正式地性親了一下。一時間，她對於將再也無法與他見面而感到悲痛不已。她只想跳起身，擁抱他，但他已移動腳步來到儀器控制板前，然後抬起頭。「準備好了嗎？」

她無法言語，只是點點頭；在他的手指觸碰到控制板前，她趕緊說：「再見了，老師。」

傑瑞德按下方形的藍色按鍵，轉換隨即啟動。天花板射出一圈白光；炫目耀眼的光線出現又轉眼消失，只在他的視網膜上造成視覺暫留的黑影。

他移開摀著臉的雙手。

房裡空無一人，但他能嗅到一絲甜美的香氣。

「克勞蒂亞？」他低聲呼喚。

無人回應。他靜靜地等待好一陣子。他想留下來，但勢必得離開書房；他得確保典獄長不曉得發生什麼事的時間越久越好，而且如果他們發現他在這裡的話……他匆匆收起控制板，悄悄走出古銅大門，並且上鎖。

傑瑞德從地窖走回大廳的路上因恐懼而汗水涔涔，心想自己一定沒聽到一些警報聲，或是偵測器漏測的叫喊聲。每走一步，他都以為隨時會撞上典獄長或一群宮廷衛兵。當他終於抵達地面上的走廊時，他臉色蒼白並且不停顫抖，得靠著壁龕小心翼翼地深呼吸，令路過的侍女不禁好奇地側目。

在大廳裡，喧鬧聲越發鼎沸。當他穿過重重賓客，越發察覺現場緊張的氣氛，眾人的期待已幾近歇斯底里。大家都望著克勞蒂亞本應步下的階梯，戴著假髮、施有脂粉的僕役列隊其上。他悄悄地溜進壁爐旁的一個座位，看見穿著金色霓裳、頭戴鑽石皇冠的皇后惱怒地朝階梯瞥了一眼。

不過新娘遲到是慣例。

傑瑞德背靠在牆上，伸展四肢。他感到頭昏眼花，惴惴不安又疲憊，不過另一種感覺令他驚訝：詭異的平靜。他納悶這種感覺能持續多久。

然後他看見典獄長。

這個不是克勞蒂亞父親的男人高大而嚴肅。傑瑞德看著典獄長微笑著點頭、優雅地與等待中的朝臣們閒聊。當他拿起懷錶看了一眼，並且拿到耳邊傾聽，彷彿得在喧鬧中確認手錶是否正常走動。接著他皺著眉頭收起錶。

大家漸漸變得不耐煩。

交頭接耳聲四起。凱斯柏走過上前對他的母親說了些什麼，她嚴厲地斥責他，隨後王子走回擁護者身邊。傑瑞德看著皇后。她的頭髮精心梳起，白皙的臉部肌膚映襯著鮮紅的雙唇，但她的眼神透露出冷漠與剽悍，而且他看出當中越發浮現的懷疑。

她勾一勾手指，典獄長移駕到她身邊。他們簡短地交談，隨後喚來一名白髮管家。管家慎重地向他倆鞠了個躬之後消失。

傑瑞德抹了一把臉。

樓上她的房裡一定一陣慌張，女僕們四處尋找她，指著破碎的禮服，害怕自己的皮會落得同樣的下場。也許她們全都逃走了。他希望艾莉絲不在那兒——老奶媽一定會成為代罪羔羊。

他倚靠著牆壁，試著鼓起所有的勇氣。

換他上場的時間快到了。

樓梯間傳來一陣騷動，賓客們紛紛轉頭，婦人們伸長脖子探看。洋裝摩娑，稀落的掌聲消失在困惑之中，因為白髮僕人氣喘吁吁地跑下階梯，手中拿著克勞蒂亞的婚紗，——或者應該說是婚紗的殘骸。傑瑞德擦掉唇上的汗珠。克勞蒂亞將禮服撕成碎布時，他從未見過她如此怒不可遏。

眾人頓時陷入不解。

一聲怒吼，一串命令，一陣武器錚鏦。

皇后的臉色慘白，她轉向典獄長。「這是怎麼一回事？她人呢？」

他的聲音冰冷。「我不知道，陛下。但我建議……」

他突然打住。越過激動的人群，他灰色的雙眼對上了傑瑞德。

他們四目相接，人們察覺詭異的氣氛而突然安靜下來；站在他們之間的群眾紛紛退開，好像害怕處在那憤怒空間裡。

典獄長說：「傑瑞德老師，你知道我女兒在哪裡嗎？」

傑瑞德努力擠出一絲笑容。「很抱歉，我無法透露。但是我可以告訴你，她已經決定不結這個婚了。」

眾人頓時鴉雀無聲。

皇后的眼中冒著熊熊怒火說：「她竟敢拋棄我兒子？」

傑瑞德鞠了個躬。「她改變主意了。事出突然，而且她覺得自己無法面對你們，並且已經離開王宮。她請求兩位的原諒。」

克勞蒂亞一定會討厭最後一句話，但是他得十分小心翼翼。他做好了面對他們將有何反應的心理準備。皇后惡毒地笑著，然後將矛頭轉向典獄長。「親愛的約翰，這對你而言可真是個巨大的打擊啊。你這些年的計畫跟佈局可都白費了。我得承認，我從來都不認為這是個好主意。她是那麼地……不適任。你選了個很糟的接任者呢。」

典獄長的視線不曾離開傑瑞德，後者感覺那如傳說中蛇怪的眼神慢慢石化了他的勇氣。「她到哪裡去了？」

傑瑞德嚥了嚥口水。「回家了。」

「一個人？」

「是的。」

「坐馬車？」

「騎馬。」

典獄長轉頭吩咐：「立刻派出巡邏隊追趕！」

典獄長真的相信他的說詞嗎？傑瑞德其實不確定。

「對於你的家務事，我深感同情。」皇后冷漠地說，「但是你要知道我再也不接受這樣的汙辱。典獄長，就算她爬著回來，也不可能有什麼婚禮了。」

凱斯柏嘟囔：「那個詭計多端、不知感激的臭婊子。」但他母親用眼神令他禁聲。

「房間淨空。」她厲聲說，「每個人都出去。」

大家像接收到訊號似地哄堂議論紛紛，激動的提問與震驚的低語四起。

在一片譁然聲中，傑瑞德直挺挺地站著，典獄長也站在原地盯著他。而此刻典獄長那難以形容的眼神令這名學者難以忍受，所以轉身離去。

「你不准走。」約翰．阿爾雷克斯的命令聲沙啞且難以聽辨。

「典獄長。」艾維昂公爵推開眾人來到典獄長身邊，「我剛才聽說……這個消息……這是真的嗎？」

艾維昂勛爵一貫的矯揉造作已不復見；此刻的他臉色蒼白、神色緊張。

「是的。她離開了。」典獄長冷冷地瞥了他一眼，「一切都結束了。」

「那麼……皇后？」

「依然穩坐后座。」

「但是……我們的計畫——」

典獄長用憤怒的眼神示意他住嘴。「夠了！難道你沒有聽見我說的話嗎？回去抱著你的粉撲跟香水過日子吧。這是我們現在僅有的了。」

艾維昂像是無法理解似的，他焦急地扯著已經起皺的貼身西裝，一顆釦子因此鬆脫。「我們不能讓事情就這樣結束。」

「我們別無選擇。」

「我們的夢想、終結紀元規定……」他將手伸進口袋，「我不能這樣放棄。我辦不到！」

傑瑞德尚未回過神，艾維昂便亮出刀子，朝皇后揮砍。這時轉過身的皇后肩膀受擊，錯愕地驚呼出聲。金色華服上隨即血跡斑斑；鮮血不斷滴流，她倒抽一口氣，緊抓住凱斯柏，跌在朝臣們的臂彎。

「來人啊！」典獄長大喊並拔劍。

艾維昂步履蹣跚，粉紅色的套裝上沾染血漬。他明白自己失敗了；皇后雖然陷入歇斯底里，但沒有死，他也沒有再次攻擊的機會了，至少不是針對她。士兵們蜂擁而至，將他逼退困在尖銳長矛圍成的圓圈裡。他眼神迷茫地看著傑瑞德，看著典獄長，看著凱斯柏害怕慘白的臉。

「在這個毫無自由的世界，」他平靜地說，「我為自由而戰。」

轉瞬間，艾維昂俐落地翻轉刀刃，用雙手握著刺進心臟。他癱軟撲倒在地，抽搐一陣後便一動也不動了。傑瑞德推開衛兵，蹲在艾維昂身邊，看見他已立即死亡，但鮮血仍慢慢自絲綢衣裳滲流出來。

他驚恐地低頭看著勛爵腫胖的臉和瞠張的眼。

「真是愚蠢，」在他身後的典獄長說，「而且懦弱！」他走過來，一把抓起傑瑞德，粗暴地將他轉過身。

「你也很懦弱嗎，老師？我一直都這麼想。現在我們可以印證我的想法對不對了。」他望向衛兵，「把他帶回房間鎖起來。將房裡所有儀器設備都帶來給我，派兩個人守在房外。他不准離開，也不准見任何人。」

「遵命。」衛兵鞠了個躬。

皇后已經被護送離開，群眾散去，大廳似乎在頃刻間變得空蕩蕩。微風自敞開的窗戶吹進來，令大廳飄著來自花環和橘色花朵的香氣。傑瑞德在衛兵引導下踩踏著散落一地的花瓣和糖果走出大廳；那些是這場永遠不會舉行的婚禮僅留下的殘骸。

在被推趕出去前，傑瑞德回頭看見典獄長站在高大的壁爐前低頭望著空蕩的爐床，抵著大理石爐壁的雙手緊握成拳。

除了看見一道白光，什麼感覺也沒有。克勞蒂亞張開雙眼，感到一陣刺痛，眼眶濕潤，眼前浮現許多小黑點，令囚房的牆壁變得更加陰暗。

這裡確實是間囚房，而且臭氣沖天。臭味強烈得讓她作嘔，並且試著屏住氣息；那是潮濕的尿味、腐爛的屍臭以及稻草混合在一起的濃烈氣味。

她四周滿是稻草；她坐在稻草堆中，一隻跳蚤從草堆中跳到她手上。她嫌惡地跳起身，甩掉蟲子，並且顫抖著搔抓著身體。

原來這裡就是印卡塞隆。

一如她所料。

囚房的牆以石頭砌成，上面刻著年代久遠的名字和日期，長滿乳色苔蘚和絨毛狀的海藻。上方拱頂掩沒在黑暗中。高高的牆上有扇窗子，但看起來已經被東西蓋住。除此之外，房裡什麼也沒有。不過房門卻是開啟的。

克勞蒂亞再呼吸一次氣，壓抑想咳嗽的欲望。囚房裡很安靜，那是種沉重且壓抑的寧靜，令人感到冰冷不悅……一種有人正聽著的寧靜。然後在牢房的一角，她看見監獄之眼；那紅色的眼睛，正無情地看著她。

她覺得一切正常，沒有刺痛或噁心感。她看了看自己，發現手中握著鑰匙。她真的變得十分渺小嗎？或者，其實這只是相對性的尺寸概念：其實這裡才是正常，而外面的王國是巨人國度？

她走到房門前，看得出門許久沒有上鎖過。門上垂掛的鎖鍊被鏽蝕得一塌糊塗，鉸鍊也鏽壞了，所以房門略微傾斜。她低頭穿過，來到通道。

通道是石板地，十分髒汙，並且延伸到黑暗之中。

她看了看鑰匙，啟動投影。「芬恩？」她低聲呼喚。毫無回應，只有長廊遠方傳來嗡嗚；低沉的聲響像機器啟動的聲音。她趕緊關閉鑰匙，心臟噗通噗通狂跳。「是你嗎？」

毫無回應。

她往前走了兩步，然後停下步伐。聲音再次傳來，而且就在前方……一種感覺輕柔的探詢聲。她看見一隻紅色眼睛張開，慢慢轉了個半圓，然後停下來，轉回她面前。她一動也不動。

「我見過妳，」一個聲音輕輕地說，「我認得妳。」

這不是芬恩的聲音，也不是任何她認識的人的聲音。

「我絕不會忘記我的孩子。但妳有段時間沒在這兒了。我不太確定我是否了解為何會如此。」

克勞蒂亞用髒汙的手擦擦臉龐。「你是誰？我看不到你。」

「妳當然看得到我。妳就站在我的身上，呼吸著我。」

她倒退幾步，低頭看了看。但腳下只有石板地和一片黑暗。

紅色的監獄之眼望著她。她聞到一陣噁心的氣息。「你就是監獄。」

「是的。」它聽起來興味盎然，「而妳是典獄長的女兒。」

她說不出話來。傑瑞德說過監獄是個人工智慧，但她沒想到會是如此。

「我們互相幫助如何啊，克勞蒂亞．阿爾雷克斯？」監獄的聲音冷靜，隱約有些回音，「妳正在尋找芬恩和他的朋友，對吧？」

「是的。」她應該說嗎？

「我會指引妳找到他們。」

「鑰匙也可以。」

「不要使用那把鑰匙。它會干擾我的系統。」

她沒聽錯吧？監獄似乎有點焦急，甚至惱怒？她開始慢慢走入黑暗的長廊。「我了解了。而你要什麼作為回報呢？」

一個聲音，可能是嘆息，也可能是輕輕的笑聲。「從沒人問過我這個問題。我希望妳告訴我外界是什麼樣子。薩伏科誠懇地承諾他會回來告訴我一切，但他一去不返。妳父親則隻字不提。我不禁打從心底懷疑外界是否真的存在，或是薩伏科離開後便進入死亡，而妳活在一個我無法偵測到的地方。我有數十億隻眼睛和各種感官，但我卻無法看見外面的世界。其實不只是囚徒夢想逃離，克勞蒂亞。但話說回來，我又怎麼逃離我自己呢？」

她來到一個轉彎處。通道分成兩條，同樣黑暗、潮濕，看起來一模一樣。她皺起眉頭，緊握鑰匙。「我不知道。我也正在嘗試理解之中。好吧，帶我找到芬恩。我們一邊走，我一邊告訴你外界是什麼樣子。」

前方的燈光突然亮起。「往這兒走。」

她頓了頓。「你真的知道他們在哪裡？這不是場騙局？」

監獄沉默，然後說：「噢，克勞蒂亞。當他發現之後，妳父親會對妳多生氣啊。」

31

他日夜不停墜落。他落入黑暗的深淵。他覺得自己像顆墜落的石頭，像隻斷翅的鳥兒，像個墮入凡間的天使。他的著地撞傷了世界。

——《薩伏科傳奇》

「它變了。」凱羅專注地看著鑰匙，「顏色不太一樣。」

芬恩將水晶鑰匙舉起，就著一絲光線看了看。紅光變成彩虹，嗡鳴轉為寂靜，握起來也變暖了。

「她可能到了內界。」

「那她為什麼不跟我們通話呢？」

前方的吉爾達斯回過頭；黑暗中，只見他瘸拐的身影。「是這條路嗎，芬恩？」

他不知道。飛船殘骸已經在他們後方遠處；方塊變成了狹窄的通道，當他們急忙進入的同時，空間從兩側和上方坍陷，然後變成黑色的稜面岩石，那個他們曾見過、黑曜岩閃爍的牆面。

「大家跟好。」他喃喃地說，「我們不確定鑰匙的防護範圍有多大。」

吉爾達斯似乎沒在聽。自從他與傑瑞德說過話後，他心中狂熱的追尋欲望再次佔據了他的心思；他一拐一拐焦急地前進，一邊檢視岩壁上淺淺的抓痕，一邊喃喃自語。他似乎忘了身上的傷，但芬恩猜想他的傷勢一定比顯露出來的樣子還要嚴重。

「那個老笨蛋失心瘋了。」凱羅厭惡地嘟囔，然後轉過身，「還有她！」

阿緹亞走在最後。她似乎刻意走得很慢；在幽暗中，她似乎若有所思。

「她在逞什麼英雄啊？」凱羅繼續往前走，並且狠狠地瞪了芬恩一眼，「那是信口雌黃。」

芬恩點點頭。克勞蒂亞不發一語地離開，像個被捅一刀、不敢亂動以避免感受到疼痛的人。

「但是，」凱羅說，「這也表示是有出路的，所以我們可以離開這裡。」

「你真是冷血，永遠只想著你自己。」

「還有你啊，兄弟。」芬恩的拜把兄弟警戒地左顧右盼，「如果真有外界，而你在那兒是國王，那麼我可要像守護黃金一樣守護你。凱羅王子這稱號聽起來還不賴。」

「我不確定我是否能那樣做……或是甚至當國王。」

「你可以的。只要裝模作樣就行了。你可是說謊大師啊，芬恩。」凱羅斜眼看著他，「你是箇中好手。」

他們互望著彼此一會兒。然後芬恩說：「你有聽見什麼聲音嗎？」

是低語聲；從通道遠處傳來像風一樣輕柔的聲音。凱羅拔出劍，阿緹亞湊上前。「怎麼了？」

「前面有東西。」凱羅專注地聆聽，但聲音不曾再響起。吉爾達斯一手抵著牆，直挺挺地站著，輕聲說：「也許是克勞蒂亞。她找到我們了。」

「那她動作還真快。」凱羅繼續輕踏著步伐前進，「大家靠近些。芬恩，你殿後，小心保護鑰匙。」

吉爾達斯哼了一聲，但還是遵照指示走在隊伍中間。

那是人聲，有人在前方說話。他們朝聲源爬去，通道開始變得雜亂；粗大的鎖鍊橫在路中間，手銬、腳鐐和成堆的工具以及一隻壞掉的金屬甲蟲散落四處。他們經過許多小囚房，有些房門上了鎖；芬恩從囚房的護欄向內探看，發現在陰暗的小房間裡老鼠爬過空盤，角落裡有一堆先前可能是屍體的髒破布。一切都是靜止的。他感覺這裡是個連創造者都遺忘了的地方，一個連印卡塞隆自己都忽略了數世紀的角落。女老師的子民是否就是在類似這種地方從製作或偷了鑰匙的人的白骨上發現了水晶鑰匙呢？

繞過巨大的柱子，他發現自己開始慢慢遺忘女老師了。那已像是很久以前的記憶，然而吊橋的撞擊聲與她當下的表情……還有她的憐憫，依然烙印在他心裡，等著他沉睡，想著他是否平安無恙。

阿緹亞突然抓住他，他才意識到自己從他們身旁走過。

「保持清醒啊，兄弟。」凱羅語帶責備地說。

心臟劇烈跳動的芬恩試圖放空，臉上的刺痛慢慢消退。他做了個深呼吸。

「你還好嗎？」吉爾達斯輕聲說。

他點點頭，剛剛幾乎快發作，令他感到不適。

他瞥了角落一眼，不禁瞪大了眼睛。

那聲音說著一種他從未聽過的語言；它以喀嚓、吱嘎和生硬的音節對金屬甲蟲、清掃機和金屬蒼蠅說話，還有從牆壁鑽出載走屍體的機械老鼠。幾百萬隻金屬動物一動也不動地盤據在大廳地板、條條繩索和空中走道上。它們面對著一顆像黑暗中的火花般的明亮星星。印卡塞隆用拼湊的各種聲音指示著麾下的生物，猶如劈啪轟隆的詩歌。

「它們聽得見嗎？」凱羅問。

「那不只是語彙而已。」也是種從黑暗聲處發出的震動，像是巨大心臟跳動聲或大鐘的鳴響。

說話聲停止。機器們立即轉身，魚貫而出；安靜地依序進入黑暗，直到最後一隻離去也幾乎沒有發出聲響。

芬恩移動身軀，但凱羅抓住他。

監獄之眼仍然監視著。它的燈光照亮了空蕩的大廳。然後聲音輕柔地說：「你將鑰匙帶來了嗎，芬恩？現在可以給我了嗎？」

他倒抽一口氣，想逃跑，但凱羅緊抓著他。他咬著嘴唇，聽見監獄低沉的竊笑。「克勞蒂亞到內界了，你知道嗎？我當然是想將你們兩人分開。我這麼巨大，要辦到這點跟本不算難事。芬恩，你不想跟我講話嗎？」

「它不確定我們是否真的在這裡。」凱羅低聲說。

「我聽來它十分清楚我們的位置。」

他有種不理性的衝動想踏出鑰匙的保護範圍，就這麼張開雙臂走出去，凱羅不肯放手。凱羅扭身對阿緹亞說：「快回來。」

「當然，我只是臺機器。」印卡塞隆刻薄地說，「不像你們。又或者真是如此嗎？你們真的如此純粹嗎？我該做點小實驗啊。」

凱羅驚恐地推著他：「快跑！」

但為時已晚，他們聽見嘶嘶聲和爆裂聲。凱羅的劍從他手中飛走，鏗鏘一聲顛倒地掛在牆上。

芬恩被猛然一拉，重摔在石面上，腰間的鑰匙僵定在那兒，手中的匕首以極大的力量壓平他的手臂。

「噢。現在我感覺到你了，我能感覺到你的恐懼。」

他無法動彈。一時半刻間，他恐懼地以為自己開始被吸進石牆裡，但吉爾達斯用力地拉著他，而當他放開刀子，手便可以自由活動，他才意識到石牆已經變成了磁鐵。小鐵塊、薄銅片在水平吹動的狂風中飛舞；牆上很快地吸附了大量的工具、鎖鍊和粗鍊環。一個金屬物噹啷砸在芬恩耳際，他低頭閃躲並咒罵著。「救我下來！」他大叫。

他的身體壓在鑰匙和磁鐵之間。

吉爾達斯已經抓住水晶。老人站穩腳跟，嘶聲說：「快來幫幫我。」阿緹亞的小手也緊抓著鑰匙。彷彿拉開隱形的手指般，他們慢慢從芬恩身體扳開鑰匙，他踉蹌地向前摔落在地。

「快走，快走！」

印卡塞隆深深一笑。「但你還不能走。你不能拋下你的兄弟。」

準備邁步逃離的芬恩霎時佇立在原地。

凱羅站在牆邊，一隻手的手背抵著黑色牆面，以奇怪的姿勢撐著牆。一時間芬恩以為他想撬動他的劍，於是大喊：「算了吧！」但凱羅轉身以冷漠又氣憤的表情看著他。

「我不是為了這把劍。」

芬恩抓住拜把兄弟的手臂用力拉扯。

磁鐵的吸力太強大。

「你快放手啊。」

「我沒抓著任何東西。」凱羅說完撇開了臉。芬恩湊近瞧。

「但是……」

芬恩的兄弟轉身看著他，後者被凱羅眼裡的怒意嚇著了。「是因為我，芬恩。你還不明白？你真的那麼笨嗎？是我！」

凱羅右食指的指甲緊緊吸附在牆上。芬恩抓住凱羅的手用力拉仍然絲毫不動；一小片指甲被磁鐵吸住，竟產生難以抵抗的吸力。

「我該放開他嗎？」監獄狡猾地說。

芬恩和凱羅四目相接。「是的。」他輕輕說。

一陣令大家畏縮的巨大力量席捲而至，金屬在響亮的撞擊聲裡從牆上落下。

克勞蒂亞停下腳步。「那是什麼？」

「什麼？」

「那個聲響！」

「監獄裡總是充滿各種聲音。請繼續說關於皇后的事。她聽起來十分——」

「聲音是從下方傳來的。」克勞蒂亞望著正經過的黑暗拱道深處，看見一條低矮的通道，幾乎不到一個人高，並且結滿蜘蛛網。

印卡塞隆大笑，但幽默的語調中帶著一絲焦慮。「要找到芬恩，妳必須往前直走。」

她沉默不語。突然間，她感覺到監獄的緊張氛圍環繞四周，彷彿它正屏息等待。她覺得自己微小又脆弱。她說：「我認為你在騙我。」

一時間，印卡塞隆毫無反應。一隻老鼠從通道跑出來，看見她後又轉身一溜煙地跑走。接著，監獄若有所思地說：「失落的王子、被監禁的英雄……妳對芬恩的想法既愚蠢又不切實際。妳記得一個小男孩，然後希望芬恩就是他。就算芬恩真的就是吉爾斯，那也是上輩子、另一個世界的事了。現在的他已經不同，我早就改變了他。」

她抬頭望著上方的黑暗：「不。」

「噢，是的，妳父親說得沒有錯。為了在這裡生存，人們墮落到人性最卑劣之處。他們變成野獸，毫無惻隱之心，甚至無視別人的痛苦。芬恩的人性已經泯滅。這樣的男人又怎麼能重返王位，掌管眾人呢？他是否會重獲人們的信任？學院很聰明，卻建造了一個無法逃脫、沒有寬恕的系統，克勞蒂亞。」

監獄的聲音令她膽寒，她不想繼續聽下去，不想掉進那具說服力的懷疑之中。

她啟動鑰匙，轉進低矮的道路，然後拔腿狂奔。

她的鞋子在燧石散落的地上打滑；四處都是骸骨、稻草，還有一具她一躍過便崩解的生物乾屍。

「克勞蒂亞，妳在哪裡？」

監獄在她四周，在她面前，在她腳下。

「請停下來。不然我將被迫阻擋妳。」

她沒有回答，低頭穿過拱門，發現三條交會的隧道，但鑰匙實在是太燙了，幾乎要燙焦她的手，因此她速速進入左手邊的隧道，匆匆跑過開啟的牢房房門。

監獄發出轟隆聲響。地板開始呈現波浪狀，在她腳下像地毯一樣浮動。地面將她彈起，她倒抽一口氣，然後叫喊著落地，一隻腳受了傷而流血。但她立刻站起身繼續奔跑，因為只要她帶著鑰匙，監獄便無法確定她的所在位置。

整個世界開始搖晃，左右搖擺。黑暗逐漸逼近，有毒氣體從牆壁滲出，蝙蝠像烏雲般在空中盤旋。她強忍尖叫的欲望，抓著石頭往上攀爬；通道抬升成了陡峭、平滑的小丘，地上所有的碎石都朝著她滑落。

就在她想放棄，打算放手滑落的時候，她聽見了人聲。

凱羅伸展自己的手指。他的臉漲紅，也不肯直視芬恩。最後是吉爾達斯打破沉默說：「原來我一直都和個半械人同行啊？」

凱羅不理他。芬恩問道：「你知道這事多久了？」

他望向芬恩，悶悶不樂地說：「打出生就知道了。」

「但是你……你最痛恨半械人啊，你看不起他們……」

凱羅惱怒地搖搖頭：「是啊，我當然討厭他們囉。我比你們有更多討厭他們的理由。難道你們沒發現他們會讓我嚇得無法動彈嗎？」他瞪了阿緹亞一眼，接著對監獄大吼，「至於你！我發誓，假如我找到你的心臟，一定會把它挖出來的。」

芬恩不清楚自己作何感受。凱羅實在太完美了，集所有他所嚮往的條件於一身：帥氣、勇敢、零缺陷，還有他一直羨慕的風趣、自信和活力。

「我所有的孩子們都想啊。」印卡塞隆狡詐地說。

凱羅頹然靠著牆，像體內的火熄滅了一般。「最令我感到恐懼的是我不曉得自己機械化到什麼程度。」他抬頭，彎曲那根手指。「它看起來很逼真，對吧？沒人看得出來。而我又怎麼知道自己體內還有多少地方跟這根手指一樣？體內的器官、心臟，我怎麼曉得呢？」他的問題裡帶著苦惱，好像他在心中已問過無數次了，好像在蠻橫和傲慢背後是他不曾顯露的恐懼。

芬恩環顧四周：「監獄可以告訴你。」

「不必了。我並不想知道。」

「我不在乎。」芬恩不理睬吉爾達斯不屑的鼻哼，瞥了阿緹亞一眼。

她趕緊說：「我們都有缺點，即便是你也一樣。我很遺憾。」

「謝謝妳。」凱羅輕蔑地說，「狗女孩和觀星者的憐憫……還真讓我感覺好多了呢。」

「我們只是——」

「省省吧。我不需要。」他撥開芬恩伸出的手，挺起胸膛，「而且別認為這樣會讓我有所改變。我還是我。」

吉爾達斯一拐一拐地走過去。「嗯，我是絕不會可憐你的。我們繼續走吧。」

凱羅帶著堅定的恨意瞪著老人的背影，迫使芬恩移動擋在兩人中間；他的拜把兄弟從地上拾起一把劍，但當他朝學者邁出一步時，監獄突然晃動起來。

芬恩趕緊扶著牆。

當世界停止搖晃，空氣裡塵土飛揚像迷霧一般，然後他開始耳鳴。吉爾達斯痛苦地齜牙咧嘴。阿緹亞搖搖晃晃地走過來，指著一團塵霧。「芬恩，那是什麼？」

他毫無頭緒。過了一會兒，他看見一張臉，一張格外乾淨的臉，和一雙明亮的眼睛與倉促綁起的長髮；在記憶的迷霧裡，那張臉就著蛋糕上小小的燭光看他，而他向前傾身，吸一大口氣吹滅蠟燭。

「是你嗎？」她輕輕地問。

他沉默地點點頭，知道對方是克勞蒂亞。

32

你會為此感謝我們的。能量不會浪費在無謂的機械上。我們會學習過簡單的生活，不為妒忌和欲望所苦。我們的靈魂會和無浪的海洋般平靜。

——《恩多爾王法令》

兩個小時後，士兵們前來。

傑瑞德正等待著他們；在安靜的斗室裡，他躺在堅硬的床上，透過敞開的窗扉，聽著宮廷裡的動靜。馬匹在下方奔馳、馬車轆轆、人們奔走、叫喚聲四起；好像克勞蒂亞用木棒撥弄了螞蟻窩，讓牠們驚恐地成群湧出，他們的皇后受了傷，生活不再平靜。

皇后……當他四肢不靈光地站起來，看著面前的士兵時，他希望不必去面對她的憤怒。

「老師，」穿著制服的僕役們看起來有點難為情，「請跟我們來，先生。」

永遠都是紀元規定讓他們不必面對真相。當他們領他走下樓梯時，衛兵們慎重地走在他身後，手中握著的長矛猶如官杖。

他早已經歷了各種情緒——恐懼、咆哮和絕望，現在只剩下木然的順從。不論典獄長會如何對付他，他都會逆來順受。他得為克勞蒂亞多爭取一點時間。

覲見廳裡焦躁的外交使節爭論不休，信使忙進忙出。令他詫異的是，他們帶著他經過覲見廳，來到東廂的一個小房間。士兵推促他入內後，他才發現這兒是皇后的私人繪室；繪室裡滿是易損的鍍金傢俱，堆滿小天使和傻笑牧羊女瓷像的壁爐架上有一只精緻的鐘。

房裡只有典獄長一人。

他沒有坐在書桌前，而是面對房門站著。壁爐旁隨意地擺放著兩張扶手椅，空蕩的爐上放了一大盆乾燥花。

看起來依然像個陷阱。

「傑瑞德老師，」典獄長用修長的手指比向一張椅子，「請坐。」

他樂意至極，因為他已喘不過氣來，頭昏眼花。

「喝點水。」典獄長用高腳杯倒了水並遞給傑瑞德。他啜飲時，可以感覺到克勞蒂亞的父親——不，他不是她父親——眼神敏銳地看著自己。

「謝謝你。」

「你還沒吃飯嗎？」

「還沒……我想……在這片兵荒馬亂之中……」

「你應該好好照顧自己。」典獄長的聲音嚴峻，「你花了太多的時間研究這些不該碰的儀器了。」

他揮揮手。傑瑞德看見窗戶旁的桌子上面放滿了自己的實驗品、掃描器、投影器和阻隔警報的設備。他默不吭聲。「你一定知道這些東西是非法的。」典獄長的眼神冷若冰霜，「我們一直都給予學者較多空間，而你似乎相當懂得如何善用它。」然後他說：「克勞蒂亞究竟在哪裡，老師？」

「我告訴過你——」

「不要騙我。她不在家。馬廄裡沒有多出來的馬匹。」

「也許……她是走路回去的。」

「我想她是。」典獄長在他對面坐下，黑色緞面褲即便起皺也很優雅，「而且也許你認為當你說她『回家了』並不是在說謊？」

傑瑞德放下杯子，他們四目相接。

「她是怎麼發現的？」約翰．阿爾雷克斯問。

傑瑞德當下即刻決定和盤托出。「芬恩的朋友，監獄裡的女孩阿緹亞告訴她的。她從某個紀錄裡得知的。」

典獄長面帶感謝地緩緩點點頭。「噢，是了。她作何反應？」

「她……非常震驚。」

「震怒嗎？」

「是的。」

「我想也是。」

「……還有沮喪。」

典獄長用銳利的眼神望向傑瑞德，但後者鎮定自若。「她一直因為身為您的女兒而備感安心，先生，她知道自己的歸屬。她……很在乎您。」

「別騙我。」典獄長突如其來的咆哮嚇了傑瑞德一跳。典獄長站起來，在房間裡踱步。「克勞蒂亞這輩子只在意過一個人，老師。那人就是你。」

傑瑞德一動也不動地坐著，他的心跳聲如擊。「先生……」

「你當我是瞎子嗎？」典獄長回過身，「我當然不是。喔，克勞蒂亞有奶媽和侍女，但是她的身分比她們高貴得多，而她很早就知道這點。每次我返家，看見她和你言談說笑；天氣冷的時候她對你單薄的大衣大驚小怪，然後命人送奶酒和蜜餞；你們講著只有你們倆才懂的笑話、分享研究結果。」他雙手叉胸，眺望窗外，「但跟我在一起的時候，她很疏離、含蓄。她不了解我，對她而言我只是個陌生人，是典獄長，是宮廷裡的權威人士，一個來來去去的人。但是你，傑瑞德老師，你是她的家庭教師、兄長，甚至比我更像她的父親。」

傑瑞德瞬間感覺全身冰冷。典獄長鋼鐵般的自制力背後是熊熊燃燒的恨意，而他不曾感覺到這股深深的憤恨。他試圖穩住呼吸。

「你覺得我會作何感想，老師？」典獄長轉過身，「你以為我毫無感覺嗎？你以為我不會痛苦、不知所措，毫無頭緒如何扭轉這情況嗎？你以為我不知道我所說的隻字片語、每天光是出現在這兒、讓她以為自己是我的孩子，這樣都是在欺瞞她嗎？」

「她……這就是她不會原諒你的地方。」

「別擅自揣測她的想法！」約翰．阿爾雷克斯走過來，站在他面前，「我一直都很妒忌你。這很愚蠢，不是嗎？一個妄想家、沒有家庭的男人，又如此脆弱，吹個風就會喪命。而我這印卡塞隆的典獄長居然嫉妒你到發狂。」

傑瑞德勉強開口說：「我……我非常喜歡克勞蒂亞……」

「知道嗎？外界流傳著你們兩人的流言蜚語。」典獄長突然轉身坐回位子上，「可是我並不相信，克勞蒂亞雖然任性，但她不笨。不過皇后可不這麼認為。而且讓我告訴你，傑瑞德，此時此刻皇后正喊著要復仇……任何對象都好。艾維昂已經死了，但顯然還有其他人參與這場陰謀。也許你就是其中之一。」

傑瑞德開始顫抖。「先生，你很明白事情不是這樣的。」

「你知道暗殺的事，對吧？」

「是的，但……」

「但你什麼也沒有做，沒告訴任何人。」他前傾身子，「這可是叛國啊，老師，可以輕易處以絞刑。」

在一陣靜默中，外頭有人高呼著。一隻蒼蠅闖進來，在房間裡嗡嗡飛繞後撞上玻璃，對著窗戶胡亂揮翅。

傑瑞德試著思考，但時間不足。典獄長大喊：「鑰匙在哪裡？」

他想撒謊，編些藉口。但他只是保持沉默。

「她帶走鑰匙了，對吧？」

傑瑞德默不吭聲，典獄長低咒著。「全世界都認為吉爾斯已經死了。王國、王位，她明明可以擁有一切。她以為我會讓凱斯柏阻礙她嗎？」

「這場陰謀，你也有份？」傑瑞德緩緩說。

「陰謀！艾維昂和他天真地希望沒有紀元規定的世界！這個世界上從沒有任何無規定之處。我會讓鋼狼處理掉皇后和凱斯柏，然後將他們全部處決，就是這麼簡單。但是現在她卻背棄我了。」

他眼神茫然地看著房間。傑瑞德和緩地說：「你跟她說的那個關於她母親的故事……」

「是真的。但是當海倫娜去世時，嬰兒也病重，我知道孩子可能也不保了。那我的計畫該怎麼辦？我需要一個女兒，先生，而我知道從哪裡可以找得到。」他坐在傑瑞德對面的扶手椅上。「印卡塞隆是個失敗作。那裡是個地獄。所有典獄長都心知肚明，卻無計可施，因此我們守口如瓶。我想我至少能夠從中救出一個靈魂。在監獄深處，我找到一名極其絕望而願意放棄自己新生女嬰的婦人。我付給她很高的酬勞，她其他的孩子們也因此得以存活。」

傑瑞德點點頭。典獄長的聲音越來越小，彷彿在自言自語；似乎這些年來他不斷說服自己這麼做是正當的。

「沒人發現，除了皇后。那個女巫看了孩子一眼，就知道了真相。」

傑瑞德恍然大悟。他癡迷地說：「克勞蒂亞一直無法理解你為何會答應參與傷害吉爾斯的陰謀。難道是因為皇后……」他突然住口，不知該如何措辭，但典獄長點點依然垂落的頭。

「她勒索我，傑瑞德老師。她希望她的兒子能夠娶克勞蒂亞為妻，假如我不同意，她威脅將要當眾公開克勞蒂亞的真實身分，在全國民眾面前羞辱她。我無法忍受這點。」

有那麼一會兒，典獄長散發出一種靜止、愁悶的疏離感。然後他抬起頭看見傑瑞德的表情，他隨即面露冷漠。「別為我難過，先生。我不需要憐憫。」他站起身來，「我知道她到印卡塞隆裡了，去找那個名叫芬恩的男孩。你沒有背叛她什麼。而她帶走了鑰匙。」他苦笑，「她帶走也好，因為沒有鑰匙是無法回來的。」

典獄長邁步走向門。「跟我來。」

飽受驚嚇的傑瑞德站起來，努力壓抑心中的恐懼，但典獄長踏進長廊，不耐煩地揮手示意守衛退下。衛兵們面面相覷。

其中一人心神不安地說：「大人，皇后命令我們待在您身邊，以保護您的安危。」

典獄長緩緩地點點頭：「保護我的安危。我了解。那麼請待在這裡，在我入內後守著這扇門，不准任何人跟來。」

在他們想開口爭辯以前，典獄長已經打開護牆板上的一扇隱藏門，領著傑瑞德走下通往地窖的潮濕階梯。傑瑞德回頭看見守衛們好奇地從狹縫間往裡探。

「顯然皇后也懷疑我了。」典獄長冷靜地說。他從牆上取下一只提燈，點燃裡頭的蠟燭。「我們必須動作快點。那間書房，正如你們所發現的，和家裡的書房是同一間。那是介於這個世界和監獄之間的空間，是個入口，就像發明家馬爾托所說的。」

「馬爾托的文獻已經失散了。」傑瑞德一邊說話，一邊匆忙趕上他的腳步。

「文件在我手上，它們是機密。」他高舉提燈，幽暗的身影迅速地往下移動，影子在牆上晃動。他回頭望見傑瑞德驚訝的表情，露出一抹微笑。「你不會有機會閱讀它們的，老師。」酒桶堆間一片漆黑，上頭遠處的衛兵似乎困惑地低語著。

典獄長站在銅門前飛快按下密碼；大門嘩地打開；他們鑽過銅門時，傑瑞德再次感受到位移的詭異顫動。

白色房間會自動調整。每個東西都歸回原處。傑瑞德突然感到一陣焦慮。克勞蒂亞發生什麼事了？她是否安好？

「你不曉得會有什麼危險就傳送她過去。」典獄長彈出控制板，觸碰感應器，「無論對生理或心理，進入監獄都是非常危險的。」

書架滑開，螢幕亮了起來。

在螢幕上傑瑞德看見數千格影像。影像閃動，像棋盤上的小方塊，照出空蕩的房間、荒涼的海洋、遙遠的高塔和滿是灰塵的角落。他看見一條人山人海的街道、可怕的巢穴裡住著發育不良的小孩、男人鞭打著一隻奇怪的野獸、一名女子溫柔地給嬰孩餵奶。他困惑地走上前，站在螢幕下看著影像晃動：痛苦、飢餓、不存在的友誼和野蠻的交易。

「這就是監獄。」典獄長倚著書桌，「這些是地獄之眼所看見的景象。這是唯一能找到克勞蒂亞的方法。」

傑瑞德感覺可怕的痛苦席捲而來。在學院裡，這個實驗被視為古代大學者的光榮事蹟，是崇高的犧牲；用世界僅存的能量拯救無藥可救之人、窮苦者、絕望者。然而最終結果卻是如此。

典獄長看著傑瑞德襯著浮動影像的身影。「老師，你看到的是只有典獄長才看過的東西。」

「為什麼……為什麼我們都不知道呢？」

「力量不夠；那些成千上萬的人永遠全部不得帶回來這裡。我們已經失去他們了。」他拿出懷錶交給傑瑞德，後者麻木地接過，低頭看著。典獄長指著錶鍊上的銀色方塊。

「你就像神一樣，傑瑞德，將印卡塞隆握在手中。」

他感覺心臟跳動時的刺痛。他忍不住顫抖，想把懷錶放下、退去，就此抽身。方塊很小，他在錶鍊上看過它許多次了，卻不曾注意到；但此刻小方塊卻讓他充滿敬畏。它能容納他所看過的高山、銀色的樹林，以及滿是衣衫襤褸的貧苦人們相互掠奪的城市？他汗水涔涔地握著方塊。典獄長溫柔地說：「怕了嗎，傑瑞德？觀看整個世界需要很大的勇氣。我的許多前輩都不敢瞧一眼呢。他們選擇視而不見。」

這時傳來輕輕的鐘響。

他們抬起頭來。畫面定格；他們看著螢幕上的小方格一個個消失，右下角的畫面則逐漸放大，直到填滿了螢幕。

是克勞蒂亞。

傑瑞德顫抖著將懷錶放在桌上。

她正和犯人們說話。他認出男孩芬恩，以及靠著石牆聽他們交談的另一個男孩凱羅。吉爾達斯蹲在一旁；傑瑞德立刻發現老人受了傷，阿緹亞則站在他身邊。

「你能對他們通話嗎？」

「當然可以，」典獄長說，「但是我們先聽聽他們說些什麼吧。」

他撥起一個開關。

33

十億囚徒卻只有一把鑰匙又有什麼用呢？

——卡里斯頓大人的日記

「監獄試圖阻止我找到你。」克勞蒂亞說。

她自陰暗的長廊朝他走來。

「妳不應該進來內界的。」芬恩深感驚嘆。她多麼地格格不入，身上飄著玫瑰花香和陌生的清新空氣，挑逗著他，讓他想搔搔腦中的癢處。不過他只是疲憊地揉揉眼睛。

「趕快跟我一起回去吧。」她伸出一隻手，「快來啊！」

「等一下，」凱羅站起來，「沒有我，他哪裡都不准去。」

「還有我。」阿緹亞嘟噥著。

「你們所有人都可以一起來。這樣應該是可行的。」說完她垮下臉。

芬恩說：「怎麼了？」

克勞蒂亞咬著嘴唇。她突然意識到自己根本不知道該怎麼做。這裡沒有入口，沒有椅子或控制板；她純粹發現自己置身在空蕩蕩的牢房。而且即使那個房間具有重要性，她也不知道如何回到那裡。

「她做不到。」凱羅說道並走上前，貼近盯著她，雖然備感惱怒，但克勞蒂亞仍然鎮定地回瞪著對方。

「至少我有這個。」她從口袋中取出鑰匙，展示給大家看。他們看見這把鑰匙和他們所知的那把一模一樣，不過製作較為精細，老鷹完全靜止不動。

芬恩將手放進口袋，但口袋卻空空如也。他警覺地轉過頭。

「鑰匙在這裡，笨小子。」吉爾達斯緊抵著牆，吃力地站起來。他面如槁灰，渾身濕黏。他用瘦骨嶙峋的手緊握著鑰匙，用力得關節都發白了。

「妳真的來自於外界嗎？」他低聲說。

「是的，先生。」她走向老人，並伸出一隻手讓他觸碰，「而且薩伏科的確逃離了。傑瑞德發現他在外面有追尋者，他們稱他為九指之王。」

他點點頭，眾人看見他淚水滿盈。「我就知道。我一直都知道他是真的。芬恩曾經在幻視裡見過他。相信我很快也能和他見面了。」

老人的聲音粗啞，但當中帶著芬恩未曾聽過的顫抖。他膽寒地說：「老師，我們需要那把鑰匙。」

他一度以為學者不會願意交出鑰匙；他和吉爾達斯的手短暫地同時握住水晶鑰匙。老人低下頭。「我一直都相信你，芬恩。我從來不相信你是從外界來的，而我錯了。但你腦海中的星星景象已經引導我們踏上逃亡；從我第一次見到你蜷縮在手推車裡，我就知道了。我活著就是為了這一刻。」

他鬆開手指；芬恩感覺到鑰匙的重量。

他看向克勞蒂亞。「現在該怎麼做？」

她深呼吸一口氣，但在出聲回答前，待在凱羅身後陰暗處的阿緹亞卻說話了；她沒有走上前，而且語氣尖銳。「原先那件漂亮洋裝怎麼了？」

克勞蒂亞沉下臉來。「我把它給扯爛了。」

「那婚禮呢？」

「取消了。」

阿緹亞的手臂環抱著自己瘦小的身體。「所以現在妳要芬恩。」

「吉爾斯，他的名字叫做吉爾斯。是的，我要他。王國需要國王，一個曾見識過宮廷和紀元規定以外的世界之人，是曾深入虎穴的人。」她讓惱怒之情在言語中表露無遺，然後逐漸醞釀成憤怒，「這不也是你們想要的嗎？一個能終結印卡塞隆悲慘生活的人，因為他知道這世界真實的樣子？」

阿緹亞聳聳肩。「妳應該徵求芬恩的同意。妳可能只是將他從一個監獄帶到另外一個。」

克勞蒂亞瞪著她，阿緹亞也回瞪對方。最後是凱羅的冷笑打破沉默。「我建議大家到外頭的新世界再解決這件事，免得監獄再次天崩地裂。」

芬恩說：「他說得對。我們該怎麼做？」

她吞了吞口水：「嗯……我想我們……可以用那把鑰匙。」

「但是門在哪裡？」

「沒有什麼門。」她實在難以啟口，而所有人都看著她，「和你們想的……不太一樣。」

「那妳又是怎麼進來的？」凱羅問。

「這……很難解釋。」她一邊說話，手指一邊觸碰鑰匙上的隱藏控制鈕；鑰匙隨即發出嗡嗚，內部光線閃動。

凱羅跳向前方：「噢不，公主！」他從克勞蒂亞手中奪過鑰匙，她雖然試圖抽回，但他已拔出劍，抵著她的喉嚨，「不准耍花樣。我們同進同退。」

她憤怒地說：「計畫就是這樣啊。」

「放下武器。」吉爾達斯大吼。

「她想帶走芬恩，把我們留在這裡。」

「我沒有……」

「別再把我講得像個供你們爭奪的東西了！」芬恩的怒吼令大家瞬間安靜下來。他用手搔了搔亂髮，他的頭皮滿是汗水，雙眼刺痛而且似乎呼吸急促。現在不像昏厥要發作，但他的雙手顫抖，雞皮疙瘩爬上全身。

接著他發現自己慢慢掉進黑暗中，一定的，因為吉爾達斯背後的牆開始搖晃著退去，往深處望去竟是布雷茲巨大而滿是陰暗的身影。

布雷茲用灰色眼睛掃視眾人；他的影像在素淨的白色房間裡顯得碩大無比。「恐怕，」他說，「逃亡並不像我女兒所想的這麼容易。」

所有人呆若木雞。凱羅垂下劍。「所以就這樣囉。」他說，「看看她多麼高興見到你啊。」

芬恩看著克勞蒂亞轉身望向那人。現在他覺得典獄長少了瘡痂的臉有些眼熟；他看來較瘦，眼睛有種優雅又緊張的神情。

克勞蒂亞抬起頭望著他。「我不是你女兒。」她的聲音嚴厲而冷漠，「而且別想阻止我。我會將他們所有人帶出去，而你——」

「妳無法將他們全部帶出去。」典獄長直視著她，「鑰匙只能帶一個人出去。她們手中的複製品，若有用的話也只能帶一個人走。碰一下老鷹黑眼睛，妳就會消失，然後回到這裡。」他冷靜地笑了笑，「這就是門，芬恩。」

克勞蒂亞害怕地盯著他。「你騙人，當年你就把我帶出去啊。」

「那時候妳只是個小嬰兒。我冒險那麼做的。」

房間裡傳來一個人的聲音；典獄長轉過身，克勞蒂亞看見傑瑞德站在他身後，臉色蒼白且疲倦。

「老師！這是真的嗎？」

「我也無從確定，克勞蒂亞。」他看起來很不快樂，黑色頭髮糾結在一起。「只有一個方法能得到答案，就是實際試試看。」

她看著芬恩。

「妳不准走。」凱羅說，「芬恩和我先走，假如成功了，我再回來接學者老頭。」當克勞蒂亞拔劍時，他朝著她揮舞著手中的武器，「把劍放下，公主，否則我會切斷妳的喉嚨。」

她緊緊抓住皮革刀柄，但芬恩說：「動手吧，克勞蒂亞，拜託。」

芬恩看著凱羅；當克勞蒂亞垂下劍，她看見他進前一步。「你真的認為我會拋下你們，一走了之嗎？把鑰匙還給她。」

「門兒都沒有。」

「凱羅……」

「你是個笨蛋，芬恩。難道你看不出來這是場陰謀嗎？你和她會一起消失，然後事情就此結束。沒人會費勁來救我們。」

「我會的。」

「可是他們不會讓你這麼做的。」凱羅走向芬恩，「一旦他們找回失落的王子，何必在意我們這些罪犯敗類、狗女和半械人呢？當你回到你的王宮，又有何必要想起我們呢？」

「我發誓我一定會回來。」

「當然。薩伏科不也這樣說嗎？」

在僵持中，吉爾達斯突然坐了下來，彷彿他已用盡了全身力氣。「別把我留在這裡，芬恩。」他喃喃道。

芬恩全然疲憊地搖搖頭。「不管我們怎麼決定，都不能將克勞蒂亞留在這裡。她是來救我們的。」

「這還不簡單，」凱羅湛藍的眼珠透露出冷酷無情，「她曾經是囚牢，現在也可以是啊。我先出去，看看外界有什麼等著我們。如同我說過的，如果成功了，我會回來。」

「騙人。」阿緹亞嗤之以鼻。

「你無法阻止我。」

典獄長輕聲笑著。「這就是妳認定是英雄的吉爾斯嗎，克勞蒂亞？這個要領導整片國土的男人？他連這群烏合之眾都搞不定。」

轉瞬間芬恩採取行動，將鑰匙丟向克勞蒂亞，然後趁凱羅不備，搶下他的劍。芬恩怒火中燒；他對眾人感到憤怒，對典獄長冷笑感到憤怒，甚至對自己的恐懼和軟弱發怒。凱羅踉蹌地後退，但很快地回過神，手一揮，兩人同時握著劍，但芬恩用力地從他手中奪下武器。

劍刃當前，凱羅沒有閃躲。「你不會傷害我的。」

芬恩的心臟噗通噗通地跳著，胸膛隨之起伏。他身後的阿緹亞不屑地說：「動手吧，芬恩。他殺了女老師啊，你知道，你一直都知道這件事！是他切斷了橋，不是傑爾曼瑞克。」

「那是真的嗎？」他幾乎認不出自己的聲音。

凱羅微笑著。「動不動手，做個決定吧。」

「告訴我實話。」

「不。」他的拜把兄弟緊握鑰匙，「選擇權在你。我不需要向任何人辯解我做的事。」

芬恩的心臟跳得猛烈，令他感到疼痛，彷彿心跳聲傳入長廊和囚房，迴盪在整座監獄裡。

他拋下長劍，凱羅立刻上前奪取，芬恩一腳將武器踢到一邊。突然間他們打了起來，芬恩因為凱羅朝他的腹部猛烈攻擊而難以呼吸。凱羅粗魯的打鬥技巧將他扳倒在地。克勞蒂亞在一旁叫喊，吉爾達斯憤怒地狂吼，但現在他什麼也不在乎；他奮力跳上凱羅的背，想奪回鑰匙。為顧及脆弱的水晶鑰匙，凱羅身子一縮，再次出拳；芬恩將他擒抱住，但準備近身攻擊時凱羅用力一踢，他因此旋轉地退開。

凱羅在地上一個翻身，重新站起來。鮮血從他的嘴唇滑落。「現在我們等著瞧吧，兄弟。」他嘶聲說，然後碰觸了老鷹的黑眼睛。

一道光乍現，明亮得刺痛了他們的眼睛。

光線在凱羅四周展開，緩緩包圍，光線中間雜著嘈雜聲，痛苦的嘎嘎聲變成刺耳的音調後戛然而止。

光線迸發散去。

但凱羅仍然在原處。

在目瞪口呆的無聲中，典獄長冷酷地以惋惜的笑聲說：「啊，我想鑰匙恐怕在你身上不會起作用。也許是因為你身體裡的金屬零件使轉換過程失效。印卡塞隆是個封閉的系統，當中的元素永遠無法離開它。」

凱羅呆若木雞地站著。

「永遠不可能嗎？」他氣喘吁吁地說。

「除非將零件移除。」

凱羅點點頭，表情陰森且臉色漲紅。「如果這是出去的代價的話……」他走向芬恩，說：「把你的刀拿出來。」

「什麼？」

「你聽見我說的了。」

「我下不了手！」

凱羅苦笑。「有何不可呢？九指之王凱羅。我一直很好奇薩伏科的犧牲究竟怎麼一回事。」

吉爾達斯呻吟著。「小子，你的意思是——」

「也許在監獄裡誕生的人比我們想的還來得多。也許你也是其中之一，老頭。但我不會讓一根手指把我困在這裡的。拿出你的刀。」

芬恩愣在原處，但阿緹亞採取行動。她拿出隨身佩帶的小刀遞給芬恩，後者慢慢接過。凱羅將手掌放在地板上，張開手指；金屬指甲看起來和其他指頭一模一樣。「動手吧。」他說。

「我辦不到……」

「你可以的，就當是為了我。」

他們看著彼此。芬恩跪下來，手不停顫抖。他將刀刃刺進凱羅的皮膚裡。

「等等，」阿緹亞大叫，然後蹲在地上，「你們再想想！一根手指可能不夠。如你所說，我們不曉得自己體內是用什麼東西組成的。一定還有其他方法。」

凱羅的眼神憂鬱，一臉絕望。他有些動搖了。

他站著不動好一會兒，然後收起手，緩緩點了點頭。他低頭看著鑰匙，然後將東西交給了芬恩。

「那我一定會找到解決之道。好好享受你的王國吧，兄弟。當個良君，凡事小心。」

芬恩驚嚇得難以言語。遠處傳來的捶擊聲令他們個個抬起頭來。

「怎麼了？」克勞蒂亞問。

傑瑞德趕緊說：「這裡出事了。艾維昂企圖弒君，可是丟了小命。皇后的守衛在門外。」

她看著父親。他說：「妳得回來，克勞蒂亞，帶著那個男孩回來，我現在需要他。」

「他真的是吉爾斯嗎？」她嚴厲地問。

典獄長冷漠地笑。「他現在是了。」

當他說完話，螢幕突然滅了。長廊上只見向下流動的波狀影像；芬恩焦慮地環顧四周，磚塊開始從拱頂紛紛墜落。

然後他抬頭往上望，看見小小的紅色監獄之眼倏地移動並對準了他。

「噢，是的，」監獄輕柔地說，「你們都把我忘了。我又為何要讓我的孩子離開呢？」

34

他醒來發現眾人圍在他的四周……老人、瘸子、病者和半械人。他垂著頭，滿心羞辱和憤怒。「我讓你們失望了。」他說，「經過這麼長的旅途，我還是失敗了。」

「不盡然。」他們回答，「我們知道一扇門，一扇狹小的密門。我們沒人敢爬進去，怕會在當中喪命。假如你答應會回來找我們，我們願意帶你前往。」

薩伏科身形纖細且柔軟。他用深邃眼睛望著他們。「帶我去吧。」他輕輕地說。

——《薩伏科傳奇》

「怎麼回事？」傑瑞德大叫。

「監獄開始干預了，」典獄長惱怒地哼了哼，手指快速地在控制板上移動。

「那趕快阻止它啊，命令它——」

「我無法讓印卡塞隆服從我。」典獄長瞪著他，「幾個世紀以來都沒人能夠做得到。監獄支配一切，先生。我無法控制它。」然後他用傑瑞德幾乎聽不見的音量說：「它正在笑我。」

傑瑞德驚恐地望著空白的螢幕。銅門外傳來陣陣捶打聲。有人高喊：「典獄長！開門！皇后召喚你。」

「艾維昂的刺殺實在太失敗了。」典獄長抬起頭來，「別擔心，他們就算拿著斧頭也進不來。」

「她認為你參與密謀。」

「也許吧。這是她剷除我的好藉口，尤其現在婚禮已經取消了。」

傑瑞德搖搖頭。「那麼我們全部都毀了。」

「既然如此，老師，我需要你的幫忙。」灰色眼睛定定地看著他，「為了克勞蒂亞，我們必須合作。」

傑瑞德緩緩點點頭。他試著忽略急迫的撞擊聲，走到控制器前仔細研究。「這機器很舊了，上面許多符號是大學者的語言。」他抬起頭，「我們試試用印卡塞隆創造者的語言來跟它說話吧。」

監獄的地震來得猛烈又突然。地板微微震動，牆壁紛紛倒塌。芬恩緊抓住凱羅，雙雙跌在一扇門上，門扉因為他們的重量而被撞開。

克勞蒂亞跟在他們身後爬行，但阿緹亞說：「快來幫我！」她上氣不接下氣地扶著吉爾達斯。克勞蒂亞趕緊往回爬，將他的手臂架到肩頭，一同艱難地走向牢房，芬恩則將他們拉進來，用力緊關上門，然後和凱羅用碎木條擋住門扇。

牢房外，小碎石不斷落下，他們驚慌地聆聽著。顯然走廊已經被堵住了。

「你們該不會認為可以將我擋在外面吧？」印卡塞隆發出轟隆笑聲，「沒有人辦得到。沒人可以從我裡面逃脫。」

「薩伏科就成功啦。」吉爾達斯在痛苦中用嘶啞的聲音說道。他緊抓著胸膛，而且雙手不由自主地顫抖著。「薩伏科沒有鑰匙，但他是怎麼辦到的呢？是不是有另一條逃亡的路，只有他一個人知道呢？一條祕道，神奇到連你都無法阻隔？一條不需要大門和機器的逃脫之路？是不是這樣呢，印卡塞隆？那是否是你所害怕的，所以總是監視、監聽我們的原因？」

「我無所懼。」

「你可不是這樣告訴我的。」克勞蒂亞厲聲說；她用力地呼著氣，看了芬恩一眼。「我必須回去，傑瑞德有麻煩了。你要一起走嗎？」

「我不能丟下他們。妳把老人帶走吧。」

吉爾達斯大笑，他渾身抽搐，吁吁地喘著氣。阿緹亞握著他的手，然後轉頭低聲說：「他快死了。」

「芬恩……」老學者用低沉沙啞的聲音說。

芬恩蹲下來，腦中的刺痛讓他不適。吉爾達斯受的是內傷，但顫抖的手和臉上的汗水與慘白臉色明顯透露出他傷重的程度。

老學者將臉靠近芬恩的耳邊說：「讓我看看星星吧。」他輕聲說。

芬恩看看其他人：「我沒辦法……」

「那麼跟著我來吧。」監獄說。囚房裡微弱的光消失，一隻紅眼在牆角閃耀，「看著這顆星，老頭。這是你唯一可以看見的光芒。」

「別再折磨他了！」芬恩的怒吼嚇著了大家。接著令克勞蒂亞驚訝的是，芬恩轉向吉爾達斯，緊握他的手。「跟我來，」他說，「我會讓你看見星星的。」

腦中的暈眩感朝他席捲而來，但他無暇顧及。他故意拖著老人刻意朝著黑暗處走去；環繞著他們的湖水因飄蕩的藍色、紫色和金色燈籠而閃閃發光，當他躺入小船仰望星空，船身隨之搖晃。

夏日夜空星光熠熠，像一隻巨大的手在宇宙穹蒼上撒下銀粉，襯著絲絨般的夜暮吟詠著星塵的神祕。

芬恩感覺到身旁老人的畏怯。

「這些就是星星，先生。所有的世界，在遙遠之處，看起來很微小但實際上卻比任何東西都巨大。」

湖水輕輕拍打著小船。

吉爾達斯說：「好多，好遙遠啊！」

一隻蒼鷺優雅地拍打翅膀從水中冒出來。岸上的音樂優美，笑聲清脆。

老人嘶啞地說：「我現在必須去找他們了，芬恩。我必須去找薩伏科。只求離開到外界，他是不會滿足的。他不曾看過這個景象。」

芬恩點點頭，感覺身下的小船解了纜，隨湖水波濤起落。他感覺老人逐漸鬆開了手。當他看著星星，星體脹大燃燒，成了朵朵火焰。它們是小蠟燭上的微小火光，他正要吹熄它們，他吸起一大口氣並用全身的力量將它們吹熄。

火光消失，他笑出聲；那是種勝利的笑，身旁所有人也一同歡笑——穿著紅外套的國王、巴特利特、臉色蒼白的新繼母和所有的朝臣、奶媽和樂師，還有那個穿著漂亮白洋裝的小女孩。那天他們將小女孩帶到他面前，告訴他，女孩將成為他的特別朋友。

現在她正看著自己。她說：「芬恩，你聽得到嗎？」

是克勞蒂亞。

「好了。」傑瑞德抬起頭來，「你一說話就能即時翻譯。」

典獄長踱著步，聆聽外頭的動靜；現在他走到書桌前，雙手叉著胸。

「印卡塞隆。」他說。

起先靜無回應，然後螢幕上出現一個小紅點。光點像星子一樣小。它凝望著他們說：「是誰在用古老的語言說話？」

那聲音聽起來不甚清晰，少了隆隆的回音。

典獄長看了傑瑞德一眼，接著他輕聲說：「你知道我是誰，父親。我是薩伏科。」

傑瑞德睜大了眼睛，但保持不語。

監獄又是一陣靜默。這次典獄長主動接著說：「我用大學者的語言向你說話。我命令你不准傷害那個男孩芬恩。」

「他握有鑰匙。囚徒是不准逃亡的。」

「但你的發怒卻可能傷害他，還有克勞蒂亞。」典獄長講到克勞蒂亞的名字時，語氣是否有些不同呢？傑瑞德不是很確定。

片刻寧靜後，監獄說：「好吧。為了你，我的兒子，我答應你。」

典獄長向傑瑞德比了個手勢，示意他終止通話，但當學者朝操控板伸出手時，監獄幽幽地說：「但如果你真是薩伏科，我們從前時常談話，你應該記得。」

「那是許久以前的事了。」典獄長謹慎地說。

「是的，你將我要的貢品獻給我。我獵捕你卻受挫。你躲在洞穴裡，竊取我孩子的心。告訴我，薩伏科，你是如何逃離我的？在我將你自天空擊下與墜入黑暗的恐怖經歷，你究竟找到哪一個我忽略了的門路？你從哪個縫隙鑽了出去？你現在在外頭那個我無法想像的地方中的何處呢？」

那聲音充滿了愁煩；典獄長抬眼看著螢幕上靜止的眼睛。他低聲回答：「那是個我不能洩露的祕密。」

「真可惜。要知道，他們不讓我觀看外在的世界。你能夠想像嗎，薩伏科，你這個漫遊者、偉大的旅人？你能否想像永遠困在自己的腦袋、只能看著居住其中的生物？他們讓我能力無窮，但卻也賦予我許多瑕疵。唯有你，當你回來後才能幫助我。」

典獄長靜默。口乾舌燥的傑瑞德關上開關。他的手顫抖、冒冷汗。他看著監獄之眼逐漸消失。

芬恩視線模糊，感到身體全被掏空。他枕著凱羅的手臂屈身躺在地上。在他重新聞到監獄的惡臭、在世界席捲而來以前，他一度知道自己是名王子，亦是王子的兒子，他的世界充滿金黃色的陽光，而某天清晨他騎馬進入童話故事中的陰暗森林裡，再也沒有出來。

「喝點水。」阿緹亞將水遞給他；他勉強喝了一口，然後嗆咳著想坐起身。

「他的情況惡化了。」凱羅對克勞蒂亞說，「這都要怪妳的父親對他做的好事。」

她不理會這個指控，俯身看著芬恩。「地震已經停了。一切剛剛恢復平靜。」

「吉爾達斯呢？」芬恩低聲問。

「老頭已經死了。他不必再擔心薩伏科的事了。」凱羅的聲音粗啞。芬恩轉頭看見老學者躺在瓦礫堆之中，雙眼緊閉，身體蜷曲，像睡著了一般。在他攤張、了無生氣的手指上，最後一只骷髏戒指閃著光，似乎凱羅試圖救他一命卻未果。

「你做了什麼？」克勞蒂亞問，「他說了些……奇怪的話。」

「我指引他出路。」芬恩感覺整個像被剝去外衣般赤裸裸的。他現在不想談論這件事，不想告訴他們自己可能想起了過往，所以他慢慢坐起身。「你試著用戒指救他？」

「結果沒用。這點他也說對了。也許所有戒指其實都沒用。」凱羅將鑰匙放入他的手中，「你走吧，趕快出去。讓學者設計一把鑰匙給我，然後派人來救這個女孩。」

芬恩看看阿緹亞。「我會親自回來，我發誓。」

阿緹亞面無血色地露出微笑。凱羅說：「說到做到啊。我可不想和她一起被困在這裡。」

「我也會回來接你的。我會找來王國裡所有學者想出解決之道。我們是結拜兄弟，難道你以為我忘了嗎？」

凱羅大笑。他英俊的臉龐髒汙且傷痕累累，頭髮沾染塵土而晦暗，上好的外套也破損了。但芬恩心裡覺得，他才是那個看起來像個王子的人。「或許吧。也或許這是你擺脫我的大好機會。

也許你害怕我會殺掉你，篡奪你的地位。如果你沒回來，相信我，我一定會殺了你。」

芬恩笑了笑。隔著傾倒的囚房和散落的手銬、腳鐐，他們相望了一會兒。

然後芬恩轉身對克勞蒂亞說：「妳先請。」

她說：「你會跟來嗎？」

「是的。」

她看看芬恩，再看看其他人，然後速速觸碰老鷹的眼睛，就此消失在令他們吃驚的光芒裡。

芬恩看著手中的鑰匙。「我辦不到。」他說。

阿緹亞對他燦爛一笑。「我相信你，我會在這裡等著你。」

但他的手指停留在老鷹的黑色眼睛上沒有動作，於是她伸手為他按下。

克勞蒂亞發現自己坐在一張椅子上，被陣陣呼喊和捶門聲所包圍。凱斯柏在大門外高喊：「……以叛國罪之名逮捕你。典獄長！你聽到我說的話了嗎？」銅門因陣陣捶打而震動。

她父親牽著她的手，扶她站立。「親愛的，妳的年輕王子呢？」

傑瑞德看著銅門開始向內凹陷。他很快地看了克勞蒂亞和典獄長一眼。

她蓬頭垢面，身上飄著奇怪的味道。她說：「他隨後就出現。」

芬恩也坐在一張椅子上，但是房間黑暗；這是間小牢房，古老且油膩的牆上刻著眾多名字，一如久遠前的記憶。

坐在他對面的是個纖瘦的黑髮男子。一時間他以為那是傑瑞德，但隨後他認出了對方。

芬恩困惑地環顧四周。「我在哪裡？這裡是外界嗎？」

薩伏科蹺著腳、靠牆壁坐著。他靜靜地說：「我也不知道我們所在何處。也許終其一生，我們都太過關注自己身在何方，而忽略自己與誰在一起。」

芬恩緊握著鑰匙。「讓我走。」他低聲說。

「阻擋你的人不是我。」薩伏科看著芬恩，他的眼光深邃，點點星光映在他的眼眸深處。「不要忘記我們，芬恩。不要忘記那些困在黑暗之中的飢餓者、殘疾者、謀殺犯和暴徒。監獄裡還有重重監獄，而他們居住在最深處。」

他伸手從牆上拉出一段鎖鍊；鎖鍊噹啷，鐵鏽紛落。他將雙手伸進鎖環。「跟你一樣，我逃到王國裡。那裡並非如我所預期的。而且我也曾經許下承諾。」他將金屬丟在地上，發出巨大聲響，然後芬恩看見他斷殘的手指。「也許那正是禁錮你的東西。」

他撇頭示意，身後隨之出現一抹陰影並走向前來，芬恩不禁低聲驚呼，因為那人正是女老師。她的修長身形與走路姿態、一頭紅髮與不屑的眼神在在如昔。她從上往下地看著芬恩；他感覺一條隱形的細鍊捆綁了他，而她則握著鎖鍊的另一端，因為他的手腳都無法動彈。

「妳怎麼會在這裡？」他輕聲說，「妳摔下斷崖啦？」

「噢，是的，我的確摔下去了！然後墜落過許多國土，歷經好幾世紀。像隻斷翼的鳥，像個墜入凡間的天使。」他簡直無法聽出這低語是來自於女老師還是薩伏科。但熊熊怒意顯然源自於她。「而且這一切都是你的錯。」

「我……」他想將過錯推給凱羅、傑爾曼瑞克或其他人，但他僅僅回道：「我知道。」

「謹記在心，王子。從中學習。」

「妳還活著嗎？」羞愧感再度襲來，令他難以啟齒。

「印卡塞隆不會浪費任何東西。在監獄深處，在牢房裡，在它體內，我依然活著。」

「對不起。」

她用一貫的優雅將外套裹著自己。「假如你真心感到抱歉，我就無所求了。」

「妳要把他留在這裡嗎？」薩伏科喃喃地說。

「像他當時留下我那樣？」她冷靜地笑了笑，「他不需要用贖罪換取我的寬恕。再見了，害怕的男孩。好好地保管我的水晶鑰匙。」

囚房變得模糊，然後開展。他感覺自己經歷了一場目眩、碎石與血肉交雜的腦震盪，巨大的鋼輪轟隆壓過他；他的身體被打開，又闔起，被撕裂，又被縫合。

他從椅子上站起身，一個黑色身影伸手扶住他。

這一次，此人真是傑瑞德。

35

我走過刀劍長階；
我披上傷疤外衣。
我做過空泛的承諾；
我以謊言找到通往星塵的路。

——《薩伏科之歌》

大門不斷震動。

「別擔心，它絕不會破了。」典獄長冷靜地審視著芬恩，「這就是妳認為是吉爾斯的男孩？」

她怒目注視著他：「你明知故問。」

芬恩看看四周。房間雪白，光線明亮，刺痛了他的眼。那個他們以為是布雷茲的男子手叉胸，歡快地笑著。「其實他是不是王子都無所謂。妳現在有了他，妳就必須將他變成吉爾斯。因為他是妳是否會大難臨頭的唯一關鍵。」他好奇地走近芬恩，「而你又是怎麼想的呢，囚徒？你覺得你是誰？」

芬恩發現自己不禁顫抖，而且渾身汗穢；他突然察覺肌膚上的髒汙，在這個無菌的房間裡散發著臭氣。「我……我想我記得關於訂婚的事。」

「你確定嗎？或者那可能只是別人的記憶而現在深植在你腦裡，千萬思緒困在監獄借來放在你體內的器官組織裡。」他冷笑著。

「在實施紀元規定之前，」克勞蒂亞厲聲說，「我們本來可以找到答案的。」

「是啊。」典獄長轉頭看著她，「這個問題我會留給妳去解決了。」

芬恩看見她臉色蒼白和而且極度憤怒。她說：「終我一生，你讓我相信我是你的女兒。但這是個天大的謊言。」

「不。」

「沒錯！你選擇我、教育我、塑造我……你甚至自己都是這樣告訴我的！你創造一個完全如你所求所想要的生物，那生物會順從你，嫁給你所希望嫁的人，成為你所希望的那個人。然後我會發生什麼事呢？可憐的克勞蒂亞皇后也會遭逢意外，讓典獄長成為攝政王？這就是你的計畫嗎？」

典獄長對上女而的目光，他的眼神清明又灰暗。「即使原先是這樣，我也改變了計畫，因為我慢慢愛上妳了。」

「你騙人！」

傑瑞德鬱悶地說：「克勞蒂亞，我——」但典獄長舉起手打斷他的話。

「不，老師，讓我向她解釋。我選擇了妳，是的。我坦承當初妳只是個我為達到目的的棋子。妳是個非常愛哭鬧的孩子，我盡可能地不去看妳；但是當妳逐漸長大，我開始變得……很期待能見到妳，看妳對我行禮、讓我看妳的學習成果、在我面前顯得害羞。妳越來越得我心。」

她瞪視著他，不想聽這些，也不想相信。她只想繼續讓滿腔怒火燒得像新鑄硬幣一般光亮。

他聳聳肩。「我不是個好父親。對此我很抱歉。」

在兩人沉默之時，敲門聲再次傳來，而且比先前更加響亮。傑瑞德焦急地說：「典獄長，你做過什麼事和這個男孩究竟是誰都不重要。重要的是，現在我們全數有罪。除了進到印卡塞隆，我們沒有其他躲過死刑的方法了。」

芬恩含糊地說：「我必須回去救阿緹亞。」他伸手向克勞蒂亞討另一把鑰匙，但她搖搖頭。「你留下，我回去。」她取過芬恩手中的水晶鑰匙複製品，比較了一下。「這是誰打造的？」

「卡里斯頓大人，鋼狼本人。」典獄長盯著水晶鑰匙，「有把複製鑰匙存在監獄深處……我一直懷疑這傳言是不是真的。」

她準備撫摸鑰匙上的控制鈕，但他阻止她。「等等。首先我們必須先確保自己的安全，或者那個女孩還是待在印卡塞隆裡面比較好。」

克勞蒂亞看著他。「我為什麼要再相信你？」

「妳別無選擇。」他將手指抵在唇上，點了點頭，邁步穿過白色房間，按下門上的控制鍵，然後退開。

兩個士兵猛然跌進房裡；他們身後，連著鎖鍊的撞錘在空中擺盪。衛兵們紛紛拔刀出鞘，發出一陣鏗鏘聲。

「請進。」典獄長親切地說。

克勞蒂亞驚訝地看到身穿深色斗篷的皇后也在此。凱斯柏在她身後怒視著她。「我永遠不會原諒妳。」他咆哮道。

「閉嘴。」皇后曳步走進房間，並因為奇怪的銀色能量而在門檻處頓了頓。然後，她看看四周。「真妙啊，原來這就是入口。」

「是的。」典獄長向她鞠躬，「很高興看見您的情況甚好。」

「我很懷疑你這話的真心度。」席亞在芬恩面前停下腳步。她將他從頭到腳審視一番，臉色變得慘白，緊緊抿起鮮紅的嘴唇。

「是的，」典獄長輕柔地說，「很不幸的，有名囚犯逃出來了。」

她盛怒地看著他。「你為什麼要這麼做？你在計畫叛變嗎？」

「不。我們全都可以安然脫身。沒有任何祕密會洩露，也不會有刺殺。請看。」

他走向控制臺，按下組合碼，然後退後一步。克勞蒂亞直愣愣地看著，因為牆面上突然變成空白，然後顯示她花了一段時間才看出端倪的影像。大廳裡，朝臣們群聚，七嘴八舌地討論著這起醜聞。吃了一半的食物擱置在大餐桌上無人理會。僕人們焦急地湊在一起談論八卦。

這是她的婚宴。

「你在做什麼？」皇后厲聲說，但為時已晚。典獄長說：「各位朋友們。」大廳裡每個人都轉過頭來。談話聲逐漸稀落，變成詫異的靜默。

在紀元規定實施百年後，王座背後的大螢幕大概已被眾人遺忘；此刻芬恩透過蜘蛛網交織、積著灰塵的視窗看著宮廷。

「請大家見諒今天所有令人遺憾的困惑。」典獄長神情嚴肅地說，「我請求各位來自國外的大使、廷臣、公爵與學者、女士和貴婦原諒這次違規之舉。因為重要的日子已經來臨，無比的錯誤已經導正。」

皇后驚訝得不能言語，克勞蒂亞也一樣。但她移動身子，抓住芬恩的手臂，將他拉近自己；他們一同面對宮廷上那些困惑、好奇的臉孔。她父親說：「看啊。我們以為失去了的王子，先王的後裔，宮廷的希望——吉爾斯——重返我們身邊了。」

上千隻眼睛望向芬恩。他一個個回望，將每個人的目光收進眼底，感覺他們強烈的好奇與懷疑直直刺向靈魂裡。這就是成為國王必須要經歷的事嗎？

「睿智的皇后認為有必要將他藏在安全之處，免於遭受謀叛。」典獄長口若懸河地說，「但最後，數年過去，危險結束了。密謀者計畫失敗而被捕。一切回歸平靜。」

他瞥看皇后一眼；後者怒髮衝冠，但當她開口說話時，聲音透露著喜悅。「朋友們，我真是太開心了！典獄長和我努力地抵擋威脅。我要你們立刻準備盛宴，因為我們的王子回來了。雖然沒了婚禮，但一場盛大的迎歸仍是美好的一天，如同我們原本的計畫一樣。」

宮廷先是鴉雀無聲。接著後方開始傳來零落的歡呼。

皇后一個甩頭，典獄長按了按控制臺，關閉螢幕。

她深呼一口氣。「我永遠、永遠都不會原諒你。」她冷冷地說。

「我知道。」約翰．阿爾雷克斯隨意地按了另一個開關。他坐下來，蹺起二郎腿，深色的錦緞外套閃爍，然後他伸手拿取克勞蒂亞先前放下了的兩把鑰匙，鑰匙在他手中閃閃發亮。

「這麼明亮的小水晶，」他嘟噥著，「卻蘊藏了這麼大的力量！親愛的克勞蒂亞，我想如果一個人不能夠成為某個世界的主宰，那就應該找尋另一個世界來征服。」他望向傑瑞德，「我就將她交給你了，老師。記住我們談過的話。」

傑瑞德雙眼一瞠，大喊：「克勞蒂亞！」但她已經知道發生了什麼事。她父親坐在入口的椅子上——她知道自己應該跑上前，飛撲奪回鑰匙，但她無法動彈，好像他可怕的意志力將她凍結了似的。

父親微笑地說：「請原諒我，陛下。我想我得從這場宴會中缺席了。」然後他的手指碰了碰鑰匙的控制鈕。

一陣光彩灑落房間，讓大家為之一縮，然後椅子空了，在白色房間裡微微旋轉。當大家目瞪口呆之時，控制臺接連爆出火花，竄出刺鼻的煙。皇后握緊拳頭，朝空中大喊：「你不能這麼做！」

克勞蒂亞看著椅子；當它內爆成一團火球時，傑瑞德趕緊將她向後一拉。她陰沉地說：「他可以，而且也做了。」

傑瑞德看著她。她的眼睛灼亮，雙頰通紅，但她意志高昂。皇后怒氣沖沖地按著控制臺上的按鍵，但只造成更多爆炸；當她風也似地離去，凱斯柏緊跟在後。傑瑞德說：「他會回來的，克勞蒂亞。我相信……」

「他的所作所為跟我沒關係。」她轉身看著一臉驚駭地望著她的芬恩。

「阿緹亞，」他輕聲低語，「阿緹亞呢？我答應過會回去找她的！」

「這是不可能的……」

他搖搖頭。「妳不了解。我一定得回去！我不能將他們留在那裡。尤其是凱羅。」他一臉驚恐，「我保證凱羅一定不會原諒我的。」

「我們會找到方法的。傑瑞德會想辦法，即使需要花上多年的時間。這是我對你的承諾。」她抓起他的手，往上推開磨損的袖子，露出老鷹刺青。「但是你現在必須想想這個。你在這裡了，來到外界，你自由了，脫離了他們所有的人。而我們必須成功，因為席亞會是一直存在的威脅，她會在我們背後圖謀不軌。」

他困惑地盯著她的臉，意識到她根本不了解他失去了什麼。「凱羅是我的兄弟。」

「我會盡全力想辦法。」傑瑞德靜靜地說，「一定還有其他方法的。妳父親以布雷茲的身分穿梭兩個世界，而薩伏科發現了這件事。」

芬恩抬起頭來，面露詭異的神情。「沒錯，的確如此。」

克勞蒂亞執起他的手。「現在我們必須出去。」她平靜地說，「你得抬頭挺胸，當個王子。也許事情跟你想像的不同，但一切都只是逢場作戲。就像我父親說的，這是場遊戲。準備好了嗎？」

熟悉的恐懼襲上心頭。他覺得自己正走入一場為他所設下的大規模突襲之中。但他點點頭。

他們手挽著手，並肩走出白色房間。克勞蒂亞領他穿過地窖、爬上樓梯。他經過滿屋子直盯著他看的人群。她推開一扇門，芬恩欣喜地驚呼，因為眼前的世界是座光彩奪目的花園，而天空高掛數以萬計的星星，睥睨著王宮高塔、樹木與芬芳的花床。

「我就知道，」他輕輕地說，「我一直都知道。」

傑瑞德獨自看著監獄入口的殘骸。典獄長的破壞看來做得相當徹底。他雖然面容慈藹地對男孩說話，但內心卻充滿深深的恐懼，因為要在這片殘骸中尋找回來的路徑需要時間。但是他又有多少時間呢？

「你太過分了，典獄長。」他大聲地自語著。

傑瑞德跟在兩人後面爬上樓梯，體力幾近透支，胸口發疼。僕人匆忙從他身旁跑過；每個房間和廳堂迴盪著交談聲。他加快腳步跑來到花園，傍晚涼爽的空氣和甜美的花香令他感到心曠神怡。

克勞蒂亞和芬恩站在臺階上。夜晚的光輝似乎讓芬恩睜不開眼，它的純淨好像令他無比痛苦。

傑瑞德站在他們身旁，將手伸進口袋，拿出懷錶。克勞蒂亞低頭一看。「這是……？」

「是的，這是妳父親的。」

「他交給你的？」

「可以這麼說。」他用纖細的手指將它拿起，她像是第一次看到般盯著掛在鍊條上、在星光下變化閃耀的銀色小方塊幸運符。

「可是他們在哪裡呢？」芬恩苦惱地說，「凱羅、阿緹亞和監獄？」

傑瑞德若有所思地凝視著方塊。「在比你想像還要更靠近的地方，芬恩。」

國家圖書館出版品預行編目(CIP)資料

印卡塞隆 / 凱瑟琳.費雪著 ; 林冠儀譯. -- 初版. -- 臺北市 : 春天出版國際, 2021.05
面 ; 公分
ISBN 978-986-6000-10-2(平裝)

873.57 101000750

D小說 34

印卡塞隆
Incarceron

作者 凱瑟琳・費雪
封面繪圖 歐陽俊禕
譯者 林冠儀
總編輯 莊宜勳
主編 鍾靈
特約編輯 王茵茵
出版者 春天出版國際文化有限公司
地址 台北市大安區忠孝東路四段303號4樓之1
電話 02-7733-4070
傳眞 02-7733-4069
E-mail frank.spring@msa.hinet.net
網址 http://www.bookspring.com.tw
部落格 http://blog.pixnet.net/bookspring
郵政帳號 19705538
戶名 春天出版國際文化有限公司
法律顧問 蕭顯忠律師事務所
出版日期 二〇二一年五月初版
定價 460元

總經銷 楨德圖書事業有限公司
地址 新北市新店區中興路二段196號8樓
電話 02-8919-3186
傳眞 02-8914-5524
香港總代理 一代匯集
地址 九龍旺角塘尾道64號 龍駒企業大廈10 B&D室
電話 852-2783-8102
852-2396-0050

ISBN 978-986-6000-10-2 Printed in Taiwan